臺灣古典旅遊文學與文獻

Taiwan Classic Tourism Literature and Documents

楊正寬◎著

謹以此書永懷　恩師何所長沛雄教授

緒言（代序）

　　中國文學不論是古典、現代或當代，也不論是新或舊，在先進學者們的努力下，早已粲然大備矣。因此，本書選擇明清兩代歸屬於古典文學的臺灣旅遊文學及其文獻作為探討的主題，主要基於如下六大理由：

　　一、主題雖屬地方性，但卻與香港、澳門一樣，臺灣曾是日本帝國長達五十年的殖民地，也都同屬淵源於中國文學的漢文化地域，臺灣又向稱「福爾摩沙」（Illa Formosa）美麗之島，迷人的風光，自然會累積很多文人雅士的旅遊佳構，這些旅遊臺灣留下的美麗篇章，當然不應該隨著列強文化的強勢侵略或歷史時間的推移而逐漸被淹沒、消失，因此值得吾人去發掘、蒐集、整理與欣賞。

　　二、明代以前的臺灣，古籍文獻所載充滿了無限的神奇幻化，那是因為漢文化直到明鄭前後才隨著漢人大量移民開發的緣故。臺灣真正大規模的移民開發，應是明鄭時期，正逢漢民族與文化的導入，也是中國古典文學發展集大成的盛期。目前「臺灣文學史」常有脫離「臺灣開發史」而捨本逐末的現象，因此有必要將早期古典文學找回。

　　三、無論是個人或是整個社會，觀光旅遊的努力目標，應該放在如何全面提升旅遊品質，使之精緻化。藉著旅遊文學的研究與提倡，不但可以使時下略顯粗糙的旅遊，獲得深度反省的機會；而且可以使每一趟的旅遊，透過作者對旅遊景觀或大自然的感應，成就出各種文學作品與體裁的發揮，讓原本平凡的遊程，更加多采多姿，出神入化。甚至為了成就美麗的篇章，旅遊者會更用心觀察山川地理或歷史人文現象，努力蒐集資料，作為吟詩填詞，撰寫小品的題材，真正達到深度感性或知性之旅。

　　四、本書希望將臺灣文學研究領域延伸觸角至目前臺灣觀光發展

上，特別是旅行業的導遊或自然人文生態景觀區的專業導覽人員[1]，可以藉助於旅遊文學的創作或欣賞中，認識並累積臺灣傳統歷史文化與地理解說常識，有助於政府推動「觀光客倍增計畫」[2]政策的推動，讓更多人透過文學，活潑輕鬆地認識與關愛神秘的老臺灣風采，揭開「福爾摩沙」美麗之島到底真有多麼美麗的面紗，藉以彌補古早無法同步發展攝影技術的缺憾。

五、結合並藉助作者過去在「臺灣觀光旅遊」及「臺灣歷史文獻」的工作背景，期能裨益於目前教學及研究需要，提供觀光學術界應用[3]；然因牽涉到文學、文獻、歷史與觀光旅遊，事實上已是開創另一種所謂「四化」中的科學化、專題化、集體化與國際化的科際學術整合與研究。

六、盱衡目前臺灣文學的研究或論述，大都以日據時期或戰後的篇幅較多，若以臺灣整體開發歷史而言，未免偏頗而狹隘，屬於古典文學的領域有限。為能涵蓋現有中國或臺灣文學中的古典旅遊文學成果，勢必開創如「臺灣旅遊文學」，亦即前述所謂「四化」中的「專題化」新領域，否則老是停留在悲情時代背景的文學題材，終非長久之計。

綜合前述，更鑒於目前臺灣文學史的研究大都側重於日據時期以來的「現代文學」，甚至是戰後的「當代文學」，在臺灣常併稱之為「新文學」[4]，鮮少溯及明清時期的「古典文學」或相對所謂的「舊文學」，甚至以為古典文學或文言文是妨礙去中國化的，因而教育政策有輕文言而重白話的傾向[5]。如此以偏概全的結果，不但臺灣一地的文學發展史常無法與臺灣開發史結合，而且很容易誤導，以為明鄭時期以來，大陸移民臺灣的漢人，都被蠻荒時代的臺灣原住民族同化了，沒有同時引進或建立自己的文化或文學。因此這個「澄清」的任務，可以說是除上述六大理由之外，為本書增添了另一個最大的探討使命，這也可說是為何要拋磚引玉，引起臺灣觀光旅遊界共同來瞭解臺灣古典旅遊文學與文獻的重要性。

註釋

[1] 楊正寬（2003）。《觀光行政與法規》。新北市：揚智，三版，頁300-302。依據民國108年6月19日公布之〈發展觀光條例〉第二條第十四款規定，所謂專業導覽人員係指為保存、維護及解說國內特有自然生態及人文景觀資源，由各目的事業主管機關在自然人文生態景觀區所設置之專業人員。

[2] 查該計畫係行政院民國91年5月31日核定〈挑戰2008：國家發展重點計畫〉第五項計畫，亦即政府以「目標管理」手法投入臺幣七百五十七‧一一億元，以「觀光」為主軸，進行國際觀光宣傳與推廣，結合各部會資源與人力，共同宣傳臺灣之美，以提升臺灣之國際知名度，開拓潛在客源市場，使來臺旅客由2002年的二百六十萬人次，至2008年成長至五百萬人次。

[3] 作者曾忝任臺灣省旅遊局副局長與臺灣省文獻委員會主任委員，民國91年1月1日自國史館簡任十二職等處長退休後轉入學界，專任靜宜大學觀光系及研究所副教授。

[4] 葉石濤（1993）。《臺灣文學史綱》。高雄：文學界雜誌社，頁19-24。

[5] 邱瓊平（2006年2月24日）。〈余光中：我能當千年作家，但部長能當多久？〉。東森新聞報（http://www.ettoday.com/2006/02/24/545-1909432.htm）。按該則新聞報導內容係針對政府有意提高高中國文白話文的教學比例，身為國文搶救聯盟的發起人，余光中表示，他們並非要在高中教材中選很多古文，而是原本古文占的比率為六成五，後來的高中課程綱要變成四成五；中國文化基本教材也改為選修，以後或許會改成免修。他強調，杜正勝把讀不讀文言文粗糙的分為前進或退步，此舉並不適當。余光中還說，身為教育典範的機構，應該要多讀一些古文，才不會寫出「沈府謙」及「音容苑在」這種錯誤的寫法。

目　錄

圖目錄

表目錄

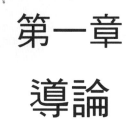

第一章

導論

第一節　古典文學、旅遊文學與旅遊文獻

壹、古典文學

中國文學，源遠流長，體裁眾多，發展至明代已高達一百二十一種[1]。然而傳統上並沒有清楚劃定文學的範疇，劉勰也只分為二十一種文體，因為經、史、子、集都是文，認為「經者，極文章之骨髓者也」[2]；而「子」、「史」亦文也，所以何沛雄教授認為中國文學的研究方法不妨採用「三分」與「四化」[3]，較能兼顧中國文學的發展。所謂「三分」，是把中國文學分做三個範疇：即「古典」、「現代」與「當代」文學；而所謂「四化」，則指科學化、專題化、集體化與國際化。

大體而言，「古典文學」係指由先秦到清末的文學作品；「現代文學」一般則指民國初年五四新文學運動到民國三十八（1949）年海峽兩岸對立時期的文學作品；而「當代文學」則指民國三十八年以後的文學作品。三類作品的產生，不會猝然而至，必有其源流和演變。古典文學中的騷、賦、詩、詞、曲、小說，都是承先啟後的發展；現代文學與古典文學有密切關係，而當代文學與現代文學更互相黏附。因此何教授認為研究中國文學，應有橫面的逐層分析，也需有縱面的貫通探索。而本書《臺灣古典旅遊文學與文獻》自然就是指古典文學時期有關臺灣的旅遊文學作品與文獻，包括了臺灣的、旅遊的、古典時期的、文學的與文獻的五個關連的元素在內。

貳、旅遊文學

「旅遊文學」又稱為「記遊文學」，或「旅行文學」（travel literature），指凡透過旅遊的經歷，心有所感而記錄下來的文字作品，亦或是記錄與旅行有關的文學。它可以依照「語言文字」的不同，而分為中

文、英文、日文等作品；依照「語體」的不同，而分為白話文、文言文等作品；也可以依照「文體」的不同，而分為詩、詞、賦、散文，以及竹枝詞等作品。

旅遊文學的發展，在西方文學史上，可追溯自十八世紀所逐漸形成的一個通俗的敘事文類，在歐洲擁有廣大的讀者群。由於對內容性質的需求不同與認知差異，而有關於該文類的諸多探討。文藝復興時期的旅遊文學不脫中古傳奇的框架，多為怪譚虛構；啟蒙運動以後，轉而強調實證經驗，要求旅遊文獻兼具「知識與怡情」的功用。直到十九世紀末，旅遊文學寫作的基本原則仍以客觀描述為主。

在中國，最早使用「旅遊」一辭的是南朝沈約《沈隱侯集》卷二的〈悲哉行〉：[4]

旅遊媚年春，年春媚遊人。

梁昭明太子蕭統編纂的《文選》正式確認了旅遊文學作為文學類別在中國文學中的地位。作為一個文學的概念，旅遊文學到目前為止，其涵義及範圍仍眾說紛紜，但比較一致的看法是：旅遊文學是以旅遊生活為反映對象，抒發旅遊者在整個旅遊過程中的感受、情緒和審美情趣的文學作品。因此旅遊文學有兩個特性[5]：

1. 旅遊性：旅遊文學創作反映的對象是旅遊生活，旅遊是旅遊文學創作的基礎，沒有現實存在的旅遊生活，也就沒有旅遊文學。
2. 文學性：旅遊文學不是對旅遊生活的簡單紀錄，而是要抒發旅遊者在旅遊過程中的思想、情緒和審美情趣，是對旅遊生活的藝術反映，這就決定了旅遊文學作品的文學性。

時至今日，這種客觀性或眼見為憑的說法，自然難逃被顛覆的命運。現今的文學理論家則捨棄文類的形成與目的論，轉而凸顯旅遊文獻的論述性質，旅遊文學除了記錄旅遊的經驗表象，更重要的是建構作者的「自我主體」與「他者」之間的互動，旅行者離家在外，跨入「他者」的地理和文化

版圖，絕非單純的報導見聞。純粹由歸零開始的旅行是不可能的，因為旅行的主體永遠帶著先在視野，包括原先文化、語言結構、意識形態等，傳統目的旨在教育啟迪，採擷訪地的素材，短暫滿足讀者眷戀外邦、或編織異域風采、或勾起浪漫的思緒，旅行寫作更內在地拉開了一個真實與象徵相遇的場域，提供建構區分「我土」與「異邦」疆界的想像地理。[6]

　　觀察中國的旅遊文學，《穆天子傳》、《楚辭·遠遊》、《水經注》、《洛陽伽藍記》、《東京夢華錄》、《西湖夢尋》等大致隱伏著這樣一種由志怪搜奇、轉而客觀紀錄、再邁向主觀省察、進而回歸自我之不斷追尋的脈絡。

　　從文獻上看，明代史部地理類的書很多，除了代表歷史意義的總志、方志之外，追記一地的雜志亦多，如《帝京景物略》、《客座贅語》、《金陵圖詠》等。另外山水志中記錄名山勝遊的特多，另外又有大宗以山水或遊勝為主題的圖象紀錄，如繪畫、版畫等，皆可視為晚明文人嗜遊山水的明證。晚明文人嗜遊山水，他們究竟是抱持什麼態度來面對山水？陳仁錫說道：[7]

> 文字，山水也；評文，游人也。夫文字之佳者，猶山水之得風而鳴，得雨而潤，得雲而鮮，得游人閒懶之意而活者也。游人有一種閒懶之意，則評文之一訣也。天公業案，惟胡亂評文字為最，何也？山水遇得意之人固妙，遇失意之人亦妙：緣其人閒懶之意而山水活者，亦不必因其人憔悴之意而山水即死，總於山水無損也。借他人唾餘，裝自己咳笑，而妄以咳笑乎山水，山水不大厭苦之乎？

　　陳仁錫說明文字經過評點之後的意義，將評點文字比喻為旅遊山水，所以說文字如「山水」，評點如「游人」；反過來說，人遊山水，也正如讀者評閱文章，這是晚明文壇流行評點的「文本化」了。山水經過遊人、評點家的層層詮釋，產生了各種意義。這確實是一個妙想，因為一切閱讀、旅遊必然在一個線性的時間歷程中展開，包括紙上遊歷及山水遊歷，一切詮釋也就在遊覽的路途中產生。讀者、遊人就像一個遊

人、讀者，「山水得人閒懶之意而活……總於山水無損也」，山水具有一種「召喚結構」，用晚近接受美學大師伊瑟爾（Wolfang Eser）的觀念來說，一切文本（text）充滿了開放性和未定性，有賴讀者的具體化，不論讀者得意失意，都各有領會：「山水遇得意之人固妙，遇失意之人亦妙」。不同讀者與遊人面對相同的文本與山水反應各不相同，然而都以各自的方武，完成一次審美經驗的旅程[8]。

晚明以閱讀評點的角度來觀看旅遊世界的典型例子，還有王思任著名的〈天台評〉[9]：

> 予游天台，蓋操一日之文衡矣。賴仙佛之靈，風雨無恙，得以搜閱竣事。略用放榜例，品題甲乙，與諸山靈約，矢諸天日，不敢有偷心焉。文章胎骨清高，氣象華貴，萬玉剖而璧明，萬繡開而錦奪，崑崙嫡血，奴僕群山，仙或許之，人不能到，所謂瓊臺雙闕也第一。磅礴渾茫，從天而下，不由父師，主參神聖，雄奇之極，反歸正正堂堂，吾畏之，終愛之，石梁瀑布第二。……餘如廣嚴、護國、無相佛壟、福聖諸山水，及悔山、歡溪、顧堂、寮嶺等，尚有百十勝未錄，或前事之工易掩，或一日之長未盡，或星屑而可遺，或雷同而易厭，或目未接予，或足上妎爾。庶幾獲附於拔十得五之義，而幸免於掛一漏萬之譏也。予之所以次第台山者，如此矣！

文人最常進行的活動是閱讀，將閱讀的經驗移植到旅遊活動中，其實也不可怪，王思任不僅酷愛旅遊，對待山水的方式也新穎奇特，以甲乙考生的放榜例來比擬山水的品題，王思任所使用的意象詞彙，游移於文章與山水的描繪：文章胎骨清高，氣象華貴的瓊臺雙闕列為第一，磅礴渾茫雄奇反歸堂正的石梁瀑布第二。在這種觀看世界的方式中，山水的世界變成了文本，遊行其中的人類變成了讀者，人類仿佛是山水價值最後的賦予者與裁定者。

陳仁錫、王思任的觀念，將山水視為一個晚明文人進行閱讀活動的大文本，旅遊文學則是整個審美活動的反應痕跡，透過其中表現出來的文

學技法與寫作圖謀，文人們究竟如何「閱讀」山水？正是旅遊文學的策略與價值，本書亦以選出明清時期重要旅遊文獻中的重要篇章，以「閱讀山水」的心情，融入作者的當時旅遊心境之中為最高期許。

參、旅遊文獻

最早將「文獻」二字連成一詞是《論語・八佾》記載孔子的話，他感嘆文獻不足，以致夏禮、殷禮無從考證，孔子說：

> 夏禮吾能言之，杞不足徵也；殷禮吾能言之，宋不足徵也；文獻不足故也。足則吾能徵之矣。

漢、宋學者注釋時，如朱熹《四書章句集注》釋「文」為典籍、「獻」為賢，也就是耆舊們的口述歷史和評議。過去歷史學者們所強調的徵文考獻，便是說要瞭解過去的歷史，一方面取證於書本記載，一方面探索於耆舊言論。言論的內容，自然包括世代相承的許多傳說和文人學士的一些評議在內。

在我們祖先還沒有發明記載思想語言的錄音機、照相機，或錄放影機等視訊設備工具以前，一切生存活動的事實，都靠口耳相傳，這種口耳相傳的材料，在古代便是史料。所以「古」字在《說文解字》解釋為：「故也，從十口，事前言者也。」意思是十口相傳，指它要靠縱向的將時間聯繫起來。亦即世代相傳的史實都是從祖先、賢士口述，然後記載流傳下來，作為後來治史的參考。

用「文獻」二字為其著述名則起自宋末元初的馬端臨，他寫了一部貫通歷代典章制度的《文獻通考》，並在〈總序〉中指出：

> 凡敘事，則本之經史而參之以歷代會要，以及百家傳記之書，信而有證者從之，乖異傳疑者不錄，所謂文也。凡論事，則先取當時臣僚之奏疏，次及近代諸儒之評論，以至名流之燕談，稗官之記錄，凡一話一言，可以訂典故之得失，證史傳之是非者，則采而錄之，

所謂獻也。

這很明顯地談到他編寫這部書的取材，不外兩個來源：一是書本的記載，一是學士名流的議論。由於馬端臨是宋末宰相馬廷鸞的兒子，這個身分為他在當時搜集史料，接納名流提供了有利條件。所以馬端臨的書中，甄錄時人議論極多，連父親的話都採入。這部書的寫作形式，充分體現了「文」和「獻」相互依倚並存的作用，凡是頂格寫的，都是書本記載；凡是低一格寫的，都是名流賢者的議論；二者交相為用，成為一部名副其實的《文獻通考》。

我國文史學界將史實和言論並重，作為撰述的兩大內容，不是從馬端臨開始。遠在司馬遷寫《史記》時，記敘之外，還收錄了不少文詞、言論，塑造特有的「太史公曰」的體例；到了班固，寫成《漢書》，凡是有關學術政治的重要論文都一一載入傳中，從此歷代諸史，也都沿用了這一體例。如果再往古推之，《尚書》中的〈典〉，敘述事實；〈謨〉，記載言論；《左傳》敘事之外，還用「君子曰」以抒發言論。由此可見，我國古代的歷史書籍以「文」和「獻」為主要內容起源很早。不過取「文獻」二字作為著述的標題，在馬端臨以前卻沒有人用過。明成祖時編《永樂大典》，初名《文獻大成》，也取廣羅各類圖書在內之義。

綜合而言，何謂文獻？如果以孔子的定義，文獻是指「禮」而言，因為「禮」分吉、凶、賓、軍、嘉五等，「禮經三百，威儀三千」，凡是一切典章制度、歷史文化無所不包，範圍極廣，要靠學問淵博，熟悉掌故的賢才，用文章記錄流傳下來的意思。王欣夫引鄭玄注《論語・八佾》：

獻猶賢也。我不以禮成之者，以此二國之君文章賢才不足之故也。

認為文章是「文」；賢才是「獻」，用賢才解釋作「獻」，是根據《爾雅・釋言》：「獻，聖也」，聖與賢同意。[10] 又舉劉師培《文獻解》說：

儀獻古通。書之所載謂之文，即古人所謂典章制度也；身之所習謂

之儀，即古人所謂動作威儀之則也。……孔子言夏殷文獻不足，謂夏殷簡冊不備，而夏殷之理又鮮習行之士也。

劉師培把獻字解為一個人的動作，比鄭玄更為明白[11]。

據大陸國家標準局所頒布的標準定義中，所謂「文獻」是指[12]：「記錄有知識的一切載體。」又根據大陸學者魏振樞在《旅遊文獻信息檢索》一書認為，旅遊文獻有如下五個特點[13]：

1. 旅遊文獻數量增長速度快：由於旅遊活動日益成為人類社會的重要休閒生活，根據美國R. R. Bowker出版公司一九八九年版的《國際期刊目錄》，僅Travel and Tourism 和Hotels and Restaurants 兩類就有二千多種；到一九九三年已增加到將近三千八百種，不到五年幾近成長一倍。

2. 旅遊文獻具有分散性：在大陸，專業旅遊雜誌就有旅遊學刊、旅遊世界、旅遊、風景名勝等；在臺灣更是不可勝數。尤其是其他旅遊專業書籍，包括旅遊文學在內，其內容與領域更是琳瑯滿目。

3. 旅遊文獻內容具有廣泛複雜性和時效性：廣泛複雜性指的是研究內容、理論、方法和角度多樣而豐富。旅遊事業發展的變化性和旅遊研究的動態性使旅遊文獻的內容不斷變化更新，因而一些統計圖表、數據和旅遊市場報告的時效性很強，若不及時獲取和利用，便會很快失去價值。

4. 旅遊文獻具有效益性：旅遊文獻可以直接或間接產生經濟效益，例如在進行旅遊開發、旅遊服務和基礎設施的建設時，根據有關的旅遊文獻資料可以幫助主管部門準確地進行決策，使所進行的投資產生較好的經濟效益，如果文獻不全、情報不準、不及時，就不能使投入的資金發揮最大效益，甚至導致旅遊開發與建設的失誤。

5. 旅遊文獻的專業性不斷增強：雖然旅遊學研究內容豐富，但是旅遊文獻必須是紀錄有關旅遊知識信息的文獻，無論這方面的信息是如何地分散、複雜和變化多樣，也不能用別的文獻代替，因為只有具

有特定內容的旅遊文獻，才對旅遊科研、教學和實務具有價值。

　　如果照這樣的定義，再配合大陸學者廣泛的定義及所出版的文獻學專著來看，「文」與「獻」的分界已不存在了，「文獻」已經變成了一個專有名詞，泛指所有的一切典籍如經、史、子、集諸書，以及其他紙面資料，如地圖、檔案等，幾乎囊括古今一切有文字記載，上自殷商甲骨，下迄今之紙質書面印刷及政府公文書資料，甚至非印刷品的錄影帶、微縮（捲）、CD、VCD、DVD等經過資訊數位化的磁碟或光碟[14]、影音史料或先民生活文物及網頁，凡有助於學術研究者，都可稱為「文獻」。

　　至於所謂「旅遊文獻」，意義已經非常明顯，凡是與旅遊有關的一切典籍，無論是文學或非文學，也無論是地方志書或文集，包括古今中外出版的書籍、期刊、電子圖書，甚至文物、史料，只要內容可供旅遊者參考，又具有導遊性質作用，增強旅遊心得與效果的典籍者，均將列入為旅遊文獻。

第二節　探討範圍與方法

壹、探討範圍

　　臺灣一地，一如香港、澳門，自古僻處東南蠻荒海隅，孤懸海上，也同樣有過受到外來殖民統治的歷史紀錄，歷史文獻上有「島夷」、「岱員」、「瀛洲」、「東鯷」、「夷州」、「流求」、「東番」或「大員」，甚至稱讚這美麗之島為「福爾摩沙」或「寶島」，可謂莫衷一是，容俟另闢專節討論。但無論如何，總有一個共通的事實，那就是臺灣自古以來，尤其是明代以前的古籍文獻，或因不足、或因闕如，對臺灣來說永遠是被一層神秘面紗包裹住，總是無法有系統，而且實證地被介紹給世人瞭解。

　　隨著時代變化的趨勢，「臺灣學」[15]也逐漸應運形成，所謂臺灣

學，就是研討有關臺灣古往今來之人、時、事、地、物等的一切事物。本質上，是以臺灣為主體；方法上，是運用學術的嚴謹求真態度；時間上，不分古今，貫通而為一體；內容上，則舉凡臺灣的任何事物，包括文學、歷史、地理、政治、經濟、社會；對象上，更是沒有中外、族群、意識形態等的設定。如此廓然大公，不受少數個人認知而界定臺灣學的研究範圍，臺灣學也才能夠茁壯成長，發揚光大。特別是時下一片迷醉於日本據臺及戰後悲情的歷史與文學之際，正是要勇於面對歷史的事實，與中國文學發展的軌跡，將臺灣文學的源頭，有系統的研究探討，也為「臺灣學」的旅遊文學研究這個區塊，有正本清源的機會與效果。

臺灣文學的發展軌跡，是先後由居住臺灣本島的人民，包括屬於南島語族的十四族原住民、消失的平埔族、屬於漢語的閩南人、客家人和其他在戰後移居的大陸內地各省人，以及少數屬於外國籍人士所共同創造。臺灣口傳的文學創作，雖然使用多種方言或共同語言，但書面文學創作，仍以漢語占絕大部分。所謂漢語文學就是中國文學，而所謂臺灣古典旅遊文學，事實上也就是指應用中國古典文學在臺灣的旅遊主題為作品內容發展情形。

因此本書將試圖從有關臺灣的浩瀚古籍文獻中，選擇「旅遊」專題，包括清代以前中國古籍對臺灣描述的印象、地名考證；清代中國文人因流寓、或因宦遊臺灣，以及臺灣早期移墾之先民，所留下旅遊臺灣或有關臺灣景象之大量賦、詩、詞及散文，加以歸納分析，敷衍成文，目的是希望借助文人雅士所留下的古典旅遊文學的探索，除解開臺灣「美麗之島」的神秘面紗，藉窺遠古時代臺灣先民的民俗、文化、風土、地理等真相，導引大家遊覽並認識古早的老臺灣之外；而且更可以藉由「旅遊文學」，進一步探討中國古典文學，認識到在漢人移民來到臺灣之後的演變或發展。

「志之所趣，擇焉求精，用心於一」，或許這也正是符合「四化」中，研究中國文學「專題化」的要求。日後如果行有餘力，或可再繼續完成日據時代、民國以後的古典、現代或當代等有關臺灣的旅遊文學與文獻

的探討。

在臺灣，交通部觀光局為鼓勵觀光文學創作與研究，據羅宗濤教授表示，早在民國六十年該局成立不久即已實施[16]。根據民國一〇八年六月十九日〈發展觀光條例〉第五十二條第一項規定：

> 主管機關為加強觀光宣傳，促進觀光產業發展，對有關觀光之優良文學、藝術作品，應予獎勵；其辦法，由中央主管機關會同有關機關定之。

因此中央觀光主管機關遂於民國九十一年六月十四日修訂〈觀光文學藝術作品獎勵辦法〉（附錄一）獎勵創作，依據該辦法第二條規定，其立法目的為：

> 本辦法之獎勵，以確能提高觀光地區、風景特定區或自然人文生態景觀區之聲譽，並能發揮文學藝術創作水準，吸引觀光旅客前往旅遊，對促進觀光事業之發展有重大貢獻之作品為對象。

又依據第三條規定：「觀光文學藝術作品獎勵每年由交通部觀光局配合經費編列情形，就下列作品種類及項目擇項舉辦之，必要時得委託文藝社團舉辦，並於觀光節頒發。」因此，觀光文學獎勵項目相當廣泛，已經突破古典文學範疇，舉凡「文學類」及「藝術類」都算是觀光文學，列舉如下[17]：

1.文學類：
　(1)小說。
　(2)散文。
　(3)報導文學。
　(4)詩歌。
2.藝術類：
　(1)音樂：器樂曲（獨奏或合奏）、聲樂曲（獨唱或合唱）。
　(2)影劇：舞臺劇、廣播劇及影視。

(3)美術：繪畫、雕塑及攝影。

(4)民族藝術。

　　此外，同條的第二項又規定：「為應觀光宣傳之需，交通部觀光局得就前項所列項目外具有宣傳價值者擇辦之。」可見現行法規對觀光文學的定義至廣，除了小說、散文、報導文學、詩歌等文學類之外，還包括音樂、影劇、美術、民族藝術等藝術類，頗為廣泛。但鑒於清代以前文獻所圍，因此所謂古典旅遊文學與文獻，也就無法列在該獎勵辦法的文學類；而本書列舉探討古典旅遊文學中的賦、詩、詞、曲、散文及竹枝詞等分類與內容，也就自然地格格難入前述觀光文學藝術作品的各項分類之中。

　　實則所謂「觀光」（tourism），亦可稱為「旅遊」（travel），最早可見於《易經・觀卦》六四爻辭：「觀國之光，利用賓於王」；〈象辭〉又說：「觀國之光，尚賓也」，今引申為到某地觀賞風光，瞭解地理、歷史、文化、民情、風俗、動物、植物等自然及人文景觀，亦即「旅遊」或「旅行」。故「觀光文學」也可稱之為「旅遊文學」或「記遊文學」。本書統稱之為「旅遊文學」，而且專注於中國古典文學中有關臺灣旅行記事與心得部分。

　　以中國文學涵蓋所有地方或以華文為主的文學，而不論中國或臺灣文學，必然包括甚多的詩、詞、賦、曲、散文、小說等的文學種類，記敘或創作出甚多的著作，包括抒情、議論、言事等的文學作品，這些文學作品又隨著不同時代、不同的人、時、事、地、物等情境，產生甚多唯美的、發人深省的，而且足資玩味的有價值作品。因此，本書在上述前提下，其撰述範圍的概念，可繪如**圖1-1**表示之。

　　然而，不論古典、現代或當代旅遊文學，今後如行有餘力，實則均值得作深入後續研究。

貳、探討方法

　　文學的研究方法很多，姚永樸認為凡文學的起源、根本、範圍、

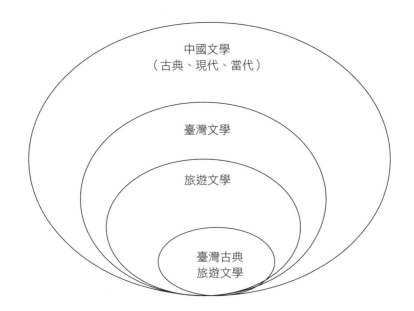

圖1-1　本書主題內容範圍概念圖

資料來源：作者繪製。

綱領、門類、功效、運會、派別、著述、告語、記載、詩歌、性情、狀態、神理、氣味、格律、聲色、剛柔、奇正、雅俗、繁簡、瑕疵、工夫等二十四種都要研究，如此才可以「考其全而擷其精」。[18]

　　日本學者丸山學在其《文學研究法》一書中，則認為必須嚴格將「文學」與「文學作品」分開，就好像「文化」與「文化財」兩者的差異是一樣的，他認為作品是依作者而寫，依讀者而讀；用心考察，成為批評，這個透過作者、作品、讀者呈現的全體才稱之為「文學」。所以文學的成立一定要依賴作者、作品、讀者等三要素，而文學的研究則要靠作品的研究、作者的研究、時代的研究等三方面去努力才有效果。[19]

　　為了兼具時代性，並將清代以前的臺灣古典旅遊文學，從蒐集文獻，到作者與作品的欣賞能有系統的探討與分析，因此本書採取「文獻分析法」兼及「歷史研究法」，亦即從浩瀚的中國古籍與臺灣文獻中，針對先民文人墨客們旅遊或流寓臺灣見聞心得，不論其體裁為散文、詩、

詞或賦，甚至竹枝詞，率皆以「臺灣歷史」的時間序列與「文化」為「經」；以「臺灣地理」的廣度與內容為「緯」，也就是凡旅遊觀光臺灣為寫作題材內容者，或足資提供認識臺灣風土民情、地理山川，如地方志書、文集等之文獻，均加以蒐羅、整理、歸納、分析，包括從元代以前中國古籍，敘及有關臺灣名稱或印象之文獻著手考證，試圖建構臺灣文學界較少著墨的清代以前臺灣古典旅遊文學與文獻及其發展。

是故，本書對於「臺灣」的界定，採歷史上明清時期的臺灣本島，以及澎湖列島為限，不包括目前政府統治管轄範圍所稱「臺灣地區」的其他金門、馬祖。臺灣是一個移民的社會，旅遊文學包括不論作者是臺灣本土亦或中國大陸內地各省流寓、遊宦之士，只要作品是描寫或記述日本殖民時期以前臺灣景觀、見聞，以及旅遊心情；而其文學作品則包括詩、詞、賦、散文、日記、竹枝詞等所有中國傳統或古典文學，均在探討之列。

本書雖以明、清兩代為主，但為使脈絡一貫，對於明代以前，包括經、史、子、集，甚至地方志書等古籍文獻有關臺灣的記載，雖無法證明其為實地旅臺之見聞，仍以專章加以探討，期使臺灣古早的景觀意象，能延續並銜接至有明一代漢人陸續移民經營臺灣，確有文人雅士記遊文字記載為止，不至於因執著明、清兩代，而忽略以前古籍的陳述，致有懸崖落差的感覺。

但因臺灣於清祚未滿，即於光緒二十一（1895）年就割讓給日本，文學的發展進入不中不西，不舊不新的所謂「皇民化」殖民地文學，雖然在此一殖民時期，漢文化仍被民間私下流傳維護，亦有不乏寓遊記文學於抒發感懷受異族統治之苦，悲憫人生之佳作，但為符合目前學界臺灣文學發展史的分期[20]，並反映臺灣的歷史事實，因此不得已，只得止於西元一八九五年甲午戰爭臺灣淪為日據時期為斷限，並藉以彌補目前臺灣文學界「輕舊重新」的不足。

此外，因遷就臺灣歷史事實而以清代文獻較多，係因受限於明朝治理臺灣，或漢文化影響臺灣較短，自明永曆十四（1661）年四月三十日鄭成功率軍登臺驅逐荷蘭人開始，至明永曆三十七（清康熙二十二）年七

月三十一日鄭克塽降清為止，明祚亦只不過短短二十二年而已，比起清朝自康熙二十二（1683）年至光緒二十一（1895）年，長達二百十二年，懸殊之比，當然較少旅遊文學及文獻流傳下來，故明代以前的旅遊文學與文獻探索篇幅無法與清朝匹敵，形成明代篇幅少，而清朝篇幅多之偏頗現象，實非得已。

第三節　概念的建構

壹、中國旅遊文學的濫觴

旅遊文學又稱「記遊文學」，或簡稱「遊記」。中國最早的遊記，有人認為是《周王遊行記》。源於一千七百年前的西晉咸寧、太康年間，在汲郡的一座戰國魏墓中發現了數十車古代竹質簡冊，整理後共得古書七十五卷，十萬餘言[21]，其中除了《紀年》十三卷、《周王遊行記》五卷，其餘是《周穆王美人盛姬死事》。《周王遊行記》是紀錄穆王巡遊西行經過，有行進日期、有行進方向、有所經地名、有各地之間的里距、有地貌的描寫、有物產的紀述、有人民、聚落的情況，還有包括穆公在內的人物語言和行為，應是一本最早又標準的旅遊文學。

西行是《周王遊行記》記述的主體，如據《紀年》所載，主要記述周穆王十三（西元前964）年西行，初為北行，約經一個月，折而往西，循黃河，至河宗；繼行，登於崑崙，經至群玉之山；再西，至西王母之邦；又再西，遠抵曠原；不久，徐燕王作亂，遂東還，改由他途抵宗周，最後回到了南鄭。旅行期間約兩年，多數研究者幾乎一致認為，周穆王西行的某些線路，跟現代所稱「絲路」是一致的。[22]

文學家謝無量在《中國大文學史》對《穆天子傳》評析為：「體近小說，中雜有歌詞，亦逸詩之流也。」[23]此一題材特點，正可說是旅遊文學寫作的濫觴。

貳、中國旅遊文獻的濫觴

　　文獻是治學參考的工具書，有好的文獻徵考，不但可以旁徵博引，考證翔實，而且更可作好學問，寫好文章，因此，除旅遊文學之外亦應兼及旅遊文獻之探討。已如前述，孔子曾慨歎說：

　　夏禮吾能言之，杞不足徵也；殷禮吾能言之，宋不足徵也。足則吾能言之，文獻不足故也。[24]

　　可見文獻研究也是很重要的治學方法。

　　《山海經》可說是中國最早的一部旅遊文獻，也可稱是旅遊指南。希勒格在《中國史乘中未詳諸國考證》中認為，《山海經》是世界上最古之旅行指南。[25]

　　如依西漢劉秀〈上《山海經》表〉認為該書是：

　　唐虞之際，禹別九州之時，伯益等命山川、類草木、別水土之作。

　　然而今存《山海經》卻記載有夏后啟乃至周文王之事，甚至還有秦漢時代才出現的地名。[26]所以《四庫全書總目》綜述前人研究成果時也說此書：

　　斷不作於三代以上，殆周秦之間人所述，而後來好事者益附之[27]。

　　《山海經》得以保存至今，歸功西漢末年劉歆努力，劉歆因避哀帝劉欣之諱而改名秀，在〈上《山海經》表〉中表示該書：

　　奇可考禎祥之物，見遠國異人之謠俗。

　　可見在史上最被重視的年代，只被用來做考奇見異功能，未曾將之用來作為旅行指南使用。

　　作為旅行指南或文獻，除希勒格之外，就是民俗學家江紹源在其《中國古代旅行之研究》從「法術」著眼，指出《山海經》具備旅行指南「行人所不可不知」的條件[28]。既稱旅行指南，具有協助旅遊者徵考山

川地理形勢的功能，因此《山海經》應該就是中國旅遊文獻的濫觴。

參、臺灣文學意識

從歷史的事實來看，臺灣文學本質上就是「中國文學」的地方文學，就像廣東文學、福建文學一樣，是中國文學的一個分枝，殆無疑義。但是此一觀點仍有待商榷，特別是在最近興起所謂「本土文學」或「鄉土文學」，其實就是從研究者的角度看文學內容或主體的不同而已。就好像香港、澳門一樣，雖然同樣歷經外來異族統治，但仍然還是以中國文學為宗，各自發展出具地方特色的文學作品風格，臺灣亦復如此。

臺灣歷經荷蘭人、葡萄牙人及日本人的統治，但是發展至今，無論如何談臺灣文學，仍然無法背離中國文化與文字的基底，也沒有辦法看到以日本文字或荷蘭文字寫出來的臺灣文學篇章，特別是古典文學。因此，「臺灣文學」的定義大都只在意識形態中打轉，跳脫不了中國文學的領域。例如林瑞明《臺灣文學的本土觀察》一書[29]，就以日據時期〈日本統治下的臺灣新文學運動——文學結社及其精神〉為首，寫到介紹戰後仍然以中國文字寫作的所謂本土作家，如鍾肇政、李喬、鄭清文、楊逵等本土作家，他們共同特色就是被壓迫之後的悲情反射，節略了中國傳統或古典文學部分。

美國加州大學東亞語言文化系主任杜國清在「國際化年代的文化認同——主體性國際學術研討會」中，甚至發明了「世華文學」[30]，來弭止臺灣文學的各種紛擾，他認為：

> 在此，我想提出一個更具包容性的「世華文學」的概念。「世華」不單是「世界華文」的縮寫；它所蘊含的意旨可以包括世界上任何與「華」有關的事物，不論是華語、華文、華人、華裔、華族，以及有關的一切文化屬性。

本書不願再從意識形態或立場，無節制地多所著墨，只希望很務實

地就明清時期臺灣古典旅遊文學與文獻深入賞析，期對臺灣古典文學，甚至中國古典文學可能不趕緊研究就會消失的這個「臺灣旅遊」文學與文獻的學術區塊，從事「補破網」的工作，好讓臺灣古典文學更臻完美。

肆、時間範圍概念的建構

　　綜合前述，實在有必要再就本書主題的時間概念，具體明確而且有系統的加以建構，作為本章總結並藉以方便後續的各項探討。

　　相信瞭解臺灣史的人都知道臺灣歷史的斷代與中國歷史是大不相同的，當中國早在西元一三六七年時，就已是文明發達的明朝洪武元年，而臺灣那時仍屬海盜聚居的東南蠻荒之島。雖然也有少數漢人渡海來臺，但真正大規模漢人來臺的紀錄，要一直到明天啟元（1621）年，才有顏思齊及鄭芝龍率眾來臺灣屯墾。而真正有官方治理，有漢文化古典文學則是始自明永曆十五（1661）年四月，鄭成功由金門率軍至鹿耳門登陸，驅荷復臺，仍奉明正朔，設「承天府」，立「延平郡王」。

　　惟明鄭國祚甚短，僅二十二年就被施琅於清康熙二十二（明永曆三十七，1683）年攻克，翌年清廷設臺灣府，隸屬福建省，設府治於臺南，開始進入清代，當然比中國的清代少了二十二年，但此一期間為了探討方便，所有明鄭時期古典旅遊文學作品，本書從臺灣觀點，仍歸列入明代。

　　臺灣的清代與中國也沒有同步結束，當滿清末葉，國勢趨弱無能，而列強帝國氣焰囂張之際，日本帝國早已染指臺灣，藉著中日馬關不平等條約的簽訂，結果將臺灣和澎湖割讓給日本，臺灣提早結束了清代，進入了異族文化與文學的日治時期，雖然也有漢文學暗自在民間流傳，也頗多旅遊文學佳構，但是因為已經改朝換代，在臺灣不屬清代，又是皇民化當道的日本文學，自然就不屬於臺灣古典旅遊文學與文獻的探索範圍。如有之，則堪資列入探討者鮮矣。

　　茲就本書探討的時間範圍概念，繪如**圖1-2**表示之。

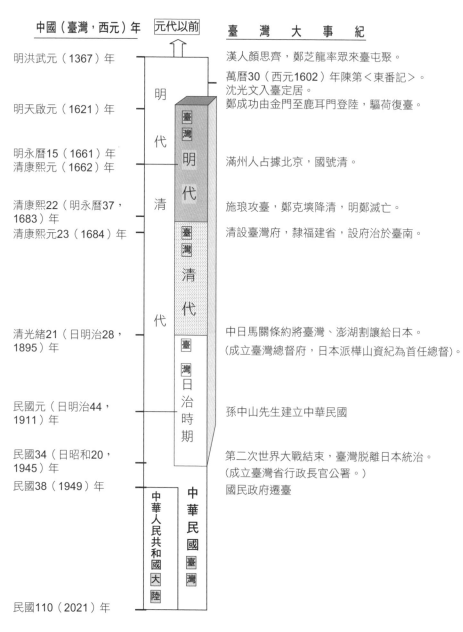

中國（臺灣，西元）年	元代以前	臺 灣 大 事 紀

明洪武元（1367）年 — 漢人顏思齊，鄭芝龍率眾來臺屯聚。

萬曆30（西元1602）年陳第〈東番記〉。
沈光文入臺定居。
明天啟元（1621）年 — 鄭成功由金門至鹿耳門登陸，驅荷復臺。

明永曆15（1661）年
清康熙元（1662）年 — 滿州人占據北京，國號清。

清康熙22（明永曆37，
1683）年 — 施琅攻臺，鄭克塽降清，明鄭滅亡。
清康熙元23（1684）年 — 清設臺灣府，隸福建省，設府治於臺南。

清光緒21（日明治28，
1895）年 — 中日馬關條約將臺灣、澎湖割讓給日本。
（成立臺灣總督府，日本派樺山資紀為首任總督）。

民國元（日明治44，
1911）年 — 孫中山先生建立中華民國

民國34（日昭和20，
1945）年 — 第二次世界大戰結束，臺灣脫離日本統治。
（成立臺灣省行政長官公署。）
民國38（1949）年 — 國民政府遷臺

民國110（2021）年

明代 臺灣明代 清代 臺灣清代 臺灣日治時期
中華人民共和國大陸 中華民國臺灣

圖1-2　本書探討時間範圍概念圖

資料來源：作者繪製，柱狀網底部分為探索時間範圍。

註釋

[1]　明代徐師曾《文體明辨》目錄，分文體為一百二十一種。

[2]　劉勰《文心雕龍‧宗經》。按《文心雕龍》全書共五十篇，原分上下兩篇，前二十五篇為上篇，後二十五篇為下篇。金本分為十卷，每卷五篇。標題均用兩字，首四篇原道、徵聖、宗經、正緯，申明文章的本原，是總論的性質。依序為辨騷、明詩、樂府、詮賦、頌讚、祝盟、銘箴、誄碑、哀弔、雜文、諧讔、史傳、諸子、論說、詔策、檄移、封禪、章表、奏啟、議對、書記等二十一篇，是文體分論。

[3]　何沛雄教授（2000）。〈研究中國文學的「三分」與「四化」〉，《漢學研究國際會議論文集》。北京：北京大學出版社，頁125-132。

[4]　杜紅、趙志磊（2005）。《旅遊文學》。北京：北京工業大學出版社，頁3。

[5]　同上註。

[6]　關於旅遊文學在西方文學史上的定位、功能與發展，可詳參臺灣大學外國語文學系（1997），〈離與反的辨正：旅行文學與評論〉，《中外文學》。臺北：臺灣大學出版中心，第二十六卷，第四期。

[7]　參見明陳仁錫〈昭華琯序〉，收錄於明陸雲龍等選評《明人小品十六家》，杭州：浙江古籍出版社（1996），頁521。

[8]　毛文芳（2000）。〈晚明的旅遊小品〉，《旅遊文學論文集》。臺中：東海大學中國文學系，頁24-25。

[9]　羅宗濤，民國95年7月13日於香港珠海大學中國文學研究所訪談紀錄，頁698-699。

[10]　王欣夫（1992）。《文獻學講義》。臺北：臺灣商務印書館，頁4。

[11]　同上註，頁5。

[12]　周彥文（1993）。〈大陸當前「文獻學」著作的類型及其得失〉，《中國文獻學》。臺北：五南圖書，初版。

[13]　魏振樞（2005）。《旅遊文獻信息檢索》。北京：化學工業出版社，頁10-11。

[14]　「微縮」大陸稱「縮微」；「磁碟」大陸稱「磁盤」；「光碟」大陸稱「光盤」；「資訊」大陸稱「信息」；「數位化」大陸稱「數字化」或「數碼化」。參見楊正寬〈中國大陸檔案管理與研究現況——參加二〇〇一年海峽兩岸檔案學術交流會議與考察心得〉，《臺灣文獻季刊》。南投：臺灣省文

獻委員會，第五十二卷，第四期，頁498。

[15] 薛順雄（1999）。〈從清代臺灣漢語舊詩看本島漢人社會及習俗〉，《臺灣古典文學與文獻》。中華文化與文學學術研討系列第四次會議，臺中：東海大學中國文學系，頁120。

[16] 羅宗濤，民國95年7月13日於香港珠海大學中國文學研究所訪談紀錄。羅教授表示，當時該局首任局長虞為先生曾邀請他擔任徵選旅遊文學作品評審，對平鋪直敘，無文學價值之作品，其獎項經常寧缺勿濫，之後才有〈觀光文學藝術作品獎勵辦法〉的實施。

[17] 楊正寬（2003）。《觀光行政與法規》。新北市：揚智，三版，頁116。

[18] 姚文楳（1974）。〈序文〉，《文學研究法總目》。臺北：臺灣商務印書館。

[19] 丸山學（昭和8年／1993）。《文學研究法》。臺北：臺灣商務印書館，頁29-35。

[20] 同註[15]，頁1-20。按該書第一章〈傳統舊文學的移植〉、第二章〈臺灣新文學運動的展開〉，在第二十頁第二行強調敘述「從甲午戰爭到戊戌變法運動，一直到辛亥革命，都影響到臺灣……產生規模宏大的抗日民族文學——臺灣新文學運動的展開……」，接著第三章進入〈四〇年代的臺灣文學〉，一直到第七章的八〇年代。第一章總共十七頁，分為三節，僅於第二節屬於「傳統文學的播種和移植」，篇幅極少，明顯地忽略對發生在臺灣明清傳統舊文學的活生生的事實。

[21] 劉德謙（1997）。《中國旅遊文學新論》。北京：中國旅遊出版社，頁28-30。按係指西晉咸寧、太康年間（約西元275-289年）一位名叫「不準」的盜墓人，在汲郡（今河南汲縣附近）盜取一座戰國時的魏墓，墓中有不少隨葬的竹書，與周穆王旅遊有關的《周王遊行記》、《紀年》等，才第一次為後人所知。但因「皆簡編科斗（蝌蚪）文字」，以及「初發冢者燒策照取寶物，及官收之，多爐簡斷札」，晉武帝司馬炎遂詔荀勗、束晳、和嶠等整理後，用隸書抄在黃紙上，共得古書七十五卷。現今《穆天子傳》六卷，就是由《周王遊行記》五卷及《周穆王美人盛姬死事》一卷合集而成。

[22] 同上註，頁32。

[23] 同上註，頁38。按語出謝無量著，《中國大文學史》第二篇第四章第四節。

[24] 《論語‧八佾》。

[25] 馮承鈞譯（1928）。《中國史乘中未詳諸國考證》（希勒格著）。北京：商務印書館，頁7。

[26] 《山海經》一書，計出現夏后啟三次，周王兩次，秦漢地名如長沙、象郡等。

[27]《四庫全書總目》第一百四十二卷。

[28] 江紹源（1935）。《中國古代旅行之研究——側重其法術的和宗教的方面》。中法文化交換出版委員會編輯，臺北：臺灣商務印書館出版，頁37。

[29] 林瑞明（1996）。《臺灣文學的本土觀察》。臺北：允晨文化。按作者認為文學至解嚴以後方才蓬勃發展起來，而最早也以起於日據時代開始論述。另書《臺灣文學的歷史考察》，亦同樣以1920年代所謂「臺灣新文學運動」開始探討。

[30] 杜國清（2001年5月25日）。〈臺灣文學與世華文學〉，《中央日報・副刊》，版18。

第二章

古典旅遊文獻呈現
的老臺灣

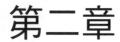

　　明代以前，到底有無旅行家親臨臺灣造訪，甚至寫下遊記，已無明確古籍可供考證，本章只能從浩瀚中國古籍文獻中，蒐集對可能是臺灣地名，以及對臺灣的人文、自然地理景觀，爬梳並作有限的歸納與整理，分別就中國古籍的臺灣地名考，以及古籍所記載的臺灣觀光意象加以析述，企圖讓吾人儘量感覺到老臺灣清純古樸的怡人景象，也讓我們今天對臺灣破壞大自然環境的行為有所省思。

　　所謂**觀光意象**（tourism image），根據韓特（Hunt, J. D.）的定義認為：「所謂『觀光意象』係指人們對於非其所居住的地點所持有的一種意向成分。」[1]意象（image）有時也稱作印象（impression），但後者比較強調親歷其境的直覺感受，常用於旅遊文學；而意象似乎可以透過閱讀文獻、口耳轉述或觀賞圖片，所得到對某一事物概括性的整體感受。元代以前海運交通不發達，地理方位輿圖又難精準，文獻古籍大都傳聞或臆測者較多，因此採用意象似較妥當。

　　事實上意象在不同的領域中有不同的解釋，例如較常用的城市意象（city image）強調都市的易變性，以及該城市的特性為個人易於辨識、組織的程度；而商店意象（store image）是指來自商店本身之功能性與情感性之整體組合，而納入個人之知覺系統，且此系統讓消費者對於某一商店之整體期望有決定性之影響。[2]但是本章觀光意象比較適合景觀意象，特別是這些古籍文獻無法查證作者本人是否實際親自旅遊臺灣，因此以觀光為名的意象似較牽強。

　　至所謂**景觀意象**（landscape image），夏鑄九認為是存在於人們的內心，是一幅精神圖繪，是人們經長期生活所經驗出的圖示組織，內部的元素常是交錯重疊，缺乏組織[3]。特別是本章蒐集之古籍文獻，不但是地名仍需考證是否即指臺灣，更何況這些作者以當年海上交通之不便與驚險，極難考證是否親自旅遊臺灣，抑或純係僅就其他文獻參考與臆測，均不得而知，也就是交錯重疊，缺乏組織。故所謂觀光意象，也可以改稱為景觀意象或許更為切題些。

第一節　古典文獻的「臺灣」地名

　　「臺灣」一詞，為今日大家熟知，包括臺灣本島、澎湖、金門、馬祖的範圍土地，但明確的被指稱臺灣本島全域，則始於臺灣入清朝版圖之翌年，即清康熙二十三（1684）年改明鄭時代之東寧府為「臺灣府」，隸屬於福建省，迄今（2021）年已歷三百三十七年。因為古時海域多險，交通不便，到臺灣旅遊自非易事，因此元代以前古籍，或以臆測，或以口耳相傳，經文獻記載而可供考據者，計有下列說法：[4]

壹、揚州之域

　　最早將臺灣以「揚州之域」概括稱呼的是《尚書》〈禹貢〉：

　　淮海惟揚州，島夷卉服，厥篚織貝，厥包橘柚，錫貢；沿於江海，遠於淮泗。

　　將「揚州之域」引入有關著作中的有：康熙三十三（1694）年，高拱乾修《臺灣府志》[5]；康熙四十九（1710）年，周元文重修《臺灣府志》[6]，以及乾隆六（1741）年，劉良璧重修《福建臺灣府志》[7]等皆引用「揚州之域」為臺灣。

貳、岱嶼、員嶠

　　《列子》〈湯問篇〉中記載，夏革曰：

　　渤海之東，不知幾億萬里，有大壑焉，實惟無底之谷；其下無底，名曰歸墟。其中有五山焉：一曰岱嶼、二曰員嶠、三曰方壺、四曰瀛洲、五曰蓬萊。

　　連橫《臺灣通史》〈開闢記〉[8]引為：

或曰澎湖則古之方壺，而臺灣為岱員，音實似。

可見「岱」嶼、「員」嶠合稱為「岱員」，與閩南音「臺灣」相近。

參、雕題國

《山海經》〈海內南經〉：

伯慮國、離耳國、雕題國、北朐國，皆在鬱水之南，鬱水出湘陵南海。

晉郭璞註：

離耳國似瓊州島（海南島），而雕題國其面黥涅畫體為鱗采，即鮫人也。

蓋與臺灣土番之文身（紋身）相彷彿，而推測春秋戰國時代之雕題國為今之臺灣。

肆、瀛州

《史記》〈秦始皇本記〉第六：

齊人徐市（按徐福）等上書言：海中有三神山，名曰蓬萊、方丈、瀛州，僊人居之，請得齋戒，與童男女求之，於是遣徐市發童男女數千人，入海求仙人。

清人徐懷祖《臺灣隨筆》及連橫《臺灣通史》〈開闢紀〉，皆引秦漢之瀛州為臺灣。

伍、東鯷

《前漢書》〈地理志卷二十八下〉：

會稽海外有東鯷人，分為二十餘國，以歲時來獻見。

連橫《臺灣通史》〈開闢紀〉：「然則臺灣之為瀛州、為東鯷，澎湖之為方壺，其說固有可信，……」，即引為秦漢時代所稱東鯷即今之臺灣。

陸、夷州

陳壽《三國志》〈吳書・孫權傳〉：

「但得夷州數千人還」或「權遂征夷州。」

又《太平御覽》卷七百八十敘「東夷」條云：

夷州在海（按臨海）東南，去郡二千里。

凌純聲與日人伊能嘉矩、市村瓚次郎、和田清等引用沈瑩《臨海水土志》，皆謂三國之夷州為今之臺灣。

柒、流求國

《隋書》〈煬帝紀〉云：

大業三年，煬帝令羽騎尉朱寬入海求訪異俗，何蠻言之，遂與蠻俱往，因到流求國。

又同書〈東夷列傳〉〈流求國傳〉有謂：

流求國居海島之中，當建安郡東，水行五日而至。

主張其所謂流求為今臺灣之說者，有法人聖第尼・艾爾維（Le Marquis d'Hervey de Saint-Denys）；有國人柯劭忞、連橫、郭廷，以及日人箭內亙、藤田豐八、市村瓚次郎、和田清、白鳥庫吉、幣原坦等人[9]。

捌、毘舍耶國

趙汝适之《諸蕃志》中載有：

毘舍耶，語言不通，商販不及，袒裸盱睢，殆畜類也。

明人張燮，清人黃叔璥、徐鼐、唐贊袞、季麒光、魏源，以及今人梁嘉彬及美國人Berthold Laufer均認為毘舍耶即今臺灣[10]。

玖、小琉球

明洪武年間，琉球中山王阮受冊封後，稱今琉球為大琉球，臺灣為小琉球，予以劃分。

拾、雞籠、北港、東番

《明史》卷百二十一〈外國列傳北雞籠山條〉載：

雞籠山，在澎湖嶼東北，故名北港，又名東番，去泉州甚邇。嘉靖末，倭寇擾閩，大將戚繼光敗之。倭遁居於此。

又陳第〈東番記〉云：

東番夷人……始皆聚居海濱。嘉靖末，遭倭焚掠，迺避居山。

《明神宗萬曆實錄》卷二十六云：

萬曆二年六月戊申：福建巡撫劉堯誨揭報廣賊諸良寶，總兵張元勳督兵誅剿。其逋賊林鳳鳴擁其黨萬人東走，福建總兵胡守仁追逐之。因招漁民劉以道，諭東番合剿，遠遁。

《古今圖書集成》也有一段記載：

明萬曆元年，潮賊林道乾，勾倭寇犯漳、泉海洋，竄據澎湖，尋投
東番。

　　以上所列舉各古文獻上之雞籠山、北港、東番皆明確的指稱臺灣，
是以現在基隆一帶作為整個臺灣之稱呼。

拾壹、東都

　　永曆十五年（清順治十八）年十二月，延平郡王鄭成功驅逐荷人，
克復臺灣之後，以熱蘭遮城為安平鎮，改名王城。赤嵌城為承天府，兩者
總名曰「東都」。

拾貳、東寧

　　永曆十八（康熙三）年八月，鄭經改東都為「東寧」，一直到永曆
三十七（康熙二十二）年，凡十九年之間以東寧稱呼全臺。

　　以上都是古籍在不同時代所稱的「臺灣」，但還不包括大家熟知的
「福爾摩沙」（Formosa）。後者是約在西元一五〇〇年左右，有一葡萄
牙之航海者通過臺灣海峽時，於藍天碧海之中，見到浮出奪人靈魂、山紫
水明、翁鬱翠綠之島，驚呼之曰「美麗之島」（Iha Formosa），意即「常
夏之島」，也就是現在大家熟知的「福爾摩沙」[11]。可見這些臺灣的別稱
都是古籍記載政治家、旅遊者或航海家們對這塊「寶島」[12]的暱稱。

第二節　老臺灣的自然與人文景觀

　　雖然古籍文獻的「臺灣」有這麼多的名稱，但是古代的文人墨客究竟
對臺灣的印象（impression）又是如何？換言之，各個時代對臺灣，無論
是臆測、神話、傳說或果真有親自到臺灣旅遊的見聞，又是如何形容或描

寫？當然從古籍文獻中雖然寥寥無幾，但是或許會令人發現，這些文獻描寫臺灣，竟然是那麼古意、樸拙、自然、純真，甚至經過「古典」文學的襯托，與「現代」臺灣比起來顯得非常「古典」美，美得讓你覺得很陌生而又驚訝，甚至驕傲地向人炫耀，我就是住在「福爾摩沙」美麗寶島！

觀光資源可分為「自然」及「人文」兩大類，所謂「自然資源」包括海陸之地形、地質、氣象、水文、動、植物生態、特殊景觀等；而所謂「人文資源」則包括當地社會、經濟、歷史、民俗、文化、交通、古蹟或史蹟等景觀[13]，這種分類頗能涵蓋觀光文學報導敘述的領域。因此為有系統地介紹，藉以加深對臺灣印象的文學效果，除前節為引述臺灣地名所述之古籍外，以下特再就各個時代古籍記載或描述的臺灣印象，概分為「自然」及「人文」景觀兩大類，列舉說明如下：

壹、對自然景觀的描述

一、三國時代

除了《三國志・孫權傳》有：

權遂征夷州，得不補失。

史家認為夷州是臺灣，關於夷州的自然景觀，《太平御覽》是這麼樣敘述的[14]：

1.敘述方位：夷州在臨海東南，去郡二千里。
2.敘述氣候：土地無雪霜，草木不死，四面是山，眾山夷所居。
3.敘述物產：土地饒沃，既生五穀，又多魚肉。
4.敘述礦產：其地亦出銅鐵，唯用鹿觡矛以戰鬥耳。

二、隋代

　　《太平御覽》可說是對臺灣最早的，或說是代表三國時代描述的臺灣印象的典籍，然而三國以降，歷魏晉南北朝，罕見有關夷州之記載。下迄隋代，煬帝有志遠略海上，乃有經略流求（即琉球）之事[15]。《隋書・東夷傳》除記載海師何蠻及羽騎尉朱寬兩次浮海攻流求外，《隋書・陳稜傳》對當時戰爭狀況，亦敘述甚詳。唯對當時流求之自然景觀，則記載於《隋書・東夷傳》：

　　1.關於方位：流求國，居海島之中；當建安郡東，水行五日而至，土多山洞。

　　2.關於植物：多鬥鏤樹，似橘而葉密，條纖如髮下垂。木有楓、栝、樟、松、梗、楠、杉、梓、竹、藤；果、藥同於江表。

　　3.關於動物：有熊、羆、豺、狼，尤多豬、雞；無牛、羊、驢、馬。

　　4.關於氣候：風土氣候，與嶺南相似。

三、宋代

　　唐及五代，臺灣一地，罕見記載。然黃巢之役，中原鼎沸，士庶避地，連雅堂《臺灣通史》曾曰：

　　歷更五代，終及兩宋，中原板蕩，戰爭未息，漳泉邊民，漸來臺灣。

　　宋代稱臺灣為「流求」，古典文學古籍以陸游〈感昔詩〉較早，云：

　　行年三十憶南遊，穩駕滄溟萬斛舟；
　　嘗記早秋雷雨後，柁師指點說流求。

　　按：陸游生於北宋宣和七（1122）年，翌年，靖康之役，北宋云亡。此詩所記，為陸游三十歲之事，乃南宋紹興二十四（1154）年。所指「滄溟」，即臺灣海峽。

　　至於宋代臺灣印象，較隋代詳切。試取趙汝适之《諸蕃志》及《宋

史‧外國傳》所敘之自然景觀，分別列述如下：

1. 關於方位：

  (1)流求國，當泉州之東，舟行五六日程。《諸蕃志》

  (2)流求國，在泉州之東，有海島曰澎湖，煙火相望。《宋史‧外國傳》

2. 關於動物：肉有熊、羆、豺、狼，尤多豬、雞；無牛、羊、驢、馬。《諸蕃志》

3. 關於農產：厥土沃壤，先用火燒，然後引水灌注，持插數寸而墾之。無他奇貨，尤好剽掠，故商賈不通。《諸蕃志》（農產）

四、元代

元代立國致力於向外擴展，臺灣為其近地，不知臣服；故有兩征臺灣之舉，第一次於元世祖二十九（1292）年三月，以海船副萬戶楊祥統兵六千討之，未至臺灣而返。第二次則在成宗元貞三（1297）年九月，福建平章政事高興遣省都鎮撫張浩，新軍萬戶張進赴留求國，禽生口一百三十餘人[16]，改稱留求（即琉球）。《元史‧外國列傳》關於方位與氣候，曰：

> 留求，在南海之東，漳、泉、福、興四州界內。澎湖諸島與留求相對，亦素不通。天氣清明時，望之隱約若煙霧；其遠不知幾千里也。西、南、北岸皆水，至澎湖漸低；近留求，則謂之落漈。漈者，水趨下而不回也。凡西岸海舟到澎湖已下，遇颶風發作，漂流落漈，回者百一。

元至正九（1349）年，有南昌人汪大淵者，曾附海船，親自登錄東南諸島，著《島夷志略》，於〈琉球篇〉曰：

1. 記述地理景觀：地勢盤穹，林木合抱，山曰翠麓、曰重曼、曰斧頭、曰大崎。 其崎山極高峻，自彭湖望之甚近，余登此山，則觀海潮之消長。夜半，則望暘谷之出，紅光燭天，山頂為之俱明。

2.記述氣候：土潤田沃，宜稼穡，氣候漸暖。

3.記述交通：水無舟楫，以筏濟之。

4.記述物產：地產沙金、黃豆、黍子、硫磺、黃蠟、鹿、豹、麂皮。

貳、對人文景觀的描述

一、三國時代

三國以前如稱臺灣為夷州，那麼關於夷州的人文景觀，《太平御覽》[17]有如下的描述：

1.關於制度：此夷各號為王，分畫土地人民，各自別異。……呼人民為彌麟，如有所召，取大空材十餘丈，以著中庭，又以大杵旁椿之，聞四、五里如鼓。民人聞之，皆往馳赴會。

2.關於起居：人皆髡頭穿耳，女人不穿耳。作室居。……舅姑子嫂，男女臥席，共一大床，交會之時，各不相避。

3.關於飲食：飲食不潔，取生魚肉雜儲大器中以滷之，歷日月仍噉食之，以為上餚。……飲食皆踞相對，鑿木作器，如豬槽狀，以魚醒肉臊安中，十十五五共食之。以粟為酒，木槽儲之，用大竹筒長七寸飲之。

4.關於衣飾：能作細布，亦作斑文布，刻畫其內，有文章以為飾好也。……得人頭，砍去腦，駁其面肉，取犬毛染之，以作鬢眉髮。編貝齒以作口，出戰臨鬥時用之，如假面狀，此夷王所服。

5.關於娛樂：歌似犬嗥，以相娛樂。

6.關於婚嫁：又甲家有女，乙家有男，仍委父母往就之居，與作夫妻，同牢而食。女已嫁，皆缺去前上一齒。

7.關於古蹟：山頂有越王射的正白，乃是石也。

8.關於戰爭：戰得頭，著首還，中庭建一大材，高十餘丈，以所得頭，差次挂之，歷年不下，彰示其功。

本文對於夷州的地理方位、氣候、地形、物產等自然景觀；以及制度、古蹟（越王射的之石）、飲食、獵頭、衣飾、娛樂、嫁娶、鑿齒等人文景觀，不但敘之甚詳，且與臺灣古時原住民類同，可說是對古臺灣印象非常完整的觀光文學。

二、隋代

隋代既稱臺灣為流球，流球之人文景觀配合自然景觀，則以記載於《隋書‧東夷傳》，介紹如下：

1. 關於政治制度：其王姓歡斯氏，名渴刺兜，不知其由來有國代數也。彼土人呼之為「可老羊」，妻曰「多拔茶」，所居曰「波羅檀洞」，塹柵三重，環以流水，植棘為藩。王所居舍，其大一十六間，雕刻禽獸。國有四、五帥，統諸洞，洞有小王。

2. 關於衣飾：男女皆以白紵繩纏髮，從項後盤繞至額。其男子用鳥羽為冠，裝以珠貝，飾以赤毛，形製不同。婦人以羅紋白布為帽，其形方正。織鬪鏤皮竝雜毛以為衣，製裁不一。綴毛垂螺為飾，雜色相間，下垂小貝，其聲如珮。綴鐺施釧，懸珠於頸。織藤為笠，飾以毛羽。

3. 關於戰爭：有刀矟弓箭劍鈹之屬。其處少鐵，刃皆薄小，多以骨角輔助之。編紵為甲，或用熊豹皮。王乘木獸，令左右輿之，而導從不過數十人。小王乘機，鏤為獸形。國人好相攻擊，人皆驍健善走，難死耐創。諸洞各為部隊，不相救助。兩陣相當，勇者三五人，出前跳噪，交言相罵，因相擊射；如其不勝，一軍皆走，遣人致謝，共和解。收取鬪死者聚食之，仍以髑髏將向王所，王則賜以冠，便為隊帥。

4. 關於稅制：無賦斂，有事則均稅。

5. 關於刑法：用刑亦無常準，皆臨事科決。犯罪則皆斷於鳥了帥，不伏則上請於王；王令臣下共議定之。獄無枷鎖，唯用繩縛。決死刑

以鐵錐，大如箸，長尺餘，鑽頂而殺之；輕罪用杖。

6.關於曆制：俗無文字；望月盈虧，以紀時節，候草藥枯，以為年歲。

三、宋代

宋代對臺灣人文景觀的描寫，仍以趙汝适《諸蕃志》為主。列述如下：

1.關於王宮：王所居曰波羅檀洞，塹柵三重，環以流水，植棘為藩，殿宇都雕刻禽獸。

2.關於衣著：男女皆以白紵繩纏髮，從頭後纏繞，及以雜紵、雜毛為衣，製裁不一。織藤為笠，飾以羽毛。

3.關於戰備：兵有刀矟、弓箭、劍鈹之屬，編熊豹皮為甲。

4.關於交通：所乘之車，刻以獸像，導從僅數十人。

5.關於稅制：無賦斂，有事則均稅。

6.關於曆制：不知節朔，視月盈虧以紀時。

7.關於生活起居：父子同床而寢，曝海水為鹽，釀米麴為酒。遇異味，先進尊者。

《宋史‧外國傳》的描述比趙汝适《諸蕃志》簡略，大體依循《諸蕃志》，唯僅增加對商業的敘述：

無他奇貨，商賈不通。

四、元代

元代對臺灣人文景觀的描寫，只見及汪大淵《島夷志略》〈琉球篇〉，茲就重要人文景觀摘述如下：

1.衣著方面：男子、婦人拳髮，以花布為衫。

2.飲食方面：煮海水為鹽，釀蔗漿為酒。

3.倫常方面：知番主酋長之尊，有父子骨肉之義。他國之人，倘有所

犯，則生割其肉以啖之，取其頭懸木竿。

4.貿易方面：貿易之貨，用土珠、瑪瑙、金珠、粗碗、磁器之屬。海外諸國，蓋由此始。

　　元代所記，考列其相關事物，已可於明清兩代臺灣舊籍中徵之。尤堪注意者，所稱「貿易之貨」的項目，大都可以在目前所發現的史前遺址中見之；而「海外諸國，蓋由此始」，更可證明臺灣此時已是航行東洋海舶之起點[18]，由大陸南行呂宋，東至琉球（沖繩）、日本必經之途，已經奠下臺灣在「大航海時代」海上地位的雄厚基礎。

第三節　古典文獻賦予老臺灣的綜合意象

　　今人既已無法重新遊歷一如典籍所載的清代以前的臺灣，亦無從藉著前述典籍按圖索驥，為大家導遊今天的臺灣。然而遠古老臺灣仍屬於南島語族的原住民族天下，雖然尚未漢化，文明的起步也較晚。但早已經存在大陸東南海上，是前述任何典籍記載的共通現象，也是歷史的事實。因此本節擬就歷代典籍所記內容，貫穿歷史的觀點，走過時光隧道，提供今人假如想要旅遊清代以前的臺灣，走一趟神遊「時光之旅」時，給予古早老臺灣美麗之島綜合意象的參考。

壹、古典文獻描述臺灣的居民

　　你想認識古早的臺灣人嗎？綜合以上各節所述，像電影倒帶般，試從古典文獻耙梳勾勒出明代以前臺灣居民的影像記憶。

1.《尚書·禹貢》說當時的臺灣人是：島夷卉服，厥篚織貝。[19]

2.趙汝适之《諸蕃志》中則載說當時的臺灣人是：語言不通，商販不及，袒裸盱睢，殆畜類也。

3.《太平御覽》形容當時的臺灣人是：人皆髡頭穿耳，女人不穿耳。[20]

4.《隋書・東夷傳》則介紹說：男女皆以白紵繩纏髮，從項後盤繞至額。其男子用鳥羽為冠，裝以珠貝，飾以赤毛，形製不同。婦人以羅紋白布為帽，其形方正。織鬥鏤皮竝雜毛以為衣，製裁不一。

5.趙汝适《諸蕃志》也說：男女皆以白紵繩纏髮，從頭後纏繞。

6.元代對臺灣人文景觀的描寫，只見及汪大淵《島夷志略》〈琉球篇〉說：男子、婦人拳髮，以花布為衫。

以上從「袒裸盱睢」到「以花布為衫」；從「男女皆以白紵繩纏髮，從項後盤繞至額」到「男子、婦人拳髮」，可見從殷商到元代，姑且不計較是否同指今天之臺灣一地，但是從歷史洪流的文獻記載中，我們已經感受到了居住在臺灣的人類已經有了文明的進步了。

貳、古典文獻描述臺灣的人文風俗

至於清代以前臺灣的人文風俗，除如前述就各典籍所載的制度、起居、飲食等各單項分析之外，此處再就整體穿越時空的綜合印象加以整理。

1.從早期三國時代《太平御覽》[21]所說：

(1)……舅姑子嫂，男女臥席，共一大床，交會之時，各不相避。……

(2)……飲食不潔，取生魚肉雜儲大器中以滷之，歷日月仍啖食之，以為上餚。……

(3)……得人頭，砍去腦，駁其面肉，取犬毛染之，以作鬚眉髮。……

(4)……女已嫁，皆缺去前上一齒。……

2.到元代汪大淵《島夷志略・琉球篇》，已有：

(1)……煮海水為鹽，釀蔗漿為酒。……

(2)……知番主酋長之尊，有父子骨肉之義。……

(3)⋯⋯貿易之貨，用土珠、瑪瑙、金珠、粗碗、磁器之屬。⋯⋯

可見已經有了文明的進步現象。

參、古典文獻描述臺灣的自然風光

清代以前的臺灣才有資格稱做「福爾摩沙」美麗之島，那是因為從古代典籍中印證出臺開發較遲，特別是破壞力最強的漢人還沒入侵開發的緣故。不管是早期的《隋書‧東夷傳》：

木有楓、柘、樟、松、楩、楠、杉、梓、竹、藤；果、藥同於江表。

到元南昌人汪大淵，據說是親自登陸沿海諸島，著《島夷志略》，於〈琉球篇〉說：

地勢盤穹，林木合抱，山曰翠麓、曰重曼、曰斧頭、曰大峙。其峙山極高峻，自彭湖望之甚近，余登此山，則觀海潮之消長。夜半，則望暘谷之出，紅光燭天，山頂為之俱明[22]。

雖然不能證明就是指真正登陸了臺灣，但這不正就是已經描繪出一幅「美麗之島」老臺灣的山水畫嗎？

但是，青山不常在，好景不常有，明代以後漢人蜂擁渡海來臺大肆開發的結果，特別是從以後章節旅遊文學的介紹中，可以發現這塊有如人間仙境的處女地，已經開始慢慢地被假借文明進步的美麗糖衣；藉著「一府、二鹿、三艋舺」的開發期程，一步步地走向滿目瘡痍，不再「福爾摩沙」，痢痢頭似的臺灣風光了！

註釋

[1] Hunt, J. D. (1975). Image as a Factor in Tourism Development. *Journal of Travel Research, 13*, pp. 1-9.

[2] Berman, B. & Evans, J. R. (1992). *Retail Management: A Strategic Approach*. New York: Macmillan Publishing, p. 10.

[3] 李素馨、王銘山、蘇群超（1997）。〈都市意象認知之研究──以臺中市為例〉，《1997年休閒、遊憩、觀光研究成果研討會論文集》。臺北：中華民國戶外遊憩學會，頁75-94。

[4] 洪敏麟（1985）。《臺灣地名沿革》。臺中：臺灣省政府新聞處，再版。

[5] 高拱乾（1990）。《臺灣府志》。南投：臺灣省文獻委員會，頁66。

[6] 周元文（1986）。《臺灣府志》。南投：臺灣省文獻委員會，頁18。

[7] 劉良璧重修（1987）。《福建臺灣府志》。南投：臺灣省文獻委員會，頁218。

[8] 連橫（1985）。《臺灣通史》。臺北：幼獅，第六版。

[9] 臺灣省文獻委員會編（1981）。《臺灣文獻圖書簡介》。南投：臺灣省文獻委員會，頁102。

[10] 同上註，頁110。

[11] 臺灣省文獻委員會編（1952）。《臺灣省通志稿‧學藝志文學篇》卷六。南投：臺灣省文獻委員會，頁1。

[12] 「寶島」的稱呼較晚，應該是戰後，特別是在國民政府遷臺之後最為盛行。

[13] 楊正寬（2000）。《觀光政策、行政與法規之互動與調適》。新北市：揚智，頁310。

[14] 參見《太平御覽》第七百八十卷。

[15] 參見《隋書‧南蠻傳》曰：「煬帝纂業，威加八荒。甘心遠夷，志求珍異，故師出於流求，兵加於林邑。」

[16] 臺灣省文獻委員會編（1994）。《臺灣史》。南投：臺灣省文獻委員會，三版，頁36。

[17] 參見《太平御覽》第七百八十卷。

[18] 曹永和（1963）。〈早期臺灣之開發與經營〉，《臺北文獻》。臺北：臺北市立文獻館，第三期。

[19] 參見《尚書・禹貢》。

[20] 參見《太平御覽》第七百八十一卷。

[21] 參見《太平御覽》第七百八十五卷。

[22] 參見元汪大淵《島夷志略・琉球篇》。按比較可靠的說法是以陳第〈東番記〉為首度親自登陸臺灣見聞之作。

第三章
明代臺灣古典旅遊
文學的發展

第一節　臺灣旅遊文學的奠基文獻

　　臺灣本為海外荒服，最初僅有以南島語系為主，包括平埔族與居住山地的原住民。自三國、隋、唐、宋、元，以迄明代，美麗島中，文教初啟，其間南、北各遭荷、西占領，因此開啟本土多元文化的色彩，也自然地成為臺灣旅遊文學豐富內容的特徵之一。

　　明初洪武，臺灣史事，不見記載。斯時，倭寇騷擾沿海各地，太祖令遷沿海居民於內地。迨夫成祖即位後，倭焰漸衰，海禁稍弛。永樂、宣德之際，乃有鄭和及王三保者來臺灣之說。萬曆三十一（1603）年，陳第所撰〈東番記〉為最早記鄭和來臺之事：

> 永樂初，鄭內監航海諭諸夷，東番獨遠竄不聽約，於是家貽一銅鈴，使頸之，蓋狗之也，至今猶傳為寶[1]。

　　所謂鄭內監，即鄭和也。後出之《東西洋考》、《閩書》及《明史‧外國傳》敘述「雞籠」時，均記載此事，與陳第所書略同。蓋陳第於萬曆三十（1602）年，曾隨征東番，後出諸書。至王三保或稱王三寶，其來臺傳說見康熙三十三（1694）年高拱乾《臺灣府志》〈沿革篇〉：

> 臺灣古荒裔地也，前之廢興因革，莫可考矣。所得故老之傳聞者，近自明始。宣德間，太監王三保舟下西洋，因風過此。嘉靖四十二年，流寇林道乾擾亂沿海，都督俞大猷征之，追及澎湖，道乾遁入臺。

　　鄭和及王三保至臺旅遊一事，難以斷言，惟郭廷以《臺灣史事概說》謂均有可能[2]。明天啟元（1621）年，顏思齊率鄭芝龍登陸笨港，在嘉南平原建立外九寨，應為有史可稽之漢人墾殖臺灣先鋒。故《臺灣縣志》云：

> 顏思齊所屬多中土人，中土人之入臺灣，自思齊始。[3]

　　天啟四（1624）年至永曆十五（1662）年的三十八年期間，荷蘭人占據臺灣。天啟六（1626）年至崇禎十五（1642）年的十六年間，西班牙占領基隆、淡水等北部地區。自明永曆十五年起，臺灣由鄭成功經營，迄康熙二十二（1683）年歸清版圖，其後清人領臺計二百十二年，至光緒二十一（1895）年割讓臺、澎予日本。

　　當瞭解臺灣簡史之後，吾人可以發現清領臺之前，所留存之文獻史料，以征伐紀錄最多，古典旅遊文學作品可謂鳳毛麟角，須加以蒐集、整理，始克浮現梗概。

　　除陳第〈東番記〉堪稱臺灣首篇遊記，另闢專節析介外，茲先將明代與臺灣旅遊有關的文獻，整理耙梳之後，約可分為三類，列舉如下，藉供臺灣旅遊之參考。[4]

壹、史地類

一、《臺灣輿圖考》

　　沈光文撰，成書年代欠詳。光文字文開，一字斯庵，浙江鄞縣人。明太樸寺少卿，永曆初，泛海來臺，困居臺地蠻鄉，備極辛苦，其餘生平詳見下節。

　　沈光文在臺四十年，目見鄭氏三世盛衰，著作甚豐，臺灣文獻，推為始祖。本書初見於范咸《續修臺灣府志》及謝金鑾、鄭兼才合纂《續修臺灣縣志》，連橫《臺灣通史》〈藝文志〉皆有轉錄，惜有目無書，未得其詳。

二、《從征實錄》

　　明永曆年間，楊英撰。作者籍貫欠詳，此書為作者追隨鄭延平，辦理糧務，大小征戰，按年逐日之見聞紀錄，可為另類記遊文學，亦為研究延平事蹟最珍貴之第一手史料。

貳、藝文類

一、《閩海贈言》

明崇禎年間，沈有容輯。有容字士弘，又字瀛海，寧國宣成人。明萬曆三十（1602）年十二月初旬，率師夜過澎湖，三十二（1604）年冬，荷人韋麻郎艘聚千餘人次澎湖求市，有容求舟直抵韋麻郎，曉以事理，荷人引退。該書所輯，乃閩省士紳所贈言，卷一為碑，卷二為記，卷三為序，卷四為古風，卷五為七言律詩，卷六為五言排律、七言排律及七言絕句，卷末為「家言」，有叔懋學、弟有則兩人詩。

書中史料甚豐，荷侵澎湖，倭擾臺灣，均可由此略窺梗概。其中陳第〈東番記〉尤為明代親臨臺灣目擊耳聞者所留之最早旅遊文獻。陳第字季立，福建連江人，嘗客都督俞大猷幕，有容剿東番，舟泊大員（今臺南），與當地原住民相接，深悉島上情形，因有此記。何喬遠撰《閩書》卷一四六〈島夷志〉，及萬曆四十五（1617）年黃承玄撰《閩海通談》，皆有引用其文。

二、《臺灣賦》

沈光文撰，著作年代欠詳。此書初見於范咸《重修臺灣府志》之〈藝文志〉，後謝金鑾與鄭兼才《續修臺灣縣志》之〈藝文志〉亦有轉錄，但俱僅賦一卷，餘稿散佚。今已知有輯收〈臺灣賦〉、〈東海賦〉、〈桐花賦〉及〈芳草賦〉等篇。學界有認為係清代偽作，其中以盛成之指摘最力。

三、《文開詩文集》

沈光文撰，頗多記錄當時旅臺風土民俗之見聞，著作年代欠詳。范咸之《重修臺灣府志》，謝金鑾、鄭兼才《續修臺灣縣志》及連橫《臺灣通史》皆有收錄，其稿已迭。

四、《釣璜堂集》

明永曆年間，徐孚遠撰。孚遠字闇公，晚號復齋，江蘇華亭人，崇禎舉人，文章氣節，彪炳一時。延平入臺啟疆，孚遠亦攜家佃於新港，殆延平卒，完髮以死。輯有〈東夷〉、〈東寧詠〉、〈鋤萊〉、〈壽陳復甫參軍〉等詩，對當時臺灣風貌不無參考之處。

五、《留菴詩文集》

明永曆年間，盧若騰撰。盧氏字閒之，一號留菴，同安浯州人。崇禎十二（1639）年進士，延平克臺，永曆十八（1664）年，追隨鄭氏，但航至澎湖病歿。留有《方輿圖考》、《浯州節烈傳》、《畊堂隨筆》、《島居隨筆》、《島上閒居偶寄》、《島噫集》、《留菴詩文集》。本書多身世感遇，憂愁憤懣之作，有〈東都行〉、〈海東屯卒歌〉、〈殉節篇為烈婦洪和作〉、〈澎湖〉及〈金雞曉霞〉等詩。

參、雜文類

一、《流寓考》

明末清初，沈光文撰。此書初見於范咸《續修臺灣府志》，謝金鑾、鄭兼才合纂《續修臺灣縣志》、連橫《臺灣通史》。因有目無書，然就書目觀之，當為明末清初諸流寓之傳記。

二、《草木雜記》

沈光文著，著作年代欠詳。此書初見於范咸《續修臺灣府志》，謝金鑾、鄭兼才合纂《續修臺灣縣志》、連橫《臺灣通史》。本書之書名於黃叔璥《臺海使槎錄》卷四〈赤嵌筆談〉作《花草果木雜記》，又《臺灣通志》〈寓賢〉沈光文撰作《花木雜記》，因稿已久佚，未知孰是。

第二節　〈東番記〉為臺灣旅遊文獻的濫觴

明神宗萬曆二十五（1597）年，倭寇肆虐中國沿海，侵擾閩海一帶的漁民、商販。當時福建巡撫金學曾聽說安徽寧國府宣城縣人沈有容（字士弘），前在遼邊有軍功，於是起用沈氏主持閩浙海防。萬曆二十九（1601）年倭寇掠諸寨，賊浮東椿，沈有容加以擊敗，遂和銅山把總張萬紀敗倭寇於彭山洋，餘倭逃據東番。

東番土人繁多，皆依漁、獵為生，雖居海島，性畏航海，且華人時往貿易，因而和大陸沿海交通漸盛，商船漁舟來往頻繁。倭寇突至東番，占為巢穴，四出剿劫，東番土人莫敢若何，而漁民不得安生樂業，此時海上時以被殺、被掠聞。漁舟、商船皆以倭掠為患，於是沈將軍於萬曆三十（1602）年渡海剿倭，此時陳第躬與戎機。破倭之後，陳第撰〈東番記〉一文，詳記當時臺灣西南部的物產與風俗。

「東番」其實就是指臺灣[5]，因為臺灣位於福建的東邊，所以早在明代，人們就以「東番」指稱臺灣。陳第〈東番記〉是目前所知親身旅臺，介紹臺灣風土最豐的文獻，也是臺灣的第一篇遊記。茲就所記重要內容，以及〈東番記〉一文在臺灣旅遊文學史上的價值，分別析述如下：

壹、陳第其人其事

陳第，字季立，號一齋，又號子野子，福建連江縣龍西舖人。生於明世宗嘉靖二十（1541）年，卒於明神宗萬曆四十五（1617）年，年七十六。著有：《伏羲圖贊》、《尚書疏衍》、《尚書古今文考》、《毛詩古音》、《鱗經直指》、《意言》、《謬言一卷》、《薊門兵事》、《海防事宜》、《書札燼存》、《松軒講餘》（餘又作義）、《屈宋古音義》、《詞賦漫題》、《東番詩》、〈東番記〉、《薊門塞曲》、《寄心集》、《粵草》、《五岳草》、《入粵紀略》、《世善堂書目》、[6]《二戴纂粹》等。[7]

　　一齋先生是明代名將，也是一位碩儒。父陳應奎，是秀才，曾任縣吏。先生少時博覽群書，兼學劍術，喜談用兵之道，個性剛毅而志向遠大。因目睹桑梓常遭倭寇蹂躪，於是鑽研破倭之術，誓滅倭賊。戚繼光征倭到連江的時候，陳第進「平倭策」，並佐戚氏盡殲倭眾，曰：

　　秘軍聲作八音以通語，倣乘櫃作土板以行泥。

　　明神宗萬曆元（1573）年九月，俞大猷聘他人幕府，日夜教以古今兵法之要，南北戰爭之宜，因而盡得韜鈐方略。大猷喜曰：

　　子當為名將，非一書生也。

　　萬曆三（1575）年，陳第在京師，得俞大猷推薦，謁戚繼光於薊門，並上書譚綸，論「獨輪車制」，譚綸甚佩服，即補授鎮撫，命其主持訓練獨輪車事。譚、戚各有贈詩，譚綸稱陳第：

　　君是當今定遠侯，賦詩橫槊古檀州，胸中剩有三邊略，手裡能揮二丈矛。

　　戚繼光說他：

　　心期報主年方壯，志欲吞胡策自勤[8]。

　　順天巡撫王一顎則有薦語曰：

　　陳部曲之心以仁，酬國士之知以義，恤貧苦若家人婦子，談韜略本禮樂詩書。

　　當年冬，陳第上書於譚公請纓，次（萬曆三）年正月，譚綸題補先生為潮河川提調。勾稽符書，料量食物，肅號令，演火器，或演旌旗千百往來，而駐於墩臺，日夜劬襄，外撫強夷，內訓疲卒，身勞慮竭，髮白無數，時迎養雙親在任，先生之母見之，深以為憂，曰：「兒奈何若是？」對曰：「業已委質為封疆之臣，誼當如是，不敢辭也。」

萬曆八（1580）年十二月，受到戚繼光之薦，兵部尚書方逢時題補他
為薊鎮三屯軍兵前營游擊將軍，以署參將駐漢兒莊，用副總兵體統行事。

萬曆十（1582）年七月二十日，有制府吳兌表弟周楷，以書及禮帖
託陳第為配賣青布五千餘疋於軍士，布每疋值銀一錢以上，索價二錢以
上，他以若循其情，是剝軍士以奉權貴，因辭其布，而璧其儀。至十一月
終以此去官。陳我渡作書詢其緣故，他覆函曰：

> ……蓋官職雖去，人品自在，況歸山林與二三同志且耕且讀，足以
> 自老。大丈夫要當磊磊落落，遇時則振翮雲霄，不遇則曳尾泥塗，
> 隨其所居，無不夷坦，安能枉己從人，依權媚勢，即封萬里侯，佩
> 金印如斗，於心獨無愧乎！[9]……

陳第束髮即好遊歷，少繫庠序，十九歲時，試輒冠軍，繼又遊學
福州如蘭精舍，出則無資斧不能遊；及北宦邊塞，日惟講求戰守，不暇
遊；及罷官歸，有老母在堂，不忍遊；母卒，可以遊，又認為不讀書不足
以言遊，於是避門讀書，凡十餘年。

陳第五十七歲始裹糧出遊，先遊兩粵，盡覽羅浮、西樵、崖山（宋
故宮）等勝景，凡三年歸。又走東、西浙，躡天台、石梁，觀雁岩瀑
布，過會稽，手摩神禹窆石，繞出七里灘，陟嚴子陵釣台，抵金陵，與焦
弱侯講習舊業，於是浮大江而上，陟齊雲、九華、匡廬諸處，至黃鶴樓而
醉焉，遂溯漢江、歷襄陽。飲於峴山、習池間，冒雪上武當山而回，因渡
彭蠡，窺豫章滕王閣，見長兄於饒江學舍，復返金陵，如此者十餘年。

由於陳第熱愛故國山河，及至晚年仍遊興不減，雲水翱遊，歷涉山
海各地，才給後世子孫留下這一篇〈東番記〉，供吾人無限緬懷、無限遐
思。焦竑說他：

> 周遊萬里，飄飄若神仙。

一齋先生也嘗自云：

大丈夫要當磊磊落落，遇時則振翮雲霄，不遇則曳尾泥塗，隨其所居。典範洵堪效法。[10]

貳、〈東番記〉撰寫經過與發現

〈東番記〉全文雖僅一千三百十一字，如**附錄二**。但內容翔實，記載可靠，後來「東番」的風土民情，為官吏和紳士們所知曉，皆賴陳氏此作。然而該文卻有一段時間鮮為人知，亦即這篇〈東番記〉在當時並沒有什麼人注意而散佚，卻流傳到日本去，慢慢的在中國也就失傳了。

日本是一個島國，希望在海上圖謀發展，故收集海島文獻資料，不遺餘力，因此，〈東番記〉一文被日人完整保存在沈有容編刻之《閩海贈言》[11]一書中，本書原藏「東京帝國大學附屬圖書館」，編號227296「文科大學史學研究室XIV，26」，「大正五年八月二十八日」入藏。東京帝大今改名東京大學；所謂「附屬圖書館」、「史學研究室」，均或為日治時代舊名，今度於東大東洋史研究室。大正五（民國五，1916）年。學術界初不知有此書，東京大學乃以「閩海通談」書名編目。民國四十四年時，方豪先生得日本友人幫忙，獲全書影本，方再度重現於學界。又經臺灣銀行經濟研究室編列為臺灣文獻叢刊第三百零三種，重新刊印出版，陳氏大作遂重見天日。

古代大陸的中國人，對於僅僅一海之隔的臺灣是相當陌生的，陳氏撰寫這篇〈東番記〉，距今四百十七年，較荷蘭人於天啟四年（1624年）據臺早二十三年，較鄭成功於永曆十五（1661）年驅遂荷蘭人據有臺灣早六十年，較沈光文來臺早約半世紀以上的時間，這樣的一篇遊記是耐人尋味的。

明代學術至萬曆之季，王學之弊滋甚。有識之士，乃舍空疏而轉趨於實踐。梁啟超於其所著《中國近三百年學術史》盛推顧炎武、徐霞客、宋應星諸氏，以為開清代三百年學風之先。準此而論，則陳氏一齋實為其先導。陳第之《毛詩古音考》、《尚書疏衍》實開清代考證學之先

河。〈東番記〉、〈五嶽遊草〉足以媲美《徐霞客遊記》。

參、〈東番記〉是臺灣第一篇遊記

　　遊記約可分為二類，一類是遊山玩水，描述見聞風物，以文采見長，欣賞優美文采之餘，亦可融入作者心境之中，感覺當時臺灣的山川景物；一類是行旅日記，將沿途見聞詳實記錄下來。前者如柳宗元所撰的遊記，後者如玄奘所撰述的《大唐西域記》、郁永河所撰的《裨海紀遊》及陳第〈東番記〉。後一類遊記常常有很高的地理學、民俗學、人類學參採價值，為探索老臺灣「福爾摩沙－美麗之島」形貌很有參考價值的旅遊文獻。

　　明代性喜遊覽旅行的學者著名的有兩位，一位是徐宏祖（1586-1641），其行跡幾遍全國，所撰《徐霞客遊記》是著名的遊記之一，只是並未涉跡臺灣；另一位便是陳第，他鍾情於山水名勝，遊粵東，盡觀羅浮、西樵、崖山等勝景，又遊粵西蒼梧，於是寫了《兩粵遊草》一卷，到了七十一歲又登嵩山、上衡山，南浮洞庭、彭蠡，直到遍遊五嶽，復撰寫了《五嶽遊草》七卷，可貴的是〈東番記〉為臺灣留下了「福爾摩沙－美麗之島」的傳真。這兩人可說是千古奇人，他們的遊記也可說是古典旅遊文學的千古奇書。

　　不過，《徐霞客遊記》時人題詠者、研究者甚多；而陳氏之遊記，今人則多未予重視，此誠一憾事，金雲銘先生說：

> 先生之遊，雖有兩粵及五嶽諸遊草，然均出之吟詠，語焉不詳。且其詩以體裁分，而非以年月分，故前後錯綜，難尋端緒[12]。

這大概是其遊記未能大彰於世的原因吧！

　　陳第〈東番記〉一文是最早記載臺灣的文獻，也是第一篇記載臺灣風俗民情的遊記。在他以前歌詠臺灣文學的人根本沒有登陸過臺灣，幾乎皆是隔岸吟詠而已，所以陳氏該文是確實親身到臺灣而詠臺灣之作。就其來臺時間及撰寫有關臺灣的文章而論，陳氏應是「臺灣旅遊文獻始

祖」。

　　陳第在明神宗萬曆三十（1602）年來臺，早於沈光文來臺約有半世紀以上的時間，但因沈光文來臺後一直住在臺灣，甚至到他死後，子孫還留在臺灣，他的作品對臺灣文風影響很大，因此沈光文就成了「臺灣文學始祖」，再加上一生留在臺灣，寫了很多的旅遊文學作品，因此沈光文也是「臺灣旅遊文學始祖」。陳第如當時能定居臺灣，或多停留一段時間，多留一些著作，也許能取代沈光文為臺灣文學的始祖了。

　　世事多變，得失難料，雖然如此，〈東番記〉一文仍是目前所知第一篇親自登陸臺灣的遊記，所以從古典旅遊文獻的角度觀之，貢獻不亞於沈光文，對古老「福爾摩沙─美麗之島」輪廓的描繪是相當大的。因此，從旅遊「文學」與「文獻」的雙軌角度一併詳加評估發現，如果沈光文是「臺灣旅遊文學始祖」，那麼〈東番記〉既是臺灣第一部旅遊文獻，因此將作者陳第定位為「臺灣旅遊文獻始祖」，似較貼切，也理所當然。

肆、〈東番記〉是研究觀光老臺灣的珍貴史料

　　〈東番記〉一文收入在《閩海贈言》一書之中，內容翔實，記載可靠，是研究臺灣古早歷史與地理的重要文獻。例如：[13]

一、描述東番人居住之地理方位

1. 東番夷人不知所自始，居彭湖外洋海島中；起魍港、加老灣，歷大員、堯港、打狗嶼、小淡水、雙溪口、加哩林、沙巴里、大幫坑，皆其居也。斷續凡千餘里，種類甚蕃。
2. 異哉東番！從烈嶼諸澳乘北風航海，一晝夜至彭湖，又一晝夜至加老灣，近矣。

二、介紹東番人的社會生活

1. 別為社，社或千人、或五六百，無酋長，子女多者眾雄之，聽其

號令。

2. 性好勇，喜鬥，無事晝夜習走，足蹋皮厚數分，履荊刺如平地，速不後奔馬，能終日不息；縱之，度可數百里。

3. 鄰社有隙則興兵，期而後戰，疾力相殺傷，次日即解怨，往來如初，不相讎。

4. 所斬首，剔肉存骨，懸之門；其門懸骷髏多者，稱壯士。

5. 時燕會，則置大罍團坐，各酌以竹筒，不設肴；樂起跳舞，口亦烏烏若歌曲。

6. 無曆日文字，計月圓為一月、十月為一年，久則忘之，故率不紀歲，艾者老髦，問之弗知也。

7. 盜賊之禁嚴，有則戮於社，故夜門不閉，禾積場，無敢竊。

三、關於飲食的介紹

1. 採苦草，雜米釀，間有佳者，豪飲能一斗。

2. 山最宜鹿，儦儦矣矣，千百為群。

3. 人精用鏢，鏢竹棅、鐵鏃，長五尺有咫，銛甚。出入攜自隨，試鹿鹿斃，試虎虎斃。

4. 居常，禁不許私捕鹿；冬，鹿群出，則約百十人即之，窮追既及，合圍裹之，鏢發命中，獲若丘陵，社社無不飽鹿者。取其餘肉，離而臘之，鹿舌、鹿鞭（鹿陽也）、鹿筋亦臘，鹿皮、角委積充棟。鹿子善擾，馴之，與人相狎。習篤嗜鹿，剖其腸中新咽草將糞未糞者，名百草膏，旨，食之不饜；華人見，輒嘔。

5. 食豕不食雞。畜雞任自生長，惟拔其尾飾旗。射雉亦只拔其尾。見華人貪雞雉輒嘔，夫孰知正味乎？又惡在口有同嗜也？

四、關於服飾的介紹

1. 男子穿耳，女子斷齒，以為飾也（女子年十五、六，斷去唇兩旁二齒）。

2.男子剪髮，留數寸，披垂；女子則否。

3.地暖，冬夏不衣，婦女結草裙，微蔽下體而已。無揖讓跪拜禮。

4.不冠不履，裸以出入，自以為易簡云。

五、關於住屋的介紹

1.地多竹，大數拱，長十丈。伐竹搆屋，茨以茅，廣長數雉。

2.器有床，無几案，席地坐。

3.居島中，不能舟；酷畏海，捕魚則於溪澗，故老死不與他夷相往來。

六、描述商業的交易

1.交易，結繩以識。

2.族又共屋，一區稍大，曰公廨；少壯未娶者，曹居之。議事必於公廨，調發易也。

3.始皆聚居濱海，嘉靖末，遭倭焚掠，迺避居山。倭鳥銃長技，東番獨恃鏢，故弗格。居山後，始通中國，今則日盛，漳、泉之惠民、充龍、烈嶼諸澳，往往譯其語，與貿易；以瑪瑙、磁器、布、鹽、銅簪環之類，易其鹿脯、皮角；間遺之故衣，喜藏之，或見華人一著，旋復脫去，得布亦藏之。

七、關於農事

1.無水田，治畬種禾，山花開則耕，禾熟，拔其穗，粒米比中華稍長，且甘香。

2.當其耕時，不言不殺，男婦雜作山野，默默如也，道路以目。少者背立，長者過，不問答。即華人侮之，不怒。禾熟復初，謂不如是，則天不祐、神不福，將凶歉，不獲有年也。

3.女子健作，女常勞，男常逸。

4.穀有大小豆、有胡麻，又有薏仁，食之已瘴癘；無麥。

5.蔬有蔥、有薑、有番薯、有蹲鴟，無他菜。

6.果有椰、有毛柿、有佛手柑、有甘蔗。

7.畜有貓、有狗、有豕、有雞，無馬、驢、牛、羊、鵝、鴨。

8.獸有虎、有熊、有豹、有鹿。

9.鳥有雉、有鴉、有鳩、有雀。

八、關於婚姻

1.娶則視女子可室者，遣人遺瑪瑙珠雙，女子不受則已；受，夜造其家，不呼門，彈口琴挑之。口琴，薄鐵所製，齧而鼓之，錚錚有聲。女聞，納宿，未明徑去，不見女父母。自是宵來晨去必以星，累歲月不改。

2.產子女，婦始往婿家迎婿，如親迎，婿始見女父母，遂家其家，養女父母終身，其本父母不得子也。

3.生女喜倍男，為女可繼嗣，男不足著代故也。

九、關於喪事

1.家有死者，擊鼓哭，置尸於地，環煏以烈火，乾，露置屋內，不棺。屋壞重建，坎屋基下，立而埋之，不封，屋又覆其上，屋不建，尸不埋。然竹楹茅茨，多可十餘稔，故終歸之土，不祭。

2.妻喪復娶；夫喪不復嫁，號為鬼殘，終莫之醮。

十、其他

1.永樂初，鄭內監航海諭諸夷，東番獨遠竄，不聽約，於是家貽一銅鈴，使頸之，蓋狗之也，至今猶傳為寶。

2.其在海而不漁，雜居而不嬲，男女易位，居瘞共處；窮年捕鹿，鹿亦不竭。

3.合其諸島，庶幾中國一縣。相生相養，至今曆日書契，無而不闕。

　　張燮《東西洋考》及《閩書》中有關臺灣原住民族記載，多源自此文。而劉良璧《臺灣府志》、王瑛曾《鳳山縣志》、薛志亮《臺灣縣志》、杜臻《閩粵巡視紀略》等又源自《東西洋考》與《閩書》，可見〈東番記〉一文至為重要。〈東番記〉又可作為臺灣原住民早期生活史讀物，社會學家陳紹聲說：「實不遜於現代人類學家所作之調查報告。」

　　陳第此文說明了他獨具慧眼，能看到臺灣的重要性，此一觀點更是影響到後人對臺灣之重視。康熙三十六（1682）年郁永河奉旨往臺灣採硫，著有《採硫日記》，雖名為採硫，其實所記皆與朝廷理番、防亂諸事有關，其竹枝詞更說明了臺灣形勢之險要與政治的當務之急。其後郁永河又撰《裨海紀遊》，應可認為是清代最早記述臺灣風土民情的紀遊文學專著，將於明代文獻敘畢之後，再專節介紹。

　第三節　臺灣旅遊文學始祖沈光文

　　除陳第〈東番記〉之外，臺灣旅遊文學由遠古模糊或猜測的印象，轉而具體的寫實，應始自晚明鄭成功經營臺灣之後，大批的漢人，其中不乏儒士，均隨鄭氏東征墾臺，因而也帶來了漢文化與文學。其中「沈光文」當可推之為臺灣古典旅遊文學始祖。沈氏並非隨鄭氏來臺，而是先於鄭氏，因遇風浪，漂流至臺，筆耕臺灣，老死以終，後代族人亦都定居臺灣。其中沈光文居於「臺灣旅遊文學始祖」，理由已如前節析述，不再贅語。以下僅就沈氏生平及旅遊臺灣的文學代表性作品賞析如下：

壹、沈光文生平[14]

　　沈光文，字文開，號斯庵，浙江鄞縣人，生於明萬曆四十（1612）年，卒於清康熙二十七（1688）年。明崇禎三（1630）年參加鄉試，中副榜[15]，由工部郎中晉太僕寺少卿。明永曆五（1651）年，清軍破廈門及舟

山，魯王避金門，沈光文自潮州航至金門與魯王會合，將往泉州，船遇圍頭洋颶風，飄困居臺。初暫住府城，不久移目加溜灣（今善化），延平王鄭成功入臺，以客禮見之，令麾下致餼，且以田宅瞻之。及經嗣，作賦寓諷，幾罹不測，乃變服為僧入山，結茅羅漢門。旋經意釋始出，教讀於目加溜灣社，設帳授徒，不足則以醫藥濟人。清師克臺，諸遺臣皆物故，光文亦老矣，諸羅知縣季麒光，為發揚風雅，特邀光文與十三人結成「東吟社」（如**附錄四**），則年七十四矣，後卒於諸羅，葬善化里東堡。

沈氏居臺四十年，歷荷蘭至鄭氏三世盛衰，皆目擊其事，著書頗多，以其長期流寓臺灣，不但對臺灣自然及人文觀察深入，而且因係儒雅之士（如**附錄三**），除了散文之外，還寫了很多詩、賦等傳統古典文學。其中有《臺灣輿圖考》一卷、《文開詩文集》三卷、《流寓考》一卷、《草木雜記》一卷及《臺灣賦》一卷等古典觀光文學類著作，臺灣文獻界亦推為「海東文獻初祖」及「臺灣漢語古典文學之祖」[16]。與張蒼水及徐孚遠等人並稱為「東寧三子」。

貳、沈光文的作品

沈光文的《臺灣賦》是最代表描寫明鄭時期臺灣之地理方位、區域建置、各地景觀、植物等觀光見聞的作品，有助於我們瞭解明鄭時期老臺灣的景象，以原文過長，茲分別依臺灣之地理方位、區域建置、各地景觀、植物介紹如下：

一、臺灣地理方位之描述

臺灣遐島，赤崁孤城，門名鹿耳，鎮號安平。未入九州之分野，星應牛女同躔，不載中國之輿圖。地與琉球接境，自有天地，生此人民，粵若洪荒，擴斯世界，長互兩粵之前，屹立七閩之外，東南則日本之舳舶常通，西北則會稽之關梁可數，海壇、瀹水（即舟山）北向之方隅，南澳、銅山西流之門戶，邇連呂宋，遙望暹羅。

二、臺灣區域建置之描述

鄭成功之攻克臺灣也，兵民慴伏，上下悚惶，雕題黑髮之夫，跳梁不敢，鑢耳文身之輩，蠢動無聞，其地之近者，有南社、新港、蕭壠、目加溜灣、到咯嘓、麻豆、大武壠、諸羅山、其地之遠者，阿里山、奇冷岸、打貓社、大居佛、他里霧、猴悶、柴裡、斗六、西螺、東螺、麻芝干、馬芝遴、大突、半線、大肚、亞東、大武郡、南北投、牛罵、貓霧棟、蓬山、大傑顛、加六堂、小琉球、卑南覓、新港仔、竹塹、南崁、雞籠、淡水諸社，里有文賢、仁和、永寧、新昌、仁德、依仁、崇德、長治、維新、嘉祥、仁壽、武定、廣儲、保大、新豐、歸仁、長興、永康、永豐、新化、永定、善化、感化、開化諸里，坊有東安、西定、寧南、鎮北四坊。承天為舊設之府，東寧乃新建之名。嶺後，嶺前，閭閻接地；舊渡、新渡、舸艦聯雲。彼海澨之風雖殊，而性善之理則一。

三、臺灣各地景觀之描述

種竹以為牆，葺茅以為屋，漁樵樂業，耕稼乘時，駕津梁於二贊之間，溪深緩步，屯竹木於大目之港，路仄安行，鯽魚潭可饒千金之利，打鼓澳能生三倍之財，瀑海水以為鹽，燒山材以為炭。觀音山疑是落伽分脈，雙塹竹想從淇澳移來，北線尾夜靜潮平，月沉水鏡，下港岡春明谷秀，樹綴紅粧，中樓仔環鎮輕煙，桶盤棧低縈淺霧。諸羅山臺北崇關，似經巨靈之手，直劈半邊，鹿耳門海中要地，如戴高士之巾，微有折角，鳳山蔥鬱層巒，疑丹鳳之形，猴悶岑崟疊嶂，穿獼猴之穴，七鯤身結萬山之脈，三茅港匯湍水之宗。洋則分大鄉小鄉，岡則有上港中港，月眉池既標美號，鳳尾橋更著嘉名，赤山仔色燦丹霞，烏樹林茂搖青浦，大橋居首而近郭，竹滬處遠而在南，東番社山藏金礦，下淡水地產硫磺，陰峰突聳雲霄，盛夏寒留積雪，陽谷宛含煜燿，三冬煖若長春。

四、臺灣植物之描述

芝馥盈汀，梓栗之樹更多，橘柚之園甚廣。西瓜蒔於圃者如斗，甘蔗毓於坡者如菇，葫蘆彷彿懸瓠，薏苡依稀編琲，檨嘽異味，椰瀝奇漿，龍眼較廈嶺尤佳，荔枝比清漳不足。桄榔孤樹，葶芨叢株，檳榔木直幹參天，箽簹竹到根生刺，夭桃四時皆灼，芳梅五臘咸香，沼浮荷而經年艷艷，菊繞徑而累月芬芬。茉莉編籬，芙蓉插障，來麰早熟，番薯遲收，黍栽陽陸，稷植雲疇，荳分夏白秋白，穀區埔黏快黏，……。

五、其他

沈氏除了〈臺灣賦〉以外，還有很多古典詩，如《文開詩文集》蒐錄旅遊類的感懷詩頗多，遊而有感，感而有發，流寓異鄉，羈旅情懷，淒滄動人，應屬觀光文學之佳作。茲舉數首分享如下：

1.〈感憶〉：

暫將一葦向南溟，來往隨波總未寧；
忽見游雲歸別塢，又看飛雁落前汀。
夢中尚有嬌兒女，燈下惟餘瘦影形；
苦趣不堪重記憶，臨晨獨眺遠山青。

2.〈望月〉：

望月家千里，懷人水一灣；自當安蹇劣，常有好容顏。
旅況不如意，衡門亦早關；每逢北來客，借問幾時還。

3.〈題寧靖王齋壁〉：

修得一間屋，坐來身與閒；夜深常聽月，門閉好留山。
但得羈棲意，無嗟世路艱；天人應共仰，愧我學題蠻。

4.〈番婦〉[17]：

社裡朝朝出，同群擔負行；野花頭插滿，黑齒草塗成。
賽勝纏紅錦，新粧掛白珩；鹿脂搽抹慣，欲與麝蘭爭。

5.〈懷鄉〉：

萬里程何遠，縈廻思不窮；安平江上水，洶湧海潮通。

第四節 明末流寓臺灣的作家與作品

明代臺灣古典旅遊文學作家除早期陳第之外，首推沈光文（已如前述）其餘有楊英、沈有容、徐孚遠、張煌言、盧若騰等，甚至鄭成功父子亦不乏旅遊文學佳作。特別是隨著明鄭大規模移民墾臺後，漢人移民入臺開發，也同時帶來漢文化與文學的興盛，大都是因為寄旅他鄉，又發現美麗的世外桃源，肇成明末為古典旅遊文學在臺灣奠基的主要原因。

茲就其他明末流寓作家與作品，略述如下：

壹、徐孚遠

徐孚遠，字闇公，號復齋，江蘇華亭人，崇禎十五（1642）年中應天府鄉試舉人，與同邑夏允彝、陳子龍於崇禎二（1629）年結成「幾社」，互相砥礪。徐孚遠名節文節兩全，盛聞於世，明末曾舉義兵，破於松江逃至廈門，受鄭成功之禮遇，任左副都御史，常以忠義激勵成功。永曆十五（順治十八，1661）年追隨鄭成功渡臺，安居於臺灣縣下之新港新化里，設教兼事農業努力培植後進，卒於永曆十九（1665）年五月，後歸葬江蘇華亭。著作有《釣璜堂集》二十卷、《海外幾社集》二十卷、《交行摘稿》一卷、《十七史獵俎》一百六十卷，錄有〈東夷〉、〈東寧

詠〉、〈鋤笨〉、〈壽陳復甫參軍〉,除〈東寧詠〉之外,大都屬忠貞愛
國之詩,鮮少觀光文學類之作[18]。

徐孚遠〈東寧詠〉完成於明朝末年思宗時,與清高宗乾隆時高拱乾
作〈東寧十詠〉,其感懷與忠貞思想,兩相異曲,茲引述如下:

> 自從飄泊臻茲島,歷數飛蓬十八年。
> 函谷誰占藏史氣?漢家空嘆子卿賢!
> 土民衣服真如古,荒嶼星河又一天;
> 荷鋤帶笠安愚分,草木餘生任所便。

可見那種飄泊到島上後,顛沛流離,未能返家十八年之久,背著鋤
頭、戴著笠帽,安於眼前的處境,認命地像把餘生當作草木一般的隨處可
生長,不與在歷史上守邊防的人計較功勞,其心境直比喻為漢朝賢明的蘇
武,因此連橫讚曰:

> 闇公之詩,大都眷懷君國,獨抱忠貞。

貳、張煌言

張煌言,字元箸,號蒼水,與沈光文同鄉,出身於浙江鄞縣,崇禎
舉人。明末南京敗戰後,與同郡之錢肅樂等,奉魯王監國,任兵部尚書
東閣大學士,反抗清軍,破於舟山,遂與魯王奔投於福州鄭成功,同謀
攻取南京,失敗,與成功分道,而隱於杭州西湖,其蹤跡後為該地清吏
窺悉,與其健僕楊冠玉、愛將羅子牧同被收捕,煌言受榜掠時,頭戴黑
巾,身穿葛衣,不食不語,忍受到底,永曆十八(康熙三,1664)年,臨
刑時,被二卒以竹轎扛至一青山挾岸,江水澄明之地,煌言端坐慨然就
刑,有臨終絕命詞三首。

煌言生平之著作甚多,盡入於布袋,惜被邏卒燒毀無餘,獨留絕命
詩而已,其著作有《奇零草》、《水槎集》、《北征集》、《採薇吟》
等,其同邑全祖望曾輯錄其詩稿擬欲出版,奈因其詞義過激之字句甚

多，恐惹災禍於當時之文字獄，故只秘藏其詩稿至清末始發刊。煌言之為
人有百折不撓之骨氣，其詩一字一句甚為激昂，悲歌慷慨，讀之有萬馬奔
馳之慨，茲錄〈舟山感舊〉（四首錄一），蓋可知其風骨矣！

> 孤雲兩角委漁磯，極目滄桑事已非；
> 隔浦青燐相掩映，傍溪紅雨自霏微。
> 牆烏轉逐危舟宿，社燕空尋舊壘飛；
> 獨有采芝人尚在，天荒地老不知歸。

參、盧若騰

盧若騰，字閒之，號牧洲，福建同安人，崇禎八（1635）年舉人，
崇禎十二（1639）年進士，《臺灣府志》卷十二〈流寓〉：

> 莊烈帝召對稱旨，授兵部主事，疏劾督師楊嗣昌，陞本部郎中兼總
> 京衛武學，三上疏劾定西侯蔣惟祿，又惡其太直者，外遷寧紹兵備
> 道。瀕行，劾兵備陳國興。既至浙，興利革弊，兩郡士民有「盧菩
> 薩之謠」。

由此可知盧氏之為人性格梗直，有「興利革弊」之才。

永曆十八（康熙三，1664）年春三月與沈佺期、許士璟渡澎湖，
不幸罹病寓居於太武山，臨終之時，遺囑於側近之人，須題刻其墓碑如
下：「明自許先生盧公之墓」，時六十六歲。著書頗多，有《留庵文
集》二十六卷，《方輿互考》三十餘卷，《耕堂隨筆》、《島噫詩》、
《島居隨錄》、《語洲節烈傳》、《印譜》各若干卷，有同邑人林樹
海，字瘦雲，曾刊行其遺書數種，見於《澎湖廳志》，資錄其〈詠澎湖二
首〉，以資窺見其詩風：

> 海上三山未渺茫，竹灣花嶼鬱蒼蒼；
> 白沙赤崁紅毛地，綠葦黃魚紫蟹莊。

仰首但瞻天尺尺，稱名合在水中央；

古今多少滄桑劫，留得殘雲照夕陽。

六六沙灣小似舟，須彌大界一萍浮；

收羅日月狂瀾裏，零落雲山古渡頭。

春水漲時村散網，曉星明處客停舟；

蓬瀛不信人間路，猶認仙源是夢遊。

肆、鄭成功

鄭成功，名森，字明儼，號大木，福建泉州府南安縣石井鄉人，生於明天啟四（1624）年。其父鄭芝龍降清後，乃集眾起義於閩南，遙奉永曆抗清，封為「延平王」。後以北征敗於南京，乃東渡臺灣，驅逐荷人，延續明祚，惜業未竟，而於永曆十六（1662）年，薨於臺南安平，年三十九歲。[19]成功自幼聰敏，好讀書，《臺灣外記》：

> 芝龍望見其子儀容雄偉，聲音洪亮，屈指已七歲矣，迫憶生時，奇兆甚喜，延師肄業，取名森，字大木，讀書穎敏，但每夜必首翹東，咨嗟太息，而望其母，森之諸季父兄弟輩數窘之，獨叔父鄭鴻逵甚器重焉，每摩其頂曰：「此吾家千里駒也」，有相士見之曰：「郎君英物，骨骼非常」，對芝龍稱賀，芝龍謝曰：「余武夫也，此兒倘能博一科目，為門第增光，則幸甚矣」，相者曰：「實濟世雄才，非止科甲中人」，性喜春秋，兼愛孫吳，制藝之外，則舞劍馳射，章句特餘事耳，事其繼母顏氏最孝，於十一歲時，書齋課文，偶以小子灑掃應對為題，森後幅束股云：「湯武之征誅，一灑掃也，堯舜之揖讓，一進退應對也」，先生驚其用意新奇[20]。

鄭成功之母乃日本平戶田川氏之女，常以日本「忠君愛國」之尚武精神教之，又傳鄭氏曾在日本平戶賦詩飛鸞島題壁云[21]：

破屋荒畦趁水灣，行人漸少鳥聲閒；
偶迷沙路曾來處，始踏苔岩常望山。
樵戶秋深知露冷，僧扉晝靜任雲關；
霜林獨愛新紅好，更入風泉亂壑間。

連橫曰：

臺灣當鄭氏之時，草昧初啟，萬眾方來。而我延平以故國淪亡之痛，
一城一旅，志切中興，……固不忍以文鳴，且無暇以文鳴也。[22]

可見鄭成功雖飽讀詩書，但實在因兵馬倥傯，無暇為文，故留存不
多，觀光類作品更少。其嗣鄭經亦然，茲舉鄭氏父子數首與觀光旅遊有關
之詩作如下[23]：

1.〈登峴山〉：

黃葉古祠裡，秋風寒殿開；沈沈松柏老，暝暝鳥飛回。
碑碣空埋地，庭階盡雜苔；此間人到少，塵世總堪哀。

2.〈春三月至虞謁牧齋師同孫愛世兄遊劍門〉：

西山何其峻，巉巖暨穿蒼；藤垂潤易陟，竹密徑微涼。
煙樹綠野秀，春風草路香；喬木依高峰，流泉掛壁長。
仰看仙岑碧，俯視菜花黃；濤聲怡我情，松風吹我裳。
靜聞天籟發，忽見林禽翔；夕陽在西嶺，白雲渡石梁。
巀嶭爭突兀，青翠更蒼茫；興盡方下山，歸鳥宿池傍。

3.〈越旬日復同孫愛世兄遊桃源澗〉：

閒來涉林趣，信步渡古原；松柏夾道茂，綠葉方繁繁。
入林深幾許，瞻盼無塵喧；心曠山無言，行行過草廬。
瞻仰古人園，直上除荊棘；攀援上桃源，桃源何秀突。
風清庶草蕃，仰見浮雲馳；俯視危石蹲，拭石尋舊遊。

隱隱古跡存，借問何朝題；宋元遑須論，長嘯激流泉。

層煙斷屐痕，邐邐欣一覽；錦繡羅江村，黃鳥飛以鳴。

天淨樹溫溫，遠色夕以麗；落日艷危墩，顧盼何所之。

孟夏草木長。林泉多淑氣。芳草欣道側。百卉皆鬱蔚。

乘輿快登臨。好風襲我襟。濯足清流下[24]。晴山綠轉身。

不見樵父過。但聞牧童吟。寺遠忽聞鐘。杳然入林際。

聲蕩白雲飛。誰能窺真諦。真諦不能窺。好景聊相娛。

相娛能幾何。景逝曾斯須。胡不自結束。入洛索名姝。

以上題壁雖非鄭成功遊歷臺灣之作，但具見鄭氏文采與心境矣！

伍、鄭嗣王

鄭經，鄭成功長子，字式天，號賢之。能詩，多涉史事。十七歲即隨父北征，成功歿後嗣王位，繼承抗清大業，達二十年。事敗退守臺灣，永曆三十五（1681）年病逝，得年與父同。[25]其詩作不多存，茲舉兩首，雖非觀光之作，但可見功力：

1.〈痛孝陵淪陷〉：

故國山河在，孝陵秋草深；寒雲自來去，遙望更傷心。

2.〈滿酋使來有不登岸不易服之說憤而賦之〉：

王氣中原盡，衣冠海外留；雄圖終未已，日夕整戈矛。

陸、朱術桂

朱術桂，即寧靖王，明太祖九世孫，永曆十五（順治十八，1661）年，偕鄭氏渡臺，築宮西定坊，供歲祿狀，貌魁偉，美鬚眉，善文學，書尤瘦勁，康熙二十二（崇禎三十七，1683）年，聞施琅請伐臺，鄭氏諸將

無設備，輒暗自痛哭，常言臺灣有變當以身殉，已而清師克澎湖，克塽議降，術桂告其妾曰：「我死期已至，汝輩可自便。」僉對曰：

> 王能全節，妾不失身，王生俱生，王死俱死，願賜尺帛，遂各冠笄，同縊於中堂。

術桂大書絕命詞於壁曰：

> 自壬午流賊陷荊州，攜家南下，甲申避亂閩海，總為幾莖頭髮，苟全微軀，遠潛海外，今已四十餘年，六十有六歲，時逢大難，余髮冠裳而死，不負高皇，不負父母，生事畢矣，無愧無作。

其絕命詩如下：

> 艱辛避海外，總為數莖髮；於今事畢矣，祖宗應容納。

柒、其他

如楊英《從征實錄》、沈有容《閩海贈言》、黃承玄《閩海通談》及何喬遠《閩書》〈島夷志〉等，亦不乏旅遊臺灣佳作。[26]

第五節　明代臺灣旅遊文學的特色

綜合本章探討分析結果，可以歸納出明代臺灣旅遊文學作品較豐也較具特色，或與明末大量漢人遷移臺灣謀生有關，茲將其特色列舉如下：

壹、建構美麗之島的出水芙蓉面貌

連橫曰：

> 夫以臺灣山川之奇秀，波濤之壯麗，飛潛動植之變化，可以拓眼

界，擴襟懷，寫遊蹤，供探討，固天然之詩境也。以故宦遊之士，頗多撰作。[27]

　　徵之本文對明代以前臺灣古典文學作家與作品之瀏覽欣賞，「旅遊文學」確實可以從容地建構起臺灣美麗之島的出水芙蓉，呈現臺灣令人驚豔之面貌。

貳、多取材自方志、史書

　　明代的臺灣旅遊文學大多取材自方志、史書，並以傳聞、神話的方式加以描述。臺灣在明代以前，以原始土著人居住為主，兼以海運困險，海盜出沒，故幾乎大都以臆測、傳聞、神話等方式描述她，就像被著面紗的神秘女郎，沒有人能大膽輕挑地揭開面紗，親近她。所以旅遊文學，大都只能取材於方志、史書，所記地名、人文及自然景觀又都無法查證其真實性。

參、第一位臺灣旅遊文獻〈東番記〉的作者是軍人

　　就臺灣旅遊文獻而言，〈東番記〉的作者陳第是第一位臺灣旅遊文獻的作家。陳第是隨軍親身遊臺而寫下〈東番記〉，但因並非文人出身，所記類似志書體裁，言文學較牽強，歸類為文獻則較貼切，因為可供文人雅士旅遊參考。

肆、沈光文為臺灣古典旅遊文學始祖

　　真正以傳統詩、詞、賦、散文等古典文學從事旅遊文學之作，而且又長期留寓臺灣觀察入微者，則自明末沈光文始。因此，隨著開發歷史，以及宦遊文人聚集，切磋風雅，臺灣的古典文學或古典旅遊文學，可說是奠基於明末，而且可以推沈光文為始祖。

註釋

[1] 參見陳第〈東番記〉。

[2] 郭廷以（1981）。《臺灣史概說》。臺北：正中書局，頁46、47。

[3] 毛一波（1969）。《臺灣文化源流》。臺中：臺灣省政府新聞處，頁15。

[4] 臺灣省文獻委員會編（1980）。《臺灣省通志・學藝志》卷六。南投：臺灣省文獻委員會，頁3-5。

[5] 陳第〈東番記〉對臺灣地理位置的描述為：「東番夷人不知所自始，居澎湖外洋海島中；起魍港、加老灣，歷大員、堯港、打狗嶼、小淡水、雙溪口、加哩林、沙巴里、大幫坑，皆其居也，斷續凡千餘里。」

[6] 《五岳草》，又名為《五岳游草》。《一齋詩集》含《寄心集》六卷、《兩粵游草》一卷、《五岳游草》六卷，共十三卷；另編有《世善堂藏書目錄》二卷，又名為《一齋書目》。

[7] 許俊雅（1996）。〈陳第與東番記〉，《臺灣文學散論》。臺北：文津，頁201-202。

[8] 同上註。

[9] 同註[7]，頁21-22。

[10] 欲知陳第生平，《明詩綜》、《明詩紀事》、《明史》、《靜志居詩話》、《癸巳類稿》、明清《福建通志》、金雲銘先生所撰《陳第年譜》、《陳一齋全集》等皆可參考。

[11] 沈有容（1994）。〈弁言〉（方豪撰），《閩海贈言》。南投：臺灣省文獻委員會，頁1。

[12] 同上註。

[13] 同註[11]，頁24-27。

[14] 龔顯宗（1998）。《沈光文全集及其研究資料彙編》上篇。臺南縣立文化中心。

[15] 明朝鄉試會於所取正卷外另取若干卷子，名叫副榜。

[16] 臺灣省文獻委員會編（1952）。《臺灣省通志稿・學藝志》卷六。南投：臺灣省文獻委員會，文學篇（一），頁6-7。

[17] 按「番」字，為蠻夷的通稱，沈氏居臺為明末，當時臺灣有山地番與平埔番之分，今為美其名，前者稱「原住民族」，後者稱「平埔族」。又考沈氏所居之地為「羅漢門」及「目加溜灣社」，皆在今高雄內門及臺南平地，故所

指「番婦」應係指平埔族婦女，但時至今日，平埔族已在臺灣消失矣。

[18] 臺灣省文獻委員會編（1952）。《臺灣省通志稿・學藝志》卷六。南投：臺灣省文獻委員會，頁5。按連橫所著的《臺灣詩乘》評之曰：「闇公之詩，大都眷懷君國，獨抱忠貞。」

[19] 臺灣省文獻委員會編（1997）。《重修臺灣省通志・藝文志》卷十。南投：臺灣省文獻委員會，文學篇（一），頁59。

[20] 同上註。

[21] 臺灣省文獻委員會編（1952）。《臺灣省通志稿・學藝志》卷六。南投：臺灣省文獻委員會，文學篇（一），頁29。

[22] 連橫（1985）。《臺灣通史》。臺北：幼獅，六版，頁479。

[23] 同註[16]，頁38。

[24] 同註[20]，頁30。按□為《延平二王遺集》中脫落一字，故省通志稿亦空一字待徵。

[25] 同註[19]，頁60。

[26] 同註[18]，頁3-5。

[27] 同註[20]。

第四章

清代臺灣古典旅遊
文學的重要文獻

　　臺灣開發的歷史，如果以鄭成功於明永曆十五（1661）年算起，迄今不過三百六十年[1]，以清朝自康熙二十二（1683）年施琅攻克澎湖，鄭克塽降清，至清光緒二十一（1895）年中日簽訂馬關條約，將臺灣、澎湖割讓給日本為止共二百十二年；這期間統治臺灣最久，歷史事蹟最多，文風最盛，漢化也最深，換言之也是中國古典文學最發達，旅遊臺灣的文獻與文學也最豐富的時期。

第一節　《裨海紀遊》作者與作品

　　郁永河撰的《裨海紀遊》應可認為是清代最早實際履勘，記述臺灣風土民情的紀遊文學專著。為了欣賞其作品能夠融入作者遊臺情境之中，因此特別針對該書作者生平、作品選讀介紹如下：

壹、作者生平

　　關於《裨海紀遊》的作者郁永河，清道光年間達綸刻本《裨海紀遊》序：「郁君之為人行事，無可稽考。」咸豐三年粵雅堂叢書本伍崇曜跋：「永河字履未詳，俟考。」此外，李慈銘《越縵堂日記》同治十二年五月二十九日記：「夜閱仁和郁永河《采硫日記》，永河字履無考。」對郁永河研究最力的方豪教授曾說：

　　民國三十八年春我來臺灣，即對康熙三十九年來臺的郁永河所撰的《裨海紀遊》作全面的研究；包括蒐集這本書的各種抄本和刻本，搜求郁永河的事蹟和載記，並根據不同版本，為紀遊作合校本。[2]

　　九年後臺灣銀行經濟研究室重刊本書，方豪教授也因為持續不斷研究而有了新發現。對郁永河的生平綜合方豪考證及各家說法敘述如下：

永河字滄浪，浙江仁和諸生，興趣旅遊，久客閩中、遍遊八閩。康熙三十六年春奉派來臺，採硫磺於淡水、雞籠，足跡遍歷島之西岸。時臺灣初隸版圖，在八閩東南，隔海千餘里。滄浪欣然與其役，因紀是篇，備述山川形勢、物產土風、番民情狀，歷歷如繪。滄浪以斑白之年，不避險惡，且言：「遊不險不奇，趣不惡不快」。該書記述由福建乘舟抵達臺南，復由臺南一路北上，直赴淡水，是時臺灣入清版圖僅十三年，嘉義以北地區處處深山大澤，尚屬洪荒，草木晦蔽，人跡無幾[3]。

郁永河工詩文，其紀遊之文常以日記體撰寫，敘述條理井然，文筆自然清新。其詩富有寫實精神，尤以竹枝詞寫臺灣地理風貌及原住民風俗習慣，最為膾炙人口。著有《裨海紀遊》、《海上紀略》、《番境補遺》等。

貳、作品選讀

《裨海紀遊》為日記體的遊記散文，以其為日記體，所以必須逐日詳記，展現其時間之進程與日常活動之內容；以其為遊記文章，所以必須將目遇之色、耳聞之聲，逐一捕捉，條陳筆端。清聖祖康熙三十六年（1697）年五月初，作者進駐北投，僱用當地居民從事開採硫磺的工作。他想實際瞭解硫土產地的情況，於是前往探察。本文就是記載他沿途所見風光，及抵達硫穴所目睹的特殊景觀。最初，郁永河自府城（臺南）出發，隨行給役者凡五十五人，他乘著犢車經過新港社、目加溜灣社和麻豆社，見識到府城附近土著聚落的改變。接著他由半線社到大肚社、牛罵社，渡過大甲溪，到達宛里社。這段路程他印象深刻，他記道：

經過番社皆空室，求一勺水不可得；得見一人，輒喜。

茲舉郁永河《裨海紀遊》記下抵達北投發現硫礦的作品分享如下：

余問番人[4]硫土所產，指茅廬後山麓間[5]。明日拉顧君[6]偕往，坐莽葛[7]中，命二番兒操楫[8]。緣溪[9]入，溪盡為內北社[10]，呼社人為導。轉東行半里，入茅棘[11]中，勁[12]茅高丈餘，兩手排之，側體而入，炎日薄[13]茅上，暑氣蒸鬱[14]，覺悶甚。草下一徑，逶迤[15]僅容蛇伏。顧君濟勝有具[16]，與導人行，輒前；余與從者後，五步之內，已各不相見，慮或相失，各聽呼應聲為近遠。

約行二三里，渡兩小溪，皆履而涉[17]。復入深林中，林木蓊翳[18]，大小不可辨名；老藤纏結其上，若虬龍[19]環繞；風過葉落，有大如掌者。又有巨木裂土而出，兩葉始櫱[20]，已大十圍[21]，導人謂楠也。楠[22]之始生，已具全體，歲久則堅，終不加大，蓋與竹筍同理。樹上禽聲萬態，耳所創聞[23]，目不得視其狀。涼風襲肌，幾忘炎暑。

復越峻坂[24]五六，值大溪，溪廣四五丈，水潺潺巉石[25]間，與石皆作藍靛色[26]，導人謂此水源出硫穴下，是沸泉[27]也；余以一指試之，猶熱甚，扶杖躡[28]巉石渡。

更進二三里，林木忽斷，始見前山。又陟一小巔[29]，覺履底漸熱，視草色萎黃無生意；望前山半麓[30]，白氣縷縷，如山雲乍吐，搖曳青嶂[31]間，導人指曰：「是硫穴也。」風至，硫氣甚惡[32]。

更進半里，草木不生，地熱如炙；左右兩山多巨石，為硫氣所觸，剝蝕如粉。白氣五十餘道，皆從地底騰激而出，沸珠[33]噴濺，出地尺許。余攬衣即穴旁視之，聞怒雷震蕩地底，而驚濤與沸鼎聲間之；地復岌岌[34]欲動，令人心悸。蓋周廣百畝間，實一大沸鑊[35]，余身乃行鑊蓋上，所賴以不陷者，熱氣鼓[36]之耳。右旁巨石間，一穴獨大，思巨石無陷理，乃即石上俯瞰之，穴中毒焰撲人，目不能視，觸腦欲裂，急退百步乃止。左旁一溪，聲如倒峽[37]，即沸泉所出源也。

還就深林小憩，循舊路返。衣染硫氣，累日不散。始悟向[38]之倒峽崩崖，轟耳不輟者，是硫穴沸聲也。

茲再舉《裨海紀遊》書中郁永河乘板輪牛車，歷盡艱辛，終達淡水，為文備述臺灣山川形勢，物產風土，番民情狀，歷歷如繪之情形：

> 自臺郡至此，計觸暑行二十日，兼馳凡四晝夜，涉大小溪九十有六；若深溝巨壑，峻坂陡崖，馳下如覆，仰上如削者，蓋不可勝數。平原一望，罔非茂草，勁者覆頂，弱者蔽肩，車馳其中，如在地底，草梢割面破項，蚊蚋蒼蠅，吮咂肌體，如飢鷹餓虎，撲逐不去。炎日又曝之，項背欲裂，以極人世勞瘁。[39]

其勞瘁猶不止如此而已，書中觸目可見此遊之艱辛，然而作者卻在完成壯舉後，故作輕鬆瀟灑之狀云：

> 探奇攬勝者，毋畏惡趣；遊不險不奇，趣不惡不快。

繼郁永河之後，清代中葉來臺宦遊人士所撰述之書，以比較嚴苛的標準觀之，尚不能稱為遊記或旅遊文學，因個人記遊抒懷之成分較少，筆鋒不帶感情之純描繪風土民情者較多。[40]

第二節 《臺灣文獻叢刊》的旅遊文獻

《臺灣文獻叢刊》編印不出自於文化與出版事業機構，卻由臺灣銀行經濟研究室承擔，完全由周憲文先生一手造成。民國三十五年冬，周先生辭去臺灣省立法商學院院長兼國立臺灣大學法學院院長，進入臺灣銀行創立經濟研究室（初稱金融研究室），以研究臺灣經濟為唯一宗旨，本意應是為了研究臺灣經濟而彙輯臺灣史料。創刊之初，固嘗未為部分人士所瞭解，但由於周先生個人的精神與熱情，乃獲得各方的支持與協力。隨後因時間的推移，基於「臺灣研究」的需要，其蒐輯範圍日漸擴展。此所以自民國四十六年八月至六十一年十二月的十五年歲月中，陸續出版這一叢刊至三百一十種、五百九十六冊的成果，詳如**附錄五**。除臺灣所在圖書館

藏之外，美、日、港、英、荷等國公私館藏史料（手抄本、孤本）亦蒐錄在內，幾乎每一本都可以或多或少耙梳或掃描出臺灣旅遊文學的佳構。臺灣省文獻委員會基於典藏保留臺灣古籍文獻職責，後陸續再版。

周憲文（1907-1989），生於中國浙江黃巖，根據維基百科資料顯示，周憲文是臺灣早期經濟學家、社會科學研究者，日本京都帝國大學經濟學專攻畢業。民國三十五年一月應陳儀邀請到臺灣，二月五日被同鄉羅宗洛（時任國立臺灣大學代理校長）聘為臺大法學院院長（首任），並兼南方人文研究所所長。臺大陸志鴻校長上任後，改請陳世鴻任法學院院長。同年十一月十六日，陸志鴻校長任內，南方人文研究所和南方資源研究所停辦，周憲文改任臺灣銀行新設「金融研究室」（後改名「經濟研究室」）主任。擔任臺灣銀行經濟研究室主任期間，創辦《臺灣經濟金融月刊》，主編《臺灣文獻叢刊》、《臺灣研究叢刊》、《經濟學名著翻譯叢書》、《西洋經濟史論集》、《西洋經濟學者及其名著辭典》，被學界尊稱為「臺灣研究文獻的重生者」。

《臺灣文獻叢刊》蒐錄年代上自唐、宋、元、明、清，下至日治時期的臺灣方志、明鄭史料、清代檔案、私家著述、私人文集、南明史籍、詩文輯錄，以及臺灣之歷史、地理、風俗、民情、政治、經濟、社會、文化、法制等文獻資料。本書特就三百一十種《臺灣文獻叢刊》所列諸書，耙梳整理，並經過篩選過濾，認為較具旅遊文學價值之旅遊文獻，加以逐書依據作者生平或背景、該書主要章節架構及其所具時代意義或評價，分別分為方志、史地、藝文及雜記等四類，於如下各節介紹。

第三節　方志類的旅遊文獻

「方」就是地方，即「區域」，是人類生存與活動的特定空間，有自然的、行政的、文化的、經濟的不同的分割；「志」有識，即「認識」、有記，即「記載」二義。方、志合而言之，具有認識地方、記載

地方的二重意義；既指認識理解某區域狀況，亦指記載某區域發展的文獻，該二重意義，實互為因果。因唯有認識理解地方，記載才有內涵，也唯有透過地方的記載，地方的全貌才能呈現，人們才能認識並理解地方的歷史發展。

　　因此，方志不僅是要記載地方的全貌，包括過去與現在、自然現象與人文活動、自然資源與社會現象、地理與歷史；同時也要為地方未來的發展，提供全面而明確的藍圖。故方志是在地理、歷史整合基礎上，形成的一種文獻，對旅遊導覽、解說，甚至文學創作，大有裨益，因此本書將之列為旅遊文獻的一種。

　　方志類雖非旅遊文學，較乏文學欣賞價值，但其成書必經旅遊途徑，實地履勘，廣搜資料，始克完成修志。而方志成書之後，所記載內容都是從事該地方旅遊的重要旅遊資訊，古時無旅行團導遊、領隊，因此旅遊臺灣，方志便自然地成為旅遊之前，認識臺灣必備之旅遊導覽參考書。茲就該叢刊與臺灣旅遊有關的重要方志類文獻及其作者，列舉如下**表4-1**：

表4-1　《臺灣文獻叢刊》的方志類旅遊文獻一覽表

編號	書名	作（編）者	冊數	頁數	原刊年	出版年
1	臺灣割據志	川口長孺	1	87	據日本秘閣抄本。	1957
2	東瀛識略	丁紹儀	1	114	道光27年渡臺，約同治10年後付梓。	1957
3	小琉球漫誌	朱仕玠	1	102	乾隆28年渡臺後所記。	1957
4	靖海志	彭孫貽	1	131	前三卷題為「海鹽彭孫貽羿仁氏著」，後一卷題為「上海李延昰辰山補編」。康熙年間所編。	1959
5	戴施兩案紀略	吳德功	1	116	該書對戴潮春事件、施九緞事件、乙未抗日等均有記載。故書應成於乙未之後。	1959
6	苑里志	蔡振豐	1	119	光緒23年。	1959

（續）表4-1　《臺灣文獻叢刊》的方志類旅遊文獻一覽表

編號	書名	作（編）者	冊數	頁數	原刊年	出版年
7	新竹縣志初稿	諸家	2	259	1897年作者採集《新竹縣志》殘稿資料重加編輯。	1963
8	樹杞林志	諸家	1	136	明治31年。	1960
9	臺灣府志	高拱乾	3	302	康熙34年纂成，此年付梓。	1960
10	重修臺灣府志	周元文	3	421	康熙51年周元文修而輯之，以《高志》為本，增補康熙35至49年之事，又按「序官志」所載亦有康熙51年後之事，其間是當在康熙57年之後。	1960
11	清一統志臺灣府		1	80	輯錄《嘉慶重修一統志》「臺灣府」部分，一統志始於嘉慶16年（1811）成於道光22年（1842）。	1960
12	重修福建臺灣府志	劉良璧	4	603	乾隆6年5月。	1961
13	恆春縣志	屠繼善	2	311	光緒18年倡修《通志》後所編。	1960
14	金門志	林焜熿	3	425	光緒8年付梓。	1960
15	福建通志臺灣府		6	1,050	據道光9年孫爾準等修、陳壽祺纂，同治10年刊行的《福建通志》所輯。	1960
16	噶瑪蘭志略	柯培元	1	216	清道光15年。	1961
17	廈門志	周凱	5	690	成於道光12年，道光19年刊行。	1961
18	欽定平定臺灣紀略		6	1,046	乾隆53年。	1961
19	臺灣縣志	陳文達	2	277	康熙59年。	1961
20	澎湖臺灣紀略	諸家	1	65	《澎湖臺灣紀略》為康熙22年之作；《臺灣紀略》作者林謙光為康熙26年調臺灣府學；《澎湖志略》為雍正、乾隆初期時，由周于仁與胡格撰寫。	1961
21	重修臺灣府志	范咸	5	810	以高拱乾的《臺灣府志》為基礎，其問世時期，當在康熙57年以後。	1961
22	重修臺灣縣志	王必昌	4	568	乾隆16年10月。	1961

（續）表4-1 《臺灣文獻叢刊》的方志類旅遊文獻一覽表

編號	書名	作（編）者	冊數	頁數	原刊年	出版年
23	諸蕃志	趙汝适	1	106	為《函海》中的第二部分，並收有汪大淵撰《島夷志略》此書為光緒18年順德龍氏知服齋刊。以及張燮《東西洋考》中的雞籠淡水、日本、紅毛番三條。	1961
24	續修臺灣府志	余文儀	6	990	乾隆25年抵臺後，承襲《范志》所修。	1962
25	鳳山縣志	陳文達	2	166	康熙59年刊行。	1961
26	臺灣通志		4	922	光緒21年初略有成稿，後由日人購得存於總督府圖書館。	1960
27	續修臺灣縣志	謝金鑾	4	640	稿成於嘉慶12年。	1962
28	諸羅縣志	周鍾瑄	2	300	康熙56年春。	1962
29	重修鳳山縣志	王瑛曾	3	500	乾隆29年刊行。	1962
30	彰化縣志	周璽	3	502	道光9、10年間。	1962
31	苗栗縣志	沈茂蔭	2	256	成書當在光緒19、20年。	1962
32	噶瑪蘭廳志	陳淑均	4	446	道光12年撰成《蘭廳志稿》，道光20年增訂，又十餘年續成，咸豐2年刊行。	1963
33	澎湖廳志	林豪	3	521	光緒18年增補《澎湖廳志》而成。	1963
34	櫟社沿革志略	傅錫祺	1	179	記櫟社三十年沿革社事，記事迄至昭和6（1931）年。	1963
35	淡水廳志	陳培桂	3	484	同治9年成書，同治10年付梓。	1963
36	福建通志列傳選	陳衍	3	408	由《福建通志》輯出列傳部分。	1964
37	福建省例		8	1222	同治12至13年間福建分類編刊之「省例」。	1964
38	戴案紀略	蔡青筠	1	62	作者增補《東瀛紀事》、《戴案紀略》而成，稿本成於大正12年。	1964
39	漳州府志選錄		1	112	選自光緒4年《漳州府志》。	1967
40	泉州府志選錄		1	174	選自同治9年補刊《泉州府志》。	1967

（續）表4-1　《臺灣文獻叢刊》的方志類旅遊文獻一覽表

編號	書名	作（編）者	冊數	頁數	原刊年	出版年
41	閩事紀略	華廷獻	1	60	明季華廷獻撰有《閩游月記》二卷及《閩事紀略》一卷，今並刊為一書。兩種文獻俱記有閩中隆武時事。	1967
42	遇變紀略	聾道人徐應芬	1	45	錄自《荊駝逸史》，崇禎3月到5月甲申都城之變所記。	1968
43	明季北略	計六奇	4	676	記事上自明神宗萬曆44年（1616）、下迄明思宗崇禎17年（1644），凡三十年。自序以康熙10年（1671）為署。	1969
44	琉球國志略	周煌	2	337	乾隆21年，周煌以編修充冊封琉球副使，同正使侍講全魁往封琉球中山王尚穆；自6月2日由閩航海啟行，至次年2月16日返國。周氏則以「志體擬錄」，輯此《琉球國志略》一書進呈。	1971
45	臺灣府志	蔣毓英	1			1985

資料來源：取材自《臺灣文獻叢刊》。按《遇變紀略》原題為「聾道人徐應芬述」，徐應芬自署聾道人。

　　表4-1共有四十五種與臺灣旅遊有關的重要方志類文獻，茲就該文獻及其作者，舉其要者介紹如下：

壹、《臺灣志稿》

　　康熙二十三（1684）年，王喜撰。王喜，府學歲貢生，事蹟初見於乾隆六（1741）年劉良壁所纂修之《重修福建臺灣府志》，劉良壁於康熙二十七年貢生王喜條下予以註曰：

　　府學，手輯臺志。舊志創始，多採其原本。乾隆十七年魯鼎梅修「臺灣縣志」卷十一人物，文學項下，首列其名，謂：「王喜，寧

南坊人，歲貢生，多著作，嘗自撰臺灣志，勤於蒐羅，舊邑志因據以為藍本云。」[41]

連雅堂撰《臺灣通史》卷三十四〈列傳〉六「文苑」王璋項下及日人伊能嘉矩著《臺灣文化志》第八篇〈修志始末〉亦有記之。

貳、《臺灣郡志稿》

康熙二十三（1684）年，季麒光撰。康熙五十六（1717）年，陳少林撰《諸羅縣志》卷三〈季麒光傳〉謂：

季麒光，……首創臺灣縣志，綜其山川、風物、戶口、土田、阸塞。未及終篇，以憂去。三十五年，副使高拱乾因其稿，纂而成之。人知臺郡志自拱乾始而不知始於麒光也。[42]

該書分六卷，亦或謂分十卷，以稿已遺失，未得其詳。

參、《臺灣紀略》

清康熙二十四（1685）年，林謙光撰。謙光字道收，福建長樂人。康熙十一（1672）年副貢生，於臺灣府學任內完成此書。全書分形勢、沿革、建置、山川、沙線礁嶼、城郭、戶役賦稅、學校、選舉、兵防、津梁、天時、地理、風俗、物產，末附澎湖等十五目，約六千字，為清代最早的臺灣文獻之一。[43]

肆、《臺灣府志》（《高志》）

清康熙三十四（1695）年，高拱乾纂，通稱《高志》。拱乾字九臨，陝西榆林人，廕生。康熙三十一（1692）年由泉州知府陞補分巡臺廈兵備道。臺灣於康熙二十三年設府，隸於福建，初未有府志，僅有王喜輯

《臺灣志稿》及諸羅縣季麒光《臺灣郡志稿》而已。康熙三十四年拱乾據後者而成此志，翌年付梓，分封域、規制、秩官、武備、賦役、典秩、風土、人物、外志、藝文十志，每志一卷。[44]

伍、《重修臺灣府志》（《周志》）

清康熙五十一（1712）年，周元文纂，通稱《周志》。元文字洛書，遼左金州人，監生。康熙四十六（1707）年由延平知府調補臺灣，以《高志》為藍本，而將康熙三十五（1696）年至四十九（1710）年之新修部分補入。[45]

陸、《諸羅縣志》

清康熙五十六（1717）年，周鍾瑄主修、陳夢林編纂。夢林字少林，福建漳浦監生，清康熙五十五（1716）年，諸羅知縣周鍾瑄聘修縣志。全書分封域、規制、秩官、祀典、學校、賦役、兵防、風俗、人物、物產、藝文、雜記等十二志，並附有地圖及番俗圖。地圖繪有山川圖十一幅、縣治圖一幅、學宮圖一幅；番俗圖繪有乘屋、插秧、獲稻、登場、賽戲、會飲、舂米、捕鹿、捕魚、採檳榔等十幅。夢林除此志外，尚有《紀遊草》、《臺灣遊草》及《臺灣後遊草》等紀遊詩文，都是上乘旅遊文學。[46]

柒、《鳳山縣志》

清康熙五十八（1719）年，李丕煜主修，陳文達編纂。文達字在茲，今臺南市人，府學歲貢生。康熙三十四年及五十一年先後參與修《臺灣府志》及《重修臺灣府志》；五十八年應鳳山知縣李丕煜邀纂《鳳山縣志》，凡五閱月，至翌年刊行。全書分封域、規制、祀典、秩官、武備、賦役、風土、人物、藝文、外志等十志。[47]

捌、《臺灣縣志》

清康熙五十九（1720）年，王禮主修，陳文達、林中桂編纂。五十八年臺灣海防同知王禮，兼攝臺灣縣[48]事，延請陳文達編纂。共分輿地、建置、秩官、選舉、典禮、賦役、人物、雜記、藝文等十綱。[49]

玖、《澎湖志略》

清雍正十一（1733）年至乾隆五（1740）年，周于仁與胡格撰。內容分輿圖、海道、沿革、疆域、城桓、里程、宮廟、戶口錢糧、倉儲、科名、物產、舟楫、泊岸、漁舟、風俗、文員、武員、烟墩炮台、詩、賦等二十篇目。[50]

拾、《重修福建臺灣府志》（《劉志》）

清乾隆六（1741）年，劉良璧纂輯，通稱《劉志》。良璧字省齋，湖南衡陽人，雍正二（1724）年進士，乾隆五年，荐陞分巡臺灣道，同年五月開始重修府志，歷八月而成。內容依序為星野、建置沿革、山川、疆域、城池、風俗、田賦、戶役、典禮、兵制、學校、公署、職官、名宦、選舉、人物、古蹟、雜記、藝文等十九篇。[51]

拾壹、《重修臺灣府志》（《范志》）

清乾隆十（1745）年，范咸彙輯，通稱《范志》。范咸字貞吉，號九池，浙江仁和人，進士。清乾隆十年任巡臺御史，與同僚六十七參酌考訂，合高、劉兩志增損之。該志分封域、規制、職官、賦役、典禮、學校、武備、人物、風俗、物產、雜記、藝文等十二綱，二十五卷。[52]

拾貳、《續修臺灣府志》（《余志》）

清乾隆二十五（1760）年，余文儀主修《續修臺灣府志》，通稱《余志》。按此志有同治、光緒及明治三十二（1899）年補刻本。國內外已知各版藏本，在四十部以上。原版於民國三十八年遭火毀，殘存者現存國立臺灣博物館。[53]

拾參、其他

清代可作為旅遊文獻者，除前述之外，尚有清乾隆三十一（1766）年，胡健偉纂《澎湖志略》；乾隆二十七（1762）年，余文儀主修，王瑛曾編纂《重修鳳山縣志》；嘉慶十二（1807）年，謝金鑾、鄭兼才合纂《續修臺灣縣志》；清道光十（1830）年，陳國瑛等十七人采訪的《臺灣采訪冊》；同年李廷璧主修、周璽纂《彰化縣志》；清道光十二（1832）年，蔣鏞撰《澎湖續編》；道光十七（1837）年，柯培元撰《噶瑪蘭志略》；清咸豐二（1852）年，陳淑均纂《噶瑪蘭廳志》；清同治十（1871）年，陳培桂纂《淡水廳志》；光緒十九（1893）年，陳文緯主修，屠繼善纂《恆春縣治》及沈茂蔭纂《苗栗縣志》；光緒二十（1894）年，盧德嘉纂《鳳山縣采訪冊》、胡傳纂《臺東州采訪冊》；翌年薛紹元纂《臺灣通志》等，以光緒二十一（1895）年割臺給日本後，書稿流落內地，後由日人購得藏之。[54]

以上諸志書，雖包羅萬象，但都深富民情、風俗、名勝、風光等內容，記錄詳實，頗具提供作為導覽神遊古早臺灣的旅遊參考用工具書，特整理如**表4-2**供參。

表4-2　可提供撰寫臺灣旅遊文學參考文獻之臺灣方志

纂修年份	方志名稱	纂修人	典藏處所
不詳	臺灣志稿	王喜撰	已佚。
康熙23年	臺灣郡志稿	季麒光撰	連橫撰《臺灣通史》，〈藝文志〉，記為六卷，不確。黃叔璥《臺海使槎錄》卷四〈赤崁筆談〉，雜著，節季氏客問六則。余別有考。
康熙33年	臺灣府志	高拱乾修王璋纂	北平圖書館、協和大學圖書館、無錫大公圖書館、日本內閣文庫各藏一部。臺灣省立臺北圖書館（以下簡稱臺北圖書館）有影寫節本二卷，卷首及卷一；又抄本一，記《高志》與《周志》之歧異。又附圖攝影六張。孫殿起編《販書偶記》有一部。朱士嘉作康熙35年。
康熙49年	重修臺灣府志	周元文修陳璸纂	日本內閣文庫、宮內省圖書寮各藏一部；臺北圖書館藏影寫本。
康熙56年	諸羅縣志	周鐘瑄修陳夢林纂	北平圖書館藏殘本卷二以下皆缺，又殘抄本存七卷；上海南洋中學圖書館、日本內閣文庫及東洋文庫各藏一部；鈴村串宇舊藏一部，缺首卷與第一卷，後歸尾崎秀真；前臨時臺灣舊慣調查會員藏殘本三卷，疑即今楊氏習靜樓所藏者，臺北圖書館藏足本抄本一部，又別本抄三卷，及摘抄本二冊；前北京人文科學研究所藏書抄本一部；臺灣大學伊能文庫原藏抄本目錄及第十卷。臺灣煙酒公賣局藏抄本三冊，計為卷六〈賦役志〉、卷十〈物產志〉、卷十一〈文藝志〉，缺最後二詩。杭縣方氏藏卷首地圖及番俗圖攝影十九幅。
康熙58年	鳳山縣志	王珍修陳文達纂	朱士嘉稱南京國學圖書館、臺北圖書館各藏館一部。關於臺北圖書館一部；是村榮謂係誤記，黃德福已佚。伊能、連橫皆作李煜輯。
康熙59年	臺灣縣志	陳文達纂修	同上。美國國會圖書館藏一部。伊能做王禮輯。
雍正10年	臺灣志略	尹士俍纂	三卷，連橫、伊能著錄。
不詳	澎湖志略	周于仁撰	一卷，已佚。連橫、伊能均誤作紀略。
乾隆5年	澎湖志略	胡格重修	不分卷，前北平東方文化事業委員會藏一部，現歸中央研究院歷史語言研究所，書留北平。連橫誤作十二卷。臺北圖書館藏影寫本一部。
乾隆6年	重修福建臺灣府志	劉良璧纂修	中山大學藏二部；武漢大學藏一部，十二冊二函；臺北圖書館藏影寫本一部，日本東京帝國圖書館及南葵文庫各藏一部；美國國會圖書館藏殘本四部。朱士嘉作「錢洙修，范昌治纂」，按劉、錢、范三人皆為纂輯，而劉列首。

（續）表4-2　可提供撰寫臺灣旅遊文學參考文獻之臺灣方志

纂修年份	方志名稱	纂修人	典藏處所
乾隆11年	重修臺灣府志	范咸纂修	南洋中學圖書館、臺北圖書館、前北京人文科學研究所及日本東洋文庫各藏一部；朱士嘉作乾隆12年。連橫作六十七輯。伊能作六十七、范咸同輯。
乾隆17年	臺灣縣志	魯鼎梅修王必昌纂	故宮博物院圖書館、國學圖書館各藏一部；臺北圖書館藏殘本，缺後二卷，又刪改本一部，全；臺北師範學校藏刪改本抄本一部，無圖。
乾隆25年	續修臺灣府志	余文儀修黃佾纂	朱士嘉共著錄十七部。按此志有同治、光緒及明治32年補刻本。國內外已知各版藏本在四十部以上，不另著錄。連橫作乾隆29年覺羅四明輯。原版於民國38年遭火毀，殘存若干片，現存臺灣省立博物館。
乾隆29年	鳳山縣志	王英曾纂修	臺北圖書館、臺灣省立博物館、前東方圖書館、故宮博物院圖書館、蔡垂芳、鈴村串與各藏一部；鈴村又有殘本，冊數不詳。
乾隆31年	澎湖紀略	胡建偉纂	臺北圖書館及大連圖書館各藏本一部。國學圖書館、臺灣省教育廳編審委員會及日本尊經閣文庫各藏原刻本一部。連橫漏列此書。
嘉慶12年	臺灣縣志	薛志亮修謝金鑾及鄭兼才纂	臺北圖書館藏原刻本二部，一部缺卷一、三、七、八。又道光元年重刻一部，又附有道光30年補刻本跋之抄本一部；臺灣大學伊能文庫藏摘抄本一部。前東方圖書館、日本內閣文庫及尊經閣文庫各藏原刻本一部；美國國會圖書館、東京大學圖書館各藏道光元年補刻一部。臺灣省立博物館藏道光30年增補本一部。臺灣煙酒公賣局藏原刻配抄本一部；臺灣師範學校藏一部，卷二及卷十二上係配抄。
不詳	臺灣志略	李元春刪輯	收入青照堂叢書，最早當在嘉慶14年後。
道光元年	澎湖紀略續篇	蔣鏞撰	簡稱《澎湖續編》，連橫誤紀略為志略；國學圖書館有藏本；臺北圖書館藏抄本全一卷。
道光10年	彰化縣志	李廷璧修周璽撰	臺北圖書館藏三部，一部缺卷十一；臺灣省立博物館藏二部；南洋中學圖書館、前北京人文科學研究所、臺灣省菸酒公賣局、臺南師範學校、日本南葵文庫各藏一部；臺北師範學校藏配抄本一部；臺灣大學伊能文庫藏殘抄本一部。連橫稱道光12年輯。
道光10年	臺灣採訪冊	陳國瑛等	臺北圖書館藏抄本一部。
道光17年	噶瑪蘭志略	柯培元纂	又《噶瑪蘭志略圖考》共三冊，連橫藏抄本；臺北圖書館藏抄本，缺圖；前東方文化事業委員會藏抄本，今歸中央研究院歷史語言研究所。

（續）表4-2　可提供撰寫臺灣旅遊文學參考文獻之臺灣方志

纂修年份	方志名稱	纂修人	典藏處所
咸豐2年	噶瑪蘭廳志	董正和修 陳淑均、李琪生纂	原版存臺灣省立博物館，藏家不列舉。連橫作道光19年薩廉輯。陳均和又作續補，故宮藏抄本一部，今歸中央圖書館。
同治10年	淡水廳志	楊浚修	本志易得，藏家不列舉。朱士嘉、伊能作同治9年陳培桂輯。道光13年鄭用錫成廳志初稿四卷，同治6年嚴金清成志稿十四卷，皆未刊行。
光緒5年	澎湖廳志	林豪纂修	天津任振采氏藏稿本，臺北圖書館及臺灣省菸酒公賣局各藏全抄本一部。
光緒18年	澎湖廳志	潘文鳳纂修	本志刻本易得，藏家不列舉。
光緒10年	苗栗縣志	沈茂蔭纂修	上海徐家匯天主堂藏青樓、南洋中學圖書館各藏抄本一部；上海日本大使館特別調查班、杭縣方氏各藏傳抄本一部。臺北圖書館藏物產考殘抄本一部。
光緒20年	恆春縣志	陳文緯修 屠繼善纂	中央研究院歷史語言研究所藏修史廬抄本晒藍本，民國40年2月臺灣省文獻委員會印行，列臺灣叢書第二種。
光緒21年	臺灣通志	陳文達修 蔣師轍、蔣紹元纂	臺北圖書館藏原稿及傳抄本各一部；臺灣大學、臺灣省教育廳編審委員會各藏傳抄本一部；臺灣省文獻委員會藏抄本三部。
光緒20年	新竹縣采訪冊	陳朝龍纂修	臺北圖書館藏卷一、二、三、五、八抄本共五冊。缺卷四、六、七、九至十一等六卷。連橫作十二卷。
光緒20年	雲林采訪冊	倪贊元纂修	臺灣大學及臺北圖書館藏抄本五冊。伊能作陳世烈輯五卷，連橫作十卷。臺灣省菸酒公賣局抄本三冊，不分卷，作《雲林縣采訪冊》。臺北師範學校藏全抄本五冊，亦作《雲林縣采訪冊》。
光緒20年	鳳山采訪冊	盧德嘉纂修	臺灣大學及臺北圖書館藏抄本十卷七冊。臺圖有二部。連橫作八卷，伊能《臺灣志》作八卷，《臺灣文化志》作十卷，臺灣省菸酒公賣局藏抄本六冊，以天干分十部。鳳山林靜觀氏亦有藏本。
不詳	安平縣雜記		臺北圖書館藏抄本一卷，市村榮懷疑即《安平采訪冊》。
光緒20年	臺東州采訪冊	胡傳纂修	連橫誤列臺灣人士著，作五卷。伊能誤測為張之遠輯，作五卷。列入《臺灣通志》卷十九、卷二十。

資料來源：取材自臺灣各地方志書文獻。

第四節　史地類的旅遊文獻

　　堪供旅遊文學研究參考之史地類臺灣文獻，有別於定制式的「方志類」及詩、詞、散文的「藝文類」。鑑於臺灣發展觀光產業，介紹臺灣的觀光地理及歷史文化觀光知識將有助於增強旅行業導遊人員解說臺灣的能力與常識，更對「觀光客倍增」計畫的落實大有裨益，目前臺灣各大學觀光學系大都開設有關觀光地理或文化觀光等課程[55]，該類旅遊文獻除可供撰寫旅遊文學之作家參考外，也可以作為充實解說導覽常識之參考工具書。根據臺灣銀行經濟研究室《臺灣文獻叢刊》的史地類旅遊文獻，加以整理如下表4-3：

表4-3　《臺灣文獻叢刊》的史地類旅遊文獻一覽表

編號	書名	作（編）者	冊數	頁數	原刊年	出版年
1	臺海使槎錄	黃叔璥	1	177	康熙61年渡臺所記。	1957
2	臺灣鄭氏紀事	川口長孺	1	78	記鄭氏四世歷八十九年之事。序跋俱作於1828年，日本文政戊子年、清道光8年，可知此書之殺青付梓當在此時。	1958
3	東槎紀略	姚瑩	1	126	道光9年。	1957
4	東瀛紀事	林豪	1	69	同治元年至臺灣所記。	1957
5	閩海紀要	夏琳	1	78	本書或為作者之見聞，記事時間為隆武元年至永曆37年。	1958
6	東征集	藍鼎元	1	107	康熙61年。	1958
7	靖海紀事	施琅	1	101	本書所輯為施琅在康熙2至35年所上諸疏，今本據伊能嘉矩蒐集之抄本排印。	1958
8	平臺紀略	藍鼎元	1	72	雍正元年。	1958
9	臺灣鄭氏始末	沈雲	1	87	道光16年作者得江日昇《臺灣紀事本末》加以潤色而成。	1958
10	平臺紀事本末		1	74	記乾隆年間林爽文之亂及清軍平亂經過。據賴永祥先生所藏抄本排印。	1958
11	治臺必告錄	丁曰健	4	598	同治6年。	1959
12	臺灣志略	李元春	1	88	此書原為「青照樓叢書」之一種。	1958

（續）表4-3　《臺灣文獻叢刊》的史地類旅遊文獻一覽表

編號	書名	作（編）者	冊數	頁數	原刊年	出版年
13	海紀輯要	夏琳	1	78	據中研院史語所抄本以鄭氏三氏紀事為主。	1958
14	閩海紀略		1	66	據中研院史語所抄本。記事期間從弘光元年至永曆28年。	1958
15	海上見聞錄	阮旻錫	1	63	民國之初，上海商務印書館始假錄金山錢氏所藏抄本，付之印刷。文叢則據民國2年12月再版之痛史本加以標點、分行，並略校其誤重印。另，《靖海志》以此書為藍本。	1958
16	賜姓始末	黃宗羲	1	98	採自宣統2年薛鳳昌《梨洲遺著彙刊》。	1958
17	海國聞見錄	陳倫炯	1	81	作於雍正8年。	1958
18	臺陽見聞錄	唐贊袞	2	200	光緒17年。	1958
19	從征實錄	楊英	1	194	書中所載為永曆3至16年之事，原為抄本，民國20年中研院史語所將其書影印。	1958
20	靖海紀略	曹履泰	1	85	作者同安任官五年（止於崇禎3年9月）論海寇及曉諭約束之文所編。	1959
21	臺灣紀事	吳子光	1	117	選自所著文集《一肚皮集》。	1959
22	雲林縣采訪冊	倪贊元	2	210	光緒20年。	1959
23	同治甲戌日兵侵臺始末		2	297	據「籌辦夷務始末」選輯而成。	1959
24	馬關議和中之伊李問答		1	87	光緒21年李鴻章與伊藤博文問答。	1959
25	裨海紀遊	郁永河	1	72	康熙36年春自廈門渡臺，至10月初歸所記。	1959
26	臺灣輿圖	夏獻綸	1	82	1874年牡丹社事件後，為周巡南北內山，故作此圖。	1959
27	臺灣番事物產與商務		1	121	據書中內容可斷定本書是清同治7、8年美國駐廈門領事官李讓禮（C. W. Le Gendre 亦譯李善得、李仙得）所寫。	1960
28	戴施兩案紀略	吳德功	1	116	該書對戴潮春、施九緞、乙未抗日等事件均有記載，故書應成於乙未之後。	1959
29	臺灣生熟番紀事	黃逢昶	1	55	清光緒初，宦遊臺北，光緒8年至宜蘭催收臺北城捐，本書之作當在此前後。	1960
30	安平縣雜記		1	106	光緒13年始設安平縣，又此書敘及日治之事，成書應在光緒13日治之間。	1959

（續）表4-3　《臺灣文獻叢刊》的史地類旅遊文獻一覽表

編號	書名	作（編）者	冊數	頁數	原刊年	出版年
31	臺戰演義		1	52	記光緒21年臺民抵拒日軍之事。	1959
32	臺灣教育碑記		1	92	清道光9至10年間陳國瑛等十七人採集。	1959
33	臺灣采訪冊	諸家	2	202	清道光9至10年間陳國瑛等十七人採集。	1959
34	割臺三記	諸家	1	79	《割臺記》為光緒21年割臺抗日之事；《臺灣八日記》為光緒21年5月5日澳底登陸至12日臺北兵變之事；《讓臺記》記錄馬關簽約至北白川宮卒於臺灣之一百三十餘日之事。	1959
35	嘉義管內采訪冊		1	68	內文所載有明治31年之事。	1959
36	瀛海偕亡記	洪棄生	1	102	敘割臺抗日之事。	1959
37	臺灣外記	江日昇	3	448	作者自序以康熙43年為署。	1960
38	鄭成功傳	諸家	1	156	康熙45年。	1960
39	鳳山縣采訪冊	盧德嘉	3	522	光緒20年12月。	1960
40	臺東州采訪冊	胡傳	1	86	光緒22年3月1日脫稿。	1960
41	南明野史	三餘氏	2	275	乾隆4年撰作，民國18年王鍾麒「釐而訂之」，名曰《南明野史》，翌年商務印書館印行。	1960
42	番社采風圖考	六十七	1	103	《番社采風圖》為1745年或1746年完成，1820年的徐澍《臺灣番社圖》和1875年的張斯桂《清人臺灣風俗圖冊》。其餘四種：傳黃叔璥《臺灣番社圖》推測在1700年左右，陳必琛《東寧陳氏番俗圖》在1770年代，北京故宮《臺灣內山番地風俗圖》在1780年代，北京歷博《臺灣風俗圖》在1840年代。	1961
43	東南紀事	邵廷采	1	158	康熙36、37年。光緒時由徐幹刊行。	1961
44	平閩紀要	楊捷	3	396	集康熙17至19年平閩前後諸文而成。	1961
45	海東逸史	翁洲老民	1	130	記南明魯監國事。有光緒10年孫德祖之序。	1961
46	欽定平定臺灣紀略		6	1,046	乾隆53年。	1961
47	明季三朝野史	顧炎武	1	70	明清之際顧炎武之作，至清末文化禁令漸弛始行問世，本書據光緒34年（1908）上海石印本排印。	1961
48	思文大紀		1	157	所記為南明隆武朝之事。	1961

（續）表4-3 《臺灣文獻叢刊》的史地類旅遊文獻一覽表

編號	書名	作（編）者	冊數	頁數	原刊年	出版年
49	明季遺聞	鄒漪	1	122	本書記永明4年之前南明史事。自序以順治14年為署。	1961
50	續補明紀編年	王汝南	1	143	順治17年。	1961
51	澎湖續編	蔣鏞	1	159	道光12年。	1961
52	魯春秋	查繼佐	1	110	為查繼佐兵敗歸里入粵後所做（順治末年）。	1961
53	臺灣通紀	陳衍	2	259	民國11年修《福建通志》關於臺灣部分。	1961
54	徐闇公先生年譜	諸家	1	103	民國14年。	1961
55	臺灣通史	連橫	6	1,063	初刊於民國9、10年間。	1962
56	臺海見聞錄	董天工	1	68	乾隆11至15年臺灣見聞，刊於乾隆18年。	1961
57	南疆繹史	諸家	6	868	前三十卷為康熙44年舉人溫睿臨所撰，後十八卷為李瑤所撰。全書之完成，據李瑤的自序乃以道光10年為署。	1962
58	續明紀事本末	倪在田	4	604	光緒29年印行，書應成於同、光年間。	1962
59	小腆紀年	徐鼒	5	992	成於咸豐末年。	1962
60	新竹縣采訪冊	陳朝龍	2	297	光緒20年。	1962
61	明季南略	計六奇	3	520	康熙10年。	1963
62	三藩紀事本末	楊陸榮	1	95	康熙56年。	1962
63	荷據叢談	林時對	1	165	書中所述盡是明代掌故，作者序於康熙30年，本書據民國17年排印版整理出版。	1962
64	明季荷蘭人侵據澎湖殘檔		1	64	據中央研究院歷史語言研究所編印的《明清史料》乙編、戊編所載紅夷檔案及《明熹宗實錄》的紅夷資料編輯而成。	1962
65	清初海疆圖說		1	122	成書當在雍正初年臺灣府彰化設縣不久之後。	1962
66	鄭氏史料初編		1	188	《明清史料》乙編、丁編、戊編共鄭氏資料五百餘件。本書為關於鄭芝龍之二十八件資料。	1962
67	清聖祖實錄選輯		1	180	選自「大清聖祖仁皇帝實錄」。	1963
68	清世宗實錄選輯		1	52	選自「大清世宗憲皇帝實錄」。	1963

（續）表4-3　《臺灣文獻叢刊》的史地類旅遊文獻一覽表

編號	書名	作（編）者	冊數	頁數	原刊年	出版年
69	鄭氏史料續編		10	1,271	選自《明清史料》甲編、丁編、戊編及己編中，順治年間應付鄭成功之官方檔案。	1963
70	南明史料		4	476	選自《明清史料》甲編、乙編、丁編、戊編及己編中關於南明抗清資料。	1963
71	清代官書記明臺灣鄭氏亡事		1	64	此書原名《平定海寇方略》係出自中研院此史語所的內閣檔案，民國19年排印，改稱《清代官書記明臺灣鄭氏亡事》。此書內容起自康熙18年命康親王會議征勦海寇機宜，至康熙23年臺灣設郡縣，封鄭克塽公爵為止。	1963
72	鄭氏史料三編		2	237	錄自《明清史料》丁、戊、己等三編。	1963
73	臺案彙錄丙集		2	343	錄自《明清史料》戊、己兩編。	1963
74	爛火錄	李天根	8	1,264	輯於乾隆12、13年。	1963
75	臺案彙錄丁集		2	319	錄自《明清史料》戊、己兩編。概屬臺灣軍事行政事項。	1963
76	臺案彙錄戊集		3	392	錄自《明清史料》戊、己、庚三編。	1963
77	清職貢圖選		1	60	據1752年謝遂的《皇清職貢圖》所編。	1963
78	臺灣府輿圖纂要		3	361	纂輯時間當在同治年間。	1963
79	聖安本紀	顧炎武	2	222	記南明弘光朝史事。	1964
80	臺灣地輿全圖		1	80	光緒年間所繪。	1963
81	清高宗實錄選輯		4	736	選自「大清高宗純皇帝實錄」。	1964
82	清仁宗實錄選輯		1	194	選自「大清仁宗睿皇帝實錄」。	1963
83	清宣宗實錄選輯		3	519	選自「大清宣宗成皇帝實錄」。	1964
84	清文宗實錄選輯		1	67	選自「大清文宗顯皇帝實錄」。	1964
85	清穆宗實錄選輯		1	171	選自「大清穆宗毅皇帝實錄」。	1963
86	臺案彙錄己集		3	409	選自《明清史料》丁、戊、己三編輯《史料旬刊》。	1964
87	法軍侵臺檔		4	568	據《中法越南交涉檔》選輯而成。	1964
88	清德宗實錄選輯		2	305	選自「大清德宗景皇帝實錄」。	1964

（續）表4-3 　《臺灣文獻叢刊》的史地類旅遊文獻一覽表

編號	書名	作（編）者	冊數	頁數	原刊年	出版年
89	清先正事略選	李元度	2	376	選自《國朝先正事略》一書關於臺灣部分，該書成於同治5年作者赴滇剿辦「教匪」之前。	1964
90	流求與雞籠山	諸家	1	108	本書由《隋書》、《太平御覽》、《諸蕃志》以及其他二十餘種著作中選錄關於「流求與雞籠山」之資料而成，並由曹永和先生蒐集補充。	1964
91	清季外交史料選輯		3	376	著者於光緒供職軍機處時所錄，原名《光緒朝洋務始末記》，後其哲嗣希隱先生賡續成書，書名《清季外交史料》。	1964
92	臺案彙錄庚集		5	841	選自《明清史料》戊編。	1964
93	籌辦夷務始末選輯		3	422	《籌辦夷務始末》合輯而成。	1964
94	法軍侵臺檔補編		1	126	據故宮博物院清代軍機處檔案所輯有關中法戰爭臺灣文件而成。	1964
95	臺案彙錄辛集		2	311	選自《明清史料》戊編，主要以蔡牽事件為中心。	1964
96	戴案紀略	蔡青筠	1	62	作者增補《東瀛紀事》、《戴案紀略》而成，稿本成於大正12（1923）年。	1964
97	陳清端公年譜	丁宗洛	1	114	道光初年，丁宗洛引用「陳清端公文選」以及陳氏家藏諸書輯此年譜。	1964
98	清光緒朝中日交涉史料選輯		3	439	據《清光緒朝中日交涉史料》輯成。	1965
99	魂南記	易順鼎	1	89	記清光緒21年割臺之役作者兩次渡臺赴援之事。	1965
100	海濱大事記	諸家	1	103	所收文獻有六：(1)清閩侯林繩武（惺甫）著《海濱大事記》；(2)清邵陽魏源（默深）著《國初東南靖海記》；(3)清柳州楊廷理（雙梧）著《東瀛紀事》；(4)清陽和趙翼（耘松）著《平定臺灣述略》；(5)魏源著《嘉慶東南靖海記》；(6)《續修廬州府志》載《援臺紀略》。因係集刊，本書即以首文《海濱大事記》名之。	1965
101	臺灣輿地彙鈔	諸家	1	142	本書所收文獻共十六種，時間上有康熙年間作品，亦有晚至光緒時的記載。	1965
102	清史講義選錄	汪榮寶	1	92	係汪榮寶於清末執教譯學館時所撰之教本。	1966

（續）表4-3　《臺灣文獻叢刊》的史地類旅遊文獻一覽表

編號	書名	作（編）者	冊數	頁數	原刊年	出版年
103	臺案彙錄壬集		1	114	本書均與「撫番」事務有關，據《通臺奏遵案件冊》、《臺灣奏稿》、《臺灣中路開山撫番案稿》、《臺灣理蕃古文書》，另一件則錄自《明清史料》戊編。	1966
104	臺案彙錄癸集		1	141	彙集《明清史料》戊編乾隆、嘉慶、道光等關於臺灣事件部分輯成。	1966
105	清史稿臺灣資料集輯		6	1,014	《清史稿》關內本選輯。	1968
106	明亡述略	鎖綠山人	1	51	自稱係「著明亡之原委本末」，實則述崇禎及福、康、桂王史事。	1968
107	中日戰輯選錄	王炳耀	1	115	原書輯於光緒21年。	1969
108	弘光實錄鈔		1	110	記事始於「崇禎17年」迄於「弘光元年」。	1968
109	西南紀事	邵廷采	1	130	康熙28年。	1968
110	崇禎長編		1	93	此編所記自崇禎16年10月起至17年3月19日止。據朱希祖「崇禎長編殘本跋」，考定此書為清初鄞縣萬言，字貞一所撰。	1969
111	崇禎記聞錄		1	123	本書據《痛史》本《啟禎記聞錄》略去卷一前半部天啟元年至7年部分，因改稱《崇禎記聞錄》。	1968
112	清史列傳選		3	540	清史諸傳約計一千九百七十餘傳，本書所選，主要取諸《貳臣傳》、《逆臣傳》及道光以下各傳檔。	1968
113	清季臺灣洋務史料		1	98	選輯自《洋務運動文獻彙編》為其中光緒元年至20年之臺灣文件。	1969
114	甲乙日曆	祁彪佳	1	159	1937年浙江紹興縣修志會刊有明末山陰祁彪佳遺著《祁忠敏公日記》。本書取其南明史事有關之甲申、乙酉部分，故曰《甲乙日曆》。	1970
115	通鑑輯覽明季編年		1	166	由乾隆年間所修之「御批歷代通鑑輯覽」選出。	1970
116	石匱書後集	張岱	3	366	為崇禎以後明代史事。	1970
117	重修臺灣各建築圖説	蔣元樞	1	80	作者臺灣知府蔣元樞，任期為乾隆40年4月迄43年6月，在任三年又二月；《重修臺郡各建築圖説》共七十九幅，為清乾隆間臺灣知府蔣元樞進呈紙本彩繪。	1970

（續）表4-3　《臺灣文獻叢刊》的史地類旅遊文獻一覽表

編號	書名	作（編）者	冊數	頁數	原刊年	出版年
118	使琉球錄三種	諸家	2	290	為輯錄明代《使琉球錄》三種，分別為：(1)陳侃、高澄撰《使琉球錄》，嘉靖間原刊本；(2)蕭崇業、謝杰撰《使琉球錄》，萬曆原刊本；(3)夏子陽、王士禎撰《使琉球錄》。	1970
119	臺灣對外關係史料		1	104	《中美關係史料》之「嘉慶、道光、咸豐朝」及「同治朝」兩種選輯而成。	1971
120	清代琉球紀錄集輯	諸家	2	282	收錄清代冊封琉球若干「使錄」及有關文獻共十二種。	1971
121	崇禎實錄		2	324	起至崇禎元年，迄於17年3月。	1971
122	明實錄閩海關係史料		1	178	明世宗、穆宗、神宗、光宗、熹宗五朝「實錄」選輯閩海關係史料輯成。	1971
123	小西腴山館主人自著年譜	吳大廷	1	108	書中對作者於臺灣道任內之事記述甚詳，年譜記事時間始自道光4年迄至光緒3年。書末並取「文集」及「詩集」各有關詩文若干篇作為「附錄」。	1971
124	清代琉球紀錄續輯	諸家	1	219	共收有關琉球文獻三種：(1)桂山義樹輯《琉球事略》；(2)潘相撰《琉球入學見聞錄》；(3)姚文棟譯《琉球小志並補遺》。	1972
125	偏安排日事蹟		2	281	南明弘光朝兩百餘七十餘日之記事。	1972
126	陳第年譜	金雲銘	1	148	陳第之其七世從孫曾於道光28年重刊其集，並識以年譜，然簡而不明，且錯誤百出、前後顛倒，作者因此重撰年譜，作者於序中以民國34年7月7日為署。	1972
127	蘄黃四十八砦紀事	王葆心	1	118	自序作於光緒34年。	1972
128	明史選輯		4	571	選自清張廷玉等奉敕撰《明史》。《明史》原書凡三百三十二卷，本書所選，仍列紀、志、表、傳四門。	1972
129	臺灣海防並開山日記	羅大春	1	120	於1965、1966年香港大學馮平山圖書館中所發掘出來。羅氏來臺肇始於同治13年日兵入侵牡丹社之時，至光緒元年8月1日卸任所記。	1972

資料來源：取材自《臺灣文獻叢刊》。

表4-3共計一百二十九種史地類與臺灣旅遊文學有關的文獻，為數頗多。茲就此類旅遊文獻，舉其要者說明如下：[56]

壹、《靖海紀事》

清康熙二十三（1684）年，施琅撰。施琅字尊侯，號琢公，福建晉江人。初為鄭氏部將，後降清。康熙元（1662）年擢為福建水師提督，疏請攻臺，二十二（1683）年，鄭氏率屬以降。該書蒐錄施琅攻臺奏疏，對臺灣、澎湖「盡陳所見」，康熙二十四（1685）年初刊，或稱《靖海紀》，目前僅國立臺灣大學圖書館珍藏鈔本一部，係日人伊能嘉矩蒐集鈔存者。

貳、《山川考略》

清康熙二十三年，季麒光著，唯未付梓，僅知有此書目，原稿內容佚散。

參、《裨海紀遊》

已如前述，係清康熙三十六（1697）年，郁永河撰。該書版本甚多，一如前述，或稱《渡海輿記》、《採硫日記》。原刊本為一日記式之遊記，記載所歷臺灣各地風景、習俗，並論番政、時事等。民國三十九年，臺灣大學方豪教授集各種刊本及鈔本詳為校訂，並附郁氏其他著作，包括〈番境補遺〉、〈宇內形勢〉、〈海上紀略〉、〈鄭氏逸事〉合訂一書，題為《合校足本裨海紀遊》，由臺灣省文獻委員會出版。[57]

肆、《鹿洲全集》

康熙六十一（1722）年，藍鼎元撰，全集中以《東征集》六卷及

《平臺紀略》一卷等二書最可作為旅遊參考之文獻。

伍、《臺海見聞錄》

清乾隆十五（1750）年，董天工撰。董天工字典齋，福建崇安人，雍正元（1723）年拔貢。十一（1733）年任彰化教諭，十五年任滿賦閒，為答友朋之詢，特就旅臺見聞，徵考文獻，編次成書。共四卷，現僅存兩卷，卷一有山川、建置、官制、營制、武備、船政、田賦、鹽課、水陸餉、官裝等目；卷二有漢俗、番俗及臺卉、果、蔬、木、竹、草、禽、獸、鱗等記載；至後二卷，雖無目可稽，但是按〈自序〉所說，當屬賢良、節烈等人物傳述與詞、賦、詩歌之選錄。[58]

陸、《臺灣使槎錄》

清雍正三（1735）年，黃叔璥著。黃叔璥字玉圃，號篤齋，順天大興人，由進士歷官至御史，康熙六十一（1722）年初設巡臺御史，滿漢各一人，廷議以黃叔璥與滿州正紅旗人吳達禮同任。滿三年而去，乾隆元（1736）年卒。任巡臺御史期間，著有《赤嵌筆談》四卷、《番俗考》三卷及《番俗雜記》一卷，合刊為一書稱為《臺灣使槎錄》。乾隆元年刊刻問世，撰書嚴謹，由該書〈自序〉所述，可見其旅遊文獻之價值：

> 余之訂是編也，凡禽魚草木之細，必驗其形焉，別其色焉，辨其族焉，察其性焉，詢之耆老，詢之醫生，毫釐之疑，靡所不耀，而後即安。[59]

柒、《臺灣采風圖》

清乾隆九（1744）年至十一（1746）年間，由六十七（號居魯，滿洲鑲紅旗人）編繪。編者與范咸同修《臺灣府志》後，對於臺灣殊風絕俗

頗為留意，乃雇工繪製該圖，今圖已佚，尚存二文。

捌、《番社采風圖考》

編繪年度與《臺灣采風圖》相同。今圖久佚，臺灣銀行經濟研究室民國五十年一月將《番社采風圖》十二幅、《臺海采風圖》九幅、中央研究院歷史語言研究所藏《臺番圖說》附錄「番社圖」十七幅，及故宮信片第十三集第一組〈臺灣內山番地風俗圖〉二十四幅，合為一輯。

玖、《臺灣風土記》

清乾隆五（1740）年，劉良璧著。本書見於謝金鑾、鄭兼才《續修臺灣縣志》卷六〈藝文志〉，內容欠詳，尚待徵考，惟從書名見之，當屬臺灣風土之記遊文學。

拾、《海東札記》

清乾隆三十七（1772）年，朱景英撰。朱景英字幼之，一字梅治，號研北，湖南武陵人。清乾隆十五（1750）年解元，三十四（1769）年由寧德知縣擢臺灣海防同知。全書分為四卷八目[60]：卷一：一記方隅，首議臺灣名稱，次及沿革、建置、疆域、水陸里程；二記巖壑，首述山脈形勢，次及港澳、溪流、潭湖；卷二：一記洋澳，首述臺灣海峽之風浪以及澎湖島嶼，次及鹿耳門之形勢、沿海島嶼之分布情形、海路及海舶之構造；二記政紀，分述文武官之編制，夾述稅賦；卷三：一記氣息，首述颱颶、風信、氣候及臺灣殊俗；二記土物，分列臺灣穀物、異花蟲禽珍果、鱗介；卷四：一記叢璅，首述城郭，文武衙署、廟宇、流寓等，末附自作詩詞；二記社署，首述生熟番，次述南北番社，後及番俗。

拾壹、《東瀛記事》

清乾隆年間，楊廷理著。楊廷理號雙梧，廣西馬平人。以拔貢生補知縣，乾隆五十一（1786）年八月任臺灣海防同知，五十六（1791）年，陞分巡臺灣兵備道，未幾以事遞職。嘉慶十五（1810）年復出，任噶瑪蘭通判，旋去。此書係乾隆五十一（1786）年十一月林爽文起事，知府孫景燧遇害，著者兼攝府篆，防守府城之親歷見聞而成書[61]。

拾貳、《東槎紀略》

清道光九（1829）年，姚瑩撰。作者字石甫，號名叔，晚號展和，安徽桐城人，進士，嘉慶二十四（1819）年，任臺灣海防同知。該書作於道光九（1829）年，寫書動機見〈自序〉云：

> 余以覊憂，棲遲海外，目睹往來論議區劃之詳實，能明切事情，洞中機要；苟無記之，懼後來老習焉不得其所以然。……乃採其要略於篇，附及平素論著涉臺政者，而以陳周全之事終焉。

計卷一，有〈平定許、楊二逆〉等八篇；卷二，僅〈籌備噶瑪蘭定制〉一篇；卷三，有〈噶瑪蘭原始〉等九篇；卷四，有〈臺灣班兵議〉等六篇；卷五，專記〈陳周全之亂〉[62]。

拾參、《東瀛識略》

清道光二十八（1848）年，無錫丁紹儀撰。〈自序〉云：

> 道光二十七年（丁未）秋渡臺，嘗佐臺灣道全卜年幕。在臺勾留八閱月，凡臺事之堪資談助者，輒筆識之，並附所見，而成此書。每卷分二目，按序為建制、疆域、糧課、稅餉、學校、習尚、營制、屯隘、海防、物產、番禮、番俗、奇異、兵燹、遺聞、外紀。

同治十（1871）年，作者又嘗遊閩，並於每目後再識數行，同治十二（1873）年問世。

拾肆、《東瀛紀事》

清同治年間撰，光緒六（1871）年出刊，林豪撰。同治元（1862）年，林豪至臺灣，逢彰化戴潮春起事後，遊府治時，就見聞所及撰成此書。其篇目卷上有：戴逆倡亂、賊黨陷彰化縣、郡治籌防始末、鹿港防剿始末、北路防剿始末、大甲城守、嘉義城守、斗六門之陷、南路防剿始末。卷下有：官軍收復彰化縣始末、塗庫拒賊始末、翁仔社屯軍始末、逆首戴潮春伏誅、贛虎晟伏誅、餘匪、災祥及叢談等[63]。

拾伍、《臺陽見聞錄》

清光緒十七（1891）年，唐贊袞撰。作者字譁之，湖南善化人，餘閱歷不詳。光緒十七年調署臺澎道，旋補臺南府，迄二十一（1895）年正月去任。卷上分建置、通商、洋務、田賦、鹽政、籌餉、刑政、政事、水利等九目。卷下分文教、防務、山水、勝景、人物、廟宇、器用、衣服、風俗、時令、食物、天文、穀米、竹木、蔬菜、花卉、果品、草部、鱗介、獸類、禽鳥、蟲類、番部等二十三目[64]。

拾陸、《臺灣日記與稟啟》

清光緒十八（1892）年至二十一年，胡傳著。胡傳字鐵花，號鈍夫，安徽績溪人，民國胡適之父。同治九（1870）年以歲貢就職訓導，後由保奏，以直隸州補用，光緒十八（1892）年巡撫邵友濂奏調臺灣，十九（1893）年五月委代臺東直隸州知州，迄二十一年，日本據臺，始行內渡，時已染病，至七月三日歿於廈門。在臺三年又五個月留有「日記」及「臺灣稟啟存稿」。其中日記為作者旅臺期間，記臺灣山川形

勢、人文政事。卷後附有作者遺稿〈記臺灣臺東州疆域道里地方情形並書後〉等篇[65]。

拾柒、《臺游日記》

清光緒十八（1892）年，蔣師轍撰。作者字紹由，江蘇上元人。十八年應巡撫邵友濂之招，赴臺修志。此日記即為是年三月二十日至八月二十一日之臺灣見聞之日記，凡六閱月[66]，為日記體裁之遊記。

拾捌、《臺灣遊記》

該書收池志徵《全臺遊記》、吳德功《觀光日記》、施景琛《鯤瀛日記》及張遵旭《臺灣遊記》等四種，民國四十九年八月臺灣銀行經濟研究室合輯出版[67]。

拾玖、其他

如《東征記》、《平臺紀略》、《臺北紀事》、《東溟奏稿》、《臺灣志略》、《沈文肅公政書》、《日本窺臺始末》、《巡臺退思錄》、《臺灣府輿圖纂要》、《日本窺臺撫番紀略》、《甲戌公牘鈔存》、《臺灣輿圖》、《臺灣小志》及《劉壯肅公奏議》等書，或以政治考量，或以軍事需要，但內容多少涉及遊歷臺灣見聞，均可供臺灣旅遊文學研究之參考[68]。

第五節　藝文類的旅遊文獻

中國文學一般可依其演進而三分為：「古典文學」、「現代文學」與「當代文學」[69]，明清兩代臺灣旅遊文學按照中國文學的發展應歸

屬為古典文學，或稱傳統文學。以古典文學內容言之，自不能脫離賦、詩、詞、散文或竹枝詞之類的所謂純文學。前述方志類、史地類為文言散文，但稍乏文學味道，如以賦、詩、詞等純文學言之，臺灣旅遊文獻更是豐富，特列舉如下**表4-4**[70]：

表4-4　《臺灣文獻叢刊》的藝文類旅遊文獻一覽表

編號	書名	作（編）者	冊數	頁數	原刊年	出版年
1	蠡測彙鈔	鄧傳安	1	64	道光2年抵臺後，在臺十年所記。	1958
2	赤嵌集	孫元衡	1	83	康熙44至47年在臺任臺灣同知所記。	1958
3	東征集	藍鼎元	1	107	康熙61年。	1958
4	海東札記	朱景英	1	63	乾隆37年海防同知內任所作。	1958
5	臺陽筆記	翟灝	1	39	作者於乾隆58至嘉慶10年，任職臺灣十三年期間所撰。	1958
6	巡臺退思錄	劉璈	3	286	臺灣道臺任內的文稿。文件所載年月，始於光緒7年9月，迄於光緒10年8月，共三年。	1958
7	海上見聞錄	阮旻錫	1	63	民國之初，上海商務印書館自金山錢氏之假得抄本，付之印刷。文叢則據民國2年12月再版之《痛史》本加以標點、分行，並略校其誤重印。另，《靖海志》以此書為藍本。	1958
8	臺灣雜詠合刻	諸家	1	78	《海音詩》成於咸豐2年。《臺灣雜詠合刻》刊印於光緒7年。	1958
9	臺陽詩話	王松	1	92	割臺前後時人詩，王松自序以「乙巳」年為署，似應光緒31年。	1959
10	臺海思慟錄	思痛子	1	65	光緒22年。	1959
11	北郭園詩鈔	鄭用錫	1	92	《北郭園全集》之刊行係同治9年。	1959
12	海南雜著	蔡廷蘭	1	62	道光16（1836）年自越南返福建後所記。	1959
13	裨海紀遊	郁永河	1	72	康熙36年春自廈門渡臺，至10月初乃歸所記。	1959
14	閩海贈言	沈有容	1	128	萬曆至天啟年間，在閩十五年，閩省縉紳所贈言。	1959

（續）表4-4　《臺灣文獻叢刊》的藝文類旅遊文獻一覽表

編號	書名	作（編）者	冊數	頁數	原刊年	出版年
15	割臺三記	諸家	1	79	《割臺記》為光緒21年割臺抗日之事、《臺灣八日記》為光緒21年5月5日澳底登陸至12日臺北兵變之事、《讓臺記》記馬關簽約至北白川宮卒於臺灣之一百三十餘日之事。	1959
16	瀛海偕亡記	洪棄生	1	102	敘割臺抗日之事。	1959
17	臺灣外記	江日昇	3	448	作者自序以康熙43年為署。	1960
18	臺灣詩乘	連橫	2	262	民國10年。	1960
19	嶺雲海日樓詩鈔	丘逢甲	3	412	丘逢甲初輯於民國2年，後至25年復加釐訂。	1960
20	臺灣日記與稟啟	胡傳	2	281	光緒18年2月抵臺至21年離臺，三年又五個月期間所作。	1960
21	無悶草堂詩存	林朝崧	1	182	民國21年付梓。	1960
22	內自訟齋文選	周凱	1	70	選自《內自訟齋文集》關於臺灣部分。	1960
23	中復堂選集	姚瑩	2	262	姚瑩自訂詩文雜著凡十種，計九十卷，曾於道光30年刻於金陵。毀於咸豐3年之兵。後全集由其子濬昌在清同治6年重刊。	1960
24	斯未信齋文編	徐宗幹	1	181	道光27年為臺灣道。集錄文集中關於臺灣部分的一百零一篇而成。	1960
25	左文襄公奏牘	左宗棠	1	142	選自《左文襄公全集》，全集於清光緒16年付梓。	1960
26	臺灣遊記	諸家	1	96	《全臺遊記》為池志徵在光緒17至20年來臺遊幕所作。《觀光日記》為吳德功於明治33年參加揚文會經驗。《鯤瀛日記》為施景琛民國元年2月在臺所記。《臺灣遊記》為張尊旭民國5年來臺參加「勸業博覽會」所記。	1960
27	斯未信齋雜錄	徐宗幹	1	120	徐宗幹記道光年間在臺時事。	1960
28	劍花室詩集	連橫	1	152	《大陸詩草》為遊中國時之作，凡一百二十六首，曾於民國10年出版。《寧南詩草》〈自序〉署為「民國15年西湖寄寓」。《劍花室外集》之一為乙未割臺以後至辛亥遊大陸之前青年期之作。《劍花室外集》之二為癸酉至乙亥晚年之詩。	1960
29	張文襄公選集	張之洞	2	280	全集於民國26年刊行。	1961

（續）表4-4　《臺灣文獻叢刊》的藝文類旅遊文獻一覽表

編號	書名	作（編）者	冊數	頁數	原刊年	出版年
30	哀臺灣箋釋		1	80	係中央研究院歷史語言研究所所藏抄本。附錄《普天忠憤集》為光緒24年經濟書莊石印小本。	1961
31	臺風雜記	佐倉孫三	1	62	為作者在日治初期總督府民政局任職三年記事。	1961
32	使署閒情	六十七	1	140	乾隆9年後，在臺任官三年期間，蒐集他人與自身作品。	1961
33	清朝柔遠記選錄	王之春	1	82	原名為《國朝柔遠記》，原書起自清順治元年至同治13年止，共十八卷。〈自序〉中以光緒6年為署。	1961
34	鹿樵紀聞	梅村野史	1	145	記南明福王至桂王之事。	1961
35	黃漳浦文選	黃道周	3	469	黃漳浦遺著以福州陳壽祺所編《黃漳浦集》最完備。茲據道光10年庚寅刊本所輯，錄其有關南都史事。	1962
36	張蒼水詩文集	張煌言	2	337	後人所收藏、傳抄與綴輯之各本《張蒼水集》，每多出入。晚近由其族裔張壽鏞氏廣事搜羅勘比，重為編次，成有《四明張氏約園開雕》，本書即據此本採輯。	1962
37	六亭文選	鄭兼才	1	117	作者抵臺便遇蔡牽事。《宜居集》〈自序〉與《愈瘠集》〈自序〉皆以嘉慶24年為署。作者卒於道光2年。	1962
38	陶村詩稿	陳肇興	1	139	民國25（昭和11）年。	1962
39	窺園留草	許南英	2	250	民國22年版本刊行。	1962
40	臺灣中部碑文集成		1	176	本書依據劉枝萬著《臺灣中部古碑文集成》（臺灣省文獻委員會編印「文獻專刊」第五卷第三、四期）一書重加整理、改編。	1962
41	臺灣語典	連橫	1	108	昭和8年。	1963
42	臺灣三字經	王石鵬	1	52	光緒26年。	1962
43	東山國語	查繼佐	1	188	刊於民國25年。	1963
44	雅言	連橫	1	130	昭和8年，作者刊於《三六九小報》之連載。	1963
45	爝火錄	李天根	8	1,264	輯於乾隆12、13年。	1963
46	雅堂文集	連橫	2	306	多從《臺灣詩薈》（大正13年2月發行，翌年11月停刊，共二十二期）中所輯錄之文章。	1964

（續）表4-4　《臺灣文獻叢刊》的藝文類旅遊文獻一覽表

編號	書名	作（編）者	冊數	頁數	原刊年	出版年
47	野史無文	鄭達	2	221	康熙年間輯《野史無文》二十卷。今存十三卷。	1965
48	臺灣旅行記	諸家	1	110	分由邱文鸞、劉範徵、謝鳴珂所撰，為民國4年12月福建省立甲種農業學校校長帶領學生渡臺旅行，由學生所記。	1965
49	魂南記	易順鼎	1	89	記清光緒21年割臺之役作者兩次渡臺赴援之事。	1965
50	清稗類鈔選錄	徐	1	132	據作者所撰之《清稗類鈔》所輯，據民國17年商務印書館排印本，錄其有關南明或臺灣者一百零七則。	1965
51	後蘇龕合集	施士洁	3	441	據著者定稿之《後蘇龕文稿》、《後蘇龕詩鈔》、《後蘇龕詞草》三種為基礎編成。作者生於咸豐年間，道光25年進士，世居臺南，乙未之役，挈眷西渡。	1965
52	臺灣輿地彙鈔	諸家	1	142	本書所收文獻共十六種，時間上有康熙年間作品，亦有晚至光緒時的記載。	1965
53	鮚埼亭集選輯	全祖望	2	300	作者生於康熙44年，所著《鮚埼亭集》有關南明文字頗多，錄此類文字凡一百三十餘篇而成。	1965
54	臺灣南部碑文集成		6	783	此書係黃典權歷年採訪之資料，兼參各縣市有關文獻機構之拓片、刊物，纂輯而成。	1966
55	廣陽雜記選	劉獻廷	1	81	康熙間，劉獻廷著《廣陽雜記》；所記關於南明與鄭氏遺事，多得自口碑。蓋時當明鄭亡後不久，頗有人猶能記憶所及為之道出也。就中選錄九十餘則。	1965
56	碑傳選集	諸家	4	606	係自清道光間錢儀吉彙纂的《碑傳集》選錄而成。	1966
57	續碑傳選集	諸家	2	260	選輯自宣統時繆荃孫、民初閔爾昌相繼纂有《續碑傳集》與《碑傳集補》。	1966
58	臺灣詩薈雜文鈔	連橫	1	88	多從《臺灣詩薈》（大正13年2月發行，翌年11月停刊，共二十二期）中所輯錄。	1966
59	藏山閣集選輯	錢秉鐙	2	193	《藏山閣集》湮埋於世者達二百餘年，著者當年曾一再致意於刊行。但至光緒末年始刊行。	1966
60	行在陽秋		1	77	記南明永曆16年前之事。	1967

（續）表4-4　《臺灣文獻叢刊》的藝文類旅遊文獻一覽表

編號	書名	作（編）者	冊數	頁數	原刊年	出版年
61	幸存錄	夏允彝	1	65	崇禎年間南都破，總兵吳志葵起兵吳淞，允彝入其軍，然文士不知兵，迄無成。松江破，乃作絕命詞《幸存錄》。	1967
62	崇相集選錄	董應舉	1	143	明代萬曆與閩海、臺灣有關之史料。本書據民國17年閩人林煥章重刊本選錄。	1967
63	青燐屑	應廷吉	1	65	記南都事；因字數不多，乃以《燕都日記》為附。《燕都日記》增補當在康熙10年之後。	1967
64	江南聞見錄		1	73	書中另附四篇有關的文獻：一是江都王秀楚記《揚州十日記》；二是《嘉定屠城紀略》（未著撰人）；三是嘉定朱子素（九初）述《東塘日箚》；四是江陰沈濤（次山）撰《江上遺聞》。皆記明弘光時事。	1967
65	島噫詩	盧若騰	1	77	作者為明崇禎舉人，原書封面為《明自許先生島噫集》，書內署《島噫詩》，並有「同安盧若騰閑之著，八世胞姪孫德資重錄」字樣；係舊抄本。書後加〈留菴文選〉若干篇。	1968
66	江陰城守紀	韓菼	1	62	記南明江陰守城事。作者於自序中以康熙54年為署。附錄有：南園嘯客輯《平吳事略》、《揚州城守紀略》、許重熙《江陰守城記》。	1968
67	庭聞錄	劉健	1	68	吳三桂反清事後四十餘年，作者追錄所述。	1968
68	風倒梧桐記	何是非	1	71	永曆5、6年間。	1968
69	兩粵夢遊記	馬光	1	43	崇禎12年赴北闈，次年赴粵至永曆6年還家所見之事。另加《江變紀略》。	1968
70	研堂見聞雜記		1	67	記鄭成功北征之役，迄於康熙5年。	1968
71	玉堂薈記	楊士聰	1	97	崇禎15年春。	1968
72	臺灣詩鈔	諸家	3	521	文叢所編，以能提供兼具史料價值的詩篇為準。	1970
73	李文襄公奏疏與文移	李之芳	3	524	其在康熙13至21年浙江總督任內奏疏。	1970
74	嶺海焚餘	金堡	1	91	為作者在南明隆武、永曆二朝之奏疏。	1972

（續）表4-4　《臺灣文獻叢刊》的藝文類旅遊文獻一覽表

編號	書名	作（編）者	冊數	頁數	原刊年	出版年
75	寄鶴齋選集	洪棄生	3	444	遺稿選輯這本《寄鶴齋選集》，書中除文選、詩選外，尚有專著二種：《中西戰紀》、《中東戰紀》。	1972
76	蘄黃四十八砦紀事	王葆心	1	118	〈自序〉署作於光緒34年。	1972
77	中山傳信錄	徐葆光	2	278	康熙58年受命琉球副使，在琉球八月所見。康熙60年印行。	1972

資料來源：取材自臺灣銀行經濟研究室《臺灣文獻叢刊》。

表4-4耙梳自《臺灣文獻叢刊》，共有七十七種與藝文類旅遊文獻有關，茲再舉其大要者略加說明如下：

壹、《東吟唱和集》

清康熙二十三（1864）至二十五年（1866）間，季麒光、沈朝聘合編。連雅堂於《臺灣詩乘》謂：「清人得臺，遊宦漸集，斯庵亦老矣，猶出而結詩社，名曰東吟。」[71]

該集為當時東吟詩社十四人，包括無錫季蓉洲麒光、宛陵韓震西又琦、金陵趙蒼直龍旋、福州陳克瑄鴻猷、無錫鄭紫山廷柱、武林韋念南渡、福州翁輔生德昌、無錫華蒼崖袞、會稽陳易佩元圖、金陵林貞一起元、上虞屠仲美士彥、福州何明卿士鳳、泉州陳雲卿雄略、寧波沈斯庵光文等，頗多宦遊旅臺心情或感懷之作。[72]

貳、《蓉洲文稿》

清康熙二十三年，季麒光著。惟書稿已散佚，僅存〈客問〉六條、〈題沈斯庵雜記詩〉一文，前者長一千一百字，以駢體綴成，所記臺灣地形、山脈、鹿、木林、穀物等頗為扼要。[73]

參、《赤嵌集》

清康熙四十二（1703）至四十七（1708）年間，孫元衡撰。作者安徽桐城人，貢生，康熙四十二至四十七年遷臺灣府同知，曾數攝諸羅篆，並署府符。雅好詩文，雍正中刊，陳錫常序云：

> 孫子赤嵌集，多宦臺灣時作，標新領異，得未曾有。夫臺灣一郡之越在閩海也……詩人所至，閱歷歲時，日覽耳聞，皆歸篇什，使其山川、人物、飲食、方隅，以及草木、禽魚，無不吐其靈異而發其光華……，孫子雖不世才，亦資天地自然之感觸，臺灣勝事，待以表章。[74]

肆、《淡水紀行詩》

清康熙五十四、五十五（1715、1716）年間，阮蔡文撰。作者名子章，字鶴石，福建漳浦人。康熙五十四年任臺灣北路營參將。時諸羅淡水之間開發不久，人跡鮮至，作者親履旅遊，日或於馬上賦詩，夜則燃燭記所過地理山澤風土。該書錄詩雖不多，然多佳構，今已無傳，散見諸志中。[75]

伍、《海天玉尺編》

清雍正七至八（1729-1730）年間，夏之芳輯，共三集。作者字荔園，江蘇高郵人，以進士宦至御史，雍正七（1729）年兼攝學政，舉行歲試，而擇取前茅之文集成該書。序曰：

> 臺地越在海表，才雋之士，時時間出……，然余屢試校閱皆隨才甄別，曲示鼓勵，故其文亦頗漸次有可觀者。大約文人之心，類從其地之風、氣。臺士之文多曠放，各寫胸臆，不能悉就準繩，其間雲

垂海立，黿掣鯨吞者，應得山水奇氣，又或幽巖峭壁，翠竹蒼藤，
雅有塵外高致。其一瓣一香，一波一皺，清音古響，以發自然，則
又得曲島孤嶼之零烟滴翠也。海天景氣絕殊，故發之於文，頗能各
逞瑰異。[76]

是書雖為集編，但仍足見當時臺灣文人雅士文藝作風之一斑[77]。

陸、《視臺草》

清雍正年間，汪倬雲撰。作者名繼環，號恬村，秀水人，康熙舉
人，歷官吏科給事中，雍正年間巡視臺灣。著有《恬村吟》、《燕臺小
草》、《雙椿草堂集》及《視臺草》等，《視臺草》收錄巡視臺灣感懷之
作。其餘似已散佚，彭國棟於《廣臺灣詩乘》有錄其〈抵臺陽〉七律一
首。[78]

柒、《使署閒情》

清乾隆十一（1746）年，由六十七輯。六十七字居魯，滿洲鑲紅旗
人，官戶科給事中，乾隆九（1744）年，調任巡臺御史，在臺二年，公餘
對臺之絕俗殊風，頗為留意，常作詩歌以適閒情，因有是集一卷。全書分
四卷，卷一計錄高拱乾、周澎之賦各一篇，沈光文等人詩九十六篇；卷二
輯高山等人一百三十二篇；卷三雜著收諸家奏疏、降表、議、檄、示、
書、論、序等二十三篇；卷四雜著收諸家之序、跋、記、牒、啟、箋等
十九篇[79]，為研究臺灣早期文藝史之資料，頗多臺灣旅遊珍貴文獻。[80]

捌、《小琉球漫誌》

清乾隆二十八（1763）年，朱仕玠著。作者字璧峰，號筠園，福建
邵武建寧人。乾隆二十八年任鳳山教諭，鳳山西南海中有小琉球嶼，將赴

任途中之在臺聞見以及郡邑志所載山川風土、昆蟲草木與內地殊異者詳予記述，間以五、七言吟詠，因集是書，計六編為：〈泛海紀程〉、〈海東紀勝〉、〈瀛涯漁唱〉、〈海東膡語〉、〈海東月令〉、〈下淡水社寄語〉等，乾隆三十（1765）年刊，全書十卷。[81]

玖、《澄碧齋詩鈔》

清乾隆年間，錢琦撰。錢琦字嶼沙，浙江仁和人，以進士官福建布政史，乾隆十二（1747）年，授巡臺御史。本書藏者蓋少，《臺灣府志》僅存〈冷海歌〉、〈七鯤身〉數首。彭國棟撰《廣臺灣詩乘》錄有〈後渡海詩〉、〈澎海〉、〈秋日登赤嵌城〉、〈晚從安平渡海歸署〉、〈有溪〉、〈龍湖島〉及〈臺陽八景詩〉等。[82]

拾、其他

如乾隆年間，李如員撰《遊臺雜錄》、王克捷撰《通虛齋集》、范咸撰《婆娑洋集》；乾隆、嘉慶年間，楊廷理著《東游詩草》、《臺陽試牘》、吳玉麟撰《素村小草》、陳學聖撰《東寧百咏》；道光年間，唐漪撰《臺陽百詠》、胡承珙撰《東瀛集》、孫爾準撰《婆娑洋集》、周凱撰《內自訟齋文集》及《內自訟齋詩鈔》；咸豐年間，劉家謀撰《觀海集》及《海音詩》；咸豐、同治年間，林占梅《潛園琴餘草》及《潛園唱和集》；同治年間，蔡德輝《龍江詩話》、傅子亦撰《肖巖草堂詩鈔》；光緒年間，楊希閔《臺灣雜詠合刻》、方祖蔭《東海鴻爪》、唐贊袞《澄懷園唱和集》及《臺陽集》、許南英《窺園留草》等約數十部文學作品，其中或有散佚，只有從其他志書、文集中挖掘，大多屬遊宦文人旅遊臺灣各地見聞詠懷之佳構，彌足珍貴。[83]

第六節　雜記類的旅遊文獻

先民來臺，或遊宦、或謀生，見聞所及，心有所感，雜集以記，洵為研究臺灣民俗文化及地理之最佳參考文獻。茲就《臺灣文獻叢刊》中與雜記類有關的旅遊文獻，書名、作者等資料整理如下**表4-5**。

表4-5　《臺灣文獻叢刊》的雜記類旅遊文獻一覽表

編號	書名	作（編）者	冊數	頁數	原刊年	出版年
1	臺灣鄭氏紀事	川口長孺	1	78	記鄭氏四世歷八十九年之事。序跋俱作於1828年，日本文政戊子年、清道光8年，可知此書之殺青付梓當在此時。	1958
2	臺游日記	蔣師轍	1	139	光緒18年旅臺六月所記。	1957
3	東瀛紀事	林豪	1	69	同治元年至臺灣所記。	1957
4	蠡測彙鈔	鄧傳安	1	64	道光2年抵臺後，在臺十年所記。	1958
5	赤嵌集	孫元衡	1	83	康熙44至47年在臺任臺灣同知所記。	1958
6	閩海紀要	夏琳	1	78	或為作者之見聞，記事時間為隆武元年至永曆37年。	1958
7	東征集	藍鼎元	1	107	康熙61年。	1958
8	靖海紀事	施琅	1	101	本書所輯為施琅在康熙2至35年所上諸疏，今本據伊能嘉矩蒐集之抄本排印。	1958
9	海東札記	朱景英	1	63	乾隆37年海防同知內任所作。	1958
10	臺陽筆記	翟灝	1	39	作者於乾隆58至嘉慶10年，任職臺灣十三年期間所撰。	1958
11	巡臺退思錄	劉璈	3	286	臺灣道臺任內的文稿。文件所載年月，始於光緒7年9月，迄於光緒10年8月，共三年。	1958
12	海紀輯要	夏琳	1	78	據中央研究院史語所抄本以鄭氏三氏紀事為主。	1958
13	海上見聞錄	阮旻錫	1	63	民國之初，上海商務印書館自金山錢氏所藏之假得抄本，付之印刷。文叢則據民國2年12月再版之《痛史》本加以標點、分行，並略校其誤重印。另，《靖海志》以此書為藍本。	1958
14	海國聞見錄	陳倫炯	1	81	作於雍正8年。	1958

（續）表4-5 《臺灣文獻叢刊》的雜記類旅遊文獻一覽表

編號	書名	作（編）者	冊數	頁數	原刊年	出版年
15	臺灣雜詠合刻	諸家	1	78	《海音詩》成於咸豐2年。《臺灣雜詠合刻》刊印於光緒7年。	1958
16	臺陽見聞錄	唐贊袞	2	200	光緒17年。	1958
17	臺陽詩話	王松	1	92	割臺前後時人詩，王松〈自序〉以「乙巳」為署，似應光緒31年。	1959
18	臺灣紀事	吳子光	1	117	渡臺所作，選自所著文集《一肚皮集》。	1959
19	北郭園詩鈔	鄭用錫	1	92	《北郭園全集》之刊行係同治9年。	1959
20	海南雜著	蔡廷蘭	1	62	道光16年自越南返福建後所記。	1959
21	滄海遺民賸稿	王松	1	70	含兩詩集：〈如此江山樓詩存〉刪訂於割臺翌年，〈四香樓少作附存〉作於光緒18年以前。	1959
22	臺灣生熟番紀事	黃逢昶	1	55	清光緒初，宦遊臺北，光緒8年至宜蘭催收臺北城捐，本書之作當在此前後。	1960
23	安平縣雜記		1	106	光緒13年始設安平縣，又此書敘及日治之事，成書應在光緒13年日治之間。	1959
24	臺戰演義		1	52	記光緒21年臺民抵拒日軍之事。	1959
25	閩海贈言	沈有容	1	128	萬曆至天啟年間，在閩十五年閩省縉紳所贈言。	1959
26	割臺三記	諸家	1	79	《割臺記》為光緒21年割臺抗日之事、《臺灣八日記》為光緒21年5月5日澳底登陸至12日臺北兵變之事、《讓臺記》記馬關簽約至北白川宮卒於臺灣之一百三十餘日之事。	1959
27	嘉義管內采訪冊		1	68	內文所載有明治31年之事。	1959
28	瀛海偕亡記	洪棄生	1	102	敘割臺抗日之事。	1959
29	嶺雲海日樓詩鈔	丘逢甲	3	412	丘逢甲初輯於民國2年，後至25年復加釐訂。	1960
30	臺灣日記與稟啟	胡傳	2	281	光緒18年2月抵臺至21年離臺，三年又五個月期間所作。	1960
31	無悶草堂詩存	林朝崧	1	182	民國21年付梓。	1960
32	鳳山縣采訪冊	盧德嘉	3	522	光緒20年12月。	1960

（續）表4-5　《臺灣文獻叢刊》的雜記類旅遊文獻一覽表

編號	書名	作（編）者	冊數	頁數	原刊年	出版年
33	臺灣遊記	諸家	1	96	《全臺遊記》為池志徵在光緒17至20年來臺遊幕所作。《觀光日記》為吳德功於明治33年參加揚文會經驗。《鯤瀛日記》為施景琛民國元年2月在臺所記。《臺灣遊記》為張尊旭民國5年來臺參加「勸業博覽會」所記。	1960
34	劍花室詩集	連橫	1	152	《大陸詩草》為遊中國時之作，凡一百二十六首，曾於民國10年出版。《寧南詩草》〈自序〉作於《民國15年西湖寄寓。《劍花室外集》之一為乙未割臺以後至辛亥遊大陸之前青年期之作。《劍花室外集》之二為癸酉至乙亥晚年之詩。	1960
35	臺風雜記	佐倉孫三	1	62	為作者在日治初期總督府民政局任職三年記事。	1961
36	黃漳浦文選	黃道周	3	469	黃漳浦遺著以福州陳壽祺所編《黃漳浦集》最完備。茲據道光10年庚寅刊本所輯，錄其有關南都史事。	1962
37	小腆紀傳	徐鼒	6	1,024	光緒13年付刊。	1963
38	張蒼水詩文集	張煌言	2	337	後人所收藏、傳抄與綴輯之各本《張蒼水集》每多出入。晚近由其族裔張壽鏞氏廣事搜羅勘比，重為編次，成有《四明張氏約園開雕》，本書即據此採輯。	1962
39	六亭文選	鄭兼才	1	117	作者抵臺便遇蔡牽事。《宜居集》〈自序〉與《愈瘖集》〈自序〉皆以嘉慶24年為署。作者卒於道光2年。	1962
40	陶村詩稿	陳肇興	1	139	民國25（昭和11）年。	1962
41	窺園留草	許南英	2	250	民國22年版本刊行。	1962
42	爝火錄	李天根	8	1,264	輯於乾隆12、13年。	1963
43	朱舜水文選	朱之瑜	1	113	應為康熙4年7、8月應聘至武江或迎至水戶以後所作，似無疑義。	1963
44	雅堂文集	連橫	2	306	多從《臺灣詩薈》（大正13年2月發行，翌年11月停刊，共二十二期）中所輯錄之文章。	1964
45	臺灣旅行記	諸家	1	110	分由邱文鸞、劉範徵、謝鳴珂所撰，為民國4年12月福建省立甲種農業學校校長帶領學生渡臺旅行，由學生所記。	1965

（續）表4-5　《臺灣文獻叢刊》的雜記類旅遊文獻一覽表

編號	書名	作（編）者	冊數	頁數	原刊年	出版年
46	魂南記	易順鼎	1	89	記清光緒21年割臺之役作者兩次渡臺赴援之事。	1965
47	清稗類鈔選錄	徐珂	1	132	據作者所撰之《清稗類鈔》所輯，據民國17年商務印書館排印本，錄其有關南明或臺灣者一百零七則。	1965
48	後蘇龕合集	施士洁	3	441	據著者定稿之《後蘇龕文稿》、《後蘇龕詩鈔》、《後蘇龕詞草》三種為基礎編成。作者生於咸豐年間，道光25年進士，世居臺南，乙未之役，挈眷西渡。	1965
49	鮚埼亭集選輯	全祖望	2	300	作者生於康熙44年，所著《鮚埼亭集》有關南明文字頗多，錄此類文字凡一百三十餘篇而成。	1965
50	廣陽雜記選	劉獻廷	1	81	康熙間，劉獻廷著《廣陽雜記》；所記關於南明與鄭氏遺事，多得自口碑。蓋時當明鄭亡後不久，頗有人猶能就記憶所及為之道出也。就中選錄九十餘則。	1965
51	碑傳選集	諸家	4	606	係自清道光間錢儀吉彙纂的《碑傳集》選錄而成。	1966
52	臺灣詩薈雜文鈔	連橫	1	88	多從《臺灣詩薈》（大正13年2月發行，翌年11月停刊，共二十二期）中所輯錄。	1966
53	藏山閣集選輯	錢秉鐙	2	193	《藏山閣集》湮埋於世者達二百餘年，著者當年曾一再致意於刊行。但至光緒末年始刊行。	1966
54	行在陽秋		1	77	記南明永曆16年前之事。	1967
55	崇相集選錄	董應舉	1	143	明代萬曆與閩海、臺灣有關之史料。本書係據民國17年閩人林煥章重刊本選錄。	1967
56	東明聞見錄		1	89	記自《丁亥永曆元年春正月帝幸桂林》起，至《庚寅永曆4年10月清師入桂林督師閣部臨桂伯瞿式耜、總督楚師司馬張同敞不屈死之》止。	1967
57	閩事紀略	華廷獻	1	60	明季華廷獻撰有《閩游月記》二卷及《閩事紀略》一卷，今並刊為一書。兩種文獻俱記閩中隆武時事。	1967
58	青燐屑	應廷吉	1	65	記南都事；因字數不多，乃以《燕都日記》為附。《燕都日記》增補當在康熙10年之後。	1967

（續）表4-5　《臺灣文獻叢刊》的雜記類旅遊文獻一覽表

編號	書名	作（編）者	冊數	頁數	原刊年	出版年
59	江南聞見錄		1	73	書中另附四篇有關的文獻：一是江都王秀楚記《揚州十日記》；二是《嘉定屠城紀略》（未著撰人）；三是嘉定朱子素（九初）述《東塘日劄》；四是江陰沈濤（次山）撰《江上遺聞》。皆記明弘光時事。	1967
60	島噫詩	盧若騰	1	77	作者為明崇禎舉人，原書封面為《明自許先生島噫集》，書內署《島噫詩》，並有「同安盧若騰閑之著，八世胞姪孫德資重錄」字樣；係舊抄本。書後加〈留菴文選〉若干篇。	1968
61	江陰城守紀	韓菼	1	62	記南明江陰守城事。作者於〈自序〉中以康熙54年為署。附錄有：南園嘯客輯《平吳事略》、《揚州城守紀略》、許重熙《江陰守城記》。	1968
62	崇禎朝野紀	李遜之	1	188	康熙10年。	1968
63	風倒梧桐記	何是非	1	71	永曆5、6年間。	1968
64	兩粵夢遊記	馬光	1	43	崇禎12年（1639）赴北闈，次年赴粵至永曆6年還家所見之事。另加《江變紀略》。	1968
65	研堂見聞雜記		1	67	記鄭成功北征之役，迄於康熙5年。	1968
66	玉堂薈記	楊士聰	1	97	崇禎15年春。	1968
67	臺灣詩鈔	諸家	3	521	文叢所編，以能提供兼具史料價值的詩篇為準。	1970

資料來源：取材自《臺灣文獻叢刊》。

　　表4-5與雜記類臺灣旅遊文學有關的旅遊文獻共計六十七種，以典籍浩繁，特僅錄較具足資提供臺灣旅遊時認識臺灣民俗、文化、地理之類的散文雜記文學旅遊文獻，舉其要者說明如下：

壹、《臺灣雜記》

　　清康熙二十三至二十四（1684-1685）年間，季麒光著。此書見於諸志，全文僅六百字，內容記錄其任中見聞及傳說，項目分金山、火山、

水沙連、浦泥島、暗洋、鴉猿林等。錢塘吳錫麒亭翟灝之《臺陽筆記》
有謂：「季麒光《臺灣紀略》……往往傳聞不實，簡略失詳。」[84]所指
《臺灣紀略》疑即指此。

貳、《海東選蒐圖》

清乾隆十（1745）年，六十七與范咸合力繪製。清代每年冬季，巡
臺御史必須校閱臺灣駐軍一次，此圖即雇工繪製二人在臺舉行閱兵典禮情
形，唯原圖已佚[85]。

參、《臺陽筆記》

清乾隆五十八（1793）年至嘉慶十（1805）年，翟灝撰。作者字
笠山，山東淄川人，乾隆四十六（1871）年，以增貢生仕閩南，五十八
年奉檄調臺，歷臺灣典史、撫經歷，數任彰化、南投縣丞，間曾一度署
新莊。宦臺十三年，撰成此書，內有記九、論四、說一，益以五言絕句
八。其篇目依序為〈全臺論〉、〈粵莊義民記〉、〈嘉義縣火山記〉、
〈生番歸化記〉、〈聚芳園記〉、〈聚芳園八景〉（絕句八首）、〈濁水
記〉、〈倭硫磺花記〉、〈漳泉義民論〉、〈番錢說〉、〈玉山記〉、
〈蛤仔爛記〉等，對臺灣風物，敘述甚詳。[86]

肆、《一肚皮集》

清道光、同治年間，吳子光著。作者字芸閣，廣東嘉應州人。道光
二十二（1842）年隨父渡臺，生於淡水，同治四（1865）年舉於鄉，曾受
知於臺灣道徐宗幹，並應淡水同知陳培桂聘修《廳志》，由於一生遭際困
阨，故名文集為《一肚皮集》，以東坡自況，光緒元（1875）年初刊。

連橫《臺灣通史》謂該書名《小草拾遺》，民國四十八年，臺灣銀

行重刊改題《臺灣紀事》[87]。錄有〈紀諸山形勝〉、〈紀臺中物產〉、〈臺事紀略〉、〈紀臺地怪異〉、〈紀臺地盂蘭會〉、〈紀番社風俗〉、〈鄭事紀略〉、〈淡水義渡記〉、〈岸社文祠學舍記〉、〈滬尾紅毛樓記〉、〈竹塹建城後記〉、〈重建新浦街文昌祠記〉及〈雙峰草堂記〉等篇。[88]

伍、《海南雜著》

清道光十六至十七（1836-1837）年，蔡廷蘭著。作者字香祖，號秋園，澎湖人，道光十五（1835年）秋，赴省試，由廈渡澎，遭風飄至越南，次年初夏由陸返閩，因成此書，分〈滄溟紀險〉、〈炎荒紀程〉及〈越南紀略〉。首篇敘遭風險十晝夜抵達越南之情景；次篇按日記錄在越及歸途之經過；末篇述越南史事及其典章文物、風土人情，有如魯濱遜漂流記遊之情景。[89]

陸、《臺灣生熟番紀事》

清光緒八（1882）年，黃逢昶撰。作者字曉墀，湖南湘陰人，光緒初年宦遊臺北，八年嘗奉委至宜蘭催收臺北城捐，本書當為此時之作。書中有〈臺灣驅寇論〉、〈上岑宮保撫番稟稿〉及〈臺灣生熟番輿地考略〉等三篇。另有〈生番歌〉、〈熟番歌〉二首及〈臺灣竹枝詞〉七十五首。[90]

柒、其他

有目無書，散見臺灣方志典籍中者甚多，如康熙年間，蔣允焄撰《東瀛紀典》；清雍正年間，張嗣昌撰《巡臺錄》；乾隆年間，吳應造撰《海錄碎事》；嘉慶年間，柯輅撰《東瀛筆談》；嘉慶、道光年間，陳震

曜撰《歸田問俗記》、《東海壺杓集》、《海內義門集》、《小滄桑外史》及《風鶴餘錄》等。此外，道光年間姚瑩《中復堂全集》、丁曰健《治臺必告錄》、徐宗幹《斯未信齋文集》；同治年間，彭廷選《鳧湖居筆記》；光緒年間袁聞柝《開山記》等文集或雜著中，不少臺灣旅遊文學佳構，對認識早期臺灣民俗、風土、文化頗有助益。

註釋

[1] 臺灣最早有漢人經營活動紀錄的時間是在元世祖至元年間，時間約在西元 1264-1294年，於澎湖置巡檢司。而真正有大批漢人到臺灣，應該是在顏思齊、鄭芝龍率眾於明天啟元（1621）年來臺屯聚，及鄭成功明永曆15（1661）年由金門率軍經澎湖至鹿耳門登陸，驅逐荷蘭人，迄明永曆37（康熙22／1683）年，期間僅二十二年，其餘臺灣屬於荷蘭與西班牙人的殖民地。日本據臺自清光緒21（日明治28／1895）年至民國34（日昭和20／1945）年戰後投降，不過五十年；從此由國民政府領臺迄今亦不足八十年，都不及清朝治臺二百十二年之久。

[2] 臺灣省文獻委員會編（1999）。郁永河《裨海紀遊》。南投：臺灣省文獻委員會，頁1。按即臺灣省文獻委員會，民國39年11月印行的「臺灣叢書第一種」，方豪教授於該書寫了將近兩萬字弁言，內容有四個重點，包括：本書撰寫人之研究、本書版本之研究、日人對本書的研究與重視、校勘本書的旨趣和方法。

[3] 同上註。

[4] 古時漢人對異族的輕蔑稱呼，這裡是指作者初在南部登陸時所見平埔族中的凱達格蘭族。

[5] 山腳之間。麓，山腳。

[6] 指顧敷公，為郁永河同行採硫的友人。

[7] 平埔族語的音譯，即獨木舟。也譯作「艋舺」、「蟒甲」。

[8] 划船。

[9] 指磺溪。此溪今從天母公園，流經石牌橋，再與外雙溪會合，流入淡水河。

[10] 即內北投社，今北投附近。社，此指原住民的部落。

[11] 能刺傷人的茅草。棘，本指有刺的草木，在此指茅草能刺傷人。

[12] 堅韌。

[13] 迫近，此處引申為曝曬。

[14] 潮溼悶熱。

[15] 音ㄨㄟ ㄧˊ，彎曲的樣子。

[16] 有登覽勝境所需要的能力，指身體強健。濟，渡水，此作登涉解。具，才能。

[17] 穿著鞋子涉水。

[18] 音ㄨㄥˇ　一ㄟˋ，草木茂盛的樣子。

[19] 古代傳說中一種有角的小龍。虯，音ㄑㄧㄡˊ。

[20] 音ㄋㄧㄝˋ，樹木被砍伐的部分所生的新芽，這裡指發芽。

[21] 圍者，十人合抱也。圍，兩臂合抱的長度。

[22] 楠，指楠木，為常綠喬木，高者十餘丈，樹幹粗大，木質堅硬芳香，為建築及製造器物的良材。本文中所描寫楠木的成長是「始生，已具全體，歲久則堅，終不加大，蓋與竹筍同理」，與事實並不相符。作者所述者，不知是何種樹木。

[23] 第一次聽到。

[24] 陡峭的山坡。坂，音ㄅㄢˇ，山坡。

[25] 高大的岩石。巉，音ㄔㄢˊ，山勢險峻，如鑿削的樣子。

[26] 藍靛（音ㄅㄧㄢˋ），藍的俗稱，一年生草本植物，葉子可製藍色染料。

[27] 滾燙的泉水，溫泉是也。

[28] 躡（音ㄋㄧㄝˋ），踩。

[29] 陟（音ㄓˋ），登。巔，指山頂。

[30] 半麓，指半山腰。

[31] 搖曳，飄蕩。青嶂（音ㄓㄤˋ），即青山。嶂，形如屏障的山峰。

[32] 惡，臭。

[33] 沸騰的水珠。

[34] 危險的樣子。

[35] 鑊（音ㄏㄨㄛˋ），大鍋子。

[36] 撐起。

[37] 指急流衝入峽谷。倒，傾瀉。

[38] 向，從前，指作者剛來到北投的時候。

[39] 臺灣省文獻委員會編（1999）。郁永河《裨海紀遊》。南投：臺灣省文獻委員會，頁26。

[40] 臺灣文獻叢刊資料庫。參考整理自中央研究院　臺灣史研究所，http://tcss.ith.sinica.edu.tw/cgi-bin/gs32/gsweb.cgi/login?o=dwebmge&cache=1608031721533。

[41] 同上註。

[42] 同上註。

[43] 同上註。

[44] 同上註。

[45] 同上註。

[46] 同上註。

[47] 同上註。

[48] 按此時期的臺灣為臺灣設府時的三縣（臺灣、諸羅、鳳山）之一，為府治附郭，澎湖附焉。

[49] 同註[40]。

[50] 同註[40]。

[51] 同註[40]。

[52] 同註[40]。

[53] 同註[40]。

[54] 同註[40]。

[55] 如臺中靜宜大學觀光系目前開設臺灣觀光地理、臺灣文史觀光等課程，提供學生充實導覽、解說常識。

[56] 臺灣省文獻委員會編（1980）。《臺灣省通志・學藝志》（藝文篇）。南投：臺灣省文獻委員會，頁17-29。

[57] 同註[39]，頁15。

[58] 臺灣省文獻委員會編（1996）。董天工《臺海見聞錄》。南投：臺灣省文獻委員會，頁6。

[59] 臺灣省文獻委員會編（1996）。黃叔璥《臺灣使槎錄》。南投：臺灣省文獻委員會，頁3。

[60] 臺灣省文獻委員會編（1996）。朱景英《海東札記》。南投：臺灣省文獻委員會，頁3。

[61] 臺灣省文獻委員會編（1996）。楊廷理《東瀛紀事》。南投：臺灣省文獻委員會，頁3。

[62] 臺灣省文獻委員會編（1997）。姚瑩《東槎紀略》。南投：臺灣省文獻委員會，頁4。

[63] 臺灣省文獻委員會編（1996）。林豪《東瀛紀事》。南投：臺灣省文獻委員會，頁3。

[64] 臺灣省文獻委員會編（1996）。唐贊袞《臺陽見聞錄》。南投：臺灣省文獻委員會，頁1-3。

[65] 臺灣省文獻委員會編（1997）。胡傳《臺灣日記與稟啟》。南投：臺灣省文

獻委員會，頁271。按胡傳為胡適之尊翁，該卷後文係經胡適先生核寫。

[66] 臺灣省文獻委員會編（1997）。蔣師轍《臺游日記》。南投：臺灣省文獻委員會，頁141。按光緒18年，歲序壬辰閏6月，故蔣氏在臺遊歷凡六個月。

[67] 吳德功（1959）。《臺灣遊記》。臺北：臺灣銀行經濟研究室，頁1-3。

[68] 同上註，頁17-29。

[69] 何沛雄（2002年12月22日）。〈研究中國文學的「三分」與「四化」〉。臺中：國立中興大學專題演講。

[70] 同註[40]。

[71] 同註[40]。

[72] 同註[40]。

[73] 同註[40]。

[74] 同註[40]。

[75] 同註[40]。

[76] 同註[40]。

[77] 同註[40]。

[78] 同註[40]。

[79] 同註[40]。

[80] 同註[40]。

[81] 同註[40]。

[82] 同註[40]。

[83] 同註[40]。

[84] 參考翟灝（1958）。〈序〉，《臺陽筆記》。臺北：臺灣銀行經濟研究室。

[85] 同上註，頁3。

[86] 同註[40]。

[87] 吳子光（1959）。《臺灣紀事》。臺北：臺灣銀行經濟研究室。按：該書係民國48年2月由臺灣銀行經濟研究室選吳子光記臺灣之文，重刊行世，題曰《臺灣紀事》，列為《臺灣文獻叢刊》第三十六種，分編二卷並「附錄」四編。

[88] 同註[40]。

[89] 同註[40]。

[90] 同註[40]。

第五章

《臺灣輿地彙鈔》為
旅遊經典文獻

　　《臺灣輿地彙鈔》所收的文獻，共有十六種：(1)季麒光的《臺灣雜記》；(2)徐懷祖的《臺灣隨筆》；(3) 魯之裕的《臺灣始末偶紀》；(4)吳桭臣的《閩遊偶記》；(5)陳雲程的《閩中摭聞》；(6)鄺其照的《臺灣番社考》；(7)洪亮吉的《臺灣府圖志》；(8)許鴻磐的《臺灣府方輿考證》；(9)施鴻保的《閩雜記》（錄十八則）；(10)周懋琦的《全臺圖說》；(11)卞寶第的《閩嶠輶軒錄》；(12)龔柴的《臺灣小志》；(13)無著撰人的《臺遊筆記》；(14)馬冠群的《臺灣地略》；(15)劉錦藻的《臺灣省輿地考》；(16)黃清淵的《茅港尾紀略》。此外，書末並另載不著撰人的〈亞哥書馬島記〉一文作為「附錄」。[1]

　　茲就《臺灣輿地彙鈔》版本內容分別列述如下：[2]

第一節　定位為旅遊經典文獻的理由

　　《臺灣輿地彙鈔》一書所收文獻來源，除如上述之外，據瞭解有錄自清王錫祺輯的《小方壺齋輿地叢鈔》，有錄自馬冠群輯的《中外輿地彙鈔》，有錄自賀長齡、盛康先後所輯的《皇朝經世文編》及《皇朝經世文續編》；亦有如上所述，節自其他專書；惟有《茅港尾紀略》一種，則據省立臺北圖書館[3]所藏抄本。因統屬臺灣的輿地文獻，即名之曰「臺灣輿地彙鈔」。再者《小方壺齋輿地叢鈔》所輯的臺灣輿地旅遊文獻自不止此，但均已見於《臺灣文獻叢刊》其他各書。至清代的「經世文編」及「續編」中其餘關於臺灣的文件，除大部分亦已見於《臺灣文獻叢刊》各書外，尚有一部分編入另一種《臺灣文獻叢刊》中。[4]故匯集來源相當龐雜，但均以臺灣旅遊歷史與地理文獻為主軸。又因該套叢書係由不載明彙編者姓名的人彙整而成，總計蒐集十六種包括前述雜記類、史地類及方志類之旅遊文獻彙編而成，經根據此一套書材料內容加以研判，具有下列特色與價值：

1. 蒐集書籍或文章純以臺灣旅遊文學形式表達，文筆優美，淺而易懂，容易閱讀，除可作為國中小學鄉土文化教材引用之外，也有助於提升國人文學程度。

2. 可作為後人瞭解分析早期臺灣觀光地理、地形、地貌及人文、族群等結構的文獻，充實導遊人員解說導覽各地文史常識的參考資料，正確為觀光客，特別是外國觀光客「講古」。

3. 有助於研究臺灣各族群生活、文化、習俗與動物、植物及自然生態結構演進，內容涵蓋古早臺灣的人文與自然觀光地理，提供作為觀光資源規劃開發的參考。

4. 全部成書背景年代都在清朝，敘述內容兼及明末與日據，幾乎與臺灣開發史結合，為真正適合本研究範圍的文獻，也可以作為研究臺灣在日據時期旅遊文學及文史觀光的暖身或前奏曲。

5. 這些文獻，有早在清康熙年間的作品，亦有晚至光緒時代的記載。因所蒐錄的作品都是文采精美的旅遊文學佳構，與研究明清時期臺灣古典旅遊文學題旨之研究範圍極其貼切，甚至可以另作主題深入研究。

綜合上述理由，本書將之定位為明清時期臺灣旅遊文學的「經典文獻」。除儘量保留原味，節錄部分原文供大家品嘗外，因特再就《臺灣輿地彙鈔》一書所收各書簡介如下：

1. 《臺灣雜記》：無錫（梁谿）季麒光著，為清代臺灣較早的作品。作者為首任諸羅[5]知縣，時在康熙二十三（1684）年，除撰著《臺灣雜記》一卷外，並有《臺灣郡志稿》六卷、《山川考略》一卷、《海外集》一卷、《蓉洲文稿》一卷，惜均已佚。

2. 《臺灣隨筆》：華亭徐懷祖著的《臺灣隨筆》，同為早期的記錄之一。作者於康熙三十四（1695）年初至福建漳州，嗣有臺灣之行；在臺一載，始回內地。[6]

3. 《臺灣始末偶紀》：魯之裕著的《臺灣始末偶紀》，未知作於何

時，亦不詳作者里居。所記只訖於臺灣設府時初置三縣，並尚在江南未分省[7]之前；其撰述的時間，或不出於康熙年代。

4.《閩遊偶記》：作者吳江吳桭臣，係隨臺灣知府馮協一於康熙五十二（1713）至五十四（1715）年渡臺；所稱「癸巳春」，即康熙五十二年初是也。「偶記」每於敘述一段旅程之後，記載當地的地理甚詳。全文較長，已略其非臺灣部分。所記在時間上僅次於《臺灣府志》「高志」與「周志」[8]纂修後不久，亦不失為清代臺灣早期的一種觀光地理參考志書。[9]

5.《閩中摭聞》：晉江陳雲程所輯，只節錄臺灣府部分，撰作時間可能是在雍正、乾隆之間，頗多旅臺詩詞佳構。

6.《臺灣番社考》：新寧鄺其照所錄的《臺灣番社考》撰作時間無考，但對認識臺灣平埔族及原住民社會及其生活情況頗有助益。

7.《臺灣府圖志》：節自洪亮吉撰的《乾隆府廳州縣圖志》，所志以乾隆時代為準。按原無篇名，後人因冠以今題。

8.《方輿考證》：濟寧許鴻磐所著《方輿考證》有一百二十卷，成於道光十六（1836）年。茲僅錄其臺灣府部分，故題曰《臺灣府方輿考證》。[10]

9.《閩雜記》：錢塘施鴻保所著，專記閩省各屬的掌故與風物；所錄十八則，以與臺灣有關係者為限。原記中有「咸豐辛亥（元年）二月，余與來森伯、張晉夫遊鼓山湧泉寺」及記同安西安橋有「今此橋咸豐癸丑（三年）為會匪所毀」語，當知其所作時期與此相距不遠。[11]

10.《全臺圖說》：周懋琦曾於同治十一（1872）年任臺灣知府及臺灣道，所撰《全臺圖說》係在光緒初年臺灣行政區劃改革以前。其所附論說，多為後來析疆分治時所採納。[12]

11.《閩嶠輶軒錄》：為儀徵卞寶第在同治八（1869）年任福建巡撫時所撰，間有至光緒紀元後附誌者。《臺灣文獻叢刊》只摘取其《臺灣府》，餘從略[13]。

12.《臺灣小志》：寧波龔柴著的《臺灣小志》對於臺灣史事述至「近法人攻占基隆，約定退去」止；按法兵退出臺、澎係光緒十一（1885）年事，此文當作於中、法戰爭結束後不久之時。[14]

13.《臺遊筆記》：作者未詳其姓氏，但知其遊臺的時間則在光緒十七（1891）年劉銘傳離任之後[15]。此記對於光緒二十（1894）年後期，臺北與基隆的社會狀況頗有描繪[16]，可作為日據時期日本政府治臺情況的比較。

14.《中外輿地彙鈔》：光緒年間，武進馬冠群輯有《中外輿地彙鈔》一書，〈臺灣地略〉即其中的一篇。此文首敘臺北府，並及「光緒二十年奏改省會」事，可謂是清季臺灣淪日前較晚的一種記載。[17]

15.《清朝續文獻通考》：清季劉錦藻撰有《清朝續文獻通考》一書，在宣統三（1911）年以前所成者原斷於光緒三十（1904）年，餘至民初續成。此書在《輿地考》「福建省」之下，有「附臺灣省」的記載。這篇記載為臺灣建省後不多見的文獻，足與《臺灣通志》（《臺灣文獻叢刊》第一百三十種）及連著《臺灣通史》（《臺灣文獻叢刊》第一百二十八種）所載互相發明。原書在〈職官考〉中，並有〈臺灣〉一節，記乾隆五十三年以後設官之沿革。今以前文為主，題曰《臺灣省輿地考》；後文為附，稱為《臺灣職官考》，一併刊列。當時臺灣已為日本所據，這一記載，誠如《職官考》按語云云，「庶幾見而警心焉」。至在今日視之，因有此記載，幸得保存下一點有用的文獻史料。[18]

16.《茅港尾紀略》：作者黃清淵，臺灣當地人士。這種鄉土文獻，值得珍惜。其撰作時間雖已在日據時代，然所志仍以故國事蹟為主。書末所附〈亞哥書馬島記〉，亦不知作者姓氏。所謂「亞哥書馬島」究屬何指未詳；據所記與臺灣關係至密，因錄附備考。[19]

第二節　從《臺灣輿地彙鈔》認識古早臺灣地理

　　《臺灣輿地彙鈔》因為由各家作品彙整而成，故這十六種旅遊文獻雖然體裁不一，文筆也不一。但都是挑選並環繞介紹臺灣景點風光的主題，所以是臺灣古典旅遊文學經典文獻，由於對古早老臺灣的地理敘述甚詳，因此分別節錄有關作品，藉供參考：

壹、《臺灣雜記》為明末清初臺灣觀光地理文獻

　　該書為季麒光所著，季氏生平已如前述。其旅遊文學作品可以涵蓋認識早期臺灣觀光地理研究領域，舉其文中數則如下：[20]

1.金山，在雞籠山三朝溪後。土產金，有大如拳者，有長如尺者，有圓扁如石子者。番人拾金在手，則雷鳴於上，棄之即止。小者亦間有取出。山下水中沙金碎如屑。其水甚冷，番人從高望之，見有金，捧沙疾行，稍遲寒凍欲死矣。

2.火山，在北路野番中。晝則見烟，夜則見火。有大鳥自火中往來，番人見之多死。

3.奇冷山，即奇嶺社之山也。其山高百丈。臺灣從無冰霜，山上三月中尚有未化者。

4.水沙連，在半線東山中。方數丈。其口似井，水深而清。天將雨，潭中發響，水即混濁，溢出潭外。番人以此驗陰晴。

5.玉山，在鳳山野番中。山最高，人不能上。月夜望之，則玉色璘璘。其上有芋一棵，根盤樹間，葉已成林。有鳥巢其上，羽毛五色，大於鸛鶴，土人俱指為鳳。

6.淖泥島，在灣灣之東南。其灘皆濕爛，人至泥上即陷沒。舟行飄至灘邊，亦不能出。高處有番居之，最富。紅彝曾至其國。其南界可以入海。

7. 臺灣多蛇，而內山尤大。曾有一蛇盤草坡，番人用槍標之，中其兩層，蛇負痛旋捲，半里草地皆平而蛇死。番人取其皮，闊五、六尺，長三丈。又有一蛇，能起地比人。人見之，即取土擲起，呼曰「我高」，蛇即翻身仰臥，舒足盈千；必散髮示之，呼曰「我多」，蛇遂收足伏地；人即取身衣帶盡斷之，呼曰「我去矣」，蛇遂死。

8. 暗洋，在臺灣之東北。有紅彝舟泊其地，無晝夜，山明水秀，萬花遍滿，而上無居人；謂其地可居，遂留二百人，給以一歲之糧，於彼居住。次年復至，則山中俱長夜，所留之人已無一存。乃取火索之，見石上留字，言一至秋即成昏黑，至春始旦；黑時俱屬鬼怪，其人遂漸次而亡。蓋一年一晝夜云。

9. 鴉猴林，在南路萆目社，外與傀儡番相接；深林茂竹，行數日不見日色。路徑錯雜，傀儡番常伏於此截人，取頭而去。今土官加老斯統制之。

10. 黑水溝，在澎湖之東北，乃海水橫流處。其深無底，水皆紅、黃、青、綠色，重疊連接，而黑色一溝為險，舟行必藉風而過。水中有蛇，皆長數丈，通身花色，尾有梢向上，如花瓣六、七出，紅而尖；觸之即死。舟過溝，水多腥臭，蓋毒氣所蒸也。

貳、《臺灣隨筆》是臺灣文史觀光研究的素材

《臺灣隨筆》徐懷祖著，除了記敘航海途中所見所感之外，還對臺灣早期歷史文化觀光，提供了極佳的研究素材，也同樣擇要列舉如下數則供參：[21]

1. 乙亥之春，余再至閩漳。竊思二十載萍蹤，若燕、齊、秦、晉、魏、趙、吳、越、楚、粵、滇、黔之間所遊歷者多矣；詎意復有臺灣之行。然觀海亦吾素志，慨然往焉。凡自漳入海者皆於石碼登舟，由海澄以達廈門、金門而後出大海。廈門距海澄三十餘里，地

南則為金門，皆海之歧流所經，閩南藩維之最衝者也。

2.「禹貢」所載：「自衡、岳以南，疏瀹無聞」。蓋以滇、蜀之界如黑水南流、滇水西流，皆非中原海道。閩、越之間率多負山面海，其水自能歸墟也。

3.凡郡邑之濱海者，皆裨海也；各有重山疊嶂衛其外。即瓊崖、崇明、定海之地，亦尚在裨海中。若安南則陸地可達，惟臺灣一郡孤峙大海。

4.臺灣，於古無考。惟明季莆田周嬰著「遠遊編」載「東番記」一篇稱臺灣為「臺員」，蓋閩音也；然以為古探國，疑非是。臺灣山甚高，亦多平原可耕藝，周圍五十里。自有土番居之，多巢棲而不火食者，無所求於中國。明天啟時，漢人顏思齊誘日本人屯其地，鄭芝龍附之。未幾，荷蘭人由洋中來，假地日本，久而不歸，遂築城而有之。本朝順治十八年，鄭芝龍之子成功京口敗歸廈門，欲取臺灣東；鹿耳門水漲，遂艤舟於臺。荷蘭戰不勝，拒守；久之乃棄城去，成功始以夜郎自待矣。傳其子經、孫克塽，外通諸番、內擾濱海。今上康熙十八年，始命將征之，一戰而克澎湖；師至臺灣而克塽降，兵不血刃，遂定其地，東西五十里、南北三十里。置郡一、縣三；郡治之外，則番人居之，仍其舊俗。

5.海濱弛禁以後，人置漁舟，家有商舶。惟商舶可以航海，凡使節往來咸藉之。海艘上平而下銳，期於足禦風濤。凡百工械具以及日用糗糒，靡不畢備；而尤急於儲水。偶有被風沙嶼之上者，或至不能粒食，而蚶蛤蠃蚌猶堪果腹；惟水則必不可得也。

6.自海澄登舟，遂行至廈門；尚在支流中，然已震蕩不寧矣。遙望遠嶼，白浪出其上；又見他舟似鳧鷖，入水復出：腸胃之間，為之溢湧。海中率多沙礁，舟不可近；時以長竿測之而後行。其緣檣者，覘雲氣、望遠近也；緣帆而上，捷於猿猱。亦或兩人偕登，至於檣末並坐，談笑自若；即在大海中，亦然。廈門築城於山，嚴兵戍之。其地連綿數百里，然皆山嶂也；海外迤東屬國，

皆貿易於此。偶見有紅毛番船至，其廣大倍於閩舟；而製造精巧，尤不能及。聞彼一舟之費，以鉅萬計；其人能入水而行。舟蟻廈門，適遇石尤；遲回十許日，始得西北風而行。第觀其發碇挂帆，亦艱辛之甚。碇以木為之，長丈餘；末有兩齒如鹿角，繫以長絙而遠布之泥淖中，船即止。廈門稍南，有團山在中流，逾此即大洋；故舟人呼為海門云。

7. 大海之中，波濤洶湧之狀，筆不能盡。惟是四顧無山，水與天際；仰觀重霄，飛翔絕影，蓋鳥亦不能渡海也。以此知爰居海鳧，故非常見；若帆檣之側禽鳥翔鳴，則必有島嶼在望矣。舟在大洋中，風利即長往；風不利，亦可復還所泊處。或風勢甚惡，舟不得回，則惟有東西南北任其所之耳。海上風信甚者曰颶，尤甚者曰颱，可以計日待之；或前、或後，大約不爽。若天邊雲氣如破帆，即颶颱將至。斷霓者，斷虹也；亦風至之徵。蘇叔黨「颶風賦」所謂「斷霓飲海」者指此。

8. 海中風利，舟行迅決。若風恬浪靜，則靡靡中流；所謂「海船無風不能動」者如是。日星河漢，俯仰爛然，風景殊不惡；但苦無繫舟地耳。茫茫海道，舟人固不識也；惟東西南北，則以羅經視之。其所往之地，非山不可辨。若宵晝行而不見山，亦莫測其遠近；故有瞻星察氣，緣檣遠望，辨水之色及視泥沙之臭味者。一遇島嶼可以泊舟，則尤兢兢焉；蓋海嶼雖卑而水中尚多巖巒，又有積沙如堤阜，皆能敗舟；且山上回飆，亦能噓噏其舟而膠之。及已泊之後，猶恐潮汐往來及戕風猝至，故灣中有必不可藏舟之處。島嶼在澎湖、甘吉洋在澎湖之東、雞籠山在臺灣北、鹿耳門在臺灣西，皆險要也。

9. 臺灣物產，無異中原。略載其異者：波羅蜜，自荷蘭移種；大如斗，甘如蜜。香檨，大如雞子，味甘、色黃，其根在核；然不能如荔走長安也。照殿紅，樹甚高；花如巨觥，色紅無二。樹蘭，似珠蘭，然亦齊柯修幹。竹多叢生，節疏葉長；至冬則其葉盡落，及春

後生，頗似江柳。象齒，有實可食。林荼，亦內地所無。惟鱗介之族其形殊異者，不可殫述。

10.余之初至廈門也，舟人以為風候，遂登陸假寓。已而大風雨者三日夜，舟藏曲島，幸而得免；然聞臺、澎之間，頗有漂溺矣。迨風霽，夜發；甫出海門行，及三鼓，風勢稍厲，或有懼色，遽命回舟。昏黑中挨柂而西，幾至不測。既明，始達於金門之山後；荒嶼無居人，僅可避風耳。舟泊中流，不得登岸，抱膝而坐者累日。及晴霽，無風，乃復挂帆，則泛泛悠悠，舟亦不動；反不如平江中可以搖櫓為力也。越三日而至澎湖。其嶼甚卑，方數十里，室廬亦少；置軍守之。自廈門至此，始可泊。因幸其無風，遂不繫舟而行。又越二日而至臺灣。臺灣距廈門不知若干里，而舟人稱海程則以「更」為計，云自廈至臺為十一更，自臺至松江之上洋為五十六更。然問其所謂「更」者，莫解其義也。

11.余在臺灣一載，乃復從海道歸。既登舟，止於鹿耳門十日。鹿耳門為臺灣門戶，其水中沙石累累環漱，出入危險；舟行畏之。既而啟行，南風甚勁，海師以指南針指子癸之次，凡三日三夜，乃目睹風濤之壯；然已逾金、廈、漳、泉，而徑達於興化之港矣。自閩之興化歷福州、福寧、入浙之溫、台、寧三郡以達於崇明、上海，凡五日五夜而至；皆行於海濱之歧流中，雖有最深廣處而非大洋也。

參、《臺灣始末偶紀》為散文記遊文學佳構

《臺灣始末偶紀》為魯之裕著。其作品特色係以散文形式，記敘臺灣觀光歷史、地理與民俗風情，特摘錄其作品數則，謹供參考：[22]

1.臺灣，閩海諸島之饒也。幅幀南北約三千里，東西逾六百里。漢、番生齒，百有餘萬。其產布、穀、金、石、牛、馬、齒革、羽毛、竹木、絲枲、蔗、漆、藥物。其番有生者、熟者；其聚族而居之所

曰社，合臺灣之社有三百五、六十焉。其社有生番、有熟番。生者何？不與漢群，不達吾言語者也。熟者何？漢、番雜處，亦言吾言、語吾語者也。而總之射生飲血、嗜殺果鬥，挾其饒以致旁近諸島相為犄角。

2. 明以前，禁弗與通。隆、萬間，華人劉香老，林道乾者賈其中，尋踞之。未幾，為顏思齊所奪。思齊者亦華人，習於倭而因以用之者也。思齊死，乃并入於紅毛。鄭芝龍之投誠也，子成功留閩，思得臺灣以苟存。臺灣之門戶曰澎湖，俗呼鐵門限；以其有吸鐵石焉，船至則膠，前此之所以不通也。至是，洋人見王衣冠者乘巨鯤，時時往來衝突其間。逾月鐵石盡，成功適載輜重至；停泊澎湖，而使何斌誘諸番應於臺。紅毛守者不能拒，成功遂僭王其中。至康熙二十一年，成功卒，孫克塽來歸，朝命籍而郡縣之。置府一，曰臺灣；縣三，曰臺灣、鳳山、諸羅；監司一，曰廈門道。更為置南、北二路營將弁，佐之以守備，分防之以千、把四司，而總轄之元戎：碁布星羅，制甚善也。

3. 蓋嘗綜其形勢而論之，閩、粵、江、浙之賈舶出洋，皆不能越臺灣而別由乎他路者。固以其三千里之區曲，而抱乎東南海隅也；而澎湖則中枕乎臺之曲，以相犄角焉。形勝據而產複饒，此臺之治亂之所以易也。且臺之東所聯屬者為呂宋、琉球、紅毛諸國；西南則交趾，又東則暹羅、佛柔、大年、占城、六昆皆近焉。直西則與麻六甲、咬嚙吧、啞齊、英圭藜、荷蘭、大西洋相通；北則日本、朝鮮，直接乎盛京；要皆可一帆而涉，遠者不逾旬日、近或旦夕間可達。

4. 蓋臺灣內瀕於廣東、福建、浙江、江南、山東五省，外羅以數十餘國。臺灣而得潔己、愛人、恤兵明於治要者柄之，則五省以有所衛而無虞於外患，而澳門、廈門、寧波、崇明四口之貿易者源源其來矣。如是而沿海之汛隘俱可以無警。臺灣之治忽，其有關於內也豈淺鮮哉！

肆、《閩遊偶記》為日記體旅遊文學代表

　　《閩遊偶記》為吳桭臣著。該書以日記體方式，鉅細靡遺紀錄旅臺見聞，並常與萬物融合，心有所感的寫下旅遊心情紀錄，作品值得欣賞：[23]

一、有關來臺渡海見聞

1. 柳子厚有云：大凡以觀遊名於代者，不過視於一方；其或旁達左右，則以為特異。至若不鶩遠、不陵危，環山洄江，四出如一，夸奇競秀，咸不相讓，遍行天下者，唯是得之。予生於長白，長而入關；其邊山、沙漠、黑松林、烏龍江及遼、金遺跡，悉曾經歷。自歸故鄉，未及三載，遭先君大故；蒙東海司寇健庵先生麥舟助葬，且嘗周其困乏。服闋之後，思先人故交滿天下，因復東之齊魯、北之燕衛、西之秦晉、南之楚粵；其五岳名山、長江大澤，皆目睹而足涉焉。其塞上風土，已略有所記述；而中華名勝雖曰遍遊，未能振筆著紙為山川生色，烏敢漫謂□□耶！茲因客遊閩中，就所見聞為之詮記梗概。但愧少文，無以發揚奇秀，亦聊以存涉歷至云爾。

2. 歲丁亥暮春，予復策塞北遊。適山左躬暨馮公協一候補在京（公為益都相國季子，與予為內戚舊好也），一見歡甚，邀予同寓長春寺中。寺極清曠，度夏涉冬。至十一月，公補福建汀州郡守，承訂偕行。予亦素慕閩中風土，因欣然許諾。於冬杪出都，至益都度歲；即公之居處也。公有別業在東門外，名曰三里莊；竹樹環匝，迥異人境。中有友柏軒，庭列古柏甚茂，清池怪石映帶前後；而月廊風榭，皆極幽邃可愛。昕夕流連，幾忘身之在客。迨至上元左右，近莊農人擎鷹牽犬，馳逐弋獵；予與馮公及二、三知己亦聯轡出遊，狂歌劇飲，至月上而返。但公憑限嚴促，不能久為滯留耳。

3. ……又一日，抵延平府。汀州至延平，自西而東；由江、浙進閩之路，過仙霞嶺，從浦城縣下船，經建寧（甌？）而至延平，自

東而西：皆由險灘會於延平府南門外，方統一江。向南四百里，至福州府。所以汀州、邵武、延平、建寧為上四府，福州、興化、泉州、漳州皆沿海背山為下四府，總曰八閩；今臺灣設府，可稱為九閩矣。

4. 馮公守汀五載，癸巳春，督、撫以臺灣疆土新闢，遠隔海洋，番民雜處，非得賢守未易為治，因交薦公調任。已奉諭旨，料理交代事竣，公日攜酒饌，遍歷名山水；如此者數日。將理裝赴臺，而在署諸友畏於航海，先後辭別而去；惟武林李頌將與予二人仍留同在，擇三月十六日起程。先至會城，謁辭各上臺；逗留多日，復得登烏石山遊趙翰林花園。出東門，溫泉洗浴，並觀覽其風俗焉。會城市肆中，惟壽山石鐫刻人物冊頁最為精巧。然壽山老坑禁不許開，石亦鮮有佳者矣。

5. 四月十七日，至廈門鎮。城內有提督衙門，重兵鎮守。城外三里，即至海邊。人居皆在高阜；遠望海洋中艨艟桅櫓森羅星布，所謂窮區沒渚，萬里藏岸，何其駭也！是時臺灣接官書役已到，所備公館鋪設潔靜，據來役及臺廈道標戰船兵丁叩稟云：「須有南風，纔好開船。登舟候風，不若岸上安逸。先要備牲醴，祭天妃海神。每人預做紅袖香袋，上寫天妃寶號。至進香時取爐內香灰實袋，縫於帽上，以昭頂戴之誠。再於荷包內裝灶土些微及人參少許佩於身邊，以防暈船時服之；並帶小磁礶，以防嘔吐。」

6. 十九日清晨，舟人來報已有南風，請上船開行。官船為第一號，家眷船為二號，予與李頌將、盧心傳共一船為三號，其僕從、衙役等分號派定；相約同行，勿使遠離，夜則各放流星照應。行五十里，出大旦門，即大洋也。水碧而清，浪軟船顛，眾皆頭暈嘔吐；雖有灶土、人參，略無效驗，惟用磁礶便嘔而已。予幸無恙。同開八船，至晚俱無隻影；雖放流星，亦不能見。予與李、盧兩兄坐船上將臺，四顧茫無涯際；目盡意往，不知所止。向晚，童子攜酒食至，就於臺上持杯，看海濤迎落；漸而月上桅檣，水天一色，不覺

心神俱曠。坐至夜深，始入艙就寢。

7. 海程無里，廈門至澎湖為九更；或云百里、或云五十里，未知孰是？因風小不勝帆力，行四晝夜。至二十三日午間，南風大作，始抵澎湖。老大（主柁之稱）云：「此風可直抵臺灣；但值做浪之時，難進鹿耳門，恐為不妥。未若就此暫停，俟官船到時，再為商酌行之。」遂進澎湖之八罩澳下椗，老大令放三板船（即腳船也）載暈船者上岸（上岸便醒）。予三人亦同上岸，步入村中；樹陰晻曖，草舍蘆牆，亦頗幽潔。有老者迎入款坐，予問：「所向之海未見波濤，何為做浪？」答云：「做浪在山根淺水亂石之處；每逢四、五月間無風浪湧，頗可觀覽。」隨引上一小坡，復向下數武，站立石崖之上。其浪宛若錢塘八月之潮，磅礴噴激，雪白雷轟，望之眩目，聽之駭耳；雖濺沫濕衣，亦所不顧。適童子攜茶至，就石啜茗坐談。老者復云：「澎湖為臺灣門戶，有三十六嶼；各嶼俱在海洋中，望之似若相連。中有海套間隔，非船不通。悉漢人所居；但皆沙地，無水田，耕者少、捕魚者多。前朝屬泉州同安縣，今屬臺灣縣。設有水師協鎮，駐守大山嶼上。此嶼與媽祖澳、八罩澳為泊船最安穩處，去臺只二更。曾聞明永樂丁亥命太監鄭和、王景弘、侯顯三人往東南諸國賞賜宣諭，鄭和舊名三保，故云三保太監下西洋；因風過此。嘉靖四十二年，有都督俞大猷追海寇林道乾至此，曾築城於大山嶼；城久已坍圮。此地鼎革時，向為鄭氏所據；後始歸入版圖，此乃澎民之福也。」

8. 言未既，日已將晚；遠望有揚帆至者，謂必是官舫。與老人下坡，分手回船。前後共來五船，獨官船及家眷、僕從三號未到；老大曰：「必風好，竟到臺灣。恐鹿耳門浪高難進，反有驚嚇。」次日，亦無信息至。憂慮間，直至二十七日晚，三船俱到。始知二十三風順，老大謂可竟抵臺灣；及舟近鹿耳門，浪高如山，一湧而退。如此者三，又忽颶風大作、天氣昏黑，無從下椗；直至天明風稍緩，回向澎湖而來；復各嶼口做浪，舟不進，再至鹿耳門，仍

為浪阻：所以至今到澎。二十九日，仍不能行。有漁人進活龍蝦二隻，每隻重有觔餘，其頭逼肖龍形。命廚人取肉作羹，甚美；而以其殼為燈，點火，其中鱗鬣鬚足俱明。是夕，食至夜分；有商船經過，知浪已平，老大即喚起椗張帆。午間，進鹿耳門。兩邊有沙似鹿耳，水極淺；水底有鐵板沙線，中如溝，溝底約寬二丈許。水面汪洋，莫識其下；略一偏側，船粘鐵線，不能行動，須用熟悉土人以小艇引之而入。進此即大港，周二十里。泊大馬頭，又名大井頭；岸灘水淺，舟不能近，俱用牛車盤運上岸。岸上即大街，去府僅里許，各官士民迎接馮公上任；時五月朔日也。

9. 臺灣本海外荒裔，斷髮文身之俗；從古未入中國。故老相傳：明天啟間，有日本國顏思齊為甲螺（甲螺者，頭目也）帶領倭人屯聚於此。既而荷蘭人（即紅毛國；又名哈而巴，總曰小西洋）由海道風飄至臺，愛其地土閒曠，借居於倭。倭未之許，荷蘭人紿之曰：「只有牛皮大地，我不惜多金，何用吝為！」倭許荷蘭人，荷蘭人將牛皮翦如繩縷，周圍圈匝得數十丈地，遂假而不歸。尋又欲得全臺，願歲貢鹿皮三萬張；倭人嗜利，從之。荷蘭人善用炮（即世所稱紅彝炮也），遂攻倭之居臺者；顏思齊為炮所傷，死焉。有郭懷一代為甲螺，謀逐荷蘭人，事泄；復招土番合追，殺之。懷一既死，其繼至者為何斌，逃至廈門。適鄭成功孤軍駐彼，喪敗日蹙，計無所出；何斌深恨荷蘭人之強，遂說其進取臺灣。從來鹿耳門紆迴屈曲、沙浮水淺，非熟識水道者舟不能入。鄭師至時，海潮漲高幾丈，巨艦千百頃刻而入。荷蘭人事出不意，與成功交戰不利，遂退保臺灣城，與歸一王（紅彝帥名）以死拒敵。鄭師力攻，不克。荷蘭人亦用夾板船多艘來攻鄭師，成功因風縱火，焚燒其船，荷蘭大敗；然尚無降意，成功使人諭之曰：「此地，本朝故物；今所有珍寶聽汝載歸，只還地土可也！」荷蘭見勢不敵，即棄城而去；此庚寅年之事也。成功就城居之，改臺灣為安平鎮、赤崁城為承天府，總名東都；設天興、萬年兩縣。未幾，成功死，子經嗣立；改

東都為東寧，改二縣為二州。設安撫司三，南北二路、澎湖各一；
與市廛、構廟宇、招納流民、開闢荒蕪，漸與中土風俗相近矣。辛
酉經死，子克塽立；年幼，政出多門，人心離渙。

二、有關明鄭時期的臺灣建置與地理[24]

1. 臺灣為鄭氏所據，先是總督姚公啟聖身任征臺之事，經理數年，熟
   悉海道、練習水師，已有成緒；繼命靖海將軍施公琅統師征討，於
   康熙二十二年六月十四日督率舟師由銅山直抵澎湖八罩澳，取虎
   井、桶盤嶼，克之。鄭克塽知不能守，遂籍府庫，納城輸誠。於是
   廷議設郡建官，制度規模等於內地無異。在臺建置，設府一縣三；
   府曰臺灣，附郭之邑亦曰臺灣（轄十五里、四坊），曰鳳山（轄
   七里、二莊、十二社、一鎮、一保），曰諸羅（轄四里、三十四
   社）；地分南北焉。治所設官司，有分巡道及府、廳、縣等員，武
   備則有總鎮及副、參、游、守等員弁，府、縣學師各一。於以明倫
   善俗，興行教化；申嚴保甲，稽察奸宄。不但規制燦然，而且附籍
   者眾，戶口日增，人皆視為樂土矣。

2. 府治在東安坊，南向（臺地東負山、西面海，故官署、民居率多西
   向；獨此取「向明而治」之義）。東至保大里大腳山，五十里；是
   曰中路，皆漢人居之。西至澎湖二更，亦皆漢人所居。南至沙馬磯
   頭，六百三十里；是為南路，磯以內諸社，漢、番雜處其間。北至
   雞籠山，二千三百十五里；是為北路，所居土番為多，惟近府治者
   漢、番參半。至於東方山外，青山迤南亙北，只有生番出沒其中，
   人跡之所不到；延袤廣狹，莫可測識。

3. 臺灣縣治附郭，在東安里，西向。東至保大里大腳山，一百里；西
   至澎湖水程二更，除水程外，廣五十里。南至鳳山縣依仁里交界，
   十里；北至新港溪與諸羅縣交界，四十里；南北袤延五十里。

4. 鳳山縣治，在府南一百二十五里。東至淡水溪，二十五里；西至打
   鼓山港，二十五里：東西廣五十里。南至沙馬磯頭，三百七十里；

北至臺灣縣文賢里，一百二十五里：南北袤延四百九十五里。其西南有鯤身者七，自打鼓山蜿蜒而互西南共七堆土阜，有蛛絲馬跡之象，如鯤魚鼓浪然。自一鯤身遞至七鯤身相距有十里許，並無硬石，悉皆沙土生成；然任風濤飄蕩，不能崩陷。上多荊棘雜木，望之有蒼翠之色。外係西南大海，內係臺灣大港，宛在水中央。採捕之人，多居於此。

5. 諸羅縣治，在府北一百五十里。東至大龜佛山，二十一里；西至大海，三十里；東西廣五十里。南至新港溪與臺灣縣交界，一百四十里；北至雞籠城，二千一百七十五里；南北袤延二千三百五十里。

6. 安平鎮城，在鳳山縣轄一鯤身之上；紅彝歸一王所築，全以油灰、大磚砌成。城基入地丈餘，周無二里。高則兩層，形如紗帽。第一層約高二丈餘，直上；上用方磚平鋪，闊七、八尺。又上一層，即內牆直上者；又高出丈餘，亦鋪方磚闊六、七尺許，至今分毫無損。西臨大海，南俯鯤身；觀海望月，無過於此。城內樓閣廳廊，悉倣西洋式造。鄭成功率師至此，即就居焉；今為積穀之所。城外即安平協鎮署，倚鯤身之旁；離府治十里許。

7. 府治無城郭，有東安、西定、寧南、鎮北四坊，周約二十里；人居稠密，街市繁盛。總鎮駐箚在鎮北坊，設有鎮標三營。其澎、臺水師共五營，又南、北陸路二營，俱屬總鎮統轄。

8. 臺廈道署，在西定坊；西向。有道標水師兵五百名、守備一、千總二、把總四、戰船八隻；兼理學政科、歲試事。海防廳署，在西定坊；西向。臨大港，專查海船出入。府學，在寧南坊；臺學，在東安坊。鳳山、諸羅二縣尹久住郡城，各有公署在東安坊。

9. 赤崁城，在府治西二里許；下臨大港。周廣四十五、六丈，高三丈六尺；無雉堞。名為城，其實樓臺也；土人皆稱紅毛樓。乃西洋制度，樓梯盤懸而上；窗戶明爽，四望海山，俱在目前。紅毛酋長所居之處；鄭氏以貯火藥軍械，今仍之。

10. 媽祖廟（即天妃也），在寧南坊。有住持僧字聖知者，廣東人；

自幼居臺,頗好文墨。嘗與寧靖王交最厚,王殉難時許以所居改廟,即此也。天妃廟甚多,惟此為盛。城隍廟,在東安坊。海會寺,在府治北六里。舊為鄭氏別業,今改為寺。觀音宮,在府治鎮北坊。佛像皆泥金,色相莊嚴;左右十八羅漢。俗稱觀音亭。元帝廟,在府治東安坊。關帝廟,在鎮北坊。舊址增擴,棟宇加麗。有僧住持。竹溪寺,在府治東南五里許。其間林木蒼鬱,花果最繁;為臺遊玩之處。夢蝶園,在社稷壇南。昔有漳人李茂春寓此,所築茅齋,扁曰「夢蝶」。茂春沒後,改為準提菴。

三、有關臺灣民情風俗的記載[25]

1. 臺灣風俗,向為荷蘭人所據,漢人交通貿易相習日久,與番俗相似者多矣。嗣後鄭氏竊據,法令嚴峻,設府州縣以徵錢糧、設安撫司以轄土番、設十三總鎮以修武備,然無崇文取士之舉。自入版圖,振興學校,科、歲取士,悉如內地。於是閩南福、興、漳、泉四府之士皆聞風遠至,而傳經談藝者始彬彬盛矣;即村落窮簷間,延師課其子弟亦不絕焉。其田地皆平原沃野,歲僅一熟,所收極多。鄉村屋宇,皆茅茨編行為之。人即無大富,亦無極窮;無負戴斑白,無久停櫬柩:頗有上古之風。唯尚侈靡,鮮樸實;好戲劇,競賭博。客至,先之以檳榔,繼之以煙、茶,必有糖果一、二碟,謂之茶果。街市行鋪,俱極繁盛。所造白酒頗佳,亦論升、不論斤。所用錢文,古今一體使用;銀用番餅,每個七錢五分。每遇佛會,煙火花炮、張燈結綵,號為最盛。鄉村河道,俱用小船往來。陸路,則用水牛駕車以載糧食、黃牛以備乘騎,亦用鞍彎如備兵然。凡道、府、總鎮誕辰,市廛皆各結綵,禁屠酤,僧道建道場以祈祝焉。

2. 土番風俗,無姓氏,不知曆日;知有父母而無伯叔、甥舅,不知祖先祭祀,亦不自知其庚甲。男女皆裸,跣足。男則以幅布圍其下體,冬天則衣短衫。留鬟髮;至長,即斷其半以草縛之,喜插野花。番婦則穿小袖短衫、長裙,不著鞋、褲;髮亦挽髻。男女多喜

插野花。男體極黑，女體甚白；齒用生鈌染黑。皆穿耳孔，以車渠貫其中，欲令垂肩。手腕帶鐲，或銅或鐵，亦無雙數；有刺紅毛字者。俗重生女，不重生男；男則出贅於人，女則招婿在家。婚嫁將及，則女內、男在外，各吹口琴唱歌，或在花間林下，兩相歡喜，女出與合；始告父母，置酒邀賓，即成配偶。家事，婦人主之。夫婦不合，不論有無生育，與人互相交易。男女之事，長則避幼；餘皆不忌。產生嬰兒，以冷水浴之，云可卻疾；不知醫藥。人死，結綵於門；所有器皿、衣服，生人與死者均分。三日後，會集同社之人將死者各灌以酒，然後出葬。向不用棺，今有用者；掘地而埋之。富者上造小屋一間，周植樹竹，不使日光、風雨淋炙。家無廚灶，以三尺架架鍋於地而烹飪。向皆不用碗箸，今多有用之者。夏耕冬獵為生，近亦有知讀書識字者。糧食、衣服，皆貯葫蘆之內。茅屋蘆墻，人皆席地坐臥；亦有以板為閣，離地三、四尺，夜臥其上者。其釀酒之法最奇，將米置口中嚼爛，藏竹筒中；不數日，酒熟。客至，必先嘗而後進。其俗能使標槍，長四、五尺；取物於百步之內，發無不中。弓則以竹為之，以麻為弦，矢極銳而無翎毛。有犬大而猛，能捕野獸；必剔去其耳一半，恐招風也。土人特珍惜之；癸巳冬，制府買以進上，每犬用價三、四十金，尚不忍捨。牽回鎖於廊柱之下；偶園中鹿過，內一犬見之，掣鎖斃殺之，始信其猛。時或唬叫不已，不知其故。有衙役聞之云：「此番人教之，不許在家糞溺。牽至空地處，扒土至深，溺畢後以土覆之。」犬知愛潔，亦一奇也。人皆勤苦儉約，不事華侈；唯以耕獵為事：此番俗之大較也。

3. 臺地當差、走遞公文，皆役番人。其所最苦者為通事。始，上官之用事，以其語言各別，下情難通，且鄉城迢遠，並令催辦錢糧諸務，故用居臺習久之漢人為之。今則閩南四府之人皆營求而得，彼並不知番語云何。一逢新令到任在於會城，各即懷鏹餽獻；新令利其所餽，亦不問其可否，輒即用為通事。各社本有番人以為社長，

社中之事令其催辦；自有通事之人，社長毫無經管。而通事一到社中，番戶皆來謁見，餽送；隨到各家細查人口、田地並牛羊豬犬雞鵝等物，悉登細帳。至秋收時，除糧食食用之外，餘與通事平分；冬時，畋獵所獲野獸如豹皮、鹿皮、鹿茸、鹿角之類，通事得大分。即雞鵝所生之蛋，亦必記事分得。社中諸事，無不在其掌握。甚至夜間欲令婦女伴宿，無敢違者。更有各衙門花紅、紙張，私派雜項等費。遇官府下鄉，其轎扛人夫、車牛及每日食用俱出於番社；稍不如意，鞭撻隨之：番人甚為苦累。馮公下車，即革除前弊，並勒石永禁；番人咸德之。漢人與熟番雜居，隔嶺即生番界。若逐野獸偶越界，遇生番，必為所殺；取髑髏嵌裹以金，懸於堂中以示英雄。臺灣修造戰船，必取木於生番山中；見人多則不敢肆橫，反來相助運木求食。再深入過生番境，名傀儡番者長三、四尺，緣樹跳擲，捷如猿猱；皆巢居穴處、茹毛飲血之徒，不知耕種，太古民也。見人，即升樹杪；人欲擒之，則張弩相向。土番中有能書紅毛字者，謂之教冊；皆削鵝毛管濡墨橫書，從左至右，不用直行。道憲陳公濱設立社學，延師課其子弟；番人始習漢字，且知禮讓矣。

4. 諸羅縣大肚社番首名大眉者，每歲東作時，眾番請大眉出射。其箭所及之地，稼輒大熟，鹿、豕不來損傷；箭所不及者，稼被殘損，少穫。諸羅縣半線社，四面皆水，中一小洲。其土番以大木連排，盛土浮之水上，耕種其中。若欲他適，即拖之而去。

四、有關臺灣觀光地理的記載[26]

1. 臺地四時和暖，冬無霜雪，亦無酷暑。但大風之日多，無風日少。春日常旱，秋多水潦。終歲花草常茂，樹葉不凋；瓜蒲茄蔬之類，冬亦結實。自府城至鳳山，氣候相等。鳳山以南至下淡水諸處，多午後鬱熱，夜則涼冷；水土多瘴氣，人易疾病。自府城至諸羅之半線，氣候亦皆相等。半線以北，山愈深，土愈燥，煙瘴愈厲，人亦

罕有至者矣。

2. 臺灣縣東北百餘里山之最高大者，曰木岡山（巍峨特聳，其頂每罩雲霧；天氣晴朗之時，方見山形。遠望其峰，上與天齊。臺灣之山，惟此山最高；是為群山祖龍）。南至大目降營，歷保大里、西保大里、新豐、永豐二里，又南抵崇德里，皆層巒疊嶂，幾無罅隙；實為府治之屏障。鳳山縣山，從臺邑崇德里東南諸峰而來，岡巒重疊，勢皆南向。至阿猴林以北諸峰（阿猴林，在觀音山南北。谿谷絕險，必攀藤附葛、鑿道架橋，方得至焉），若拱、若峙，若盤、若踞，是為觀音山（此山生成五片；中一座特出，尖秀，形像似佛，故名）。其盡處嵬然高大者，為鳳山。自打鼓山蜿蜒而亙西南，共結七堆土阜，名曰鯤身，有蛛絲馬跡之象；此鳳山之拱衛也。治東山外之山，最高而聳者曰傀儡山（即傀儡番，性極頑悍）。西南大海中突出一峰，山巒高峻，林木蓊翳，則小琉球也；多出椰子、竹木。諸羅縣山，從木岡山折而西向，峰巒不可紀極。其竦峙於東北者，曰畬米基山、曰大龜佛山、曰阿里山（在縣治東北，內有八社）、曰壯武脊山（有八掌溪、牛欄溪、山疊溪，皆從此山流出）、曰覆鼎山，此拱輔邑右者也。其聳於東南者，曰馬鞍山（臺、諸二縣分界之新港，自此山透出），西而赤山（此山無石，土赤如黃金色，故名。上有觀音亭、下有龍潭，周圍皆肥美有源之田）：皆拱輔邑左者也。至若文峰直插，上與天齊，則是山朝山（有土番社山朝社。其南即蛤子灘三十六社），有買豬末山（其峰尖秀如文筆。山南即哆囉滿社，北即山朝社，三日路程），又東北之秀出而擁者也。磅礴而下，則有斗六門諸山（斗六門山甚多，北山在半線社界、南山在大武郡社界。吼尾溪、東螺溪，皆從此流出）；又北，雞籠鼻頭山（在山朝山西北，出硫黃）、奇獨龜崙山、干豆門山（夾溪水港，如門柱然）、眩眩山、小鳳山：此邑之北方外障也，皆臨大洋。又有雞籠嶼，在海中；與內之雞籠、鼻頭等嶼相對，曰桶盤嶼（平坦方正，故名）、曰旗杆石（二石高

聳，形如旗杆）、曰石門嶼（在旗杆石西；石空圓如門，故名）、曰雞心嶼：則又臺之腦龍隱見處。

3.臺灣八景，曰安平晚渡、沙鯤漁火、鹿耳春潮、雞籠積雪、東溟曉日、西嶼落霞、澄臺觀海、斐亭聽濤。

4.海道往來船隻，必以澎湖為關津。西嶼頭入，或寄泊嶼內、或媽祖宮（二者北風寄泊最穩處也），或入八罩、或鎮海嶼（二者南風寄泊最穩處也）；然後渡東吉洋，凡二更船至臺灣，入鹿耳門：則澎湖乃臺之門戶而鹿耳門又臺灣咽喉也。行舟者皆以北極星為準；黑夜無星可憑，則以指南車按定子午，以天門測海道。稍或子午稍錯，南犯呂宋或暹羅、交趾，北則飄蕩無復人境，甚至無力水而莫知所止：此入臺者平險遠近之海道也。至若臺郡之海道，自鹿耳門北至雞籠山，十九更；自鹿耳門南至沙馬磯頭，十一更。船苟遇颶風，北則墜於南風氣（氣者，海若呼吸之氣），一去不復返；南則入於萬水朝東，險遠莫測：此又不可不知也。

5.風信，清明以後地氣自南而北，則以南風為常風；霜降以後地氣自北而南，則以北風為常風。若反其常，則颱颶將作，不可行舟。風大而烈者為颶，又甚者為颱；颶常驟發，颱則有漸；颶或瞬發倏止，颱則常連日夜或數日而止。過洋以四、七、十月為穩，蓋四月颶風少、七月寒暑初交、十月小陽春候，天氣多晴順也。最忌六、九月，舟人視青天有點黑，則收帆嚴舵以待之，瞬息之間風雨驟至；若少遲，則收帆不及，或至覆舟焉。天邊有斷虹一片如船帆者，曰「破帆梢」；海水驟變，水面多穢如米糠、有海蛇遊於水面者：亦颱風將至之兆。

6.土產，稻稷豆麥之屬，無不悉備：芝麻（有黑、白二種）、瓜、菜（四時不絕）、甘蔗（有紅、白二種；又有竹蔗者，煮汁為糖）、糖（有黑砂、白砂二種；上白者成磚）、冰糖（如堅冰）、麻油、藤（有大藤、有料藤）、菁靛（臺產者佳）、苧麻、薯榔（皮黑、肉仁可以染皂）、鹽（用曬法）、薏苡、椰子（樹高數丈，少枝。

果殼堅勁，可作瓢。肉在內，色白；味似乳，可以釀酒。水甚多，俗呼「椰酒」）、瓠（蔓生，有葫蘆瓠、有長瓠、有勁瓠；老則皮堅，極大者土民鏤作器物）。

7. 花之屬，有佛桑花（樹大，枝弱。有紅、白、黃三色，似芍藥；極豔無香，葉小。朝開暮落，四季不絕）、山丹（即大紅繡球，遍山俱有）、樹蘭（樹大如桂，即珠蘭也）、荷花（正、二月開者，多紅、碧、白三色）、曇花（花、葉俱大，略無佳處）。

8. 果之屬，有番檨（日本國移來之種，樹大，果黃色，形如木瓜，核如豬腰子；蒂連核而生。五、六月熟，削皮而食。味甘性暖，多食暖腹）、波羅蜜（實生於樹幹上，皮似鱗甲，約重斤許。剖而食之，其甘如蜜。出五、六月）、鳳梨（葉似蒲而闊，果生叢中。皮似波羅蜜，色黃味酸。果末有葉一簇，可妝成鳳；故名之）、蕉子（生芭蕉葉底，形似木梳。味雖甜而不佳，土人喜食）、檳榔（實如雞心，能醉人；可以去瘴）、西瓜（九月種，十二月採；每歲以二、三千元交府送省進上）。

9. 木之屬：樟木、楠木、厚栗木、象齒木（俱細而堅硬者）。至竹之種類甚多，遍處皆是也。

10. 獸之屬：豹（無虎）、豬熊、野豬、野牛、鹿、麋、獐、麂、猴、獺。

11. 禽之屬：野雞、竹雞。

12. 鱗之屬：海翁（極大，能吞舟）、鯊魚（大者百餘斤。其翅為上品，皮為刀鞘）、泥鰍魚（無鱗，味佳）、烏子魚（其子曬乾，可羅嘉珍）、鮡魚（瀨口出者佳）、牡蠣（又名蠣黃，其肉嫩而鮮。其殼燒灰，作石灰用；臺地無石灰，皆用此）、鱟魚（海中甲族也。雌負雄，漁人嘗雙得之。腹有八足，血綠色。殼為瓢杓，比戶皆用之）、車渠（殼極硬）、大螺（殼可作鸚鵡杯）、海膽（殼圓多刺，可作杯）。

第三節　從《臺灣輿地彙鈔》認識古早臺灣習俗

壹、從《臺灣番社考》認識臺灣原住民

《臺灣番社考》鄭其照錄，其內容以紀錄臺灣平地及山地原住民活動為主。所謂熟番，就是指平埔族；生番，指山地原住民族。茲錄其要者供參：[27]

一、原住民的生活習俗

臺地幅員廣闊，地脈膏腴。熟番與華人所居十之三，生番所居十之七。第生番俱在臺灣之東，俗名山後，亦曰內山；地多山林，絕少平壤。而生番又分二種：一為平埔生番，居瀕海較平之地。地極腴美，厥田為上上，厥土宜稻、又宜茶，糖、穀之利甲天下。近海有煤、硫諸礦，而天氣又常溫和。生番多以捕魚為業，亦知煮海為鹽，尤擅駕駛船隻，以居常近海也；然亦有以紡織、耕耨為業者。其人軀長且偉，孔武有力；而衣服則效熟番。亦有文字，多難辨識；非儒、非釋、非道，不知何宗何教。惟於行歌互答時，譯其語音，雖啁啾如鳥語，而其詞意則多怨熟番之虐待也。一為岩穴生番，貌陋黑，人亦矮矬，以佃獵為業。男女俱無衣服，但以獸皮、樹葉蒙下體，而以五彩文身，作花草形。男子八歲即將左右車牙鋑去一、二枚，醜狀可駭。既長，則以輕健捷走者為能。所獵以麋鹿為多。常喜佩長刀，喜以獸骨、銅具、珠璣為玩好。喜用竹木鐵槍；亦有弓弩、有箭鏃，鏃恆以鐵為之。喜殺人，以殺人多者為勇，不嗜殺人者為怯。有殺得熟番及華人者，即截其辮髮飾刀鞘以示勇。喜夜間結隊，篝火深林，以偵獸口。喜設機弩陷阱以伺虎熊，食其肉，寢其皮。亦嘗以皮與熟番易鹽、米、銅、布諸貨物，而皮角則麋鹿居多。喜食生獸，亦間有燔熟始食者。其屋則立木為

架，蓋以茅；墊以草，高者為榻、下者為几。人死則植立埋之，而以其平日常用之物為殉。有殺其同社番人者，則尋讎報復，輾轉不已；故熟番與華官恆深惡之。其地大山中多虎、狼、野彘、麋鹿之屬，深林中多獼猴，而種植，則山蕷、甘蔗、花生、椰子、菸葉、芒麻等類。物產則樟腦、硫磺、煤炭、茶葉、巨木、青藤等物，故外人多垂涎焉。

二、臺灣中部的平埔族習俗

彰化境中，其處於西偏者有九社：一曰大肚社、二曰感恩社（舊名牛罵）、三曰遷善社（舊名沙轆）、四曰貓霧捒社、五曰岸里社、六曰阿史社、七曰樸仔籬社、八曰埔束社、九曰烏牛欄社。自過沙轆至牛罵社，屋宇隘甚。番室於牖外設榻，緣梯而登；雖無門闌，尚為高潔。屋前即山，而密樹陰濃，都不得見。惟有野猿跳躑上下，向人作聲，若老人咳。又有老猿如五尺童子，箕踞怒視。風度林杪，作簌簌聲，肌骨欲寒。瀑流潺潺，聲韻悅耳，或時修蛇出於踝下。大雨之時，嵐氣甚盛，衣潤如洗。山上時有番婦出沒，蓬首瘠體，貌不類人；而有術善祟人。阿史諸社磴道峻折，溪澗深阻。番人皆矬健嗜殺，雖經內附，罕與諸番接。種山、射生以食。縫韋作幘，鹿皮作衣；臍下結以方布聊蔽前體，露背跣足。茹毛飲血，登山如飛，深林邃谷能蛇鑽以入，舉物皆以首負戴。居家則以裸，惟不去方巾；周身頑癬斑駁，腥臊特甚。番女亦白皙，繞脣吻皆刺細點而敷以黛，若塑羅漢髭鬚；共相稱美。樸仔籬、烏牛欄等社有異種狗，狀類西洋，不大而色白；（毛）細如綿，長二、三寸。披其毛，染以茜草，合而成線，雜織領袖衣帶，相間成文，朱殷奪目。數社之犬，惟存其鞟。由諸羅山至後壠，番女多白皙；牛罵、沙轆、水里為最。惟裝束各異，髮皆散盤。岸里等五社不出外山，惟向附近番社交易。而逼近內山，生番時出殺人。大肚諸社，屋以木為梁，編竹為牆，狀如覆舟；體制與各社相似。貓霧捒諸社，鑿

山為壁，壁前用土為屏，覆以茅草，零星錯落，高不盈尺。門戶出入，俯首而行。屋式迥不同外社。酒飯各二種，不拘粳稻，炊而食之。或將糯米蒸熟，舂為餅餌，名都都。用黍浸米水，越宿浸碎，和以麴，三五日發氣，水浸飲之。一將糯米炊熟，拌置桶內，逾三日發汁蒸酒，番極珍之。魚、蝦、獐、鹿，與南北投等社無異。沙轆、牛罵不食牛，牛死委於道旁。男婦頭貫簪，項懸瑪瑙珠螺牌。衣服皁白，俱短至臍；嫁娶著紅衣。貓霧揀以下諸社，俱衣鹿皮；並以皮冒其頭面，止露兩目，睒睒向人，殊可怖異。收貯禾黍，編竹為筐，大小不一；或出作，則置飲食於中。無升斗，以篾籃較準，與漢人交易。近亦置床、榻、鼎、碗、檔、箸以為雅觀。婚姻先由男女私通，投契然後結褵成夫婦。男以銀鐲、約指贈女為定，女倩媒告之父母，因為主配，或娶或贅。屆期，眾設牲醪相慶。不諧，即兩離棄；婦不俟夫再娶而先嫁，罰酒一甕。私通被獲，鳴通事、土官罰牛一；未嫁娶者勿論。岸里各社，完婚三五日，男往女家、女往男家，各以酒物相饋，不絕往來。番死喪葬及浴身入室，與南北投等社同，守服十二日，不出戶，親戚送飯。十二日後，請番神姐祈禳除服。婦服滿，任自擇配，父母兄弟不通問焉。

三、臺灣東部的原住民習俗

山後崇爻八社，其地東跨大洋，在崇山峻嶺中。密箐深林，斷岩穹谷，有高峰削立萬仞，道路不通。土番分族八社：曰筠椰椰、曰斗難、曰竹腳宣、曰薄薄，為上四社；曰芝武蘭、曰機密、曰牡丹、曰丹朗，為下四社。八社之番，黑齒文身，野居草食；衣皮帶革，不種桑麻。其地所產有鹿麇、野黍、薯芋之屬，為番人終歲倚賴，他無有焉。自來人跡罕到。康熙間有陳文、林侃等商船遭風飄至，住居半年，略知番語，始能悉其港道。於是後有大雞籠通事賴科、潘冬等前往招撫，遂皆向化，附阿里山輸餉；計八社與阿里山社合輸餉銀一百五十五兩有奇。每歲贌社之人，用小舟載布、煙、鹽、

糖、鍋釜、農具往與貿易；番以鹿脯筋皮市之。皆以物交相易，不用銀錢。一年止一往返。其水程由安平鎮大港出口，沿海邊而行，喜西北風，歷鳳山、打狗、西溪、東港、大崑麓、加六堂、風港、瑯璚至沙馬磯頭，水道一十二更（其俗以六十里為一更）；又向東轉行山背，當用南風，過蟒卒、老佛、大紫高、蕭馬間、卑南覓山外，水道十更。復至薄辦社，水道三更：此皆鳳山縣界也。沿海北向，直至崇爻之石門港口，水道九更。港內溪灘水急，須待天清氣朗、風平浪靜，用土番牽纜上灘，方入大溪寓灣，而大舟不得達。復由山道灣進武芝蘭，又三里至機密，又九十里至牡丹，五十餘里至丹朗；四社熟番共千餘家，則近水沙連內山矣。至欲往四社，須從原路復出，下灘往北駕駛，水道二更，方至筠榔榔社，二十餘里至斗難社，又四十餘里至竹腳宣社，又二十餘里至薄薄社；四社熟番均約千餘家。其生番散處深谷，不通教化者約數萬之眾；規模風俗，不得而考矣。東北山外，悉皆大海。又當從水道沿山歷哆囉、猴猴，始到蛤仔灘，水道二十一更；南路船無有過者，惟淡水社船由大雞籠三潮而至云。

近有赴生番中者，親歷諸社，計有十八名目：係牡丹社、薩巴里社、格司社、漫地籽社、加棲讓社、百多聽必社、巴格羅社、沙波力社、阿酸墮社、羅蠻社、清拉加社、坭安六安社、必家社、百地久社、都拉閩社、甘黨社、鐵幾沙社、哥凹支社。餘社尚多，未詳。

貳、從《臺灣府圖志》認識清初臺灣建置

《臺灣府圖志》為洪亮吉撰，對認識清初臺灣建置很有助益。文章簡練，敘述詳細，計可分為臺灣府、臺灣縣、鳳山縣、嘉義縣及彰化縣等段落介紹：[28]

一、臺灣府

原額人丁一萬八千八百二十七，滋生人丁九百九十五。自古荒服之地，不通古國，名曰東番。明天啟中，為紅毛荷蘭夷人所據。本朝順治十八年，鄭成功逐荷蘭夷據之；偽置承天府，名曰東都；設二縣，曰天興、萬年。其子鄭錦，改東都曰東寧省，升二縣為州。康熙二十二年討平之，改置臺灣府，屬福建布政使司；分巡臺灣道兼理學政駐此，淡水同知駐竹塹，通判駐澎湖。

府境：四面皆海。東西距除澎湖及水程四更外，廣一百里；南北距二千八百四十五里。八到：東至大山番界，五十里；西至澎湖島，五十里；南至沙馬磯頭海，五百三十里；北至雞籠城海，二千三百十五里。自府治至京師，七千餘里。

土貢：鹽、糖、飼子飯魚、鹿茸、三友花、檨、椰、檳榔、波羅蜜、芋、番薯。

管縣四：臺灣、鳳山、嘉義、彰化。

二、臺灣縣

郭下。有縣丞分駐羅漢門。本東番地，鄭氏偽置天興、萬年二州。本朝康熙二十三年，廢二州，置臺灣縣為府治。

木岡山，在縣治東北。府境東偏負山，西面臨海；其山蜿蜒不斷，統名為大山，亦統呼為木岡山。

澎湖島，在縣西大海中，西與泉州相望。「圖經」：「島有東吉、西吉等三十六嶼，渡海者必由二吉以入」。

海，環府境皆是。舟人渡洋不辨里程，一日夜以十更為率：自雞籠淡水舟行至福州港口，五更；自臺灣港至澎湖，四更；自澎湖至泉州金門所，七更。東北至日本國，七十二更；南至呂宋國，六十更；東南至大港，二十二更；西南至南澳，七更：皆就順風而言。海居極東，月常早上；故潮水長退，視同廈亦較早焉。海多颶風，

最甚為颱。土番有識颱草；草生無節，則周歲無風，一節則颱一次，多亦如之，無不驗。

臺灣廢城，在縣西南。明崇禎八年，荷蘭夷築方員一里，右憑鹿耳、左面海洋；並設市城，外以通漳、泉商賈。後鄭成功居此，更名安平鎮。又，天興廢州，在縣東北四十里新港；萬年廢州，在縣東南二十里二贊行。

鹿耳門，在縣西三十里；形如鹿耳，故名。兩岸皆築炮臺，水流峽中，委曲回旋而入。中有海翁崛，多浮沙，水淺；風急，則深淺頓易：最為險要。門內水勢寬闊，可泊千艘；即大圓港也。

三、鳳山縣

北至府八十里。有縣丞分駐阿里港、巡檢駐下淡水。鄭氏屬萬年州，本朝康熙二十三年分置；以縣東南鳳山得名。

赤山，在縣南。上有湯池，甚溫。由此而南，悉屬番社。

淡水溪，在縣東南。源出東北大山，西南流，有冷水溪自北來注之；又南流邐縣東南，赤山溪自東來注之：合而西南入海。

四、嘉義縣

南至府一百十七里。有縣丞分駐笨港、巡檢二駐六門及佳里。

鄭氏屬天興州，本朝康熙二十三年分置諸羅縣；乾隆五十二年臺賊林爽文攻縣城，城內居民四萬助提督城守，因敕改諸羅為「嘉義」以旌之。虎尾溪，在縣北彰化縣南；二縣以溪為界。

五、彰化縣

南至府三百九十七里。有巡檢四駐苗霧、竹塹、新莊、鹿仔。雍正元年，分諸羅縣北半線地置。

大雞籠山，在縣北海中雞籠城之南。下有港甚寬廣，可容巨舟數十。紅毛嘗築城於此。凡往來日本洋船，皆以此山為表。

山朝山，在縣東北。雙峰遙峙，高不可極。山南為生番三十六社，居蛤仔灘地。又有生番十社在黑沙晃山、崇爻山二山間，皆人跡所不到。

第四節　古早臺灣觀光資源的調查

壹、從《臺灣府方輿考證》認識古早人文觀光資源

《臺灣府方輿考證》為許鴻磐所撰，可說是一部非常完整的古早臺灣觀光資源調查報告。可依建置沿革、形勢、疆域、山川、關鎮、古蹟分述如下，以期增加認識古早老臺灣的人文觀光資源，並藉以檢討時至今日資源保護存留了多少。[29]

一、建置沿革

自古荒服之地，不通中國，名曰東番。明天啟中，為紅毛（大西洋之總名）荷蘭夷人所據。本朝順治十八年，鄭成功逐荷蘭夷據之，偽稱天府，名東都；設二縣：曰天興、曰萬年。其子鄭錦，改東都曰東寧省，升二縣為州。康熙二十二年討平之，改置臺灣府，（隸）福建布政使司。設臺灣道兼學政駐此，又設掛印總兵官以鎮之。

按紅毛據其地三十餘年。辛丑年，鄭成功敗自長江，飄泊無所，土人勾之，乃發大小船千餘號由鹿耳入。紅毛戰敗，遁歸。成功因改臺灣為東都，設一府二縣。壬寅，成功卒，提督馬信立其（弟）鄭世（襲）。癸卯，成功子錦（或作經）自廈門來爭，世（襲）兵屈，錦遂自立；時康熙二年也。辛酉，錦令其庶子欽監國。未幾錦死，眾殺欽，立鄭克塽為主，內亂。福建總督姚啟聖密請南征，命靖海將軍侯施琅、巡撫吳興祚與啟聖討之。二十二年六月，下澎湖，逼臺灣，鄭克塽乃震讋乞降。因改置郡縣。

二、形勢

1. 《一統志》：背負崇岡，襟帶列島；浪嶠南屏，雞籠北衛。

2. 《臺郡聞見錄》：屹峙海中，延袤二千餘里[30]，為東南屏障。

3. 《臺郡圖志》：四面環海，崇山峻嶺橫截其中。

4. 《臺灣紀略》：臺灣為海中孤島。中為臺灣市。由上而北，至雞籠城界，與福建相近；其東則大琉球，離灣稍遠。由下而南，至加（洛）堂、瑯璚止；其西則小琉球也，與東港相對。由中而入，一望平原三十餘里，層巒聳翠，樹木蓊茂，則臺灣（澳）之所也。而澳外復有沙堤，名為鯤身。自大鯤身至七鯤身止，起伏相生，狀若龍蛇。復有北線尾、鹿耳門為之門戶，大線頭、海翁窟為之外障。船之往來由鹿耳門，設官盤驗。

   按其形勢，起自東北雞籠城，迤邐而西南，又南至淡水社，抵海而止。南北長而東西狹，形似新月，故曰臺灣。以澎湖為籬，以鹿耳門為咽喉，大雞籠為北路之險阨，沙馬磯為南路之砥柱，控制島嶼、屏障海疆，誠東南要區矣。

5. 《閩書》：東番夷人，不知其所自始，居澎湖外洋海島中；起魍港、加老灣，歷大員、堯港、打狗嶼、小淡水、雙溪口、加哩林、沙巴里、大幫坑，皆其所居也。斷續凡千餘里，種類甚蕃。別為社，社或千人，或五、六百人。嘉靖末，始通中國，今則日盛。漳、泉之民，充龍、烈嶼諸澳，譯其語與貿易。連江陳第曰：「東番從烈嶼諸澳乘北風航海，一晝夜至澎海，又一晝夜至加老灣」。萬曆壬寅，倭復據其地。按此時尚無臺灣之名，故略存大意如此。

6. 《海國聞見錄》：澎湖之東則臺灣。北自雞籠山對峙福州之白犬洋，南至沙馬磯對峙漳州之銅山。西面一片沃野，自海至山，狹闊相均，約百里。自西穿山，東至海，約四、五百里；重山疊菁，野番類聚。郡治南抱七鯤身，而至安平鎮大港。隔港沙洲，

直北至鹿耳門。鹿耳門隔港之大線頭沙洲而至隙仔、海翁窟，皆西護府治者也。港之可以出入者，巨艦惟鹿耳門及雞籠淡水港。此海外形勢以捍內地，此天造地設以為海外之要區也。

三、疆域

在布政司治東南，水程一十一更外[31]，五百四十里。四面皆海。東西距除澎湖及水程四更外，廣一百里；南北距二千八百四十五里。東至大山番界五十里，西至澎湖島界五十里，南至沙馬磯頭海五百三十里，北至雞籠城海二千三百十五里。領縣四：

1. 臺灣縣：本東番地，鄭氏偽置天興、萬年二州，屬承天府。本朝康熙二十三年，廢二州，改置臺灣縣，為府治。府城，雍正三年建柵城，周二千一百四十丈；門七，各建樓其上。附郭：東至大山番界四十五里，西至鹿耳門海五里，南至鳳山縣十里，北至嘉義縣界四十里。

2. 鳳山縣：本東番地，鄭氏為萬年州地。本朝康熙二十三年，分置鳳山縣，屬臺灣府。康熙六十年，創築土城，周八百一十丈；門四，有濠。在府南八十里。東至淡水溪大山番界二十五里，西至海三十里，南至沙馬磯頭海二百三十里，北至臺灣縣界七十里。

3. 嘉義縣：本東番地，鄭氏屬天興州。本朝康熙二十三年，分置諸羅縣，屬臺灣府。乾隆五十二年，臺賊林爽文攻縣城，城內居民四萬助提督城守，因改諸羅縣為嘉義縣以旌之。康熙四十一年，建柵城。雍正元年，始築土城，周七百九十五丈；池深一丈，廣三丈。在府北一百一十七里。東至大山番界二十一里，西至海三十里，南至臺灣縣界七十七里，北至彰化縣界一百二十八里。

4. 彰化縣：本東番地，鄭氏地屬天興州。本朝初，屬諸羅縣；雍正元年，分諸羅縣北半線地置彰化縣，屬臺灣府。在府北三百九十七里。東至大山番界二十里，西至鹿仔港海二十里，南至諸羅縣治二百八十里，北至雞籠城海六百八里。

四、山川

　　遊山玩水，在古代觀光遊樂設施不足，建設不進步的情況下，是文人墨客最主要的休閒旅遊方式之一，也是旅遊文學作品最多寫景述懷的理想目的地。但是貫穿明清兩代，即使是同一地點，其山川名稱容或不同，地形、地貌、景觀也會改變，更何況由不同作家，面臨不同寫作情境與感受，這些作品所紀錄的山川，後人欣賞起來常有不知身在何處的感覺。《臺灣府方輿考證》就幫後人設想周到，將不同時期文獻，包括《通志》、《舊志》、《新志》、《一統志》、《冊說》、《臺灣紀略》、《平臺紀略》、《臺灣雜記》等，甚至《宋史》、《元史》、《明史》，以及《鹿洲集》、《藍鼎元傳》等，包括所有述及該地名者均列舉述之，供研究旅遊作品地點之參考，並特加以載錄如下：

　1.木岡山：在臺灣縣東北。
　　(1)《通志》：在府治東北，巍峨特聳，其頂常戴雲霧。臺灣之山，此最高大，為郡山之祖。北至蔦松溪，則為諸羅縣。山之南，番子湖山拔地而起，與木岡相連屬。
　　(2)《一統志》：按輿圖，臺郡北自雞籠山、南至沙馬磯頭，二千餘里；東偏負山、西面臨海，蜿蜒不斷，總名大山，亦總呼之為木岡山。
　2.大目降山：在臺灣縣東，俗名大腳山。
　　(1)《舊志》：大腳山在縣東五十里，土番所居。
　　(2)《通志》：山下有大目降溪蜿蜒而下，東平阪隸於番。其南曰柳仔林山；列阜如屏，延亙數里。其西北為馬鞍山；自木岡西遞，眾山重疊不一，馬鞍其盡處也。
　　(3)《一統志》：按輿圖，臺灣之東有大岡山，當即木岡及大目降山字音訛異耳。
　　(4)《通志》：自大目降山歷保大里、東保里，西至新豐、永豐二里，又南抵崇德里，相距百里，其山崔嵬險阻，人跡不到，從

　　無名號；以此知大岡山蓋大山之統名也。

3.豬母耳山：在臺灣縣東南，在柳仔林山西南。

　　(1)《通志》：下有鯽魚潭、許寬溪、咬狗溪、石頭坑；又有遙接
　　　　其南者曰湖仔內山，又香洋仔山。

　　(2)《舊志》：小香洋山在縣東南。

　　(3)《通志》：在湖仔內山南，培塿絡繹，擁起平疇。

4.角帶圍山：在臺灣縣東南。

　　(1)《通志》：在香洋仔山南，下有深坑仔、紅毛寮溪；過此為岡
　　　　山溪，為鳳山縣界。

　　(2)《一統志》：按「舊志」，小香洋山為深坑仔，又西南為大香
　　　　洋，溪流逶迤，山水幽勝；蓋指此山也。按山接鳳山縣界。康
　　　　熙六十年，朱一貴反，游擊周應龍屯角帶圍不敢進……。

5.大岡山：在臺灣縣東南、鳳山縣北；一曰江山，又曰岡山，形方如
　　城。又曰臥仙。

　　(1)《冊說》：岡山在縣南八十里，山頂險峻，上有巨岡，可望不
　　　　可登，近鳳山縣之嘉祥里；又有小岡山，近鳳山縣之長治里。

　　(2)《新府志》：大岡在北、小岡在南，兩山相對峙。凡至臺，舟
　　　　過澎湖東吉澳，即見此山；與臺灣猴洞諸山相界處也。

　　(3)《一統志》：「舊志」謂鳳山大、小岡山即臺灣之岡山，
　　　　「冊說」誤而兩載。以輿圖考之，臺灣有兩大岡山，一在臺
　　　　東稍北，當即「舊志」之大腳山、「新志」之大目降山也；
　　　　一在臺南，又南曰小岡山，與鳳山接界，又南為大屏山；
　　　　「冊說」不誤。

　　(4)《臺灣紀略》：大岡山在臺灣縣南三十里，狀如覆舟，天陰埋
　　　　影，晴霽則見。上有仙人跡、鐵貓兒椗、龍耳甕；相傳國有大
　　　　事，山必先鳴。又有小岡山。

　　(5)藍鼎元《平臺紀略》：康熙六十年四月十九日，朱一貴夜出岡
　　　　山，襲劫塘汛。岡山距府治三十里，賊勢未盛，疾撲可滅。游

擊周應龍，一日始行二十里，屯角帶圍。賊夜出檳榔林，防汛
把總張文學迎戰，敗績；應龍隔一溪，不能救。一貴移屯岡山
之麓；本幾，全臺俱陷。

6.觀音山：在鳳山縣東南十五里。

(1)《舊志》：有水西流，入小岡山水。

(2)《通志》：在阿猴林西北，起伏盤曲，中峰屹立，若菩薩端
坐，眾小峰環拱於側，故名。又七星山聯絡於觀音之北，七峰
皆戴石如星。

7.滾水山：在鳳山縣東北。

(1)《舊志》：在岡山南二十餘里，下有湯泉五十餘畝，泉源沸
突，微有硫氣，流瀦為潭，周數十里，有山環障。中起三洲，
古木森列。居民決水灌田，饒沃數千頃。

(2)《通志》：有大、小滾水二山，相離十里，上有濁泥水滾出。

8.半屏山：在鳳山縣東北。《通志》：自臺灣縣大、小岡山迤邐而
南，近附於縣治者曰半屏山，形如畫屏，故名；蓮花潭直過其下，
懸崖陡立，又呼為半崩山。又縣左曰龜山，近接半屏山，上多喬
木，繁陰密蔭，望之蔚然。又漯底山在半屏山西北平原中，有一邱
浮出，其頂寬平，上有小竅出水，若無底者然。又阿猴林山，又名
啞猴林山，在鳳山縣東；林木茂密，漸入番界。

9.傀儡山：在鳳山縣東北界，土番所居，呼為「加嘮」。《通志》：在
縣治東，衝霄而起，常冒雲霧。舟行至澎湖，天氣晴明，即見此山。
重岡複嶺，皆人跡所不到，總呼傀儡山；野番出沒於此。自是而南，
為蜈蚣嶺；其左為瑯璚山，又南而直抵於波濤中者為沙馬磯。自磯回
繞而東南，有兩峰並峙，高出天表，為網卒山、老佛山。由二山絡繹
而北，累累不絕，又有朝華離山、大柴高山、霄馬干山、大烏萬山；
皆背立傀儡山之後，俯臨海中。又南為卑南覓山。

10.卑南覓山：在鳳山縣東南境，一作毘南謐山。

(1)《舊志》：山聯綿高峻，上多松杉，人跡不至。夜望之，有光

如火。

(2)《藍鼎元集》：東臨大海，高峰插天，石險林密，人跡不通。朱一貴餘黨王忠等千人匿內山大湖崇爻山後，總兵藍廷珍令千總何勉等由羅漢門、大武壠分道並入，採探消息；又令千總鄭惟嵩率兵壯駕舟南下，由鳳山瑯嶠至沙馬磯頭轉折而東，往喻卑南覓山大土官，並賞以帽、靴、衣、袍、補服等物，令其調遣崇爻七十二社壯番遍處搜尋。按卑南覓山後，亦係外番所居。又有金山，在縣東境外多羅滿港內。相傳金又大女覓山有芋葉，大如屋，土番寶之。

11. 沙馬磯頭山：在鳳山縣東南。

(1)《舊志》：山形如城，下可泊舟。水退時，有礁，狀如馬；呂宋船以此為指南。

(2)《一統志》：在縣東南二百三十里海濱。其南有仙人碁盤石，亦曰仙山。按沙馬磯為全臺南路之砥柱，其地與漳州府銅山相值。又隔洋闊四更，有山曰東獅象，與沙馬磯相對。其中洋船往來，曰沙馬磯門。

12. 鳳山：在鳳山縣東南海濱。上多巨石，嵌奇玲瓏，其形若飛鳳，故名。

(1)《通志》：旁有二小峰如翅；又其東北數小峰如卵，曰鳳彈山；西南山岡曰鳳鼻山，邑治之對山也。又赤山在縣南，上有湯池甚溫。

(2)《舊志》：去府一百四十里。

(3)《通志》：陂陀平衍，時有火出其上。由此而南，悉屬番界。

13. 打鼓山：在鳳山縣西南，一名虎仔山。《通志》：俗呼打狗山，峙於鳳山縣西南海濱，舊有番居之。明嘉靖間，流寇林道乾為俞大猷所逐，遁於此；殺番，取膏血以造舟，從安平鎮二鯤身隙道遁入占城，其遺種尚有存者。今水師營壘在焉。按由此山蜿蜒而下，勢若長蛇，為蛇山；在邑治右。又旗後山在打鼓山東南，臨

海上，為漁人採捕之處。其參差隔海列於打鼓山左右者，西有石佛。石佛北有石塔、南有涼傘礁，皆屹立海中。舟人經此，必鳴金焚紙以祭海神。

14.七鯤身山：在鳳山縣西北。

(1)《通志》：自打鼓山穿田過港，逶迤六十餘里，狂洋萬頃之際，結為七峰，如鯤魚鼓浪。其山皆沙土生成，風濤漂蕩，終不崩陷；上多荊棘。外輔邑之西北，亦以拱衛全臺。

(2)《臺灣紀略》：澳外復有沙堤，名曰鯤身。自大鯤身至七鯤身止，起伏相生，狀如龍蛇；蓋亦郡境之屏障也。

(3)《平臺紀略》：康熙六十年討朱一貴，前鋒林亮與總兵藍廷珍等既奪鹿耳門，克平安鎮城，分兵防守，復遣兵駐紮鯤身頭。一貴遣賊楊來顏等犯安平，大兵迎戰於七鯤身；復以小船沿岸夾擊，大破之。一貴復遣賊張勇等率眾數萬，以牛車為陣，犯安平；官兵迎戰於二鯤身，復破牛車陣，大敗之。藍廷珍由西港仔進於箃寮鄉登岸，又大破之於蘇厝甲，進至蔦松溪，直搗郡城；一貴遁去。督臣施世驃先一日令水陸並進，游擊林秀等由七鯤身陸路賴口攻府城之南，游擊朱文等坐小船於鹽埕、塗墼、大井頭攻府城西南角，與廷珍俱會於府治，乃分兵廓清南北二路。一貴逃至溝尾莊，擒之。

15.大武巒山：在嘉義縣東稍北。

(1)《通志》：由彰化縣大遁山南奔七百餘里，山脈停駐，結為是山；特立，圓秀可愛，縣治之主山也。由是迤邐而西二十餘里，橫亙如帶，近貼縣治之背。復自右旋，左尾一小山，逆列水口，為邑治鎖鑰。

(2)《一統志》：大武巒即諸羅山。

(3)《舊志》：山在縣東，地最肥饒，縣治其麓，多熊、豕、鹿、獐。按縣舊為諸羅縣，以此山名。

16.玉山：在大武巒山之後，色白如銀。北與彰化縣之水沙連內沙

接。《通志》：三峰並列，遠護眾山，奇幻瑩澈；高出大武巒山之後，為邑治主山後障。是山終歲雲封如紗籠香篆，惟冬日晴明乃得見。

17.葉仔林山：與大武巒山相接。

(1)《通志》：山自東旋北，居縣右臂。稍北為鼎蓋梁山，為梅仔坑山。又北為尖山，又北為奇冷岸山，又北為彰化縣界。

(2)《臺灣紀略》：奇冷山即奇冷社之山，高百丈。臺灣最暖，此山獨積雪至春杪不化。又大福興山，「通志」一名大目根山，在縣東北，與覆釜金山同為縣右臂。

18.小石門山：在嘉義縣東境。藍鼎元《鹿洲集》：山在縣東偏火山之側，復有奸宄嘯聚，總兵藍廷珍分兵搜捕，令把總鄭高從三塊埔、深坑仔而入，搗竹崎寮，守備李群等從土地公崎進，搜三層溪等處；又從仙草埔進，搜得寶寮、大石門等處，咸會小石門。又山中有羊腸路，可由十八重溪通大武壟而之羅漢門，乃復令把總莊子俊赴大武壟扼其吭。

19.玉案山：在嘉義縣東南。《通志》：山自東而折於南，為邑左臂，乃學宮對山，舊名玉枕。又嵌頭山在玉案山東北，巉巖斗絕。又西為半月嶺。自半月嶺而南，又西轉為關仔嶺；山徑仄如重關天險，有漢人耕種其中。

20.火山：在玉案山東稍南。

(1)《通志》：在玉案山後，水石相錯，石罅泉涌，火出水中。

(2)《平臺紀略》：臺灣有火山。

(3)藍鼎元《東征集》：火山有二，皆在諸羅境內。一在半線以北貓羅、貓霧二山之東，晝常有雲，夜有光；生番所居，人跡莫至，但聞其語而已。一在邑治南左臂玉案山之後，小山屹然，下有石罅，流泉滾滾亂石中，火出水中，無火而有焰，高三、四尺，晝夜皆然；試以草木投其中，則火頓起，燄益烈，頃刻所投皆為灰燼。其石黝然，堅不可破，旁近土皆燃焦。

21.大武山：在嘉義縣東南。

(1)《通志》：山繞玉案山後，與學宮對峙。又西北為五步練山，峭險不容足；相並為消離山。其支峰聯絡於南，為鹿馱山，東西煙山、虎頭山、內荊拔山、琅包山；中多曠土，漢人耕種其中。又阿里山在縣東南。山極遼闊，內有八社。又東南有大龜佛山，同為邑治左肩。又多侶居山在縣東南。

(2)《舊志》：在天興州東北百餘里。山極遼闊，值盛夏雪消，流成瀑布。

22.羅漢門山：在嘉義縣南。

(1)《一統志》：為臺灣、鳳山、諸羅之總路。

(2)《鹿洲集》：山在諸羅縣南南馬仙山之南，近鳳山界。康熙六十一年，朱一貴既擒，餘賊往來南路阿猴林、下淡水間，其巢總在羅漢門。總兵藍廷珍遣游擊王良駿等從角宿、岡山、劉蘭坡嶺一路搜入，南路守備閻威等由土地公崎、阿猴林、板臂橋一路搜入，金門守備李燕等由卓猴山、木岡社一路搜入；又恐餘匪竄逸，遣把總林三等往大武壟堵截。按卓猴山在羅漢門山之北。

23.南馬仙山：在嘉義縣南。《通志》：山勢騰空卓立，其南為烏山，西南為芋匏山、羅漢門山、猴洞山。山有大石洞，洞外舊屬臺灣縣。雍正三年，割縣之東南界屬之臺灣縣，以分水嶺為界。

24.寮望山：彰化縣治其麓。

(1)《一統志》：其麓舊為半線營，今為縣治。

(2)《通志》：在大武郡山之北，廣漠平沙，孤峰秀出，其下為半線營壘；東北為貓霧山、東南為貓羅山，與諸羅玉案山南北斜照。又八里岔山自干豆門穿港而西，雄偉傑出於淡水港之東，是為東南之鎮山。又半線山，在彰化縣東。

(3)《舊志》：在半線司東，美田疇，利畜牧；產樟栗，可製舟楫。明末，海寇林道乾竄此。

25. 大武郡山：在彰化縣東南。《通志》：去大雞籠七百餘里，在虎尾溪北。山之西南，有大武郡社。東為南投山，有社二：溪南曰南投社、溪北曰北投社。又有阿拔泉山、竹腳寮山，內有林冀埔，漢人耕種其中。上有九十九尖峰，玉筍排簇天際。下為大吼山、栲栳山。又東北為水沙連山，南與諸羅縣之玉山相接。又西隔一溪曰樸仔籬山。

26. 牛相觸山：在彰化縣東南。《一統志》：南北兩峰如牛奮角相觸，中隔小溪；溪南為諸羅縣斗六門界，溪北為縣之大武郡山界。

27. 山朝山：在彰化縣東北。《通志》：自大雞籠分枝，東渡八尺門港，雙峰遙峙，高不可極。山東為生番三十六社，居蛤仔灘地，人跡罕到。其南為買豬末山，兩山相去有百餘里。又南為哆羅滿社山，東南為蛤仔灘山。又南為沙里晃山、為崇爻山；二山皆極高大，內有生番十社，亦為人跡所不到。又南袤接鳳山縣之卑南覓山界。

28. 大肚山：在彰化縣北。

(1) 《舊志》：在半線司北，山形圓聳，下有大肚溪。

(2) 《通志》：與寮望山對峙，後為貓霧棟山，其北為沙鹿山、鐵砧山。又岸里山在縣北。

(3) 《通志》：山極深險，有新附社五。其東北即南日山。又倒旗山在縣北，山形似旗，在吞霄社西。由宛里山而北，漸逼於海，小峰錯落，與倒旗相連者為礁荖叭山。

29. 祐武乃山：在彰化縣北。《通志》：在小鳳山、交眉山之東，山極高大，與合歡大山隔障南日諸山之後，遙接干豆門諸社及查內山。又南崁山在縣北，南崁社東為交眉山。

30. 南山：在彰化縣北竹塹社之南。

(1) 《通志》：相近為小鳳山、眩眩山，形勢相屬。下為竹塹埔，漢人耕種其中。又八里分山在淡水城西。

(2) 《舊志》：上有古鐵貓，觸之即病。

(3)《通志》：自干豆門穿港而西，山勢雄偉，傑出於淡水港之東南。

31.硫黃山：在彰化縣北，與淡水城相近。

(1)《舊志》：山下常有火光，日照之，氣能傷人；土可煎硫，亦名璜山。

(2)《通志》：山在大遯山東，內有雞柔山，外為北投社，西極港口。循港逆折而東，為干豆門。

32.大遯山：在彰化縣北。《通志》：由小雞籠山蜿蜒而南，屼立於淡水港之東北，即奇獨龜崙山也。煙霏霞靄，峰巒不可枚舉。又圭州山，「舊志」在大遯山之南海濱淡水城東。

33.大雞籠山：在彰化縣北界海中雞籠城之南。

(1)《舊志》：下有港甚寬廣，可容巨舟數十；紅毛嘗築城於此。

(2)《通志》：凡往來日本洋船，皆以此山為指南。其西有金包里山，背有二石對峙，曰旗杆石。

(3)《臺海使槎錄》：臺山發軔於福州鼓山，自閩安鎮官塘山過至雞籠山，故皆南北峙立，乃郡治祖山也。按山為全臺之北戶，與福州白犬洋相對；其東即大琉璃也。又小雞籠山在金包里山之西，亦名鼻頭山；峻峙海濱，有石中空，曰石門。再按大雞籠山在港東。

34.澎湖嶼：亦曰澎湖島，在臺灣西大海中，與泉州金門所相望。唐施肩吾有〈澎湖詩〉。

(1)《宋史·外國傳》：琉球國在泉州之東，有海島曰澎湖，漁火相望。按澎湖在宋時屬琉球。

(2)《元史》：漳、泉、興、福州四州界內，澎湖諸島與琉球相對。水至澎湖漸低，近琉璃則謂之落際；其水趨下不回，最為險迅。至元二十八年，閩人吳志斗言：欲伐琉球，宜就澎湖發船。明年，自汀州渡海伐之，不克，還駐澎湖。

(3)《明史·兵志》：天啟中，築城於澎湖。其地遙峙海中，逶迤如修蛇；多歧港零嶼，中空闊，可藏巨艘。初為紅毛所據，至

是乃奪而有之。未幾，復入紅毛。而鄭成功父子復相繼據險，恃此為臺灣門戶。

(4)《凌雲翼傳》：林鳳初屯錢澳求撫，殷正茂不許，遂自澎湖奔東番魍魎港，為福建總兵所敗。

(5)《沈有容傳》：日本封事壞，福建巡撫金學曾欲用奇搗其穴，起有容守浯嶼。銅山把總張萬紀敗倭彭山洋，倭據東番。有容守石湖，謀盡殲之，以二十一舟出海，遇風存十四；過澎湖，與倭遇，縱火焚其六舟。

(6)《閩書》：澎湖為泉州、興化門戶，昔人於此防琉球、而今於此防倭，有汛兵守焉。

(7)《宋志》：彭湖嶼在巨浸中，環島三十六，人多僑寓其上。

(8)元《島夷志》：島分三十六，巨細相間，坡壟相屬，有七澳居其間。自泉州順風二畫夜可至。指揮唐垣京「澎湖要覽」：在東南大浸中，地界漳、泉、興、福。隋開皇中，遣虎賁陳稜率師過其地，虜男女數百人而還。洪武五年，以居民叛服不常，遂大出兵，驅其大族，徙置漳、泉間；今蚶江諸處，猶有遺種焉。

(9)《方輿紀要》：自泉州府出海，舟行三日可至。又有東、西二碇山，亦在海中。自東碇開洋，一日夜可至。其海水號澎湖溝，水分東西；東達呂宋，西達漳、泉。有三十六島；大澳大約土瘠，不宜禾稼，產胡麻、菉豆，山羊尤多。居人煮海為鹽、釀黍為酒，采魚、蝦、螺、蚌以侑食。土商興販，以廣其利。貿易止者歲常數百艘，為泉之外府。元末，置巡司於此。明洪武二十一年，盡徙嶼民，遂墟其地。繼而，不逞潛聚其中。倭奴取水、停泊，亦必於此。嘉、隆以後，海寇曾一本等嘯聚為寇；官兵大舉，始討平之。萬曆二十年，倭寇朝鮮，哨者云將侵雞籠淡水；其地逼近澎湖，於是始議設兵戍阨。自萬曆三十七年紅夷一舟闖入澎湖，久之乃去。天啟二年，有高夷乘戍兵單弱，突入據之；因山為城、環海為池，破浪長驅，肆

毒於漳、泉一帶，要求互市。總兵俞咨皋用間，移之於北港，乃復得澎湖。然議者謂澎湖為漳、泉之門戶，而北港即澎湖之唇齒，失北港則唇亡齒寒，不獨澎湖可慮，即漳、泉亦可虞也。北港在澎湖東南，亦謂之臺灣。天啟後，皆為紅夷所據。

(10)《舊志》：明天啟二年，有高文律者據澎湖，要求互市。巡撫南居益分三路進勦，大破其兵，乃復澎湖；議於穩澳山開築城基，東、西、南各留一門，北設炮臺。本朝順治中，鄭成功保據廈門，兼有澎湖。後得臺灣，倚澎湖為重鎮，設安撫司，領巨艦二百、精兵二萬拒守。康熙二十二年，施琅率舟師南征，抵八罩水，進攻澎湖；因風縱火，克之。林謙光「臺灣紀略」：鄭成功已死，相繼內亂。康熙二十二年，大師由銅山開駕，入八罩灣，進澎湖，攻虎井、桶盤嶼，克之；乃分兵進勦，奮力夾攻，擊沉船八隻、烏船二十六隻，遂下澎湖。劉國軒知事不可為，乃勸鄭克塽繕表歸誠。水神效靈，九日海不揚波，大師直入臺灣。

(11)藍鼎元《平臺紀略》：康熙六十年，朱一貴作亂，全臺俱陷。總督覺羅滿保檄南澳鎮總兵藍廷珍至澎湖，會提臣施世驃分定調遣。督臣復慮大兵進勦，澎湖守備單弱，檄召金門鎮總兵黃英統海壇鎮等兵守澎湖。由是克鹿耳門，臺灣復平。

(12)《通志》：澎湖澳嶼娘媽宮澳可拋南北風戈船二十隻，今水師鎮防汛在焉。又鎮海澳有潭名萬丈潭，凡官商船遇颶風皆入此澳避之。又外塹澳在西嶼、頭嶼之間，去內塹澳三里；凡自廈門來澎湖者多拋於此二澳，風浪甚穩。澎湖島古稱三十六嶼，泛若水面之鳧。其最大而居中者曰大山嶼，縱橫各三十里。其東偏曰香爐嶼，西偏曰雁淨嶼，曰沙墩嶼，北偏曰龜壁山。山外曰錠鉤嶼，產紫菜；曰雞腎嶼，曰圓背嶼。又北曰鳥嶼，曰白沙嶼，最北曰屈瓜嶼、吉貝嶼：皆羅列壅塞，為大山嶼之關鎖。極西則有目嶼，目嶼之東有姑

婆嶼、鐵砧嶼、土地公嶼、金山嶼、空殼嶼；正西有西嶼，西嶼之西有丁字門嶼；北則鎮海嶼，明設兵防守海寇於此；東則大倉嶼，其間島阜層結，即內、外二塹地也。西嶼後為四角嶼、為雞籠嶼、為桶盤嶼、為虎井嶼。轉而南有花嶼、草嶼；澎山無草木，惟二嶼相連，頗有青蔥之致。又有大貓嶼、小貓嶼、南嶼、頭巾嶼。頭巾嶼南為八罩嶼，周回三里，居民稠密。北為狗沙嶼，對峙者為將軍嶼。將軍西為岑圭嶼，為船帆嶼，為後埭嶼。東南為東嶼平、為西嶼平，二嶼以居南嶼之東而平分一水，故分東西，為南嶼之拱護。當東、西二嶼平下流，為味銀嶼、鐘子嶼；又東為東吉嶼、西吉嶼，參其中為鋤頭嶼。渡海者必由二吉以入，蓋入臺之指南也。總計嶼實四十五，相傳為三十六云。

(13)《澎湖遊》：其水號澎湖溝，水分東西流。一過溝，水即東流，達於呂宋；回日過此，溝水即西流，達於泉、漳。其島北起山，南盡八罩澳。北山龍門港、丁字門、西嶼頭為最要地，媽宮、前蒔、上澳為次要地。澎湖水師副將一員駐守媽宮汛，戰守兵一千名、戰船十八隻。

(14)《海國聞見錄》：澎湖島三十有六，而要在媽宮、西嶼、北港、八罩灣四澳，北風可以泊舟。若南風，不但有山、有嶼可以寄泊，而風平浪靜，頗稱穩便；黑溝、白洋皆可暫寄，以俟潮流。北之吉貝沉礁，一線直生東北，一目未了。內有大嶼、花嶼、貓嶼，北風不可寄泊，南風時宜巡緝。按自廈門至澎湖，有水如黛色，深不可測，為舟行之中道，順風僅七日半水程。

35.小琉球嶼：在鳳山縣南下淡水南大海中。《通志》：在縣西南海洋中。突起一峰，盤鬱蒼翠，周回三十里，中無人居，多產椰子、竹木；巨石巉巖，大舟灣泊甚難。鳳境水口，借是山而益鎮密。

36.浪嶠南嶼：在鳳山縣南，一名瑯嶠。

(1)《冊說》：去下淡水三百餘里，多瘴氣鬼魅。

(2)《舊志》：自沙馬磯頭一潮可至，遠視微茫，舟人罕至。土番所居，地宜羊。又南覓東嶼在縣東南海中，去南覓三里許，為一方之蔽。土番至彼，見水中有果稻流出，而無蹤跡也。

37.北澎湖嶼：在彰化縣極北。

(1)《一統志》：在縣極北雞籠城東北大海中。

(2)《舊志》：嶼低平寬廣，周回約二十餘里；其旁多溜，舟人憚之。

38.北線尾：在臺灣縣西鹿耳門南。《通志》：與鹿耳門接壤，其南即安平鎮。鎮中一港名臺頭港，紅毛時水甚深，夾板船可入；今淤淺。按北線尾與安平鎮城相連，與赤崁城相對。鹿線門與北線相連，是船隻出入之處，臺灣之大門戶也。又沙線，「臺灣紀略」：南港口有長沙線，自南港口起、至淡水海外止，不知幾千里也。

39.海翁窟線：在府治西北。《通志》：府西北浮有沙線一條，南有一港，港口一大澳甚深，名海翁窟；凡過洋之船，多泊此以候潮避風。

40.海：環府四面。

(1)《舊志》：舟人渡洋，不辨里程，一日夜以十更為率。自雞籠淡水舟行至福州港口，五更。自臺港至澎湖，四更。自澎湖至泉州府金門所，七更。東北至日本國，七十二更。南至呂宋國，六十更。東南至大港，二十二更。西南至南澳，七更：皆就順風而言。又自雞籠而東南，約三里以外，便為下溜，舟不可至。

(2)《通志》：海居極東，月常早上，故潮水長、退，視同廈亦較早：初一、十六，潮滿巳亥，而竭於寅申。初八、二十三，潮滿寅申，而竭於巳亥。然南北亦有不同：從半線以上，潮流過南，汐流過北；從半線以下，潮水過北，汐流過南：與澎湖同。海多颶風，最甚為颱。土番有識颱草者，草生無節，則周

歲無颱，一節則颱一次，多亦如之，無不驗。「水道提綱」：
臺灣懸居海中，東為大山生番界。海濱地，北自雞籠城沿海而
西至淡水城，有入海之水口五。又西南經南崁、竹塹、中港、
後龍、吞韶五社，有水口十四。又南經苗盂、房里、大甲等社
至嘉義縣，有水口十六。又南經府治，有水口八。自府治南稍
西，經鳳山縣西，有水口二。又東南經鳳山下淡水社，有水口
五，南至沙馬磯。按吞韶社即前雲霄社；此從輿圖。

41. 大圓港：在臺灣縣西。《一統志》：海港也，自鹿耳門以內，周
　　環皆堤，海舟聚泊。後紅毛築城如臺，因亦謂港為臺灣。又網港
　　在縣西北廢天興州北，漁人恆取魚於此。

42. 新港：在臺灣縣北四十里。
　　(1)《通志》：通木岡山溪。溪從諸羅馬鞍橋南至大目降營盤北，
　　　　又西過廣儲西里，又西過大目降草地至武定里，從洲仔尾會新
　　　　港西入海。
　　(2)《一統志》：新港源出木岡山，西流至洲仔尾入海。港南為臺
　　　　灣縣界，北為諸羅縣界。

43. 馬沙港：在臺灣縣西南。
　　(1)《舊志》：西通大海、北接臺灣，南岸即安平鎮城；亦曰馬沙溝。
　　(2)《新志》：安平鎮港潮汐與鹿耳門、七鯤身相連，寬衍可泊千艘。

44. 蟯港：在鳳山縣北。
　　(1)《舊志》：上源自小岡山，西流會觀音山水，又西經縣西北維
　　　　新里入海，可泊小舟。
　　(2)《新志》：蟯港係臺灣轄，其南為竹仔港，又南為彌陀港，即
　　　　小岡山水及濁水入海處；又南為萬丹港。

45. 打鼓仔港：在鳳山縣南。《通志》：港口有巨石，劈分水門，水
　　分兩條。南入為前鎮港，又入為鳳山，至鳳山莊；北入為琉磺
　　港，至興隆莊。又鱉興港在縣東南放索溪西入海處。

46. 蚊港：在嘉縣西南。《一統志》：源出諸羅縣東大山中，西流曰

急水溪，經鐵線橋又西入海。其北有八掌溪，亦自大山西流，經縣南，又西入海；是為蚊仔港。其南為茅港尾港，又西南為麻豆港。「舊志」謂蚊港在縣西北，上流為石龜、山疊二溪，至縣北合八掌、牛朝溪諸水入海；俱誤。

47.笨港：在嘉義縣西北。《一統志》：上流石龜溪、山疊溪二水合而西入海。「舊志」謂笨港上流曰急水溪，誤。又龜仔港，在縣西北牛潮溪西流入海之口。

48.海豐港：在嘉義縣西北、彰化縣西南二邑之界。《一統志》：按輿圖，彰化縣海港極多，循海豐港而北為三林港，又北為鹿仔港，又北為草港，又北為大甲港；又北為雙寮海口，即房里溪、貓盂溪入海處；又北為後壟港，又北為中港，又北為竹塹港，又北為鳳山港，又北為南北大溪港，又北為南崁港，又北為淡水港，又東北為雞籠港，又東為八日門港，又東南為蛤子灘港。

49.蔦松溪：在臺灣縣北。《一統志》：上源有二：北源出縣東北湖仔內山，曰狗咬溪，西南流；南源出縣東柳仔林山，西流曰大目降溪，過大目降莊，北與狗咬溪合，經鯽魚潭，又西經府城北為蔦松溪，又西流入於海，亦曰大目溪。

50.急水溪：在嘉義縣南。

(1)《通志》：作㖪溪。源出大武壠山十八重溪，合哆囉嘓社北九重溪水，過雙溪口西南，為急水溪；過急水渡，西匯於蚊港入海。

(2)《鹿洲集》：十八重溪去諸羅縣治五十里。自邑治出郭南行二十五里至楓子林，皆坦道，稍過則為山谿。十里至番子嶺，嶺下為一重溪，仄逕迂回，連涉十五重，至大埔莊，四面大山，人跡罕至矣。東南有一小路，行二十五里至南寮，可通大武壠，高嶺斗絕。由大山峭壁而上，間鑿小洞可容足，如登梯然。北路山寇捕急，每從此遁。大武壠通羅漢門、阿猴林，為南、中二路之患。

51.八掌溪：在嘉義縣南。《通志》：源發玉山，過枋子岸山、阿里

山、牛朝山之西南，至白鬚公潭，過小龜佛山，西至青峰關入
海。又灣里溪在縣南界，發源縣東南大山，西流過灣里舖北，又
西至新港口入於海。稍北有麻豆溪，西流入海。

52.牛朝溪：在嘉義縣北。《通志》：源發大武巒山，出大福興山、
　　牛朝山之北，西過北新莊至康榔莊，為龜子港，入海。又山疊溪
　　在縣牛潮溪之北，發源阿里山，西流至雙溪口，北會石龜溪，又
　　西流至笨港入海。石龜溪發源於奇冷岸山，西流合山疊溪。

53.虎尾溪：在嘉義縣北、彰化縣南，二縣以溪為界。過此而北，人
　　煙漸少。

　　(1)《舊志》：源出大山中，從柴里、斗六門社流出，截溪分流而
　　　北；經東螺社，南折而西南流，復合為一，西入於海。

　　(2)《通志》：虎尾溪源發於水沙連內山麓，西流過牛相觸山北，
　　　分於東螺；又南匯諸羅縣阿拔泉溪之水為西螺，又西至臺仔挖
　　　入於海。東螺溪分自虎尾溪，北折而西流，匯於海豐港入海。

54.大肚溪：在彰化縣北。

　　(1)《舊志》：源出大山中，西流經大肚社，又西入海。

　　(2)《通志》：溪闊水險，源發於內投山，過北投、貓羅北社，合
　　　水沙連九十九尖之流，西過阿束社北為草港，入於海。又大武
　　　郡溪出大武郡山，西至鹿仔港入海。

55.大甲溪：在彰化縣北。

　　(1)《舊志》：源出大山中，流經大甲社南，又西入海。溪中多
　　　石，艱於行涉。

　　(2)《通志》：溪面甚闊，源發於岸里內山，西流，南分為牛罵
　　　溪、崩山溪，西入海。又大安溪在縣北，險如大甲，溪面較
　　　狹；發源於水沙連內山，西流過岸里、南日二山，支分於南日
　　　山之後曰房里溪，分於鐵砧山之北曰貓盂溪，西匯於雙寮海口
　　　入於海。

56.吞霄溪：在彰化縣北。亦曰吞韶，源發於南日山，西流至倒旗山

前入於海。按又有後壠溪、中港溪、竹塹溪、鳳山溪，皆在縣
北；自吞霄溪以次而北，西流入海。又有南嵌溪，在縣東北；西
流經南崁社南，折而北，與社北之水會，西北流入海。

57.長豆溪：在彰化縣北。《通志》：長豆溪發源於八里坌山，山之
北為淡水港。海口至干豆門，水程十里。內有大澳，分為二港，
可泊大船數百艘；西流入海。

58.上淡水溪：在彰化縣東北上淡水城西。

(1)《舊志》：源出東北界大山中，深十餘尋；緣崖皆古梅，舟行
數日不窮。中產紅心魚，長竟丈。其水西流北折，會巴浪泵，
北入於海。

(2)《通志》：縣東北有磺溪，源出磺山，西流出干豆門，入海。
東北即雞籠港。按「通志」長豆溪至干豆門以下之文，「一統
志」皆係於上淡水溪之下，或二溪合而入海與？

59.二贊行溪：在鳳山縣北。《一統志》：亦曰岡山溪，源出臺灣縣
東南大岡山下，西南流經鳳山縣北曰二贊行溪，又西流至喜樹港
入海。按上有二贊溪橋，在鳳山縣之北。

60.下淡水溪：在鳳山縣東南。

(1)《舊志》：自淡水社西流入海，旁多水田，利畜牧，亦名下湛溪。

(2)《通志》：源發於東北之大山，過大澤磯社、搭樓社、阿猴
社，受六溪之水，西出而為西溪，又與赤山仔所受眾流之冷水
坑合入海。

(3)《一統志》：按輿圖，淡水西南流，有冷水溪自西來注之，又
南流經山東南，赤山溪自東北來注，合而西南入海；「通志」
似誤。按「一統志」謂冷水溪與赤山溪次第入下淡水，故疑
「通志」之誤也。

61.力力溪：在鳳山縣東南。《一統志》：在下淡水溪南，源出大山
中，西南流經力力社北，又西南入海。又有放索溪，在力力溪
南，出大山中，北源曰中溪、南源曰畢鄉溪，合而西南流經放索

社，又西南經鰲興港入於海。

62.鯽魚潭：在臺灣縣東，俗呼東湖。《舊志》：周五里許，多魚，亦名鯽仔潭。其水北流，遠縣北，會蔦松溪入海。又甘棠潭在縣東保大里，居民瀦水灌田。

63.鬼面潭：在彰化縣北大山中。《舊志》：鬼面潭，夏秋溢、冬夏竭，有魚蝦之利。

64.雞籠港：在雞籠山之西。《通志》：三面皆山，獨北面瀚海港口，又有雞籠、桶盤二嶼，包裹周密，可泊商船。

65.蓮花池：在彰化縣北大山中。《一統志》：在池內有嶼，土番居此者，浸版為田，種禾甚美。

五、關鎮

1.鹿耳門：在臺灣縣西五十里。

(1)《舊志》：門為臺灣出入咽喉，兩岸皆築炮臺；水流峽中，委折回旋而入。中有海翁窟，多浮沙；水淺風急，則淺深頓易。門內水面寬闊，可泊千艘，即大圓港也。又縣西大目港，亦為要地。

(2)《通志》：鹿耳門在臺灣港口，形如鹿耳，港甚阨；下有隱石，行船者以浮木為標志之。

(3)《姚啟聖私傳》：大軍既下澎湖，至鹿耳門，門仄水淺，鼓之，舟不得上；賊乘高守險。公禱於天妃廟；明日，發炮進舟，水長一丈，舟行如鶩。劉國軒乃與鄭克塽面縛以降。

(4)《平臺紀略》：康熙六十年討朱一貴，大兵發澎湖，以林亮、董芳為前鋒，令外委季洪選等駕小舟先行，於鹿耳門深港插標，記明舟行路逕。丙午，舟師咸抵鹿耳門。賊目薛天威率眾扼鹿門炮臺，疊發大炮，又以小舟迎拒。林亮等以六船冒死直進，亦發大炮攻擊。遙望炮臺堆貯火藥累累，亮令炮專攻火藥；俄而桶中火起，賊潰，遂入鹿耳門。時潮水漲八尺，大軍

連檣並進，賊遁入安平城。

(5)藍廷珍《與制軍滿保書》：伏承憲檄，令統兵向南路打狗港攻
　入臺灣，當即繕治舟師，刻期進發。緣打狗港水淺灘淤，戰艦
　繒艍概無所用，須盡易舢板頭、艍子小船乃可入也。登岸，旱田
　百餘里，交道蔗林，處處賊可伏兵；非焚燒平劃，未易輕進。
　民以蔗為生，糖貨之利，上資江、浙；一旦火成焦灰，誠為可
　憫。某非敢以婦人之仁阻撓軍國大計，但以軍國大計不在於
　斯。鄙見謂宜聚兵中路，直攻鹿耳門。鹿耳一收，則安平唾手
　可得。賊失所恃，郡治無城，豈能長守？不過三、五日間，可
　剪滅耳。與能軍者戰，自宜攻瑕搗虛；若討罪捕賊，宜堂堂正
　正直搗中堅。譬如擊蛇，先碎其首，他復何能為哉？鹿耳門暗
　礁天險，昔有六竿標旗，指示途徑。南標紅旗、北標黑旗，賊
　已盡行收去；屯兵炮臺，扼守港道，意大軍不能飛渡。正可於
　此出奇制勝，仍令善水者以長木沒入海中，插標而行；擊破炮
　臺屯兵，即可長驅直入。恢復之計，正在瞬息；唯執事急裁度
　之。卒如其議，七日平臺。又羅漢門為臺、鳳、嘉三縣總路，
　已見前「山部」；今巡檢司設此。

2.斗六門：在嘉義縣北。《一統志》：在諸羅縣北，去竹腳寮二十餘
　里，為生番陬口。按斗六門，虎尾之所經也；竹腳寮山與彰化之大
　武郡山相近。

3.淡水司：在鳳山縣東南。《一統志》：原在下淡水東港，康熙
　五十一年移駐赤山之巔，今移大崑山麓。又南路營在縣西龜山下，
　設參將駐守。按淡水巡檢司今裁，縣丞駐此；別設興仁里巡司，駐
　舊城。

4.佳興里：在嘉義縣西南，有巡司。《一統志》：在諸羅縣西南鹽水
　港；舊在縣治右，康熙六十一年移駐縣西北笨港，後復移置於今
　所。

5.竹塹司：屬淡水廳。《一統志》：在彰化縣北。又有貓霧拺巡司、

八里坌巡司、鹿仔港巡司，俱在縣北。按八里坌、鹿仔港二巡司今裁；別設大甲巡司，屬淡水廳。

6.舊社：在臺灣東新豐里。又有中港岡在縣東南長興里。二處俱有營兵分防。

7.淡水社：在鳳山縣南。《舊志》：自赤山南至上淡水社八十里，又二十里至下淡水社，又十五里至力力社，又十五里至茄藤社，又六十里至放索社，又八十里至茄落堂，又一百二十里至浪嶠；嶠內俱深山大林，土番或扳蘿捫葛而出，不通人行。按此上淡水是與下淡水自以南北得名。

8.麻豆社：在嘉義縣南。《舊志》：自臺灣縣新港又北五十里至麻豆社，又九十里至諸羅山，又一百里至他里務，又百二十里至大武郡，又六十里至半線，又一百一十里至水里社，又三百里至大甲社，又一百四十里至房里社，又一百三十里至吞霄社，又一百三十里至後壠社，又二十里至新港仔，又四十里至中港社，又一百里至竹塹社，又二十里至眩眩社，又二百里至南崁社，又八十里至八里坌社，又過江十五里至淡水城，又三十里至奇獨龜崙，又六十里至內圭州社，又六十里至大屯社，又四十里至小雞籠，又超石一百五十里至金包里外社，又十里至內社，又超石二百里至雞籠頭，又逾大江二十里至雞籠城。城圮懸海中，旁無港澳可泊；夏日風靜，水程東行四日可至蛤子灘。計府治至雞籠，共二千三百一十里。

六、古蹟

1.赤崁城：在臺灣縣南。《一統志》：向為番地；明嘉靖四十二年，流寇林道乾據為巢穴，始名北港。既而倭寇擾閩，退屯於此，遂為倭地。萬曆末，紅夷荷蘭國欲據澎湖，尋徙北港，因招集人民商賈為窟穴。崇禎八年，紅夷始築赤崁城。本朝順治十七年，鄭成功與倭使何斌通謀，破逐紅夷，取其地，建為承天府。康熙二十二年，鄭克塽降，改設臺灣府；尋移治永康里，即今府

治。「舊志」云：紅夷所築赤崁城，方圓僅半里許，上構重樓，以為居室；今名紅毛城。

2. 安平鎮城：亦名臺灣廢城，在府西南。《一統志》：明崇禎中，荷蘭夷築，方圓一里；右憑鹿耳、左面海洋，並設市城外，以通漳、泉商賈。後鄭成功居此，更名安平鎮。「府志」：紅毛城在安平鎮一鯤身頂，又築小城繞其麓，女墻、更寮與內城相連綴。鄭成功改建，有螺梯、風洞、機井，備極工巧。本朝康熙五十七年，廢。

3. 天興廢州：在臺灣縣東北。《一統志》：在縣東北四十里新港。順治十七年。鄭成功置天興縣，屬承天府。鄭錦又升縣為州。康熙二十二年，廢。又萬年廢州在縣東南二十里二贊行，亦鄭成功置縣，鄭錦升為州。康熙二十年，廢。

4. 廢半線安撫司：即今彰化縣治。鄭成功嘗置半線安撫司於此；康熙二十二年廢，屬諸羅縣。雍正元年，分置彰化縣，又廢。淡水安撫司在彰化縣北，有城，亦荷蘭夷築。鄭成功置淡水安撫司於此，康熙二十二年廢。

5. 廢雞籠安撫司：在彰化縣北海中。《一統志》：明永樂時，中官鄭和奉節招撫海夷，嘗三宿雞籠淡水。後荷蘭夷據之，築雞籠城。本朝順治中，鄭成功置安撫司於此；康熙二十二年廢，今設兵戍守。

6. 天妃廟：在臺灣縣北。又鳳山、彰化二縣亦有廟。按天妃靈著海陬，海船遭風者呼禱輒應。又將軍廟在澎湖將軍澳，澎湖舊祀其神，因以名澳。

7. 竹溪寺：在臺灣縣治東南。《一統志》：康熙二十二年建。竹木蒼鬱，溪澗紆回，游人多集於此。

貳、從《閩雜記》認識古早臺灣先民習俗

《閩雜記》是施鴻保旅遊福建臺灣見聞心得，以筆記方式隨興所記，《臺灣輿地彙鈔》共錄十八則，相當深入精采，對暸解古早臺灣先民

習俗頗有助益，特錄供參考：[32]

1. 夏、秋之交，海中尤多暴風。先一夕，必有片雲如魚形浮月下，俗謂之「呼風」。魚色白者，勢緩；色黑者，勢烈；黑而仰月者，更有折桅傾篷之患。海舶多停澳以避之。

2. 破篷，斷霓也；海中六、七月間見之，必有疾風猛雨。其狀如海船上破篷半片孤懸，故名。又曰屈鱟，則隨風漸上：其狀又如鱟魚乘潮屈尾也。破篷見於北向南行，則風雨不必應；若見於南而北行則必應，而且甚疾與猛也。

3. 臺灣諸羅縣火山，石隙泉湧，則火隨泉出，可以然物。此自然之火，且由水中出，異矣！又有東、西煙山，在大武隴山南。每久雨後，兩山皆出，漫空昏蔽；霧散，即晴。又，鳳山縣赤山接淡水溪處，陂陀平衍十餘里，土中時有火出，其色俱赤；故又名赤泥港。

4. 近海諸處常聞海吼，亦曰海唑，俗有「南唑雨、北唑風」之諺；亦曰海嘯。其聲或大或小：小則如擊花鼓，點點如撒豆聲；乍近乍遠、若斷若續，逾一、二時即止。大則洶湧澎湃，雖十萬軍聲未足擬也；久則或逾半月、日夜閧間，暫亦三、四日或四、五日方止。海旁人有以為風兆者，如所謂南唑風也；然有時有風而吼，有時無風而吼。有以為雨兆者，如所謂北唑雨也；然有時有雨而吼，有時無雨而吼。又或積雨而忽吼、久旱而忽吼，吼皆不必如諺所云。凡吼時，海水上湧如驚濤怒浪，故又謂之「做湧」。

5. 臺灣，閩音讀若「埋完」[33]。康熙元年鄭成功據之惡其名，改為安平。漳、汀、邵武諸處皆有江東廟，祀吳將甘寧，亦稱甘將軍廟。考三國時閩雖屬吳，然以僻陋故，建置甚略；汀州且未立郡縣。寧為吳將，又未至閩；閩人何獨為之立廟？今潮州府城西有江東橋，與泉州洛陽橋相若，為一郡要隘處。鄭成功時，其將甘輝拒王師於此，戰最著。後輝敗死，成功遁歸廈門，令所屬為輝立廟。漳、汀、邵武，當時亦為成功所據，故皆有輝廟。鄭氏敗，人或諱之，

託為甘寧耳。亦稱江東廟者，蓋猶震其江東橋之戰也。

6.凡田地、山場所種竹木、蔬果之類，不論收穫多寡，於初種或將獲時估賣於人，謂之「判賣」。閩俗，詞狀常有「冇」字，「有」字中缺二畫；初不識，後知即「判」字也。又禾稼不實者為癟穀，閩俗謂之「冇穀」。凡物中空，亦曰「冇」。皆讀若「判」或讀若「胖」字，蓋「胖」字音「平」，即「空」字也。

7.閩俗，田有皮、骨之分。買賣皮田者，契上書「囗」字，「田」字去左一直；讀如「爿」。買賣骨田者，契上書「囗」字，「田」字去右一直；讀若「棱」。省俗製字，詞狀中常有之；他處人不識也。

8.卓戈紋，臺灣所出番布也；閩人極珍重之。但囗「番布」，知其名者鮮矣。

9.臺灣俗：貰載皆用牛車，編竹為箱，輪圓以板；板心鑿空，橫貫堅木，無輪與輻之別。名曰「笨車」。

10.海道不可以里計。行舟者以瓷為更漏筒，如酒壺狀；中實細沙，懸之。沙從筒眼滲出，復以一筒承之；上筒沙盡、下洞沙滿，則上下更換，謂之一更。每一日夜，共十更。然風潮有順逆、駕駛有遲速，則以一人取木片由船首投海中，即疾行至船尾，木片與人俱到為準。或人行先到，則為「不上更」；或木片先到，則為「過更」。計所差之尺寸，酌更數之多寡，便知所行遠近，並知船到何處矣。以更數計陸路里數，每一更該陸路四十二里有零。統計一日夜行船十更，可得陸路四百二十餘里也。

11.黃梨，出泉、漳、臺灣等處。形如芋頭，大或及斗。其皮如松顆，周圍有鱗；食之必去鱗，云有毒也。鱗內有根，如釘著。肉甚堅，須以快刀周剜，方出。味極鮮爽，勝於羊桃、芭蕉果之類。來子庚觀察言：「他果多食皆損人，惟黃梨不然。故臺灣人有『多喫黃梨、少喫雞』之語，以雞肉動風發癢也。」「臺灣誌」又云：「波羅蜜，天波羅也；黃梨，地波羅也。」波羅蜜大於黃梨，形色相似；惟皮光無鱗耳。

12. 檨，即番蒜也[34]；出臺灣及廈門、金門諸處。相傳其種來自荷蘭。有香檨、肉檨、木檨三種，香檨為上、肉檨次之、木檨最下。樹皆高柯廣蔭，實如鵝卵；皮青肉黃，滋味甘美。初生時，和鹽搗為菹，名「蓬萊醬」；可以饋遠。

13. 水籐，出臺灣內山。其條最長，有越山跨澗而生者。得一條，盤秤亦數百斤[35]。

14. 綠珊瑚，見「臺灣縣志」；即興、泉等處之護田草也。有枝無葉，嫩翠叢簇，椏杈如珊瑚；甚脆，折之有毒漿，沾體即爛。人家村墅，多種之。以其多種田旁，故名護田草，其正名不可知。有高大若茂樹者，鳥雀皆不敢集。同安沙溪村一株高數丈，蔭廣逾畝；人過其下，常惴惴急趨，恐偶折沾其漿也。亦名霸王鞭，亦名仙人鞭。

15. 鯔魚出海中者，閩人謂之烏魚，有正烏、回頭烏之分，冬至前者為正烏、冬至後者為回頭烏。正烏肉厚而脂，回頭烏肉瘦而腥重。

16. 臺灣有烏魚稅；每年十月中，漁人必請官給烏魚旗插桅間，方許出海。在內地海港所插者，極長不過四、五尺；若外海，則三、四丈亦未為異也。然肉味，則大者老而不鬆，小者嫩而不韌矣。

17. 蟳有京蟳、水蟳之別。京蟳小而多肉；生掐其臍，足不甚動。水蟳大而少肉，殼中皆水；生掐其臍，則螯、足俱動。買者以此別之。其名「京」者，猶可以「貢京」之義。臺灣人則以膏多者為紅蟳、無膏者為菜蟳，又統稱曰「大腳仙」。

18. 臺灣、澎湖皆出白鳩，大小如常鳩，形聲亦同。毛色純白如雪，眼有綠、黃、赤三色；綠者難得。養必雌雄成對，方能字育。惟畏寒甚，過冬必死。有攜至漳、泉賣者，價亦不昂。

參、從《全臺圖說》可估計臺灣各地里程

《全臺圖說》為周懋琦撰，詳實記載各地里程，可以作為研究古時

的臺灣旅遊觀光規劃或設計遊程的參考，特錄供參考：[36]

府治，東抵羅漢門（六十五里），曰中路；西抵澎湖（三百二十里）；南抵沙馬磯（四百六十里），曰南路；北抵雞籠山（六百三十四里），曰北路。東西廣闊四、五百里，南北袤延千二、三百里（按里數校內地弓步計里者加長）。

臺灣縣，東至老農莊（一百二十里），西至赤崁城西大港口（十里），南至二層行溪鳳山界（一十三里），北至曾文溪嘉義界（三十里）：廣闊百三十里，袤延四十三里。

鳳山縣，東至彌農山麓（七十里），西至旗後港（十五里），南至沙馬磯（三百七十里），北至二層行溪臺灣界（六十里）：廣闊八十五里，袤延四百三十里。距府八十里。[37]

嘉義縣，東至大武巒（三十一里），西至笨港（三十里），南至曾文溪臺灣界（七十里），北至虎尾溪彰化界（四十里）：廣闊六十一里，袤延一百一十里。距府一百里。

彰化縣，東至平林莊（七十里），西至鹿港（二十五里），南至虎尾溪嘉義界（六十里），北至大甲溪淡水界（四十五里）：廣闊一百里，袤延一百里。距府二百里。[38]

淡水廳，東至南山（十里），西至大海（八里），南至大甲溪彰化界（百零五里），北至大雞籠山（百九十五里）由三貂嶺轉遠望坑噶瑪蘭界（五十里）：廣闊十八里，袤延三百五十里。距府三百四十五里。[39]

噶瑪蘭，東至過嶺仔（十五里），西至枕頭山後大陂山（十里），南至蘇澳（五十里），北至三貂溪遠望坑淡水界（八十一里）：廣闊二十五里，袤延一百三十里。距府六百七十一里。[40]

澎湖廳，東至陰、陽嶼（水程三十里），西至西嶼（水程三十里），南至八罩澳（水程十里），北至北嶼（水程八十里）。距府水程三百二十里。[41]

水沙連，在彰化東南隅，集集鋪入山之始、內木柵番界之終。南距府二百二十里，西距彰化八十里、嘉義一百二十里；東北距噶瑪蘭，有三路可通。山後平埔，直長四、五百里；北為噶瑪蘭，中為奇來，南為秀姑鸞、卑南覓直接鳳山之瑯瑀內山：南北袤延一百三十里，東西廣闊六、七十里。

埔、水二社，居水沙連之中。陸路入山，南由集集，北由木柵。中間有小路為八坭仙嶺，險仄難行；故入山多由集集：此彰化通沙連之路也。水道則有南北清、濁二溪，均由萬務大山發源；分注在六社之南者為濁水大溪，繞流在六社之北者為清水大溪。[42]

奇來，即淡、彰之背；秀姑鸞，即臺、嘉之背；卑南覓，即鳳山之背。奇來之地三倍蘭廳，秀姑鸞又四倍之。奇來至蘇澳又與噶瑪蘭界，大約一百五十里；由秀姑鸞而卑南覓、而瑯瑀，大略與山前千餘里等。山後大洋有嶼名釣魚臺，可泊巨舟十餘艘，崇爻山下可進三板船。卑南覓自山到海，廣闊五、六十里，南北袤延約百餘里。自秀姑鸞等境，官能墾闢，可得良田數萬甲，得租賦數萬石；可置一縣治，與奇來為接壤。近時郡城有小船私到山後向番貿易者，即卑南覓也。

查眉社、埔社兩處化番男婦，現僅存三十丁口；而熟番、屯番之分居於三十四社以內者，就其領米人數計之，大小男婦已五千零十九丁口，其私墾之漢民尚不在內。熟番內有烏牛欄、大湳、虎仔山、蜈蚣崙、牛眠山五社均被誘習教，而教堂設烏牛欄。本年四月間，有外人因天旱無雨、早冬歉收，私行入社散給銀洋，意圖要結。若再不開，心有從而取之者。二社為外人所得，全臺心腹之患也。

查六社所轄，原一大縣之地；此時無容遽議設縣，先由府暫駐南投地方，一面辦理府中公事、籌畫開墾事宜，所有屯丁應專歸調遣；不過一年，規模粗定，然後請鹿港同知入駐於社，隨時撫治。其工程一項，全在開圳修路、製備農具；城垣、衙署祇植竹圍，三年而成。一切經費約需二萬數千兩，不過數年全可歸補，無容動帑。其

墾地一項，番墾歸番、屯墾歸屯、民墾歸民；惟民墾者，酌量升科。未墾者全墾屯田，省得無限兵費，此尤要務；臺中內山屯丁，大可用也。

查集集鋪入社，如土地公案、雞胸嶺等處高山大嶺，險仄異常；萬一社中有變，土地公案以百人守之、雞胸嶺以五十人守之，雖數千悍勇亦不能入，所謂「一夫當關、萬夫莫開」者。急應將中路先行修通，此事斷不容緩。所需經費，料理得人，不及千元。已密飭妥人前往察看；番丁修番路，固不在禁令中也。倘蒙奏准開墾，通商惠工，先由此路。

頭社，山勢較高，水圳未濬，全係旱田。上冬下霜，地瓜不實；本夏無雨，早稻全枯：番黎極苦。然周圍高山大嶺層層包裹，乃門戶要隘也。宜設巡檢或屯弁居之。

土地公案、雞胸嶺兩處，應挑選健丁百名分紮；並建汛房數處，每處以容十人為度。全嶺高險而仄，多駐兵勇反嫌擁擠，且無處覓水。

肆、從《臺灣小志》綜合認識臺灣意象

《臺灣小志》為龔柴著，為綜合認識古早臺灣整體意向的旅遊文獻，錄供參考：[43]

臺灣，本城名（今臺灣府）；後以名全島。閩人初呼為大琉球，因其孤懸東海，遠望如琉球而土地則更大也。西人初至島中，稱為「花而毛撒」，譯言「麗都島」；蓋以其山川峻秀而云然耳。

島形自東北稍偏西南，統計南北約八百里、東西約二百六、七十里；「搢紳全書」載「臺灣南北二千八百里」者，以路之曲折言之，非直徑也。島嶼中央直互數大山，如屋之有脊，分全島為東西兩境；南山約高七百二十丈，中山一千有六丈，北山一千有八丈。曾有西士考驗其地，言島中古有火山，今已熄滅矣；數百年來地震頻仍，較他省為尤甚，殆以火山下烈焰未消，時欲猛發，故有此兆耳。

山之東境長八百里、廣百數十里，為生番之地，從未入中國版圖。其人軀幹魁梧，奔馳如獵犬；面平坦，見人則眸子頻動，若愚蠢無知者。然頭生贅瘤之人，隨處皆有。以平時多食栗子，故齒牙作紅色。男女手帶銅鐲，女佩頸環、男佩耳圈，下懸小竹管，刻花式，綴以紅絲，以為美飾。胸前及脣下，間有刺鳥獸形者。上下無衣，惟腰間束布以蔽羞。布作長方式，垂於胯下；富而有力家或為社中長者，則刺錦繡花紋以別之。晨起必往隴畔神像前跪拜後，投物於地以卜一日之禍福。人死，即葬於死所。死於路者，葬於路；死於屋者，葬屋下。掘地深數尺，然後埋之。其生平所用劍戟，同瘞穴中；附食物少許，以為祭奠之儀。此外，別無喪禮。生番婚姻，男往女家如中國贅婿然；故父母期生女，不重生男。民情頗和愛；惟有仇必復，強悍逾恆。如兩家因事支吾，擇長老三、四人出為排解，往往一語而服，不須廣常饒食。目下番民約共二萬人，分村落頗眾，大者千人，小者五、六十人，彼此不相顧問。無官吏，亦無文字；惟南境人互相盟結，以為守望之助。所食係魚、果與鳥獸肉；近來雖種五穀，然寥寥無幾。其言語，出瑪來西島者六之一、出呂宋島者十之一；迤北十七村，多似斐利賓島之語。說者謂臺灣番民自南洋某島遷來，其言近似。

山之西境為熟地，東西百餘里。其居民，本係生番。康熙二十二年，朝廷收入版圖，改置臺灣府，領三縣：一臺灣縣，為府治；二鳳山縣，在南界；三嘉義縣，在北界（初名諸羅縣；乾隆五十二年臺賊攻縣城，居民助提督守城，因敕改「嘉義」以旌之）。雍正元年，析置彰化縣，在諸羅之北。道、咸以來，新設恆春縣，屬臺灣府；又設臺北府，領三縣：一淡水、二新竹、三宜蘭。共計二府七縣。設官除府、縣、教授外，有總兵一員、兵備道一員。打狗埠與臺灣府電線相通，傳報最為靈捷。臺灣府城西南本有一港，今淤積成田，不通舟楫；故輪艘至彼，當泊六里外，商人苦之。熟地物產最豐，五穀備有，饒煙草、甘蔗等物。生意以白糖為大宗。產竹

一種，圍可一尺八寸、高九丈；樹一種，削皮為紙，獲利三倍。淡
水河內生鳴魚，發聲如鼓樂，聞百步外。產木瓜，形長；而含汁味
甚甘，西人慕嗜之。居民以騎牛為常，行遠、負重皆用之；且能疾
走，與他省異。驢馬不數數覯，禽鳥亦罕。山內產猴、鹿，西人視
為上品。土人結茅為屋，室中所儲除農具外，別無長物。啖食不用
筷箸，以赤手取飯，有古人風。今雖舊俗漸移，猶未能一律化；文
風之劣，更不待言。籍隸斯土者除番民後裔佔據大半，餘皆閩產，
間亦有粵產；與土人互婚交友，已不啻水乳交融矣。

島中名山有七里、觀音、老佛、玉案、筆架、木岡、鳳鼻、鯤身、
磯頭等名目，名川有八掌溪、甘棠潭、蓮花池等勝地。

西濱至福建東界，相去僅二百四十里；月白風清，隱約相睹。惟魑
魅荒陬、蠻瘴絕域，自上古以至前明，華人無至其地者。隋大業
中，虎賁將陳棱一至彭湖，東向望洋而返。「宋史」載「彭湖東有
毗舍那國」，即臺灣島也。明成祖永樂末年，遣太監王三寶至西
洋，遍歷諸邦，採風問俗；宣宗宣德五年三寶回，行近閩海為大風
所吹，飄至臺灣：是為華人入島之始。越數旬，三寶取藥草數種，
揚帆返國；後無問津者。世宗嘉靖四十二年，俞大猷奉命征海賊林
道乾於彭湖，林敗，竄據臺灣；旋為琉球人所逐，死於粵東。大
猷歸，朝廷發官守彭湖；至今仍之。熹宗天啟元年，日人踞臺灣，
逐琉球人而放之。至是，荷蘭國人求彭湖於中國弗得，至臺灣求一
互市地，日人弗許；誘以重幣，乃允。相傳日人祇約一牛之地，荷
人詐以一牛皮剪條條碎，相結為繩長數十丈，以是量地，希冀多
得；日人初不肯，繼畏多荷人踵至，故勉從之。荷人於海邊築一
臺，土人謂之「紅毛樓」；又於今臺灣府西南建一城，俗呼為「紅
毛城」。日人屢與荷人為難，荷人以火炮拒之，死傷頗眾，乃不敢
犯。國朝發祥長白，與大兵伐明，所向無敵；崇禎九年，太宗改
元「崇德」，國號「大清」；崇禎十七年，世祖即位，建元「順
治」；時李自成已陷燕京，世祖遣兵掃蕩之，遂定天下。時明唐王

聿鍵稱帝福建,安南伯鄭芝龍等佐之,閩、粵兵餉盡歸芝龍掌握。
迨貝勒博洛破唐王,執之,芝龍降。子成功堅不從父志,決意事
明;慷慨募兵,焚所著儒服。初圍漳州,繼犯福州,皆不利;芝龍
作書招之,不聽。初,閩、浙大旱,芝龍言於巡撫熊文燦,以海舶
載數萬饑民移徙臺灣,人給三金一牛,使墾荒食力;於是生活多
人,漸成邑聚。時荷人踞城中,流民散屯城外;荷人行商自活,不
斂田賦,與民相得焉。順治十七年,成功屢敗無所之,以四萬兵竄
入臺灣;荷人力拒之不去,對壘相攻。荷人勝,且以其長於燃炮
也,鄭軍不敢近逼,圍困數里外;絕城中水源、糧餉,相持六月。
十八年春,成功以百艘泊上游,滿載几椅等物,乘大風作,舉火焚
舟,順流而下;傅然荷艦三艘,僅一舟幸存。荷人氣餒,知不得
免;然猶不敢遽退。會成功遣使來約曰:「予吾土地者,子女、玉
帛任爾所之。」於是解圍三舍,荷人以一舟盡載所有以去。自是以
至咸豐中,西人無行商其地者。成功既據全臺,與所佔金、廈兩島
相犄角;禮處士陳永華為謀主,務屯墾、修戰械、制法律、定職
官、興學校、起池館,待故明宗室、遺老之來歸者。以紅毛城為都
會,置天興、萬年兩縣;招徠漳、惠、潮之民,汗萊日闢。是年,
聖祖棄芝龍於市,鄭氏在京者皆伏誅。康熙元年,成功卒,年三十
有九,長子經嗣位;靖南王耿繼茂、總督李率泰貽書招之,經請如
琉球、朝鮮例「不薙髮、不易衣冠」,不報。既是,明監國魯王卒
於臺。三年,繼茂、率泰、施琅、黃梧等檄荷蘭夾板船會勦鄭氏,
克金、廈兩島;經遁歸臺灣。七年,詔大臣明珠、蔡毓榮赴漳招
諭,經仍以琉球例請,上弗許。十三年,耿精忠起兵反福建,告援
於經,經往焉,取汀州城,運臺米濟師;卒為官軍所敗。二十年,
經卒於臺,其下殺長子克臧,立次子克塽。二十二年,水師提督施
琅以戰艦三百、水師二萬逼入臺疆,與鄭軍鏖戰竟日,焚其舟百餘
艘,殺臺兵萬二千人,遂滅鄭氏:是為臺灣入版圖之始。計鄭氏割
據三世,凡三十八年。

華人初至臺中，聞生番多金、銀礦，垂涎甚，欲奪取之而無由。爰
駛舟往，生番麤知禮義，待之殷勤，導遊山隒間，覓金礦所在，無
所得；惟見番民以朱提為玩物，墮地纍纍亦不之惜。華人見利忘
義，飲番民酒；及醉，盡殺村人而投之海，取其白金以歸。事聞，
闔境生番群起來攻，殺北界人無算；報前日之仇也。

康熙三十五年，吳球反；四十年，劉卻作亂：皆小醜也，尋滅。
五十三年，上命西洋人詣臺畫地圖。康熙六十年，臺灣知府王珍稅
斂苛虐，捕私伐山木之民二百人刑之。鳳山奸民黃毅等因民之不
忍，群相謀亂；以朱一貴為匪首，煽惑無賴數百人，揭竿起事。
總兵歐陽凱遷延出兵，賊乃大熾；游擊周應龍遁歸，參將苗景龍
敗死。賊陷府城，又陷諸羅；凡七日而全臺陷。一貴僭稱「中興
王」，偽號「永和」；大封群賊。廈門水師提督施世驃聞警先赴，
總兵藍廷珍調兵踵之；全軍萬有二千、舟六百艘次第進發，勢如破
竹。時淡水、諸羅義民群起相助，大破賊師。一貴走灣里溪，為村
民所擒；檻送京師，磔死。其敗逃之周應龍及逃回之道、府、廳、
縣皆伏法，知府王珍剖棺梟示。是年八月，臺灣怪風暴雨，流火灼
天竟夜，海水皆立；港船互相撞壞。地又大震，郡無完屋，居民
壓、溺死者以數千計。雍正十年，北路大甲二番殘害官民，福建總
督郝玉麟遣總兵呂瑞麟撫定之；已而復亂，官軍進勦，平之。乾隆
三十五年，黃教亂於大穆降，旋即潰遁。五十一年，臺灣民林爽文
叛。爽文居新化之大理杙，地險族強，聚群熾逞，結天地會以為群
集之計。總兵柴大紀使知府孫景燧調兵三百往捕村民，焚殺無辜；
爽文遂因民之怨，集眾攻營，官軍覆，將吏死焉。鳳山盜莊大田亦
陷其縣。柴大紀固守府城，賊來犯，拒殺千人，乃不敢逼。賊以十
萬眾攻諸羅，城中守軍開紅毛樓得大炮若干，遽用轟賊，城得不
陷。賊晝夜圍攻，絕餉道。大紀潛遣人齎摺奏曰：「諸羅為府城北
障，諸羅失，則賊尾而至，府城亦危矣。且半歲以來，守禦甚堅；
一朝棄去，克復實難！今內外義民不忍委賊，惟有竭力待援，用冀

賊圍遂解。」帝覽奏墮淚，曰：「大紀當糧絕勢急之時，惟以國事民生自任，雖古名將亦無以加之；其改諸羅為嘉義縣，旌其民也。」十月中旬，官軍數百艘兼程赴臺，合力攻賊，大破之；爽文攜家走集浦，為官兵所獲。未幾，莊大田亦敗，且被擒焉。六十年二月，鳳山匪民陳光愛謀反，攻石井汛未破，為官兵所獲；斬其黨羽數十人，眾潰。事且定矣，三月，臺民陳周全又反。陳，同安人，生長臺中；乾隆五十七年回籍，與同安匪民蘇業相結謀逆事敗，逃至新化與泉州人馬江、潮州人陳光輝、漳州人黃朝、黃親等分漳、泉、粵三股，各招千人，以洪棟為軍師，以陳光秀、楊成佳等為偽將軍，糾眾戕官，連陷數邑。總兵哈當阿、臺灣道楊廷理等次第進攻，賊勢漸殺，卒滅陳周全黨，事始平。嘉慶元年，有許北之亂；尋滅。十五年，海賊蔡牽以大隊攻臺灣，沉舟鹿甘門。福建總督李長庚率兵大破賊軍，殺人無算，尸橫數十里；長庚戰死，蔡牽自盡。道光二十二年，英國商人遇颶於臺，總兵達洪阿命殺之。英將怒，請罰達洪阿；上命解達洪阿職，遣大學士琦善謝之，事乃寢。咸豐十年，英、法與中國立約開埠通商，淡水其一也。同治初，又開基隆、打狗二埠。十三年，臺灣生番殺日本商人，日以索賠為名，頗有支吾。近法人攻佔基隆，約定退出。

此臺灣之大略，錄之以為識時務者告云。

伍、《臺遊筆記》為典型散文臺灣記遊文學

《臺遊筆記》在《臺灣輿地彙鈔》中註為闕名，諒係以無可查考作者為誰，但文辭優美，敘述如行雲流水，無需考注，即可瞭解，因特錄供參考：[44]

省城離海口三十四、五里，其海口曰滬尾。城用石砌，計有四門。城內無溝渠，居民食水取給於井。

風俗尚樸。惟男子大半食鴉片煙，性極懶惰；短後跣足，不事生

業。其習俗也，以貧為恥，賤則不恥。婦女曰「摘毛」。無子買女，亦稱媳婦；媳婦再買之女，曰孫媳婦。每見喪家門首標曰「亡故幾代大母」，蓋以所買之媳婦稱呼，並非子孫；甚至六七代、八九代，不為怪也。人有疾病，不用醫而用巫；巫為禱告某神、某鬼，謂病可立愈。病愈之後，另請齋公謝神。齋公者，猶內地之道士也；所穿袍服不倫不類，與戲中之小丑相似。四月某日，閒行市上，見一人年約三十餘歲，頭上猶帶皮帽，手攜拐杖，身上掛皮鼓、銅鈸之類甚多；其叮咚之聲、搖擺之像，皆可詫異。疑為瘋子，遠而避之；及詢之土人，云是堪輿生也。嘻！怪矣。出西門里許，有市集曰艋舺，為煙花之淵藪。每年七月間作普通會，猶內地之盂蘭會也。居家，用糯米及米粉之類作烏龜形以供佛；供畢，餽送親友，名曰「烏龜糕」，不知何所取義？土產之出口者，以茶葉為大宗。採茶婦女俱能歌聲啞啞，然不甚可辨。臺灣竹枝詞有云：「採茶人唱採茶歌，三月春風喚奈何！枝上杜鵑啼不了，聲聲只為別離多。」可謂道盡此中三昧。每年五月十三日，迎觀音像遊行街市，甚為熱鬧；若臺閣、若旗幟，與內地相仿。惟與人治病之巫祝，以利刃刺腦門或用鐵鍼穿入唇內，嬉笑自如，隨於神後；以此愚人，計亦苦矣。其婚嫁也，舊時相傳男女會合，唱歌而定；今則亦用媒妁，與內地尚無大異。喪事，則人死不即舉哀家中，長幼共赴河邊禮拜，取水與死人洗擦，然後啼哭；棺殮之後，即埋土中。約百日再行取出，檢骨於壜，東放西藏，毫無定所；所謂骨壜所置，可卜風水之佳也。習俗陋惡，於斯為最。子死媳在，媳婦可以招夫，名曰「招硬」、又曰「招夫養子」。其讀書種子之入學者，拂紅拜客抽豐，可至年餘。凡過學塾，必須入謁，謂之「拜文昌」。

全臺孤懸海中，萬山叢立。劉省山爵宮保經之營之，規模始備；陸則有火車、水則有輪船，商務始大。現在鐵路由基隆海口至臺北、由臺北至大虎口，計長一百五十餘里，車已通行；惜山路崎嶇，鐵

軌、汽車俱易損壞。故車行無一定時刻,公司尚未能十分獲利;所收客資,聞每月可得洋銀四千餘元。將來通至新竹縣,生意可卜起色。由基隆至臺北,中有一高山名曰獅球嶺,中闢一洞以行火車;開築三年,始行竣事。工作之鉅,於斯可見。

基隆產煤甚旺,所出金砂亦佳。現在設局抽釐,招人淘洗。應招者粵東人甚多,每人每日納釐金洋一角、地主洋一角。據簡中人云:章程尚有未善,以致驟難奏效;加以基隆天雨之日多,谿水沖刷,不易為力。基隆至臺北計隔六十里,基隆連日大雨、臺北天晴如常者往往有之;故臺人有「基隆雨、滬尾風、臺北日、安平湧」之諺。基隆進口右邊山上,天生一洞深二十餘丈,中供觀音像,土人呼曰仙人洞;曾偕友人遊焉。洞外俱白色活沙,頗費足力。沙中有石螺,土人呼為「催生子」;投於醋中,蠕蠕作動。云以之治難產,甚有效。洞口有一僧人棲止;洞內甚黑,僧人以火導遊,並以茶餉客。出素紙,索余書畫;余畫梅花一枝報之。洞外有村四、五,皆漁戶也。海之左曰小基隆,有洋關徵收輪船稅餉。前者法人攝釁時,法兵駐此數月,為我軍擊斃者甚眾,叢埋於基隆右山,每年有法兵船前來致祭。由小基隆至大基隆市,尚熱鬧,土妓甚多。其武備有陸兵三營,文員有一廳理事。東去為宜蘭縣。東南行,入臺北,火車資每客二百二十文。經過市集有四,曰八堵(即淘金之所也)、曰水返街、曰南港、曰錫口。居民大都種茶為業,種雜糧者少。米則一年成熟兩次,早米五月、晚米十月。蔬菜、雜物、房租等費甚昂;一椽之屋,月需四、五金。土潮濕,人易受病。人病,忌米食,以番薯佐餐。男子出門,隨身肩一枕箱;內藏者,鴉片煙槍等物也。女子服式,亦用綢綾;惟次序不知,竟有十二月中以紗衫罩綿服者。面塗脂粉,紅色為佳;眉則剃成一線,謂此婦女之時式妝也。土音唧啾,初莫能辨:呼內地人曰「外江郎」、喫煙曰「腳葷」、茶曰「顛」、飯曰「奔」、走路曰「強」、土娼曰「摘毛官」、玩耍曰「鐵拖」。略舉數語,其餘已可概想。市上所

用錢法甚壞，通用者俱光中薄片錢；近經官禁而令其改用制錢，尚未能一律遵守。民間造飯，俱以瓦罐代鍋；桌椅雜器，均以竹置。林木滿山，不知翦伐。烹物俱用煤，故居家大都黑塵滿屋，尋一明亮之室不可多得。屋瓦俱用灰土粘合；否則，遇大風時片片作蝴蝶飛也。

省城街道甚闊，有工程局管理；惜修築未善，故坐車者時有傾跌之虞。前劉爵帥撫臺時，曾購滾路機器；廢而不用，甚為可惜！爵帥所設之西學堂，亦經裁撤；惟番童學堂照常開辦。堂設城中天后宮內，招內山小番入堂讀書；教以禮貌，為將來入山撫化之用。爵帥之用心，亦云至矣。城中除衙門、廟宇之外，惟北門街、府前街稍成市面。北門外有製造局，所製以鎗子為主，修理鐵路等類次之。工匠約有三百餘名，章程悉仿上海；製出鎗子，能與外洋來者無二也。天氣和暖，冬令草木不凋，蟲聲四時不絕。六畜中少驢馬，樹木中鮮楊柳。民俗酬神宴客，亦有演劇者。伶人袍笏登場，仍赤雙足；觀之殊堪噴飯。洋商所集之處曰大稻埕，為茶莊大市。每年三月初起、至十月底止，婦女赴莊揀茶者，日有三、四千名。

余所居客店曰寅賓館，屋尚清潔；值連雨，恆與曲生為友。一日，邀四弟飲於秀英妝閣，興致頗好；飲紹興酒四觔，尚無醉意。秀英強余唱京曲數齣，合坐為之擊節。席終，口占三截句以誌之。秀英能操官話，品尚不惡。因憶有三十六鴛鴦主人品評臺灣花榜，列阿波為第一。余以此意詢之青芙道人；道人云：「阿波歌絕佳，明湖外史唱『採桑』，尚為阿波所笑」云云。噫！明湖外史其以阿波一笑為榮乎？三十六鴛鴦主人必別有所取也。臺人能書畫者甚少，所見者笛道人之隸篆、彭春林之行楷尚佳。鐵筆更鮮，余刻二石章呈唐薇卿方伯，極荷許可。一時以石索鑴者眾，因擬每字換酒五觔；以此消遣，頗不寂寞。

時「斯美」官輪船有臺南之行，管帶官盧君鴻昌，舊友也，招與偕遊，束裝以從。由滬尾展輪出海，行十二點鐘至安平。中途為大魚

所阻，停輪約半點鐘；當停輪時，第見魚翅浮出海面如帆船之篷，高約三丈，魚身未之見也。安平海湧甚大，載客俱以竹排，中置木桶一隻，人坐桶中，甚為危險；未曾登岸。復南行約六點鐘，至打狗（又名旗后）；此處海湧稍平。口門兩山環抱，船身喫水十尺，可以進口。有洋關徵稅；出口土貨，以蔗糖、靛青為大宗。

陸、從《臺灣省輿地考》認識晚清的臺灣

一、明朝以來至晚清臺灣建置的演變

《臺灣省輿地考》劉錦藻撰，是《臺灣輿地彙鈔》中的一書[45]。他在書的一開始就說：

> 臣謹案：臺灣遠處東海，自古不通中國；或謂即後漢之東鯷，亦莫能徵信。自隋迄元以琉球或澎湖統稱之，「隋書」所謂「琉球在泉州東，有島曰澎湖，煙火相望」；「元史」所謂「瑠求在南海之東，澎湖諸島與瑠求相對」者也。明初，指雞籠山、淡水洋，謂之東番。「明史」謂「永樂中，太監鄭和舟下西洋，諸夷靡不貢獻；獨東番遠避，不至。中葉以後，始知有臺灣。嘉靖四十二年，海寇林道乾掠近海郡縣，都督俞大猷征之；追至澎湖，道乾遁入臺灣」是也。其地高山中亙、溪澗縱橫，沃土茂林，物產繁盛。其土番千百成社，裸體束腰、逐走射飛，築碉居守；無所謂城郭，更無所謂文化。往在隋初，遣將陳稜率兵取澎湖而不置守，元代雖置澎湖巡檢，皆未計及臺灣。明嘉靖以後，閩海無賴結黨竄居，或招農往墾；然僅借為盜窟，無海外扶餘之意。萬曆四十四年，日本曾略取一隅，既而棄之；彼時無政治作用也。天啟初元，海澄顏思齊、南安鄭芝龍相繼棲託。厥後，荷蘭人由澎湖東來、西班牙人由呂宋北至，旋荷人復逐西班牙而獨占之；於是以荒島為角逐之場矣。至國朝順治十八年，明遺臣鄭成功又驅逐荷人，偽置承天府，領天興、

萬年二縣。傳其子經，改府為東寧省，升二縣為州。康熙二十二年大兵東征，經子克塽降；改置臺灣府，領臺灣、鳳山、諸羅三縣，屬於福建省。雍正元年，增彰化縣、淡水廳。五年，增澎湖廳。嘉慶十七年，增噶瑪蘭廳。光緒元年，增臺北府，基隆、卑南、埔里社三廳，淡水、恆春二縣；又改淡水廳為新竹縣、噶瑪蘭廳為宜蘭縣。新設之淡水縣、基隆廳，並隸臺北府。十一年，升改行省。十三年，改臺灣府為臺南府、臺灣縣為安平縣，與原有之嘉義（諸羅改稱）、鳳山、澎湖及恆春咸隸府屬；而別置臺灣府及附郭臺灣縣，又增雲林、苗栗二縣，與舊臺灣府屬之彰化縣、埔里社廳並隸焉。又增臺東直隸州，新置花蓮廳與卑南廳同隸於州。二十年，增南雅廳，隸臺北府屬。二十一年，以馬關條約割隸日本國；鑄斯大錯，可坐忘歟！

二、日據前臺灣的建置

省東西距約二百餘里，南北距約九百里，四面界海。在京師東南七千二百五十里。凡領府三、直隸州一、廳六、縣十一。

臺灣府為省治，東及東南、東北界臺東州，西及西北、西南界海，南界臺南府嘉義縣，北界臺北府新竹縣。自府治至京師，七千二百五十里。光緒十三年，就彰化東北境橋孜圖地方新建省城，以舊府名為名。凡領廳一、縣四。

臺灣縣，附郭。光緒十三年新設。北緯二十四度八分，東經四度十一分。

彰化縣，在府西南三十五里；北緯二十四度三分，東經四度四分。

雲林縣，在府南百三十里。光緒十三年，析嘉義東境、彰化南境自濁水溪至姑石圭溪之地增置，治雲林坪；十九年，移斗六門。北緯二十三度三十八分，東經四度八分。

苗栗縣，在府北六十里。光緒十三年，析臺北府新竹西南境中港以南苗栗街一帶地增置。北緯二十四度三十分，東經四度八分。

埔里社廳，在府東南九十里。光緒元年，闢埔里、眉里、田頭、水社、沈鹿、貓蘭等六社地增置，治大埔城；移原駐鹿港之北路理番同知駐此，改為中路撫民理番同知。北緯二十三度五十九分，東經四度三十一分。乾隆四十九年，詔開彰化縣西之鹿港通商。[46]

臺南府，在省治西南二百里。東及東南界臺東州，西及南界海，北界臺灣府彰化縣，東北界臺灣府雲林縣。自府治至京師，七千四百五十里。原名臺灣府，光緒十三年改稱，並以彰化縣改屬臺灣府。凡領廳一、縣四。

安平縣，附郭。原名臺灣縣，光緒十三年改稱。北緯二十三度，東經三度四十三分。

鳳山縣，在府南八十里；北緯二十二度四十一分，東經三度五十七分。

嘉義縣，在府北百十七里。原名諸羅縣，乾隆五十一年林爽文之亂，彰化、淡水皆陷，此獨固守不失；詔改今名。北緯二十三度二十九分，東經三度五十八分。

恆春縣，在府東南二百二十二里。光緒元年，畫率芒溪以南至海之地增置，治瑯璹之猴洞山。北緯二十二度四分，東經四度十三分。

澎湖廳，在府西，水程一百七十五里；北緯二十三度三十二分，東經三度四分。咸豐八年，中英續約、中法條約允開臺灣縣之安平鎮及旗後為商埠。[47]

臺北府，在省治東北三百五十里。東、西、北三面界海，南界臺東州，西南界臺灣府苗栗縣。自府治至京師，六千九百餘里。同治之末，日本出兵臺南威脅生番，朝命福建船政大臣沈葆楨視師臺灣；事平，以開山撫番為請。光緒元年，奏設府於艋舺，增改淡水、新竹、宜蘭三縣，與基隆廳同屬之。二十年，增南雅廳；又以府城為省會。凡領廳二、縣三。

淡水縣，附郭。初屬諸羅，雍正元年割彰化、九年畫大甲溪以北專屬淡水同知。光緒元年，初設府治於艋舺，而畫土牛溝以北、三貂

溪以南之地為縣城。北緯二十五度三分，東經五度二分。

新竹縣，在府西南一百二十里。沿革同淡水；光緒元年，析土牛溝以南至彰化大甲溪地，置治竹塹（本淡水同知駐所）北緯二十四度四十八分，東經四度二十九分。

宜蘭縣，在府東南一百零三里。嘉慶十五年，墾目吳化能請於總督方維甸轉奏，願入版圖；越二年，設噶瑪蘭廳，治五圍。光緒元年，改縣；疆域北及三貂溪、南至蘇澳。北緯二十四度四十五分，東經五度十六分。

基隆廳，在府東北七十里。光緒元年，移噶瑪蘭通判駐基隆；十三年，改同知。北緯二十五度十五分，東經五度十二分。

南雅廳，在府南百餘里。原為大嵙崁等番社地；光緒十二年，奏設撫墾大臣，理撫番事。二十年，新設廳，治南仔。北緯二十四度二十六分，東經四度三十九分。

乾隆五十七年，詔開八里坌（淡水縣西）通商。咸豐八年，中英續約、中英條約允開基隆及滬尾（後屬淡水縣）為商埠。臺灣鐵路起於臺北府，東北通基隆、西南通新竹。[48]

臺東州，在省治東南三百二十里。東及東南、東北皆界海，西界臺灣府雲林縣，南界臺南府恆春縣，北界臺北府宜蘭縣，西北界臺灣府埔里社廳。自州治至京師，七千五百七十里。光緒元年開山撫番之議定，沈葆楨分派營勇開闢道路，而後山始通；乃定卑南為廳治，移南路理番同知駐之。十三年巡撫劉銘傳奏設州治於水尾，並於卑南舊治改駐州同；水尾迤北增花蓮港廳，州判治之。凡領廳二。

臺東州，北緯二十三度二十一分，東經五度六分。

卑南廳，在州南百五十里。光緒元年置治卑南溪旁之卑南莊，隸巡道。十三年改隸州。北緯二十二度四十五分，東經四度四十分。

花蓮港廳，在州北百五十里。光緒十三年增。北緯二十三度五十八分，東經五度七分。

臣謹案：州即官書所謂後山。東瀕大海、西阻高嶺，表長六、七百

里，廣闊自數十里或百餘里；實天造之奧區。惟群番所宅，瘴癘時行，喬居者因而裹足。經沈葆楨督率軍校鑿山通道，勤撫野番，榛狉已漸化除；復經劉銘傳之力事墾闢，為治之基肇於斯矣。

三、《臺灣職官考》[49]（附）

臣謹案：臺灣為東南之陬區，實閩越之門戶。雖珠崖已棄，幾等陸沉；而許田當歸，詎容璧假！況乎疆臣擘畫，深殫篳路之苦衷；遺黎慕思，尚冀漢官之重睹。昔偏安州郡，曾留僑置之名；薄海臣民，毋忘存復之意！用特別為列目，庶幾見而警心焉。

乾隆五十三年諭：「凡遇有補放臺灣道員者，俱著加按察使銜，俾自行奏事。」

嘉慶十三年，改臺灣協右營游擊為艋舺營游擊，管轄陸路弁兵；改淡水營都司為臺灣協右營都司，駐安平。

十六年，於噶瑪蘭地方之五圍，設守備一人、協防外委一人、額外外委一人；頭圍，設千總一人、外委一人；隆隆嶺地方，設額外外委一人；溪州，設把總一人：均歸艋舺營管轄。

設臺灣府噶瑪蘭通判一人，駐五圍；設羅東巡檢一人，兼司獄事。

道光七年，移臺灣鎮標右營游擊一人駐彰化縣竹塹，為北路右營游擊；移原駐竹塹守備一人並右營千、把、外委各一人同駐大甲，又右營把總一人駐銅鑼灣，又外委一人駐斗換坪。

十三年，復設臺灣鎮標右營游擊；改原設臺灣北路左營為嘉義營，設參將一人駐嘉義城，歸臺灣鎮總兵統轄。

十四年，移加溜灣汛外委一人駐臺灣城守營，屬蕭壠汛；移舊社汛外委一人駐茅港尾汛、移貓霧捒汛千總一人駐葫蘆墩，移原駐葫蘆墩外委一人駐大墩汛、移大安口汛外委一人駐吞霄汛、移下淡水營隨防把總一人駐阿猴汛、移南路營把總一人駐阿里港汛，歸下淡水營管轄；移下淡水營額外外委一人駐九塊厝，歸阿里港汛管轄；移枋寮汛外委一人駐湖州莊。

二十七年，改臺灣縣羅漢門巡檢歸臺灣、鳳山二縣管轄。

同治八年，移福建臺灣府鳳山縣興隆里巡檢駐枋寮。

十三年，船政大臣沈葆禎奏：「為臺地善後番境開荒事關創始，請移駐巡撫以專責成」略稱：「臺地之所謂善後，即臺地之所謂創始；善後難，以創始為善後則尤難。臣等曩為海防孔亟，一面撫番、一面開路，以絕彼族覬覦；固未遑為經久之謀。數月以來，南、北諸路縋幽鑿險雖各著成效，卑南、岐萊各處雖分列軍屯，路非不已開，謂一開之不復塞，則不敢知；番非不已撫，謂一撫之不復疑，則不敢必。何則？臺地延袤千有餘里，官吏所治祇濱海平原三分之一，餘皆番社耳。奸民、積匪久已越界潛蹤，驅番占地而成窟穴；則有官未開而民先開者。人跡罕到，野番穴處，涵育孳生；則有番已開而民未開者。迭嶂外包、平埔中擴，鹿豕遊竄，草木蒙茸；則有民未開而番亦未開者。是但言開山，而山之不同已若此。生番種類數十，大概有三：牡丹等社劫殺為生，嗜不畏死；若是者曰凶番。卑南、埔里一帶居近漢民，略通人性；若是者曰良番。臺北斗史等社雕題鑿面，獵人如獸，雖社番亦懼之；若是者曰「王」字凶番。是但言撫番，而番之不同又若此。今欲開山，則屯兵衛、刊林木、焚草萊、通水道、定壤則、招墾戶、給牛種、立村堡、設隘碉、致工商、設官兵、建城郭、設郵驛、置廨署，此數者孰非開山之後必須遞辦者。今欲撫番，則選土目、查番戶、定番業、通語言、禁仇殺、教耕稼、修道塗、給茶鹽、易冠服、設番學、變風俗，此數者又孰非撫番之時必須並行者。雖然，此第言後山耳；其繁重已若此。山前之入版圖也百有餘年，一切規制何嘗具備！就目前之積弊而論，班兵之惰窳，差役之盤踞，土匪之橫恣，民俗之慆淫，海防、陸守之俱虛，械鬥、紮厝之迭見。學術不明，庠序以容豪猾：禁令不守，煙賭以為饗飧。官於斯土者非無振作有為、正己率屬之員，始苦於事權牽制、繼苦於毀譽混淆，救過不遑，計功何自！使不力加整頓、一洗浮澆，但以目下山前之規模推而為他日山

後之風氣，臣等竊以為未可也。嘗綜前、後山之幅員計之，可建郡者三，可建縣者有十數，固非一府所能轄。欲別建一省，又苦器局之未成；而閩省向須臺米接濟、臺餉向由省城轉輸，不能離而為二。環海口岸，處處宜防；洋族教堂，漸漸分布。居民向有漳籍、泉籍、粵籍之分，番族又有生番、熟番、屯番之異；氣類既殊，撫馭匪易。況以創始之事為善後之謀，徒靜鎮之非宜，欲循例而無自。使臣持節，可暫不可常。將責效於崇朝，兵民有五日京兆之見；倘逾時而久駐，文武有兩姑為婦之難。臣等再四思維，宜仿江蘇巡撫分駐蘇州之例，移福建巡撫駐臺，而後一舉而數善備。何以言之？鎮、道雖有專責，事必稟承督、撫。重洋遠隔，文報稽遲；率意徑行，又嫌專擅。駐巡撫，則有事可以立斷：其便一。鎮治兵、道治民，本兩相輔也，轉兩相妨：職分不相統攝，意見不免參差；不賢者以為推卸地步，其賢者亦時存形跡。駐巡撫則統屬文武，權歸一尊，鎮、道不敢不各修所職：其便二。鎮、道有節制文武之責，無遴選文武之權；文官之貪廉、武弁之勇怯，督、撫所聞與鎮、道所見時或互異。駐臺則不待采訪，耳目能周，黜陟可以立定：其便三。城社之巨奸、民間之冤抑，睹聞親切，法令易行；公道速伸，人心帖服：其便四。臺民煙癮本多，臺兵為甚；海疆營制久壞，臺兵為尤。良以弁兵由督、撫、提標抽取而來，各有恃其本帥之見；鎮將設法羈縻，只求其不生意外之事。是以比戶窩賭，如賈之於市、農之於田。有巡撫則考察無所瞻徇，訓練乃有實際：其便五。福建地瘠民貧，州縣率多虧累，恆視臺地為調劑之區，不肖者骪法取盈。有巡撫臨之，貪黷之風得以漸戢：其便六。向來臺員不得志於鎮、道，及其內渡，每造蜚語中傷之；鎮、道或時為所挾。有巡撫，則此技悉窮：其便七。臺民游惰可惡，而戇直實可憐。所以常聞蠢動者，始由官以吏役為爪牙，吏役以民為魚肉；繼則民以官為仇讎，詞訟不清而械鬥、紮厝之端起，奸宄得志而豎旗、聚眾之勢成。有巡撫，則能預拔亂本而塞禍原：其便八。況開

地伊始，地殊勢異，成法難拘，可以因心裁酌：其便九。新建郡邑
驟立營堡，無地不需人才；丞倅、將領，可以隨時紮調：其便十。
設官分職，有宜經久者、有屬權宜者；隨事增革，不至虛食之虛
靡：其便十有一。開煤、煉鐵，有第資民力者、有宜參用洋機者；
就近察勘，可以擇地興利：其便十有二。臺地向稱饒沃，久為他族
垂涎；今雖外患暫平，未雨綢繆，正在斯時。而山前、山後當變革
創建者，非十數年不能成功；化番為民，尤非漸漬優柔，不能渾然
無閒。與其苟切倉皇，徒滋流弊；不如主持大局，綱舉目張。況年
來洋務偏重東南，臺灣海外孤懸、七省門戶，其關係非輕。欲固地
險，在得民心；欲得民心，先修吏治、營政；而整頓吏治、營政之
權，操於督、撫。總督兼轄浙江，移駐不如巡撫之便。臣等夙夜深
思，為臺民計、為閩省計、為沿海籌防計，有不得不出於此者；敢
不據實上聞，以為芻蕘之獻。」

光緒元年諭：「沈葆楨等奏履勘瑯璚形勢、擬建城設官，著照所議
行。該大臣等即飭令委員將築城、建邑等事，實力籌辦；其餘未盡
事宜，並著隨時具奏。沈葆楨見在回省，著將船政應辦各事迅速料
理，即前往臺郡督飭該地方將撫番、開山事務通籌全局，悉心經
理，以副委任。」

又於福建臺灣南猴洞地方置恆春縣，隸臺灣府；設知縣、典史等
官。裁彰化縣艋舺縣丞一員。

又諭：「前據沈葆楨等先後具奏臺北擬建府廳縣治、請移紮南北路
同知、酌改臺地營制、臺屬考試請歸巡撫主政各摺片，當派軍機大
臣等會同妥議。茲據奏稱：『沈葆楨等所奏各節，係為因時制宜起
見』；自應准如所請。著照軍機大臣等所議，准其於福建臺北艋舺
地方添設知府一缺，名為臺北府，仍隸於臺灣兵備道。附府添設知
縣一缺，名為淡水縣；其竹塹地方原設淡水廳同知即行裁汰，改設
新竹縣一缺；並於噶瑪蘭廳舊治，添設宜蘭縣一缺；即改噶瑪蘭通
判為臺北府分防通判，移紮雞籠地方。福建巡撫見在既有駐臺之

日，其臺地營制並著照所議：該處千總以下由巡撫考拔，守備以上仍會同總督揀選題補；臺灣鎮總兵撤去『掛印』字樣，歸巡撫節制，即將安平協副將裁撤。至所請移紮南、北路同知並歸巡撫考試等語，臺灣南路同知即著移紮卑南，北路同知改為中路、移紮水沙連，各加『撫民』字樣；臺灣學政事宜，並著歸巡撫兼理。」

二年諭：「侍郎袁保恆奏請將福建巡撫改為臺灣巡撫，其福建全省事宜歸總督辦理等語；著該衙門議奏。」

四年，福建臺灣設臺北府教授一員，改設新竹、宜蘭二縣訓導各一員。又議准：新竹縣訓導作為經制之缺；宜蘭縣訓導係由噶瑪蘭廳復設訓導改設，仍為復設訓導之缺；又改臺灣淡水廳復設教諭為淡水縣復設教諭，又裁臺灣、嘉義二縣訓導各一員。

又，兵部奏撥臺灣左營游擊以下等官歸撫標左營，駐郡城；臺灣中營游擊以下等官，隨臺灣鎮移紮安平；改臺灣協中、右兩營都司為臺灣鎮標陸路，又撥左、右兩營所屬千、把、外委歸鎮標左右營。改臺灣水師協左營游擊為北路協陸路左營；改原駐省城之撫標左營參將為中營參將，所屬備弁改為中營名目，原設臺灣水師協左營守備、中右兩營水師千總、把總、外委、額外外委為陸路。

五年，閩浙總督何璟奏：福建省臺灣府艋舺地方既添設府縣，原有新莊縣丞應改為臺北府經歷，兼管司獄事務；淡水縣應添設典史一員，新竹縣即將竹塹巡檢改為新竹縣典史，宜蘭縣即將噶瑪蘭羅東巡檢改為宜蘭典史。又臺灣北路理番同知原駐鹿港，經奏准改為中路，移紮水沙連；查有彰化縣南投社縣丞堪以移紮鹿港，以臺灣縣羅漢門巡檢移設南投社，即作彰化縣南投社巡檢。

又兵部奏定：福建督標輪流赴臺，撫標及臺灣改設水陸各缺仍應復舊；移臺灣鎮標左營游擊一員駐恆春縣為恆春營游擊。其守備以下一律改隸臺灣鎮節制，作為游擊中軍，分駐車城；以千總同駐恆春為專營，以把總、外委派撥縣屬楓港大樹房。

八年，福建臺灣府設撫民通判一員，駐埔里社。

十一年懿旨：「醇親王奕譞等奏『遵籌海防善後事宜』摺內稱『臺灣要區，宜有大員駐紮』等語。臺灣為南洋門戶，關係緊要；自應因時變通，以資控制。著將福建巡撫改為臺灣巡撫，常川駐紮；福建巡撫事，即著閩浙總督兼管。所有一切改設事宜，該督、撫詳細籌議，奏明辦理。」

又諭：「臺灣南北地輿袤延甚遠，以形勢而論，臺北各海口尤為緊要。原設臺灣道一員遠駐臺南，深慮難以兼顧；且巡撫常川駐紮，一切錢穀、刑名事宜必須分員管理，各專責成。應否於臺北之外添設臺北道一員？著楊昌濬、劉銘傳悉心會商，妥議具奏。」

又諭：「楊昌濬奏『添設臺北道不如添設藩司』，係為因地制宜起見，自可准行。臺灣雖設行省，必須與福建連成一氣，如甘肅、新疆之制，庶可內外相維。著詳細會商，奏明辦理。」

十二年諭：「澎湖為由閩赴臺要隘，扼紮勁旅、認真操練，以資緩急。該處地方官若由巡撫管轄節制，自更得宜；並著詳細議奏。」

十三年，閩浙總督楊昌濬等奏准：福建臺灣設布政使一員，並司庫大使一員。又奏准：臺灣道向兼按察使銜，一切刑名均歸管理；設司獄一員，作為按察司司獄。

十九年，吏部議覆：臺灣巡撫邵友濂奏請以雲林縣治移駐斗六地方。

二十年議准：添設臺北府分防南雅理番捕盜同知一員、雲林縣林圯埔分防縣丞一員。

註釋

[1]　臺灣文獻叢刊資料庫。參考整理自中央研究院　臺灣史研究所，http://tcss.ith. sinica.edu.tw/cgi-bin/gs32/gsweb.cgi/login?o=dwebmge&cache=1608031721533。

[2]　同上註。

[3]　今已改制為國立中央圖書館臺灣分館。

[4]　同註[1]。

[5]　同註[1]。按諸羅即嘉義古地名。

[6]　臺灣省文獻委員會編（1996）。黃叔璥《臺灣使槎錄》。南投：臺灣省文獻委員會，頁3。

[7]　按江南省，清初置；康熙時，分為江蘇、安徽兩省。

[8]　即附錄五，《臺灣文獻叢刊》第六十五種及第六十六種。

[9]　同註[1]。

[10]　同註[1]。

[11]　同註[1]。

[12]　同註[1]。

[13]　同註[1]。

[14]　同註[1]。

[15]　因文中有「前爵帥撫臺時」的種種記載，故判斷應為劉銘傳離任之後。

[16]　同註[1]。

[17]　同註[1]。

[18]　同註[1]。

[19]　同註[1]。

[20]　參考整理自同註[1]。按錄自清王錫祺《小方壺齋輿地叢鈔》第九帙，並參考《臺灣詩薈》第三號增補。

[21]　參考整理自同註[1]。並錄自王錫祺輯《小方壺齋輿地叢鈔》第九秩。

[22]　參考整理自同註[1]。並錄自賀長齡輯《皇朝經世文編》卷八十四。

[23]　參考整理自同註[1]。並錄自王錫祺輯《小方壺齋輿地叢鈔》補編第九帙。按文中的□□者表示原文已缺佚，又無從查證，故從缺。

[24] 參考整理自同註[1]。按作者為前清領臺初期遊宦之士，所記明朝史事，對研究明鄭在臺的政治制度、典章、文物、地理及建築，都身具有參考價值。

[25] 同上註。按此處所列對研究早期臺灣民俗文化具有參採價值。

[26] 參考整理自同註[1]。

[27] 參考整理自同註[1]。並錄自王錫祺輯《小方壺齋輿地叢鈔》第九帙。有□為闕漏又未可考的字。

[28] 參考整理自同註[1]。並錄自《乾隆府廳州縣圖志》卷四十。

[29] 參考整理自同註[1]。並錄自《方輿考證稿》百卷。

[30] 《臺灣府志》記載為：延袤二千八百里。

[31] 按「更」，更時也。一更約四十里水程，有風大約六十里，此以四十里計數。

[32] 參考整理自同註[1]。並錄自王錫祺輯《小方壺齋輿地叢鈔》第九帙。

[33] 按「完」之閩南音與國語「灣」音同，「完」的另一意義為冤。傳說很多早期先民因為在大陸有冤獄之罪行，逃命漂渡過黑水溝（臺灣海峽），從此到臺灣隱名埋冤，重新做人。「埋冤」的閩南話與「臺灣」同音，這些只限於傳說，尚待考證。

[34] 今通稱芒果。

[35] 水藤經過處理可製作成家具及各種藝術品，稱為藤藝。

[36] 參考錄自盛康輯《皇朝經世文編續編》卷九十一。

[37] 作者曾自按鳳山之南，自瑯璚而東至卑南覓秀姑鸞以達北境，中多未墾之土；前臨大海、中隔生番，往來洋舶遭風礁者多為番所苦。近議於枋寮分駐文武員弁、設立衙署以資鎮壓；然相距太遠，聲息仍復不通。應於瑯璚添設營汛，或移安平協臺防同知分駐於此、或將南路參將改為水師移駐於此，並將其水口堵塞；又將卑南以北各社全行收隸版圖，凡可以泊船所在一律填塞；乃為善策。

[38] 作者曾自按彰化縣東南有水沙連，其廣袤加倍。相度地形，今之城池建於半線保，全無堂局；城外八卦山凶剋特甚，未為善也。城池似宜改築於該縣東北之捒東地方，距城十五里，周六、七十里，有一百八十餘莊；山川脈絡交會，後枕炎峰，前面堂局開闊，兩水分流，左右合抱，極有形勢。林鎮宜華欲將北路協、縣移設於此，並謂其民俗強悍、又多殷富，向來土匪蠢動多起此鄉，亟宜駐重兵以鎮壓之；官小兵單，反為民所輕視。其說甚允。惟捒東之北疆界略促，宜割淡水所轄之大甲、蓬山以至後壠入該縣為界。甌北趙氏「皇朝武功紀盛」謂臺灣有當酌改舊制者，正此類也。至於彰化縣城，宜設於鹿港，而以臺灣道及副將駐之。彰化縣城不傍山、不通水，本非設縣之

地；若移於鹿港，鎮以文武大員，無事則指麾南北，有事則守海口以通內
地，千百年長計也。按縣城移建鹿港，時異勢殊，似非確論。彼時滬尾一口
尚未通商，今則情形不同，滬尾較衝於鹿港耳。而謂彰城之不得善地，請以
臺道移駐中路，則與琦「議復水師李提督」八則不相違背。楊鎮在元欲於南
投地方設一武署，移大營駐此半年以資彈壓；琦按揀東民繁地廣、獷桀至
多，更須彈壓，南投可以緩圖。然必文武兼資，有張有弛，乃合機宜；單設
一武營於此，亦屬非是。

[39] 作者曾自按淡水廳所轄，四百里而長；自竹塹至艋舺，中距百里。該廳僕僕
往來，實難治理。宜將艋舺縣丞升為一縣，淡水同知降為一縣；另設臺北知
府駐於艋舺、大稻埕一帶地方，專管海防兼司北路後山開墾事宜，方為久
計。其地產礦，今雖封禁，小民偷採亦多；或官為開採，不至棄其利於空虛
為得。又滬尾守備管轄洋面，上由蘇澳、下至大甲七、八百里，兵船單薄，
斷不得力；亦應改為水師副將為宜。

[40] 作者曾自按該廳民極馴順，訟案稀少。其東南奇萊、秀姑鸞，風氣未開，水
有瘴毒；外人至彼，飲其水，多腹脹生病。近略有人在外開墾，荒曠尚多；
急宜官為經理。否則，必為東西人所得也。該廳另有僻徑，兩日即可達淡
水；似宜開闢。

[41] 作者曾自按全臺形勢，宜於南路移駐一協、一廳，北路增設一府二縣，方足
以資控制。南路則臺灣一府，臺、鳳、嘉三縣，臺、澎二廳隸之；而安平副
將、臺防同知移紮瑯璚，或將南路參將改為水師隸安平協轄，分駐於此。北
路則移彰化縣於揀東，而移鎮、道於此，居中節制；北路改艋舺、竹塹為二
縣，添設一臺北知府，隸以鹿港、噶瑪蘭廳：共為三縣二廳。將來埔里六社
果能歸官經理，即以鹿港廳移駐於內，就近撫治。

[42] 作者曾自按：埔里六社居全臺心腹，為中權扼要之區。往者鹿洲藍氏有言：
「闢其地而聚我民，害將自息。翦焉、闢焉，正所以少事而非多事；理焉、
治焉，正所以弭患而非貽患」。又云：「氣運將開，必因其勢而利導之。」
又云：「或謂海外不宜闢地聚民；不知委而去之，必有從而取之。」又云：
「利之所在，人所必趨。不歸之民，則歸之番；不歸之番，則歸之賊。即
使內賊不生，又恐寇自外來。」此以見前人深識遠慮，卓不可及。前道光年
間，疆臣奏請撫治，部議未允。查所奏內謂：「六社番地僻處山隅，距海口
甚遠，外人斷無垂涎之理。又臺地所產，俱非異域所珍惜」云云。據今履
勘，則大不然。現在六社之中多設立教堂，其意安在？所產樟腦、茶、礦，
亦不可云「非所珍惜」！又山後奇萊、蘇澳一帶沿海之地，皆可通入六社；
謂為「距海口甚遠」，置奇萊、蘇澳於不理，亦太疏矣。此時不即為患者，
各國互相觀望，不肯發端；久則，必為外人所據。腹心既為所據，沿邊海口

交午相通，患有不可勝言者矣。是故為今日計，不特六社宜所措意，凡南北沿邊海口如卑南覓、秀姑鸞、奇來、蘇澳等處皆急宜防堵者也。防北堵南，氣力尚省。

[43] 參考整理自同註[1]。並錄自王錫祺輯《小方壺齋輿地叢鈔》第九秩。

[44] 同上註。

[45] 參考整理自同註[1]。並錄自《清朝續文獻通考》卷三百十五。「臣謹按」三個字，諒係上陳皇上之奏摺。

[46] 劉氏在該書加註說，臣謹案：府境處全臺中央，背山面海，平原繡錯（指錯雜如繡）。南有湖日之饒，北有大甲之險；而鑿山刊道，東及臺東。其埔里社，實為後衛；居中控御，舍此莫由。當日巡撫劉銘傳規建會城，誠有見於形勢之勝也。

[47] 劉氏加註說，臣謹案：府之建置為諸地先，其文化亦視他處為優。自會城北移，冠蓋雖稀，固南服之要區也。澎湖有七澳，三十六嶼；明初以僑民難信，皆令內徙，廢巡檢而墟其地，然流民仍自潛聚。嘉、隆以後，海賊曾一本踞此入寇，遣兵討平之。萬曆中，防倭設戍。天啟初，紅毛夷侵入，要求互市；總兵俞咨皋用間，徙之北港。北港，即臺灣；以羊易牛，其失則均。嗣後澎湖為海上重鎮、全臺之外衛，以故鄭氏失之而覆亡。近者中、法之役，法水師先擾澎湖以窺臺灣。且西渡金、廈，不過一日之程；而由南海以通東海，又為必經之衝途：則非僅一省之關係而已。

[48] 劉氏敘述至此曾加註說，臣謹案：臺灣地形，如鵁首衝波，中外航路所轄。基隆、滬尾，皆番舶出入之港面。基隆背山面海，砲壘高峙，勢尤險固；臺灣有事，此其必爭之地。道光庚子、辛丑英吉利之寇，光緒甲申中法之役，外艦率先窺伺，概可見已。自建行省，重要衙署寄治於此；開礦、築路，又著先鞭：興盛之驟為全臺最，蓋有由也。

[49] 參考整理自同註[1]。並錄自《清朝續文獻通考》卷一百四十。按職官考與旅遊文學似無相關，但對文史人物之瞭解頗有幫助，故錄之。

第六章

臺灣古典旅遊
文學掃瞄

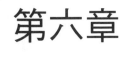 第一節 詩的旅遊作家與作品

 第二節 賦的旅遊作家與作品

 第三節 詞的旅遊作家與作品

 第四節 竹枝詞的旅遊作家與作品

　　茲根據前一章蒐集的旅遊文學有關文獻加以進一步對各個作家及其作品深入分析，可以發現清代旅遊文學作家與明代，甚至元代以前的旅遊文學作品風格，最大的不同之處是，清代旅遊文學作家對描述的作品，大都親歷其境，心有所感，才以自己最擅長的文體寫作出來，筆鋒並常夾帶有作者個人感時憂國的情感在內。

　　旅遊文學的涵義及範圍，應該是以旅遊生活為反映對象，抒發旅遊者在整個旅遊過程中的感受、情緒和審美情趣的文學作品。所以旅遊作品應該包括旅遊性及文學性。詳細言之，旅遊文學作品除具備文學的一般屬性，如社會性、時代性、民族性、藝術性之外，還須具備四個與旅遊有內在關聯的特性，那就是地理性、知識性、審美性及抒情性[1]。

　　旅遊文學作品，隨文學的發展與作家的興趣或喜好而有很多不同表現方式，但一般是依照文學作品來分類的較多。詩、詞、曲、駢體賦、散文，以及現代新詩，都可以成為文人雅士寫作表達或抒發情感的方式，也有將楹聯、戲曲列入旅遊文學來探討的[2]。

　　以下分別依照清代臺灣旅遊文獻出現較多的詩、賦、詞及竹枝詞四類，加以介紹作家與作品。吾人可以發現，這些作品無論是臺灣本土，或是大陸內地流寓、遊宦之士所作，能至今仍被留傳，大都就是真正親歷其境，心有所感的精華之作，篇數或許不多或不均，但仍值得吾人覽賞。

第一節　詩的旅遊作家與作品

　　詩是最凝鍊、最精美的旅遊文學藝術，能夠用最少的文字、最簡潔的形式，高度集中地表現豐富而深刻的內涵。旅遊文學的詩作最早可稱為「山水詩」，早在西周春秋時代，在我國的第一部詩歌總集《詩經》，中就出現了「嵩高維岳，峻極於天」，「河水洋洋，北流活活」這樣的詩句，在戰國時期的《楚辭》中，也有了「裊裊兮秋風，洞庭波兮木葉下」這樣的描繪。然而，前者只是做比喻之用，後者只是用於抒情，山水

並不是主要的描寫對象，不是審美對象，只是藝術的媒介，詩歌也不是真正意義的山水詩，但它們是後世山水詩藝術的雛形和源泉，是山水詩出現過程的積累，當然也是需要透過旅遊行為與經驗才可以獲得的作品。

漢末曹操所作的〈觀滄海〉是我國第一首完整的山水詩，這首詩從題目到內容都是寫景，是真正以山水為創作目的和主要的題材。但這僅僅是詩人的偶然所為。大量的山水詩的創作開始於南朝時期。那是一個戰爭頻繁、紛亂動蕩的年代，城市經濟遭到破壞，大量人口移居鄉村，而鄉村的莊園經濟已發展到相當水平。文人們離開城市，或生活在田園之中，或隱於山野之間，遠離政治風波，進入了一個嶄新的天地，有時間也有條件遊歷山水，隨之產生了大量山水詩的創作。

因此可以說，山水詩是伴隨著旅遊生活而出現的一種社會現象和文學現象。青山綠水旖旎風光慰藉陶冶了詩人們的心靈，也影響到文學創作的題材。詩人們開始寫出大量的以自然風光為創作目的和主要題材的詩歌——山水詩。經過歷代文人的不斷追求和創作積累，山水詩逐漸發展成為我國詩歌群山中的一股支脈，氣象萬千。特別是到了唐代，山水詩的創作更是達到了麗日經天的輝煌。出現了李白、杜甫、白居易、孟浩然、王維等眾多著名的山水詩人和大量優秀的山水詩作品[3]，不論是稱作山水詩或旅遊詩，可以說這些作品都是出自這些成功的旅行作家。

本書原擬分別依據臺灣的歷史發展，按照清代以前（1682）、康熙雍正（1683-1735）年間、乾隆嘉慶（1736-1820）年間、道光咸豐（1821-1861）年間，以及同治光緒（1862-1895）年間等五個階段加以介紹清代詩的作家與作品。清代部分如按兩個年號做一個階段敘述，則因時間顯得太短，不但作家與作品數目不均，篇幅與析述上均很難處理，況且很多作家橫跨重疊兩個或三個年號者頗多，研究起來亦無實質意義，不如從臺灣朝代更迭的角度，利用比較的觀點予以二分法，即分清代以前（1682）及以後加以敘述再比較，或許會顯得更實際些。

壹、清代以前（1682）的作家與作品

　　清代（1682年）以前，包含明鄭（1661-1862）時期的作家計有王忠孝、沈光文、阮蔡文、徐孚遠、張士箱、陳夢林、陳璸、勞之辨、湯世昌、黃叔璥、鄭成功、鄭經、盧若騰、藍鼎元等十四位，其作品經蒐集整理，以下列九位較足資介紹如下：

一、王忠孝

　　王忠孝（1593-1666）字長孺，號愧兩，福建惠安人。明崇禎元（1628）年進士，擔任戶部主事，由於個性耿介，任官盡職，不徇私包庇，因而得罪宦官鄧希詔，先後兩次遭構陷，入獄長達二十八個月。後雖有多次平反機會，但均未能復職。崇禎十七（順治元年，1644）年甲申之變後，永曆十八（康熙三年，1664）年三月東渡澎湖，四月移居臺灣，留臺期間，頗受鄭氏父子禮遇，與寧靖王、沈光文、徐孚遠諸遺老時相過從，旅臺第四年病逝臺灣，享年七十四歲。詩作無多，據《惠安王忠孝公全集》，所載詩作，約百餘首[4]。內容以反映明清鼎革之際的時代動亂為主，可納入明代遺民文學的傳統來觀察。

　　目前可見王忠孝作品，除臺灣省文獻會之刊印本外，江蘇古籍出版社於2000年出版《王忠孝公集》（福建叢書第二輯之八），由福建師大教授方寶川根據上述抄本重新整理，並以福建師大抄本為底本刊印。茲錄〈東郊行〉[5]藉明忠孝旅臺心境：

> 逸興踏芳郊，春風處處同。心煩傍岸柳，身弱怯繁霜。
> 椎結多隨漢，衣冠半是唐。好將開濟手，文治接鴻濛。

　　心煩、身弱，都已顯現對明末情勢的無奈；而「衣冠半是唐」及「文治接鴻濛」卻是對鄭成功反清復明的期待。

二、沈光文

沈光文（1612-1688）字文開，號斯庵，係臺灣文學、文獻史上著名之詩人，生平已如前述，著作豐富，詩作散見於方志、臺灣詩文總集及筆記雜纂，如連橫《臺灣詩薈》、陳漢光《臺灣詩錄》、《臺灣詩乘》，以及龔顯宗主編之《沈光文全集及其研究資料彙編》。茲錄〈思歸，六首之六〉，感受斯庵當年流寓臺灣三十餘年，歷荷蘭以迄鄭氏三代之盛衰，極旅人之困，深刻反映傳統文人飄流於末世與邊陲的悲哀。

山空客睡欲厭厭，可奈愁思夢裡添。
竹和風聲幽戛籟，桐篩月影靜穿簾。
暫言放浪樵漁共，久作棲遲貧病兼。
故國霜華渾不見，海秋已過十年淹。

三、徐孚遠

徐孚遠（1599-1665）字闇公，晚號復齋，江蘇華亭人。生平已如前述。孚遠在明末文名甚著，現存詩作質量均大有可觀。其詩風蒼勁雄渾，豪宕忠義之氣貫注其中，擅長以壯語寫悲情，面目鮮明。有《釣璜堂存稿》詩集二十卷，一九二六年由金山懷舊樓刻本發行，共收入古今體詩二千七百多首，書前有陳乃乾、陳洙兩人合編之〈徐闇公先生年譜〉。臺灣文獻叢刊第二百八十種《臺灣詩鈔》，收有徐孚遠詩作五十一首，為目前較易見之選本。連橫原本輯有《東寧三子詩錄》，其中有《徐闇公詩鈔》一卷，已佚。連橫《臺灣詩乘》卷一論及徐孚遠詩，錄其詩作十首。除〈東寧詠〉另章析述外，茲再錄〈春望〉一首，藉明其愛國心志，當可直逼杜甫〈春望〉[6]：

春光一去不重來，日日登山望九垓。
岸虎水龍俱寂寞，高皇弓劍幾時回。

四、陳璸

陳璸（1656-1718），字文煥，號眉川，廣東海康縣人。清康熙三十三（1694）年進士，授福建古田知縣。四十一（1702）年調知臺灣縣事，清操絕俗，慈惠利民。公暇引諸生考課，以立品敦倫為先。夜躬自巡行，詢父老疾苦。聞讀書紡績聲，則重予獎賞，有群飲高歌者，嚴戒諭之。念商艘水丁，重困窮黎，詳請豁免。歲祲，設法賑貸，發倉平糶。旱則日食脫粟飯以自勵。會水漲潰隄，勢逼倉廒，躬親土石，士民莫不爭先趨役。四十二（1703）年出為四川提學道。四十九（1710）年七月奉特旨調任臺灣廈門道兼理學政。民聞其再至，扶老攜幼，歡呼載道。陳璸以廉靜，兩歲科試士，矢公矢慎，養育人材，士風丕振。

著有《陳清端公文集》，其孫子良、子恭等輯其遺詩三百餘首，附於《陳清端公文集》之後，文詳而詩略，同里丁瑤泉續搜遺詩達六百餘首，多至十卷，又編次《年譜》，並付剞劂（雕版）。編者所據版本主要援引自臺灣大學圖書館所藏道光六（1826）年木刻本，丁宗洛編輯《海康陳清端公詩集》，有關臺灣詩作見於第七、十卷。同時參考國家圖書館所藏《陳清端詩集》鉛活字本加以編校。茲錄〈登紅毛樓〉一首：

> 量移海外乍逢秋，憑眺依稀古戍樓。
> 烽火驚心成往事，清笳入耳散邊愁。
> 盈盈帶水孤帆杳，漠漠晴空白日悠。
> 更喜澄清雄鎮畔，飛雲欻忽渡江頭。[7]

五、勞之辨

勞之辨（1639-1714）字書升，號介巖。浙江石門人。清康熙三（1664）年進士，曾任左副都御使。有《靜觀堂詩集》、《介巖百篇稿》。《全臺詩》僅收錄五首，茲錄頗富詩趣，少有的三言律詩〈海中島〉詩一首[8]分享：

海中島，各一方。

耳無帝，目無王。

古若茲，況漢唐。

勝國末，鄭寇強。

踞其壞，恣跳梁。

乘（趁）潮汐，駕帆檣。

肆擾掠，毒閩疆。

皇赫怒，整斧斨。

命樓船，下扶桑。

寇日蹙，乃求降。

陬兼澨，梯且航。

置郡縣，破天荒。

貢皮幣，賦蔗糖。

銷兵氣，日月光。

　　勞氏雖生在明代，但卻是清康熙三年的進士，又任清左副都御使，有否到過臺灣令人存疑？所稱海中島，諒係對臺灣之託稱；只知有鄭成功渡海到臺反清復明一事，並稱鄭成功為鄭寇，又以「肆擾掠，毒閩疆」批評鄭氏行為，故本作品以旅遊詩稱之，委實牽強。

六、湯世昌

　　湯世昌（生卒年不詳）字對松，號其五，浙江仁和人。清乾隆十六（1751）年進士，乾隆二十四（1759）年以工科給事中差，十二月在福州接印。翌年二月八日抵臺接任巡臺御史，是年五月十三日回京，著有《嘉藻堂集》。現錄〈巡臺紀事五十韻〉[9]一首供參：

臺郡歸疆域，於今近百年。禹功疑不到，昭代迥無前。

祖德天同覆，滄州地豈偏。雲臺憑虎將，水戰屬戈船。

蕩蕩烽煙靖，林林閭廣遷。但教勤土物，何恤授民廛。

治具提綱領，瑕疵盡棄捐。時清消故壘，土沃闢良田。
貔虎軍容整，番黎性命全。門楣惟貴女，嗣續竟迷先。
指稔忘年老，文身倚態妍。束腰藤帶闊，劵耳竹輪圓。
短織厖毛厲，斜簪雉尾顛。鹿弓柔遜弩，螺殼小於錢。
踏臂歌鳴豫，聞簫手可牽。翠看花插鬢，黃結果為鈿。
力健飛猱走，風淳鼓腹眠。帆檣頻輻輳，市井競喧闐。
飽煖生宜厚，矜奢性所便。興臺曳紈綺，歌管費梧榐。
牡礪裝垣細，檳榔刺齒鮮。訟從需後綴，升與因為緣。
搜粟官符急，徵兵尺籍懸。帨巾呼賤隸，挈屬走班聯。
神助濤波漲，威從制府宣。七旬苗舞羽，百日景投淵。
自此星軺出，能令雨化延。苞桑將冊載，芽蘗慮三愆。
田鼠形疑虎，蚍蜉志慕羶。諮詢誠切矣，章奏必行焉。
聖主勤民隱，遐方仰道平。蓁芳除積弊，寮寀共陶甄。
拔韭須連本，扶犁莫越阡。星星咸薙髮，狂狂悉隨肩。
堆案無留牘，調琴有改絃。白衣休伏櫓，紅粟盡登舷。
寬猛原相濟，剛柔慎與權。終期無曠土，所賴熟籌邊。
昨歲銜天語，揚帆泝海壖。雖餘攬轡志，不待憫農篇。
陌灑如膏雨，畦縈灌稻泉。民番巡兩路，旗鼓閱雙旃。
角射雲生的，鳴呵柳拂鞭。壯觀真泛海，歸棹去朝天。
島嶼辭鷗鷺，蓬萊會偓佺。渡洋更十二，到浙路三千。
戶戶康衢祝，山山御氣連。扶桑看出日，叢桂忽霏煙。
葵向何知暑，鳧飛更著鞭。遙瞻五雲裏，南極紫宸躔。

　　這首雖然是湯氏三個多月巡臺五十韻長詩，但也可稱做是巡臺期間
除奏摺公文之外，另類的巡臺見聞報告，詩中充滿著偉大的皇清帝國以大
事小，看待臺灣的心態。

七、鄭成功

　　鄭成功（1624-1662）初名森，字明儼，福建泉州府南安縣人，生平

已如前述不贅。彭國棟評其詩：「五言雅近選體，七言直寫胸臆，不刻意求工，而忠義之氣，溢於言表，相娛能幾何，胡不自結束諸語，微傷局促，殆為不永年之徵。」編者輯錄鄭成功詩作的主要底本為《延平二王遺集》，目前臺灣通用的版本則是楊家駱主編、劉雅農總校的《民族正氣叢書》本，由臺北市世界書局在民國四十六年九月用照相製版重刊清鈔本問世。同時再比對彭國棟《廣臺灣詩乘》、許丙丁《臺南市志稿文教志》、陳漢光《臺灣詩錄》參校，輯錄鄭氏在臺詩作僅一首。

八、鄭經

鄭經（1642-1681）諱錦，字式天，號賢之，又號元之，福建省南安縣人。明永曆十六（1662）年繼任為反清復明的新領導者，大幅改變鄭成功時代的政治與舊臣。原先仍駐守在思明（今廈門），因為屢屢遇挫，遂於永曆十八（康熙三，1664）年率眾東渡。改東都為東寧，升天興、萬年二縣為州，大小政事皆委於陳永華處理。一六六六年依陳永華之請，在承天府籌建聖廟（今臺南孔廟），普設學校，文物之盛，極於一時。清廷曾多次派使者來勸降，都遭鄭經拒絕。永曆二十八（康熙十三，1674）年鄭經聯合三藩反攻，跨海之初，屢獲勝績，後來遭清軍逐一擊退，閩粵八郡乃至思明、金門兩島都失守，於是在永曆三十四（康熙十九，1680）年撤返東寧。從此，心灰意冷，不理朝事，在洲仔尾造園庭（今開元寺），飲酒賦詩，圍棋射獵，縱情為長夜之歡，政事悉委交其子鄭克臧。永曆三十五（康熙二十，1681）年正月二十八日病逝於承天府。

鄭經頗擅長於詩，近人彭國棟評云：「語有思致，非僅存六朝形骸者。聞其嗣位後，頗事吟詠，而集中所收僅如此，知其遺落尚多也。」過去談鄭經詩多以「玄覽堂叢書」《延平二王遺集》中署名為「元之」的十二首詩為主。介紹了新發現的原始資料《東壁樓集》，並據序文內容及所蓋的篆印證明此乃鄭經於永曆二十八年西征初捷時在泉州的首刻本。此刻本原藏於日本內閣文庫，今臺灣國家圖書館漢學中心，以及中央研究院傅斯年圖書館均有影本。以下先呈現泉州刻本之《東壁樓集》詩作四百餘

首，而後呈現《延平二王集》所收鄭經在臺詩作。

九、盧若騰

　　盧若騰（1600-1664）字閑之，福建金門人，因金門為唐代時監牧地，故號牧洲。明崇禎十三（1640）年進士，曾官浙江布政使左參議，分司寧紹巡海兵備道。居官潔己惠民，士民建祠以奉，有「盧菩薩」之稱。南明隆武立，授以右副都禦史，後加兵部尚書。清軍南下，若騰守平陽，力戰，腰臂中矢，遇水師救出。聞閩敗，隆武帝被俘，痛憤赴水，為同僚救起。尋入舟山，輾轉至閩海，偕王忠孝、徐孚遠等居浯洲嶼，自號「留庵（菴）」，一意著述。永曆十七（康熙二，1663）年，清兵攻下金門、廈門。次年，遂與沈佺期等東渡，寓澎湖。病亟，遺命題其墓曰「有明自許先生之墓」。

　　盧氏風情豪邁，喜六書之學，於文學創作主張需有真實情感，最忌無病呻吟，宜「噫」自己心中之「氣」，以直抒心志。嘗自述：「喪亂以來，驚心駭目之事，層見叠出，其足供詩料者多矣。」因此其詩頗能反映鄭成功復臺之艱難，披露鄭軍紀律不嚴，至騷擾擄掠百姓之事，以「詩史」觀之，未嘗不可。此外，盧氏閑退金門時，亦寫下品茗、歌詠當地風土之詩篇，清新可誦。著作甚豐，惜多已佚。一九五九年於金門魯王塚發掘《留庵文集》、《留庵詩集》、《島噫詩》等。不過詩集中與臺灣有關之作不多，或存於《島噫詩》，或存於《留庵詩文集》內，前者目前可見版本有：(1)舊鈔本八世胞侄孫盧德資重錄；(2)臺灣銀行經濟研究室，臺灣文獻叢刊第二四五種，一九六八年；(3)臺北大通書局，臺灣文獻史料叢刊，一九八四年；(4)南投臺灣省文獻委員會，臺灣歷史文獻叢刊・詩文集類。第二種係根據舊鈔本勘校，另加《留庵文選》一卷（序十、書二、疏十、露布一、傳一）；而第三、四種又悉據第二種版本。《留庵詩文集》係一九六九年由金門縣文獻委員會出版，依據林策勳抄寄作品二十餘首及其他書籍著錄而得，其中部分作品乃《島噫詩》所無。唯其中〈澎湖文石歌〉、〈澎湖〉、〈金雞曉霞〉三首詩應為錢琦之作。

貳、清代（1682-1895）的作家與作品

　　臺灣自明永曆三十七（清康熙二十二，1683）年被滿清攻克，至清光緒二十一（1895）年，因馬關條約割讓給日本二百十三年中，經蒐集調查與旅遊詩有關的高達百十位作家，作品更是難計其數，如果比照清代以前析述，勢必難以周延詳盡；如果以年號斷代敘述，又有前述很多作家橫跨重疊兩個或三個年號之缺點，因此除了下一章深入探討之外，此處僅就徵集文獻，整理考證結果列表呈現，如**表6-1**。

表6-1　清代（1682-1895）的作家與作品一覽表

編號	姓名及生殁年	別號或筆名	作品
1	丁日昌 （1823-1882）	字持靜；別字雨生，一作禹生，又作禹笙	編有《持靜齋書目》、《持靜齋藏書紀要》。著有《百蘭山館詩》、《撫吳公牘》、《牧令書紀要》、《百將圖傳》等。
2	久保天隨 （1875-1934）	號天隨；又號默龍；又號青琴；又號秋碧吟廬主人（日籍）	編有《南雅集》四輯，著有《秋碧吟廬詩抄》、《關西遊草》、《閩中遊草》、《琉球遊草》、《澎湖遊草》。
3	水野大路 （1850-？）	水野遵；號大路（日籍）	創設「玉山吟社」，是日治時期最早出現的詩社，相關詩會作品多刊於《臺灣新報》。
4	王凱泰 （1823-1875）	初名敦敏；字補帆	有〈臺灣雜詠〉三十二首、〈續詠〉十二首等為七言絕句體，風格清麗。
5	王瑤京 （1876-1916）	名國才，或作國垣；與王松、王石鵬時人稱為「新竹三王」	明治42（1909）年發起成立「奇峰吟社」，為日治時期新竹第一個成立的詩社，英年病逝，所遺作品甚少。
6	北白川宮 （1847-1895）	1858年賜名能久親王（日籍）	被《全臺詩》列入，但未見詩作。
7	石川戈足 （1847-1927）	師事中野水竹、吉田稼雲，人稱「三絕」；號柳城（日籍）	石川僑臺歲餘，自編詩作成《稗海槎程》，附輯和章成《海上唱和集》。
8	安江正直 （1875-1934）	號五溪（日籍）	著有《臺灣建築史》，被《全臺詩》列入，但未見詩作。
9	吳子瑜 （1885-1951）	字少侯；號小魯	1926年加入「櫟社」，也是臺中「樗社」、「東墩吟社」的社員。詩作未見刊刻，多散見報刊，內容多為友朋情懷抒發、行商羈旅感懷。

（續）表6-1　清代（1682-1895）的作家與作品一覽表

編號	姓名及生殁年	別號或筆名	作品
10	吳彭年 （1875-1895）	字季籛	存詩〈和易實甫寓臺感懷〉一篇六首，見連橫《臺灣詩乘》，風格悲壯。
11	吳德功 （1850-1924）	字汝能；號立軒	著有《戴施兩案紀略》、《讓臺記》、《瑞桃齋詩話》、《瑞桃齋詩稿》、《瑞桃齋文稿》等，其中後三部與文學相關。光緒17（1891）年受聘主修《彰化縣志》。
12	呂世宜 （1784-1855）	字可合；號西村；又號種華道人；亦稱呂大；晚號不翁	著有《愛吾廬文存》、《愛吾廬題跋》、《古今文字通釋》。
13	李秉鈞 （1873-1904）	字子桂；號石樵	著有《石樵集》八卷，今未見。詩作散見於《臺灣日日新報》。
14	李長庚 （1751-1807）	字超人；號西巖；諡號「忠毅」	著有《水戰紀略》、《李忠毅公遺詩》，論者謂其詩有雅歌投壺之風。
15	李望洋 （1829-1901）	字子觀；號靜齋	著有《西行吟草》兩卷，明治34（1901）年出版。
16	李逢時 （1829-1876）	字泰階	詩作多詠蘭陽當地風光兼及史事，目前僅見《李拔元遺稿》抄本傳世。
17	杜淑雅 （1851-1896）	字韻士（女）	詩作無多，王松《臺陽詩話》錄有一作，另《臺北文獻》（直字）刊物中亦有三首。
18	沈光文 （1612-1688）	字文開；號斯庵；世稱「海東文獻初祖」	詩文散見於方志、臺灣詩文總集，以及筆記雜纂，如連橫《臺灣詩薈》、《臺灣詩乘》、陳漢光《臺灣詩錄》、寧波同鄉月刊《沈光文斯庵先生專集》、龔顯宗《沈光文全集及其研究資料彙編》。
19	沈瑜慶 （1858-1918）	字志雨；號愛蒼；別號濤園	曾出資刊《元詩紀事》。善詩。其詩熟於史事，有感而發，尤以《正陽集》多名篇，另有《濤園集》、《濤園詩集》，光緒初曾來臺，〈哀餘皇〉一首痛悼清末海軍敗壞，以致有割臺之役。
20	阮元 （1764-1849）	字伯元；號芸臺	校刊《十三經注疏》、《文選樓叢書》，撰輯《經籍纂詁》、《積古齋鐘鼎款識》、《兩浙金石志》等，匯刻《學海堂經解》，自著《揅經室集》。老病致仕，卒諡文達。有關臺灣詩一首，見連橫《臺灣詩乘》
21	阮蔡文 （1666-1715）	字子章；號鶴石	一生志在經濟事業，所以著述無多。
22	兒玉源太郎 （1852-1906）	號藤園主人（日籍）	曾出版有《慶饗老典錄》、《南菜園唱和集》、《揚文會策議》。

（續）表6-1　清代（1682-1895）的作家與作品一覽表

編號	姓名及生殁年	別號或筆名	作品
23	周長庚 （1847-1892）	字辛仲，亦作莘仲；又字味禪；人稱「周老師」	《周教諭遺詩》二十九頁五十七題，其中在臺所作十八題。
24	易順鼎 （1858-1920）	字實甫；又字中碩；號眉伽；又號哭庵	平生詩作近萬首，結集成冊者有二十餘種，其中《四魂集》共分五卷，含〈魂北集〉、〈魂東集〉、〈魂南集〉、〈歸魂集〉、〈魂南記〉等。
25	林汝梅 （1834-1894）	乳名清潭；字若邨，一作若村	詩作今存自題畫幅四首，見王松《臺陽詩話》卷上、連橫《臺灣詩乘》卷四。
26	林臥雲 （1881-1965）	名玉書；號六一山人	著有《臥雲吟草》、《臥雲吟草續集》外，有手稿《醉霞亭集》、《讀老隨筆》甲乙丙丁集、《六一山人讀書筆記》、《摭拾錄》、《什記》等。
27	林畏廬 （1852-1924）	林紓；原名群玉；字琴南；號畏廬；又號蠡叟、冷紅生	有《畏廬文集》、《春覺齋論文》、《文法講義》等數十種；詩作如《閩中新樂府》收仿樂府體詩歌三十二首，內容激議時政，倡導改良。
28	林啟東 （1830-1872）	字乙垣；號藜閣，又號羅峰	存詩三首，見賴子清《斐亭吟會‧牡丹詩社》。
29	林朝英 （1739-1816）	字伯彥；號梅峰；又號鯨湖英；別署一峰亭；小名耀華；或作夜華；謚封「謙尊」	其子林瀛刊《一峰亭林朝英行略》，惜未錄詩。《明清時代臺灣書畫》，輯錄林氏詩作計三首。
30	林朝崧 （1875-1915）	字俊堂（一作峻堂）；號癡仙；又號無悶道人	1899年自上海返臺定居。返臺後，他與洪棄生、賴紹堯、林幼春、陳瑚、呂敦禮、陳懷澄等詩友時相唱和作詩。1901年其詩題已出現「櫟社」之名。詩作為去世十餘年後，由櫟社詩友合力編輯《無悶草堂詩存》。
31	林維丞 （1822-1895）	初名星垣；字薇臣；號亦圖	工詩，同治2（1863）年林氏自訂《潛園寓草》二卷，生前因故未及付梓，輾轉託付王松，惜未見行世。壺溪道人曾抄錄並擇優於《臺灣日日新報》披露，計六十九首。又蔡啟運《臺海擊鉢銀集》收錄林氏詩作十五首。其他佚詩則散見《大屯山房譚薈》、《臺灣詩醇》、《師友風義錄》、《臺灣詩乘》、《新竹縣志初稿》、《臺灣新報》及《臺灣日日新報》。

（續）表6-1　清代（1682-1895）的作家與作品一覽表

編號	姓名及生歿年	別號或筆名	作品
32	林維朝 （1868-1934）		聯合新港文人組「鴝音吟社」，擊缽聯吟為樂。著作有《勞生略歷》、《文稿》、《雜作》，詩《怡園吟草》四冊、未署名詩集一冊，以及《怡園唱和集》，詩作以視野見長，平易中含帶感慨。
33	林豪 （1831-1918）	字嘉卓；一字卓人；號次逋	有《誦清堂詩集》、《誦清堂文集》、《瀛海客談》、《潛園詩選》等，均與本地相關，惜除《誦清堂詩集》外，頗多亡佚。該詩集收錄林豪古今體詩作一千零十八首，分十二卷，是晚年定稿。
34	林獻堂 （1881-1956）	諱大椿；號灌園	有《環球遊記》、《東遊吟草》，葉榮鐘蒐其散稿，輯成《軼詩》一卷。民國81年，龍文出版社影印其著作，合集為《灌園詩集》。獻堂之作，除擊缽、消閒吟詠外，獨具社會關懷，每及於臺灣前途、世界時事。《東遊吟草》對日本戰後軍民之生活，刻劃尤稱細膩。
35	林鶴年 （1847-1901）	字謙章；又字鐵林；號氅雲；晚號怡園老人；「閩中十子」之一	著有《福雅堂全集》、《福雅堂東海集選訂》、《東亞書院課藝初二集》等。《福雅堂詩鈔》共十六卷，收林鶴年詩一千九百多首。
36	林纘 （1887-1956）	字述三；號怪痴；又號怪星、蓬瀛一逸夫、唐山客、苓草	參與編輯由社員出版之《臺灣詩報》。著有《礪心齋詩集》、《礪心齋詩話》、《玉壺冰小說》等。
37	邱緝臣 （1864-1928）		作品原五冊，其中《越南吟草》等四冊（其他三冊書名不詳）於文革中亡失，僅餘丙寅（1926）年本輯餘稿，實即其絕筆之作。
38	俞明震 （1860-1918）	字恪士；一字碤士；號觚齋；晚號觚庵	著有《觚庵詩存》四卷。
39	姚瑩 （1785-1853）	字石甫；號明叔；又號幸翁；晚號展和	有關臺灣之詩作《中復堂選集》輯錄《後湘》二集、續集，共有古詩十一首，律詩三十三首，絕句十四首，合計五十八首。章法縝密，溫雅蘊藉。
40	施士洁 （1856-1922）	字澐舫；號芸況；又號喆園；晚號耐公	著作有《日記》一冊、《鄉談聲律啟蒙》一冊、《喆園吟草》四冊、《後蘇龕詩鈔》十一冊、《後蘇龕詞草》一冊。

（續）表6-1　清代（1682-1895）的作家與作品一覽表

編號	姓名及生歿年	別號或筆名	作品
41	施梅樵 （1870-1949）	字天鶴；號雪哥；又號蛻奴、可白	詩作刊印《捲濤閣詩草》初集兩卷、《鹿江集》。另《玉井詩話》、《白沙詩集》、《捲濤閣尺牘》、《見聞一斑》、《讀書箚記》，惟未見刊傳世。
42	施鈺 （1789-1850）	字少相；號石房居士；一字霄上	《臺灣別錄》二卷、《石房樵唱》四卷。
43	施瓊芳 （1815-1868）	字見田；號珠垣；一字昭德；初名龍文；改名瓊芳	《春秋節要》、《石蘭山館遺稿》。作品中可見其「恬退」之性格。
44	胡承珙 （1776-1832）	字景孟；號墨莊	《儀禮古今文疏義》十七卷、《毛詩後箋》三十卷、《求是堂詩集》二十卷，詩作共一千五百多首，道光13年（1833）出版，其中第十七卷《東瀛集》為在臺期間所作。
45	胡傳 （1841-1895）	字鐵花；一字守三；號鈍夫	光緒18年（1892）2月至21年（1895）5月28日止，臺灣割讓給日本始奉命內渡；於是年8月15日，病逝於廈門，時年五十五。著有《臺灣日記與稟啟》，內有詩作。
46	胡殿鵬 （1869-1933）	字子程；號南溟	著有《南溟詩草》、《大冶一鑪詩話》。詩文特色，狂放不羈。
47	唐景崧 （1841-1903）	字維卿；又字薇卿；號南注；又號南注生、請纓客	有《詩畸》輯錄。編《謎拾》。著有《請纓日記》、《寄閒吟館詩存》、《看棋亭雜劇》。
48	孫爾準 （1770-1832）	字平叔；又字萊甫；號戒庵；謚「文靖」	《泰雲堂詩集》十八卷、《泰雲堂文集》兩卷、《雕雲詞》一卷、《荔香樂府》一卷、《海棠巢樂府拈題》一卷。
49	徐宗幹 （1795-1866）	字伯楨；號樹人；謚清惠	《斯文信齋文編》、《治臺必告錄》、《東瀛試牘》、《瀛洲校士錄》、《虹玉樓詩選》。
50	張士箱 （1673-1741）	字汝萬	詩作曾獲選入李丕煜《鳳山縣志》、王禮《臺灣縣志》、《臺灣府志》。康熙59年（1720）參與分修王禮《臺灣縣志》。
51	曹士桂 （1800-1848）	字丹年；號馥堂	詩作錄於《宦海日記》。
52	梁啟超 （1873-1929）	字卓如；號任公；別號飲冰室主人	著有《清代學術概論》、《歐遊心影錄》、《飲冰室全集》等。在臺詩作，原擬刻曰《海桑吟》，惜無定本流傳。部分刊於連橫《臺灣詩薈》十六及十八號。

（續）表6-1　清代（1682-1895）的作家與作品一覽表

編號	姓名及生歿年	別號或筆名	作品
53	梁章鉅 （1775-1849）	字閎中；又字茝林，一作茝鄰；號退菴；又號古瓦研齋	著述有《浪跡叢談》、《論語集注旁證》、《孟子集注旁證》、《歸田瑣記》、《南省公餘錄》、《退庵隨筆》、《楹聯叢話》等七十餘種。
54	許咸中 （18471884）	字梓修；號爾爵；別署梅峰、克仲、惜花使者	詩文多不存，今僅傳其不遇時所作之詩六題六十四首，見其子許夢青《鳴劍齋遺草》。
55	許夢青 （1870-1904）	字炳如；又字荊石、蔭亭；泮名夢青；號劍漁；又號雲客、冰如、高陽酒徒	幼年作《聽竹山房詩稿》、《夢青堂詩稿》，少年作《鳴劍齋詩草》。青年作《聽花山房詩集》近八百首已佚。1916年《臺灣文藝叢誌》曾刊出《鳴劍齋遺草》之一部分。1960年裔孫許常安輯為《鳴劍齋遺草》。
56	陳文騄 （1840-1904）	字仲英；號壽民；又號南孫	著有《養福齋集》，編有《陳氏清勞錄》，內有〈陳文肅公年譜〉。
57	陳玉衡 （1808-1843）	字汝超	工詩，《彰化縣志》及陳漢光《臺灣詩錄》輯錄陳氏詩作八首。
58	陳季同 （1851-1905）	字敬如	著有《三乘槎客詩文集》十卷、《盧溝吟》一卷、《黔遊集》一卷及法文書數種。
59	陳衍 （1856-1937）	字叔伊；號石遺	著有《石遺室詩文集》、《石遺室詩話》三十二卷等。編有《金詩記事》、《元詩記事》等。
60	陳朝龍 （1869-1903）	字子潛；號臥廬	光緒20（1894）年，應邑令葉曼卿之聘，參與纂修《新竹采訪冊》。著有《十癖齋詩文集》。
61	陳壽祺 （1771-1834）	字恭甫；又字介祥；又字葦仁；號左海；又號梅修；晚號隱屏山人	與陳若霖修《福建通志》。編有《黃忠端集》。著有《五經異義疏證》、《左海經辨》、《左海文集》等。
62	陳夢林 （1670-1745）	字少林	纂修《諸羅縣志》。著有《臺灣遊草》、《臺灣後遊草》、《遊臺詩》一卷。
63	陳槐澤 （1885-？）	字心南；號禽庵（或作翁菴）；又號秋星	詩工近體，律絕俱佳，為「星社」社員，著有《翁庵詩集》。
64	陳維英 （1811-1869）	字碩芝；號迂谷；又字實之	著有《鄉黨質疑》、《偷閑錄》、《太古巢聯集》等。《鄉黨質疑》，並未付梓，今已散佚。《偷閒錄》稿本亦已佚失。
65	陳肇興 （1831-？）	字伯康；號陶村	著有《陶村詩稿》六卷，併《咄咄吟》二卷合刊。

（續）表6-1　清代（1682-1895）的作家與作品一覽表

編號	姓名及生歿年	別號或筆名	作品
66	陳鳳昌 （1865-1906）	字鞠譜；又字卜五；號小愚	著有《拾唾》四卷、《小愚齋詩稿》一卷。
67	陳震曜 （1779-1852）	字煥東；號星舟	著有《小滄桑外史》四卷、《風鶴餘錄》二卷、《海內義門集》八卷、《歸田問俗記》四卷、《東海壺杓集》四卷。
68	陳濬芝 （1855-1901）	一作陳浚芝；字瑞陔；號紉石	光緒20（1894）年考取貢士，曾任教新竹明志書院及臺北明道書院。
69	陳霞林 （1834-1891）	字洞魚；又字蓬渠；號問津；人稱「陳部爺」	存詩一首，見連橫《臺灣詩乘》。
70	陳璸 （1656-1718）	字文煥；號眉川；諡「清端」	集刻《臺廈試牘》，爰梓其尤雅者若干篇示諸生，題曰：《海外人文》。著有《陳清端公文集》。
71	陳寶琛 （1848-1935）	字伯潛；號弢庵；又號陶庵、聽水、桔叟、桔隱；別署聽水老人、滄趣樓主、鐵石道人、聽水齋主	著有《滄趣樓文存》、《滄趣樓詩集》、《滄趣樓聯語》、《滄趣樓律賦》、《南游草》、《陳文忠公奏議》等，刊有《征秋館藏印》、《征秋館吉金圖錄》。
72	章甫 （1760-1816）	字文明；號半崧	著有《半崧集》六卷。
73	章炳麟 （1869-1936）	字枚叔；號太炎	1898年來臺主持《臺灣日日新報》，並參加日人在臺創設的漢詩社「玉山吟社」，翌年離去。1903年發表著名的〈駁康有為論革命書〉，並為鄒容《革命軍》作序。
74	勞之辨 （1639-1714）	字書升；號介巖	著有《靜觀堂詩集》、《介巖百篇稿》。
75	湯世昌（不詳）	字對松；號其五	著有《嘉藻堂集》。
76	黃叔璥 （1666-1742）	字玉圃；晚號篤齋	著有《臺海使槎錄》八卷，內分《赤嵌筆談》四卷、《番俗六考》三卷、《番俗雜記》一卷，共一百二十二目，為清代臺灣早期文獻之一，後來修志者，往往取以為參考。
77	黃純青 （1875-1956）	名炳南；幼名丙丁；字純青；晚號晴園老人	《晴園詩草》上卷，得七言絕句一百三十八首。為臺灣省文獻委員會第三任主任委員。
78	黃遵憲 （1848-1905）	字公度；別號人境廬主人	工詩，喜以新事物融鑄入詩，有「詩界革命導師」之稱。詩集名《人境廬詩草》，另有《日本國志》、《日本雜事詩》。

（續）表6-1　清代（1682-1895）的作家與作品一覽表

編號	姓名及生歿年	別號或筆名	作品
79	黃鴻藻（1874-1911）	字采侯；號芹村	不詳。
80	楊廷理（1747-1816）	字清和；號雙梧；一字半緣；晚號更生	計有《臺陽試牘》初集、二集、三集，重刻《柳河東先生集》，著有《東瀛紀事》一卷、《議開臺灣後噶瑪蘭節略》一卷及《敘刊年譜》。生前自刊詩集《西來草》、《東歸草》、《南還草》、《北上草》、《再來草》、《雙梧軒詩草》、《東游草》等九種，另有未刊本《候蟲吟》、自撰年譜《勞生節略》一卷。
81	楊浚（1830-1890）	字雪滄；號健公；又號冠悔道人	同治8（1869）年遊臺，受淡水同知陳培桂之聘，纂修《淡水廳志》；並應鄭用錫子嗣鄭如梁之請，編纂《北郭園全集》，首開清代北臺灣文學專著出版之先河。著有《冠悔堂詩文鈔》、《冠悔堂賦鈔》、《冠悔堂駢體文鈔》、《冠悔堂楹語》、《楊雪滄稿本》。
82	楊爾材（1882-1953）		有《近樗吟草》。
83	葉際唐（1876-1944）	字文樞	組「讀我書社」。屢在《詩報》發表〈百衲詩話〉、〈續百衲詩話〉，介紹大陸名家詩作。遺著由莊禮耕輯為《葉文樞先生殘稿》。
84	熊學鵬（1715-1779）	字雲亭；號廉村	不詳。
85	趙翼（1727-1814）	字雲松；號甌北；又字耘松；晚署三半老人	著有《皇朝武功紀盛》、《二十二史劄記》、《甌北詩話》、《甌北詩集》等，擅長以平鋪直敘的手法寫詩，似嘲似謔。
86	劉承幹（1882-1963）	字貞一；號翰怡；又號求恕居士	刻有《嘉業堂叢書》、《吳興叢書》、《求恕齋叢書》、《留餘草堂叢書》、《希古樓金石叢書》等，編有《明史例案》、《南唐書補注》、《王文敏公遺集》、《遼東三家詩鈔》等。民國14年仲夏又作〈王友竹先生六十壽言〉一篇。

（續）表6-1　清代（1682-1895）的作家與作品一覽表

編號	姓名及生殁年	別號或筆名	作品
87	劉家謀 （1814-1853）	字仲為；一字芑川	著有《外丁卯橋居士初稿》、《東洋小草》、《斫劍詞》、《開天宮詞》、《操風瑣錄》、《鶴場漫志》、《海音詩》、《觀海集》，後二者皆寫於臺灣，內容多為關注臺灣風土民情之作。劉家謀每到一地均留心文獻與地方掌故，在寧德著有《鶴場漫志》，在臺灣則有《海音詩》、《觀海集》。
88	劉銘傳 （1836-1896）	字省三；諡壯肅	著有《大潛山房詩集》二卷，大多為少年從軍之作，另有《奏議》二十四卷。撫臺時，少吟詠，存詩一首，見連橫《臺灣詩乘》。
89	樊增祥 （1846-1931）	字嘉父；號雲門；又號樊山；別署天琴老人	擅長詩、駢文、詞，為近代晚唐詩派代表詩人。著有《樊山全書》。
90	蔡廷蘭 （1801-1859）	字香祖；號郁圓；人稱「開澎進士」；學者稱秋園先生	曾作〈請急賑歌〉上呈興泉道周凱。《海南雜著》曾佐通判蔣鏞纂《澎湖續編》。蔡廷蘭詩工古體，文善四六。曾佐通判蔣鏞纂《澎湖續編》。光緒4（1878）年金門林豪為之集成《惕園古近體詩》兩卷，駢體文、雜著各若干卷。《惕園古近體詩》今未見。
91	蔡國琳 （1843-1909）	字玉屏；號春巖；又號遺種叟	光緒19（1893）年受命纂修《臺灣通志》采訪。明治29（1896）年受臺南縣知事磯貝靜藏之聘，編纂《臺南縣志》。著有《叢桂齋詩鈔》四卷。
92	蔡啟運 （1862-1911）	名振豐；字啟運；又字見先；號應時	修纂《苑裡志》。明治39（1906）年與林癡仙、林幼春等人創立櫟社，為創社九老之一。
93	蔡惠如 （1881-1929）	名江柳；字鐵生	明治39（1906）年加入「櫟社」。倡議成立「臺灣文社」，創刊《臺灣文藝叢誌》。著有《鐵生詩草》。
94	鄭十洲 （1873-1932）	名登瀛；字十洲；號竹溪詩逸；又號竹溪詩隱；「高門三傑」之一	鄭氏生前詩稿因恐賈禍於子孫，自行將具有民族意識之篇什焚燬，《鄭十洲先生遺稿》乃收錄倖存詩作一百一十首及遺墨。
95	鄭兼才 （1758-1822）	字文化；號六亭	曾與謝金鑾合纂《續修臺灣縣志》。著有《六亭文集》。
96	鄭家珍 （1866-1928）	字伯璵；號雪汀	有《倚劍樓詩文存》之輯刊，又有《雪蕉山館詩草》之稿。

（續）表6-1　清代（1682-1895）的作家與作品一覽表

編號	姓名及生歿年	別號或筆名	作品
97	賴子清 （1894-1988）	字鶴洲	編有《臺灣詩醇》、《臺灣詩海》、《中華詩典》、《古今詩粹》、《臺灣詩珠》、《臺灣詠物詩》、《臺灣寫景詩》、《古今臺灣詩文社》、《嘉義縣志》、《彰化縣文化誌》。著有《鶴州詩話》。
98	賴時輝 （1819-1884）	字夢修；號省齋	不詳。
99	錢琦（1704-?）	字相人；字湘純；號璵沙；又號述堂；晚號耕石老人	著有《澄碧齋詩鈔》十二卷，《別集》一卷。
100	謝友我 （1869-1926）	字瑞琛；號獻秋	擅長詩文，工於草書，生平作品留存不多，收錄在其孫謝汝川為其長子謝國文所編的《省廬遺稿》之後，題為《先祖父謝友我先生唱和集》。
101	謝金鑾 （1757-1820）	字巨廷；改名灝；字退谷	任官安溪時作《泉漳治法論》，就職嘉義時著《蛤仔難紀略》。與鄭兼才合輯《續修臺灣縣志》八卷。另著有《二勿齋文集》六卷、《論語續注補義》四卷、《教諭語》四卷、《大學古本說》，又刻其故舊之詩曰《春樹暮雲編》。
102	謝國文 （1887-1938）	字星樓；號省廬；又號醒廬、醒如、稻門老漢、旭齋主人、或齋、蕉園；筆名柳裳君、謝耶華、赤崁暢仙、空庵、小阮、江戶野灰、新羿、小暢仙	著有〈臺灣議會設置請願歌〉。大正12（1923）年撰寫白話小說〈犬羊禍〉諷刺臺灣的御用士紳，刊載於《臺灣》雜誌。生平作品經其哲嗣謝汝川蒐集，共得詩約三百首、燈謎數百條、文五篇。共分詩鈔、吟餘、唱和、文稿、燈謎等五集，前冠諸家序、題詞，後附謝友我親友唱和集，其作總為《省廬遺稿》，於1954年排印出版。
103	謝琯樵 （1811-1864）	名穎蘇；初字采山，後改管樵、琯樵；號北溪漁隱；又號嬾雲；亦稱嬾雲山人、嬾翁	存詩二首，見王松《臺陽詩話》、連橫《臺灣詩乘》，今據以移錄。
104	謝頌臣 （1852-1915）	謝道隆；字頌臣，又作頌丞；友人稱之為「謝四」	著有《小東山詩存》。
105	謝維巖 （1879-1921）	字崧生	詩作蘊藉平和，不矜才使氣而自見真性情。生平作品約近千首，可惜大多亡佚。哲嗣謝國城於1965年蒐集其作，題為《謝籟軒詩集》，僅有三十八首完整的作品。

（續）表6-1　清代（1682-1895）的作家與作品一覽表

編號	姓名及生歿年	別號或筆名	作品
106	謝鯉魚 （1892-1959）	字溪秋；號竹軒；晚年使用南吼、易暢等筆名；「南社三健將」之一	所作漢詩風格豪邁，發表於《臺南新報》、《臺灣青年》、《臺灣民報》。生前並無作品刊行，逝後，子嗣謝國雄搜集其生平詩文作品，編為《謝溪秋その詩とおもげ》。
107	藍鼎元 （1680-1733）	字玉霖；號鹿洲；別字任庵	參與《大清一統志》之纂修。著有《藍鹿洲集》、《平臺紀略》、《東征集》等。
108	魏清德 （1886-1964）	號潤庵	著有《滿鮮吟草》、《潤庵吟草》等作。
109	魏紹英 （1862-1917）	字篤生	著有《鶴山詩文集》、《虎觀謎存》等。
110	籾山衣洲 （1855-1934）	本名逸（日籍）	編輯《南菜園唱和集》。著有《鬢絲懺話》。

資料來源：取材自臺灣文獻叢書。

參、清代旅遊詩作家與作品總評

歸結清代旅遊詩作，約可做如下評論：

1.清代旅遊詩作品數量，隨漢人移居，臺灣開發而逐漸增多。根據統計，光是作家數量，清代（1682）以前只有王忠孝等十四位，而且集中在明末。清領臺之後的康熙雍正（1683-1735）年間十二位；乾隆嘉慶（1736-1820）年間三十一位；道光咸豐（1821-1861）四十年間激增為六十位，以及同治光緒（1862-1895）年間，迄乙未割讓臺灣有八十一位[10]，可以感受到隨著臺灣開發的腳步，文教的發達而詩風漸盛。

2.清代前後旅遊詩作品，隨著滿漢政權的更迭，以及民族意識的迥異而有明顯的不同，就如同下一章探索的〈東寧詠〉，相同地點，不同政權作家的內容就迥然不同，常會令後世讀者無所適從。同樣情形在光緒二十一（1895）年亦然，乙未馬關條約割讓臺灣給日本，群情激憤，自詩中品味最令人深刻，而後來為政者所做詩文，不論

是清領臺之初，亦或日據臺之初，藉旅遊為詩之便，亦都極盡攏絡之實，如有興趣研究人士可以再進一步深入探討。

3.清代旅遊詩作家概略可分宦遊、流寓、世居本地等三類，而宦遊又可分為文官及武官兩種身分。大抵而言，文官歷經科考，詩文俱佳，文筆優美，較富內涵；武職則粗曠。流寓與世居本地的作家，常以詩會友，並結盟為詩社相互切磋，因此詩風愈盛，作品也愈進步。

4.**表6-1**所列有少部分是日籍人士，旅遊詩的作品不論是日文或生澀的漢文俱皆呈現，造成此一現象，乃係因以西元年份為蒐集資料設定關鍵，進行網頁搜尋，因此凡作家生歿年份在該搜尋年份者，一一浮顯，俱收入表中，探討結果雖待商榷，但對後續研究，特別是對日據時期臺灣旅遊文學與文獻之探究，當有些許助益。

第二節　賦的旅遊作家與作品

　　賦者古詩之流也，祝堯《古賦辯體》依賦之演進，分賦之體式，計有四種：曰古賦、曰俳賦、曰文賦、曰律賦；其體雖異，而必緣情發義，托物興詞，始不失其本義，固不待言也。臺灣旅遊文學中之賦，多作於明末清初，後人殊少為之。綜觀前賢所作，俳賦居多，而其音律諧協，對偶精切，文采富麗，悉為雅頌之音；後人讀之，雖不無有過於鋪張之嫌，然其因旅遊臺灣之後，而歌詠臺灣山川景象者，亦頗多可取。但因為這方面作家甚少，只就高拱乾、王克捷、陳輝、張湄、李欽文及施瓊芳等六家作品並展之於次：

壹、高拱乾

　　高拱乾，號九臨，陝西榆林人。康熙三十一（1692）年任分巡臺廈兵備道兼理學政。後升任浙江按察使。嘗以季麒光之郡志稿為底本，廣採

資料，纂輯《臺灣府志》十卷，為本省官修志書之嚆矢。除著有〈澄臺記〉外，其屬於旅遊代表作品有〈臺灣賦〉，茲就其內容賞析如下[11]：

緊洪荒之未闢兮，含混沌而茫茫。迨河山之既奠兮，爰畫野而分疆。裂九州而成天下兮，誰不知乎海之為百谷王。維禹功之所不及兮，遂棄之於莽莽而蒼蒼。

一自地借牛皮，謀成鬼伎；斷髮裸身，雕題黑齒，營赤嵌之孤城，築安平之堅壘；隱樓櫓於鯤身，藏火攻於鹿耳。貿易遍於三州，資生憑乎一水。藉三保而標名兮，致懷一以不軌。哀商賈之何辜兮，聚魂魄於萬里。

嗣是荷蘭煽虐，天贊成功；鹿門潮漲，鴟窟戍空。時移事去，兵盡矢窮；竄餘生而歸國兮，遂此地為蛟宮。非天心之助逆兮，蓋劫運之未終。不謂寇我疆場，焚我保聚，時乘無備而肆其鴟張，或因不虞而資其竊取。收亡命於淮南兮，聚無良於水滸。民不聊生，王赫斯怒；咨左右之夔龍，率東南之熊虎。定百計以安瀾兮，果一戰而納土。於焉擴四千載之洪濛，建億萬年之都邑。風既變為新栽，俗亦除其舊習。文武和衷，干戈載戢。誰肆志以行吟，豈有懷而靡及？

若夫狂瀾既倒，海若呈奇；一時琥珀，萬頃琉璃。情渺渺兮孤往，天青青兮四垂；風輕兮水面，雲淡兮山眉。即孤臣與孽子，亦撫掌而忘機。至於輝壁耀奎，陰陽分位，月白飛銀，空明捏翠，乘舴艋兮小舟，結金蘭兮同志；玉樹兮三章，青州兮一醉。實自幸世外之有身，誰復疑此間之無地。

又若山山含紫，樹樹凝青；層巒疊障，戴月披星。或瓊飛而皓皓，或體潔而盈盈；時微雲以肆抹，忽巧鳥兮一聲。懷高岡兮彩鳳，聞此地兮仙靈；羌應接而不暇，又何讓乎山陰。爾乃石尤乍起，馬首長驅；雷鳴海底，霧失天隅。濤倉皇而山立，浪怒激而箭趨。驚聞聲為飛炮，訝入眼而墜珠。乾坤兮雲狗，風水兮人魚。則惟有寄餘生於泡影兮，誰復望視息乎斯須！

若乃水土無情，番彝裸處。既慣狎鷗，復傷碩鼠？雖敬老而尊賢，

奈輕女而重男。富賽懸弧壺，糧無宿貯。圍尺布之蒙蒙，謂衣裳之楚楚。蛇目蜂腰，雀行鳥語。而或蕩子從軍，貞臣流寓；哭倒行於途窮，傷逆施於日暮。奮一臂而長呼，輕餘生以不顧。至闇室以雄經，且從容而遵路。於是水變為愁，山真如醉，叫泣月之子規，淚批風之贔屭。魂黯黯兮牢騷，魄淒淒兮憔悴。固志士之不忘，亦斯文之未墜。

乃至鰕鬚百丈，鰌骨千尋；貝文似鳳，魚首如人；大龜之壽三萬歲，蝴蝶之重八十斤。非此邦之物產，蓋在乎南海之濱。又如蜃樓縹緲，海市高低，碧雲擁日，滄海為梯。光從定後，圓始天躋；非此邦之風景，又在乎東海之青齊。更或橋邊鼇泣，別淚如珠；山頭劍舉，雪城為墟；飛女仙之一石，起刻史於沾濡；扶紅裳之魚女，使之返於沮洳。而茲邦又無此怪異，或見之於洞庭湖。

噫嘻！戶滿蔗漿兮，人藝五穀；地走風沙兮，群遊麋鹿。厭五畝之宅而不樹桑兮，任三家之村而亦植竹。道無遠近兮，肇牽車牛；人無老幼兮，衣帛食肉。惟占籍而半為閩人兮，故敦厚亦漸而成俗。若欲盡寫夫杳渺之離奇兮，恐或見嗤夫齊莊而端肅。即飲食亦平易而無奇兮，原未足以窮夫人間之水陸。惟聖世而能破夫天荒兮，幸滄溟而亦擴其地軸。聊搦管而賦其物情兮，用以佐夫「大風」之一曲。

亂曰：秋風起兮楓木丹，天地閉兮荷始攤。燠多寒少兮厥民析，雷轟海發兮響空山。為王尊兮應叱馭，為王陽兮心一酸。於山則見太行之險，於路則見蜀道之難。於海道之難上難、險上險，普天之下望洋興嘆者，吾知其無以過乎臺灣！

貳、王必昌

王必昌乳名揆，字喬岳，號後山。福建德化城關西門人，生於清康熙四十三（1704）年，雍正十（1732）年壬子科鄉試，中試第十三名舉人。雍正十二（1734）年德化知縣黃南春延聘掌教縣義學。乾隆十

（1745）年乙丑科登進士第，殿試二甲第六十二名，銓選吏部觀政。乾隆十一（1746）年二月，應德化縣令魯鼎梅之聘，主纂《德化縣志》。次年六月修竣。乾隆十四（1749）年，魯鼎梅調任臺灣知縣。乾隆十七（1752）年，王必昌又應魯鼎梅之聘來臺主纂《臺灣縣志》。乾隆十八（1753）年，王必昌出任湖北鄖縣知縣，兼理竹溪縣事。任職三年，勤政愛民，後以病辭歸，乾隆五十三（1788）年，卒於故居甲園，享年八十五歲，著有《甲園內外篇》文集若干卷。[12]

一、〈臺灣賦〉

緬瀛海於鴻濛，環九州而莫窮；覽形勝於臺郡，乃屹立乎海中。叢岡鎖翠，巨浸浮空。南抵馬磯，北發雞籠；綿亙二千餘里，誠泱泱兮大風。爾其菹東寧、扼安平，鯤身蟬聯而左抱，鹿耳蟠轉以右迎，沙線沉礁，迴紫瀾於曲港；雷硠擺浪，撼赤嵌之孤城。則瞿塘之峽不足擬，又何論乎蜀道與太行。若夫市肆填咽，阡陌縱橫。泉、漳數郡，資粟粒之運濟；錦、蓋諸州，分蔗漿之餘贏。蜃蛤魚鹽，在在殷裕；瓜茄薑芥，種種早生。實海邦之膏壤，宜財賦之豐盈。

溯夫天造草昧，遐裔荒墟，南北土酋，穴處巢居。迨有明之宣德，遣中官以乘桴；遭風偶泊，始識其途。嗣是以後，狡焉啟疆，實繁有徒。曾一本竊據於澎島，林道乾勾致夫倭奴；繼以思齊之嘯聚，荷蘭之詭圖。泊乎鄭氏，乃凌險而負嵎；建偽官、開方鎮，萃濱海之逃逋。因利乘便，順風長驅：陷七郡，破潮、粵；犯溫、臺，掠東吳。毒燄所觸，沿海焦枯；熊蹲四世，虎視方隅。維我仁廟，皇靈震疊；命將專征，克埦譬愕。遂按圖而設版，復定賦而計甲。關四千載之方輿，安億萬姓於畚鍤。慶文教之誕敷，群入學而鼓篋。或挽車而騎牛，或操舟而理楫。重洋間渡，舸艦帆聯；樂土興歌，人民踵接。蓋茲邦之廣衍，兼四省而延袤；作南服之藩籬，挺一方之奇秀。

其山則祖龍省會，五虎門東；沿江入海，徑渡關潼；突起雞嶼，峻

嶒龍縱。過南嵌、蟲龜崙，煙霏霧結，繡錯雲屯。大武雙高而作鎮，木崗特立而稱尊。更有巍峨瑩徹，如冰如雪；是名「玉山」，奇幻特絕；隨霽色而偶呈，倏雲封而變滅。若其磅礡蜿蜒，駢羅連蜷：或如龜龍浮游於海上，或如鷥鳳軒翥於天邊。數六六之群島，盼九九之危巔；非人跡所能遍，亦「山經」所未鐫。其水則原泉百派，自東徂西：九十九道之溜，二十八重之溪。極縈迴以紆折，迨放海而皆齊。瀧瀧湲湲，潴澤渟淵；汨汨涓涓，疏畎距川。大甲、大安、大肚之深廣；蚊港、笨港、東港之洄漩。海翁窟風高浪湧，虎尾溪水湍沙瀮；況黑溝與白洋，更譎怪之萬千。他如蛤仔難之產金，寒潭難入；毛少翁之產磺，沸土重煎。赤山著木而煙起，火山徹夜而光燃。大崗絕巘，綴纍纍之牡蠣；外海異香，浮裊裊之龍涎。山朝支麓，溫泉沸鑊；水沙連嶼，藉草浮田。茄苳網石湖穿海，八里坌月窟湧泉。又若鐵劍插於樹間，十圍連抱；籐橋懸於木杪，一線遙牽；皆紀載之所未曾編。

乃林有鶤而無鶴，山有豹而無虎；走獸飛禽，蕃育茲土；畫眉鸜鵒，以白見珍；彩囊翟雉，其文足取；鳩候氣而鳴六，雞應時而稱五。倒掛夜栖，翻飛雷舞。麏麚祁祁，麋鹿麌麌；暨山馬與野牛，各成群而相伍。

若夫蠣喙之屬，固難備舉；風氣之殊，亦可附著。蟬未夏而先鳴，燕經秋而不去；詝蜥蜴之有聲，悵鸚哥之不語；蚤唧唧以夜吟，竟四時之無序。感物類而躊躇，忽愴懷於羈旅。乃其海物惟錯，獨為充斥；難悉厥名，略辨其色。則鯔烏鯉紅，鱗（鳳尾魚）紫鯧白，赤海金精，烏頰黃翼；青鯤（同鯇）投火，烏鰂（烏賊）噴墨；錦魴花鮼，金梭如織。又有香螺花蛤，鬼蟹虎鯊；白鰹塗魟，麻虱龍蝦。臺澎所產，厥味多嘉。

既漁於水，亦樵於山；楠筍始生而合抱，蕭朗高大而團圓；屬野番所盤踞，惜運致之維艱。至若山荔埔柿，土杉水松，赤鱗黃目，交標九荀；番樹白樹之植，悉雜出於山中。猴栗象齒，屋材最美；菻茶

（苦菜）娑羅，名狀俱詭。見鐵樹之開花，愛仙枝之有子。烏栽頻取於薪蒸，綠玉遍插於庭所。

竹凡數種：荊竹密比，石竹長枝，箭竹如矢；麻竹柔脆，琴竹紋理。卉木之花，色色鬥妍；荷開獻歲，菊吐迎年；桐繞春城而布錦，梅放午天而擲錢；繡毬攢簇，素馨蔓延；貝葉之稱疑假，曇花之種早傳；番茉莉移來異域，七里香辟除瘴煙；扶桑本出於東海，水仙名托於臺員。

厥草惟夭，半是藥苗；先春而發，凌冬不凋。惟內地之所稀，爰遍訪夫芻蕘。水藤代葦而堅韌，通草作花而妖嬈；張葉七弦，聊充耳目之玩；蘆開一捻，可卜颶颽之飄。更有番茶作飲，白麴為醪。齒草洗齒，茜草漬毛；羞草含羞，茖草老饕。若其刈莞蒲以織席，編絲茅而索綯；群居萃處，曾無慮風雨之漂搖。果蓏之實，別種非一；番檨熟於盛夏，西瓜獻於元日；牙蕉子結數層，鳳梨香聞滿室；若菩提果、波羅蜜、釋迦果、金鈴橘，尤中土所罕見而莫悉。

厥有檳榔，生此遐方；雜椰子而間栽，夾扶留以代糧；饑餐飽嚼，分咀共嘗；婚姻飾之以成禮，詬誶得之而輒忘。為領略其滋味，殆恍惚夫醉鄉。

爰稽習尚，競事侈靡；土沃民逸，大抵如是。逐末既多，本務漸弛。工鍼繡而棄枲菅，輕菽粟而艷羅綺。群尚巫而好鬼，每徵歌而角技。思易俗以移風，賴當途之經理。蔣集公績懋撫綏；陳清端澤流遐邇。茹冰檗以率屬，則林荔山之操履；持玉尺以衡材，則夏筠莊之造士。又或留心風物，雅意典章；孫司馬揮毫珠玉，袁司訓積書宮牆。皆有造於斯土，稱盛世之循良。若乃僧衣作賦，沈文開萍蹤坎坷；蝶夢名亭，李正青塵緣參破。景寓公之清標，足廉頑而立懦。況寧靖之閨室偕殞，陳丑之傷親自沉；永華之女懸帛柩側，續順之配受帶堂陰。當王化之將暨，忠孝節義已大著於人心。故前有謝燦之妻，矢死從一；繼有方壠之婦，受迫不淫。自是以來，志載如林；寧止五妃之墓宜表，五忠之祠足欽。

載考番俗，約略可紀。罔識歲時，弗知甲子；以月圓為一月，以稻
稔為一祀。僅有生名，從無姓氏；贅婿為嗣，隨婦行止。凡樵汲與
耕穫，屬女流之所理。乃其少長相遭，則側立以俟；老病無依，則
相率周視。比屋親睦，或庶幾乎仁里。而其編籐束腰，展足鬥捷；
貫耳刺唇，文身為俠。聽鳥音而卜出，佩大匏以利涉。偶細故之睚
眥，驚野性之不帖；乘醉抽刀，斷脰穿脅。復有傀儡生番，鮮食茹
血；蒙頭露目，手持寸鐵；伏林莽以伺人，賽髑髏而稱傑。且聞遠
社番婦，能作咒詛。犯之即死，解之即蘇；喝石能走，試樹立枯。
傳疑之語，豈其然乎？

近郭熟番，漸知禮制；童子入學，亦解文藝；壯者服役，奔走更
替；類混沌之未鑿，尚真率而無偽。伊昔吳越，當周之時，猶稱南
夷；即在吾閩，值漢之世，亦屬荒裔。既歸版圖，遂號名都。矧臺
灣之疆域，擅九土之奧區。高原下隰，昀昀臕臕；飲食往來，衎衎
于于。合閩南與粵北，冒屬禁以爭趨。保聚敦誨，函藉良謨。昌黎
守潮，子厚守柳，風行草偃，何需遲久，如彼瓊州，亦在島上；文
莊、忠介，後先相望。苟氣習之不拘，豈人地之可量。

顧其地時震，而海常吼；論者僉曰驚濤之溢湧，幾視斯壤若等於浮
漚。不知地廣而厚，海深而幽，其震其吼；蓋陽氣不舒，陰氣有餘
之所由。惟開闢之未幾，故節宣之未周。方今風會宏啟，聖治廣
被。久道化成，百昌咸遂。海不揚波，地莫其位。馬圖器車，物華
呈瑞，人傑應運而齊出矣。

謹就見聞，按圖記，輯俚詞，資多識；愧研練之無才，兼採摭之未
備。聊敷陳夫土風，用附登於「邑志」。

二、〈澎湖賦〉[13]

若夫平巒錯峙，列嶼遙分；蒼浮海眼，翠射波紋。碁布星羅，控臺
疆之扼要；山環水抱，開澎島之幅員。玉燭調兮，安斯遠服；金甌
奠兮，鎮以雄軍。舟楫千艘，通津梁而有路；滄溟萬里，極浩淼以

無垠。灑浪花於崖石，含天影於岫雲。則有耽遐僻，樂熙皥；聚廬托處於水濱，累石幽棲於崗腦。海可為業，頻舉網而得魚；山稱是童，每揮鋤而掘草。採珠照水而侈珍，剖石呈文以為寶。硨磲（軟體動物二枚貝類）品貴於珊瑚，璓瑂（玟瑂）聲高於瑪瑙。飛沙壓磧兮峻若崧陵；浮石凌波兮輕如萍藻。誠奧渺坤輿之洞天，而汪洋溟渤之煙島。

於是遠浦懸燈，中流擊楫。天清海面，看蜃氣之潛消；月湧波心，覺鮫綃之夜織。天吳笑舞以低昂，馮夷游泳而踥蹀。屹斷嶼於兩洋，泛輕舟於一葉。澳開洚洞，溯湃瀁洄；礁起鋒稜，硈研岌嶪。指神山而跨海兮，疑瞬息之能通；駕鼇柱以撐波兮，恍扶搖之可接。

至若嘉名異象，盡態極妍；幾千萬年而永在，三十六島以並傳。鐘子誰敲於曉月，香爐長裊夫晴煙。虎井淵涵，似虯龍之得水。雞籠宏敞，類鳴鳳之沖天。曰鴈（雁）、曰烏，何日飛來於水際。為花為草，同時秀插於濤邊。惟山根支海而甚壯，故地軸穿波以相連。

爾乃闢混沌，鑿鴻濛；歌漸被，頌會同；凌浩蕩，騁朦朧；浮南朔，達西東。萬頃瀾安兮波不揚，千村野靜兮莽無戎。湛恩廣沛而莫外，愷澤旁流於何窮？品物蕃滋，競稱海嶠；人民樂利，咸沐王風。即如鳽鵲（赤頭鷺）鸂鶒（溪鴨），鷗鷺鳶鵃；山羊野貆（貒鼠），犬豕豪；紅鯊烏鯎，紫鱠白鰷（白條）；花螺石蠣，塗魠江鰩。地瓜歲時而莘莘，海菜青紫以毿毿。維茲土產，固甚豐饒。賈客來兮，帆收晚泊；漁歌發兮，韻答春潮。然而粟麥賴臺郡以仰給，絲枲待鄰省之轉輸。雖犁破野嵐，墾沙園於隴上。第種依鳥跡，汲石磵於山隅。薜荔蔓延乎幽崖，非芳洲之杜若。苔莎交橫乎斷塹，異別渚之蘼蕪。夏木陰陰，於斯何有？水田漠漠，惟此獨無。

鄉既號為菰蒲，俗永絕夫蟊賊。喜際熙朝，欣沾聖德。光四表而被九州，恢八埏而朝萬國。辰居星拱，戴高履厚者莫不尊親；海澨山陬，踐土食毛者群安作息。臺澎既接乎中邦，島嶼詎埒於異域。文明瑞應，魚躍三千而燒尾；海宇風同，鵬培九萬而搏翼。颺帝治之

光華兮，忘知識於帝力；慶享王之偕來兮，胥會歸其有極。

參、陳輝

陳輝，字旭初，籍臺灣縣，戊午舉人。乾隆五（1740）年，巡道劉良璧重修《臺灣府志》，聘為分輯。十七（1752）年，邑令魯影梅重修《臺灣縣志》，復聘為分輯。所作詩文甚眾，且多紀遊之作。連雅堂刊《臺灣詩薈》，保存三十七首。但賦體僅有〈臺海賦〉一首，茲就其內容摘錄如下[14]：

乾坤闢而坎位定，二氣合而水德成。睠茲臺海，涵濁漱清；沖瀜沆瀁，淡漫淳泓。洪濤噴薄，浸鯤身而浮澎島；洄漩曲折，入鹿耳而匯安平。灌百川而弗溢，注萬壑而不盈。爾其激浪湧波，為潮為汐；藏蛟螭於深溝，隱黿（巨鱉）鼉（鼉龍、豬婆龍、揚子鱷）於巨宅。其遙也，望之而愈杳；其廣也，量之而莫畫。既地勢之偏傾，歎神州之遼隔。蓋禹功所未及敘，章亥所弗能核。

迨夫交趾之石一鑿，甘棠之港遂融。昔在版圖以外，今歸邦域之中。東寧啟宇，鄒魯成風。憑一葦之所屆，乃無遠而弗通。南連廣粵，北接齊吳；歷錦蓋，涉遼都。藉片帆以利濟，取水道為便途。於是賈人遊客，飛艇揚航。發鷺島，渡重洋，或候風期而停棹於西嶼之滸，或隨潮信而齊泊乎赤嵌之旁。萃諸州之珍貨，遷本土之稻穤。既車書之一統，何彼界與此疆。則有瀛壖蛋戶，世外自別；依船為家，販海作饎（羹湯），任風波兮去來，布漁火兮明滅；施罾罟於鷺汀，投絲緡於鼉穴；生斯長斯兮，自幼至耆。爾乃探龍宮、數水族，卵育胎生，細肌豐肉；鹽堪作鮺（臘魚），鮮可佐穀。小者若蟻封，大者若陵谷；奮鬐兮鬥風，噴沫兮飛瀑；乘怒潮以上下，倒狂瀾而伸縮。乃其怪形奇類，種種堪嘖：角燕拖舟，僧魚似人；虎蛟擺浪，龍鯉吞艫。常衝突乎黑水，時漂泳於澎津。別有洿（洿池，濁水池）汊（支流）斷港，葭葦蒼深；輕鷗忘機而翔集，

振鷺修儀而來臨；游戲乎廣淵之浦，棲宿於浮嶼之岑。物色兮生意，徒倚兮行吟。

若夫玉宇方澄，冰輪乍陟；石尤斂聲，馮夷屏息。飛白銀兮波光萬里，濯素練兮水天一色。泛輕舠（刀形小船）於鏡中，發清歌於舷側；覺宇宙之甚寬，恣遨遊於八極。如或海若奮威，天吳作祟；驅魍（魍魎，山中的木石精靈）象、舞贔鳳（仙龜怪物）。雪濤四起兮，莽縱橫以紛飛。獨浪千層兮，排長空而恣肆；聲裂百丈之冰崖，勢奔萬匹之鐵騎。阤島嶼兮若崩，掀樓船兮將墜；冒巨險以往來，仗忠信而無偽。值鯨波之不作兮，識放勳之廣被。慶安瀾之若茲兮，念端居之可恥。告飛廉以先驅兮，吾將展宗愨之素志。果舟楫之具備兮，若濟巨川，自今以始。

肆、張湄

張湄，字鷺洲，號柳漁，浙江錢塘人。乾隆六年，以御史來臺巡視，兼司學政，留任一年，主歲科兩試，嘗將諸生課藝之雋美者，裒為一集，名曰：「珊枝」。又著有《瀛壖百詠》，詠臺之作也，傳誦一時。以其旅遊臺灣心得，作〈海吼賦〉一篇，茲就其內容摘錄如下[15]：

環臺，皆海也。自夏徂秋，颶風屢作。驚濤溢涌，雷呴電焯。擊於鯤身，厥聲迴薄；遠近相聞，莫不錯愕。主人索居海濱，形隻影寡。潦積庭間，雨昏燭灺（燈燭）。起坐聽之，晝夜不舍。悄然惘然，若置身壙垠之野，有難乎為懷者，乃作海吼之賦。其辭曰：繫天風之欲怒，作地氣以先聲；通呼吸而互應，混上下而相成。斜景黯其晝伏，斷虹絕以宵橫。帆檣集島，沙磧凌城。鯨甲振厲，鵬翼長征。風搏九萬夸扶搖直上，水激三千兮不平則鳴。

爾乃炎蒸絺葛，潤逼柱礎；海若頻驚，石尤頓阻。獰飆颯颯以回涼，怪雨淫淫而去暑。蕭梢林木，聳萬壑之秋聲；破碎虛空，競千村之社鼓。其為壯也，輘輷（車輪聲）四起，蕩潏八垠；冰崖崩

裂，鐵騎群奔。撽金鏞（大鍾）於山谷，擺雷碪於乾坤。其為駭
也！黿鼉馺遝，黿黿連屯；天吳奮以叫號，蝄象詭以遊巡；鬥艭蛟而
水立，哮虓虎（可能為白虎）而林昏。

於是經旬陰曀，徹夜喧豗。淵宮久閟，貝闕沉埋；飛潺霧積，峻湍
山頹；嗟樓船之屑沒，絕商旅之往來。森森龍津，浮萍蹤其何託？
啾啾鬼哭，出魚腹而興哀。則有域外孤臣、天涯羇客，長簟淒其，
短檠蕭索；枕繞瀑雷，窗縈濤雪；悵落葉於始波，感吟蟲於將夕；
愁泛宅之杳茫，憶弄潮之夙昔；徒撫影而徘徊，或隨聲而嘆唶（大
笑）。

為之歌曰：「風淅瀝兮動羅幃，雨淋浪兮暑氣微；長鯨吼兮水四
圍，夢魂驚兮不可歸；望無極兮音塵稀，指故園兮孤雲飛」。

伍、李欽文

李欽文，字世勳，鳳山縣人。康熙六十年歲貢生，分修臺、鳳、諸
三縣志，有功於本省文獻。旅臺期間，曾作〈赤嵌城賦〉，茲就其內容摘
錄如下[16]：

粵臺陽之荒裔，實海國之神區。地屬東南之極，星分牛女之墟。當
洪濛之未啟，恣鹿豕之所居。三保經此而縈繽，道乾遁此以全軀。
因港道之紆折，乃弗入於版圖。則有綠林勾倭，紅毛借地。剪一縷
之牛皮，占砂磧而建。埋磚運木，層積寸累；雉堞玲瓏，樓閣閎
邃。稱銖兩以結構，極佶曲而精緻。瞭亭則左右環矚，螺梯則高低
互掎；曁風洞與機井，若鬼設而神施。天將假手以開創，故若不限
其巧智。

迨夫成功竄跡，圖霸異域；虎勢轉張，狐威頓息。鵲巢竟為鳩居，
兔窟遂作黿宅。於焉修營壘，繕金革；列市肆、分偽職。闢土地於
榛蕪，聚卒徒而稼穡。阡陌兮雲連，舳艫兮山積。每犯順而負嵎，
肆跳梁於澤國。

爾乃天威震疊，命將專征；艨艟啣接，鉦鼓喧鍧；旌旗所指，海若效靈；澎湖奏捷，克塽輸誠。水漲鹿門兮滂湃，航入臺江兮縱橫。信天意之有歸，慶海宇之永清。爰是設防置守，立郡分營；定千里之疆界，屯一萬之重兵。大帥居中而彈壓，副戎扼要於安平。維濱海之雄鎮，端有賴於茲城。

謹斥堠，嚴戍卒，飭游巡，申紀律。麾龍斾兮掃蛟宮，駐鯤身兮靖鯨窟。其或陰昏靉靆，風沙四塞；日月掩其光華，乾坤倏而變色。明晦頓易於斯須，東西莫辨於咫尺；望鄉關兮何處，忽百感之交集。又或海氣將騰，炎蒸鬱結；轟濤殷其若雷，滾浪噴其如雪。石燕翻飛兮晝冥，靈鼉長吼兮夜徹；遶女陴而徘徊，訝冰崖之崩裂。若夫明星皎潔，銀漢當空；蟾影沉碧，漁火搖紅。島嶼若連而若斷，水天一色而交融。登危樓以舒嘯，豈遜遜乎庾公？至於朝曦乍升，微風徐起，萬頃渟泓，片城聳峙；叢山滴翠於遙天，郡邑列繡於隔水。舸艦迷津，閭閻錯趾。樂清晏於遐陬，見富庶之盛軌。是蓋皇風浩蕩，聖澤汪洋；故爾春臺共躋，海波不揚。歌赤嵌之規恢兮，連編莫罄；祝金甌之永固兮，萬壽無疆！

陸、施瓊芳

施瓊芳，字見田，號珠垣，臺南府人。道光二十五（1845）年進士，曾任海東書院山長，同治七（1868）年卒，著有《石蘭山館遺稿》。有賦體遊記〈蔗車賦〉一篇，對南臺灣蔗糖製造過程觀察入微，茲就其內容摘錄如下：

玉碾回旋，瓊漿洽浹；轆轆轟轟，重重疊疊。團圓之象應奇，醞釀之功獨捷。不徐不疾，異水碓之飛機；乍合乍離，勝風輪之轉葉。話到村家風味，都蔗子別具甘芳；傳將海國生涯，石車兒慣經鎮壓。當夫樵子甘分，園丁斫罷，乃方鐵碾之造茶，爰擬木槽之打稼。制無轅軏，秧馬漫驅；名比車輿，木牛應駕。蠣灰欲糝，銅銚

待異日之熬；蜂蜜初流，石硤看此時之化。倘入東陵園裡，霜刀應
共剖瓜；堪嗤南史傳中，星矢僅誇穿蔗。

惟茲一噴一醒，或輓或推；巨頑似解點頭，憑伊駕馭；小草非無遠志，
歷盡驅馳。正如日月兩輪，吐雲脄於碧漢；又訝珠璣雙顆，屑琳髓於瑤
池。思蔗佛姓，傳輪迴應悟有象；愛石兄心，轉笏拜免同無為。

既而釀成蘭醴，傾出佳漿。麴道士醼釃（美酒）待和，酪蒼頭意味
難方。美在其中，何妨出之從庶，磨非不磷，偏覺引而彌長。因想
漸入為佳，顧將軍最耽蠟蔗；卻緣知味者鮮，鄒和尚初製猊糖。

第三節　詞的旅遊作家與作品

　　詞者，詩餘也。始創於唐，漸盛於五代，造極於兩宋。古詩變而為
樂府，樂府變而為長短句。《蜀中詩話》謂：唐人長短句，詩之餘也。
始於李太白，太白以草堂名集，故謂之《草堂詩餘》。有謂：詩餘之餘
字，為詩之賸義，周頤《蕙風詞話》釋曰：「詩餘之餘，作贏餘之餘
解。唐人朝成一詩，夕付管絃，往往聲希節促，則加入和聲，凡和聲皆以
實字填之，遂成為詞；詞之情文節奏，並皆有餘於詩，故曰詩餘。世俗之
說，若以詞為詩之賸義，則誤解此餘字矣。」詞與樂府同意管絃，二者
之不同處，一以曒邈揚厲為工，一以婉麗流暢為美，調有定格，字有定
數，韻有定聲，至於句有長短，雖可損益，然亦不當率意而為之。故自臺
灣開創以來，內外詩人雖眾，而能詩者，屈指可數；有，則以旅遊即興之
作較多。茲列舉數位詞家及其作品如下：

壹、張僊客

　　張僊客，里居閱歷不詳。清康熙三十四（1695）年，高拱乾修《臺
灣府志》，曾為分訂。曾以「木蘭花漫」調，作〈彌陀室避暑〉，茲就其

內容摘錄如下：

> 凌茫然萬頃，忽一葉抵平蕪。正宴集南皮，觴飛河朔，時候無殊。選勝遍尋樂國，望彌陀、靜室汗收珠。好伴二三知己，應教空谷維駒。偏從海外探蓬壺。誰論一身孤！任員嶠高深，瀛洲縹紗，也是平途。欲上瓊樓玉宇，逢六月，且暫息良圖。兀坐蕭然有得，詠歸日已將晡！

貳、程師愷

程師愷，乾嘉年間人；詳歷已無可考。惟就其作品觀之，似為旅臺士人。曾以「念奴嬌」調作〈登赤崁懷古〉一首，茲錄其內容摘錄如下：

> 萬頃洪波，極目處，連天無際。聞說道：當年脛臂，一隅睥睨。檣櫓灰飛荒故壘，鯨鯢浪靜聯新第。溯勛名，靖海震寰區，空碑碣。花爛熳，心如醉；人落莫，歸無計。對驚濤洶涌，憑何利濟？沙鳥迴翔頻聚散，雲山層疊成迢遞。問浮槎，去客幾時還？長凝睇。

參、黃朝輔

黃朝輔，庚子舉人，其餘不詳。有「滿江紅」調〈登赤嵌樓懷古〉詞作一首，茲錄其內容摘錄如下：

> 落日孤城，頹垣上，荷蘭遺蹟。舒望眼，山川形勝，東南半壁；鐵鎖海門天設險，纓標沙岸星分域。問滄桑，幾閱入輿圖，頻沿革。雞大尾，勞翻拍；牛細段，留鐫刻。總海氛無燄，劫灰須熄。夜月飛銀漁大鬧，戍煙簇翠蜃樓寂。祇今來，瀛海沐恩波，歌皇德。

肆、韓必昌

韓必昌，臺灣縣人；清乾隆六十（1795）年歲貢，軍功加六品銜。詞作頗豐，其中與旅遊有關者列舉摘錄如下：

1.與同社諸子渡安平，舟中眺望（「滿江紅」調）：

擊楫中流，波渺渺，一江風漲。喜重來，山川風景，依然無恙。縱目直穿鯤嶼外，放懷更陟彝樓上。問無殼，若箇識豪狂，鱸魚餉。駕一葉，扁舟漾；聽一曲，吳娃唱。更香醪飲盡，重沽村釀。得句欲題誰捧硯？無錢可掛何須杖。看天邊，早露玉蟾明，銀鉤狀。

2.弔夢蝶園集句（「南鄉子」第四體調）：

蘆葉滿汀洲，極木煙中百尺樓，此地年來曾一醉，悠悠看盡紅顏又白頭。無計賣閒愁，但把清樽斷送秋，欲買桂花重載酒，羞羞！人不羞花花自羞。

3.海會寺懷古（用東坡赤壁詞韻，「念奴嬌」調）：

當年娃館今佛殿，道是前朝遺物。雨日全無乾淨土，那復東南半壁！戰艦橫江，旌旄蔽日，白骨堆如雪。區區海島，尚存多少豪傑？王師雨集雲行，將軍驍勇，妙算神機發。海若波臣皆效順，檣櫓灰飛煙滅。只有王孫，艱辛海外，全得幾莖髮。迄今冷落，誰弔樓臺風月！

4.春日謁五妃墓（用李易安韻，「聲聲慢」第四體調）：

蕭蕭海島，國破家亡，老臣以順為戚。惟有捐軀殉難，無客姑息。更憐五妃烈節，道相從地下宜急。休忍辱，縱倉黃戎馬，大義應識。遺廟丹青已落剩，累累青塚，野花堪摘，況復春風舞草，四山雲黑。如訴當年怨恨，早使我淚點同滴。空憑弔，待留題，又未得。

伍、胡傳

胡傳，原名守珊，字鐵花，號鈍夫，安徽績溪人，前中央研究院院長胡適之尊翁。光緒十八（1892）年奉調來臺任臺南鹽務提調。二十一（1895）年，補授臺東直隸州知州，未幾，日兵侵境，乃抱病西去，卒於廈門。有「大江東去」調，宦遊臺灣詞作〈和友人王部別贈元唱〉一首，茲錄其內容摘錄如下：

華嚴世界，任憑我，踏遍雲山千疊。瘴霧蠻煙籠不住，猛虎磨牙吮血。試問當年，英雄幾輩，學班超探穴，寒光射斗，看來辜負長鋏。只當竹杖芒鞋，尋常遊覽，吟弄風和月。圓嶠方壺都在望，無奈海天空闊。浪拍澎湖，秋涵鹿耳，應笑重來客。那堪驪唱，正逢重九時節。

陸、許南英

許南英，號蘊白，又號窺園主人，今臺南市人，光緒十六（1890）年，中會試恩科會元，欽點主事，籤分兵部車駕司加員外郎銜。旋請假回籍。臺灣巡撫唐景崧聘入通志局協修《臺灣通志》。乙未之役，統領團練局，維持治安，協助劉永福守臺南。淪陷後，西渡大陸，歷任三水等縣事。民國六年卒。著有：《窺園吟草》。有「祝英台近」調之〈謁五妃廟〉詞作一首，茲錄其內容摘錄如下：

杜鵑聲，精衛恨，國破主恩斷。桂子穿山，宿草餘芳甸！記曾璇室瑤房，寵承魚貫；從君死，一條組練！那曾見，荒塚二月清明，村翁新麥飯；撮土為香，一盞寒泉薦！徘徊斷碣殘碑，貞妃小傳；也羞殺，新朝群彥。

柒、林痴仙

　　林痴仙，名朝崧，字俊堂，一號無悶，臺中霧峰人，文名為諸前輩所深稱許。乙未避難桐城，轉徙申江。後返鄉築無悶草堂於詹厝園，以詩酒自晦。壬寅春，嘆文風之頹墜，集諸同志，設立櫟社，擊鉢吟詩，臺灣詩學之盛，實肇於此。著有《無悶草堂詩存》、《詩餘》等書。有調寄「水調歌頭」之〈青城哀〉詞作一首，茲錄其內容摘錄如下：

> 擊劍飲君酒，聽我唱青城。戴樓門外東望，廢壘暮雲平。一片降幡相繼，慣送王孫去國，芳草太無情；千載銅仙淚，鳴咽汴河聲。到今日，握金鏡，幾朝更？故都喬木空在，靳道老農耕。挾彈兒童亦杳，豈獨捕螳黃雀，無復樹間鳴；倚伏有天道，何事日兵爭？
> 花月大梁道，自古帝王都。青城當日初築，繡錯與茵鋪。豈料銅駝荊棘，兩作天家猥犴，新故鬼相呼；出爾反乎爾，報應理非誣。千載後，歌麥秀，弔遺墟，不知銜璧何處？瓦礫滿平蕪。富貴總成春夢，一例天荒地變，仁暴感人殊；重讀靖康史，使我淚沾裾。

第四節　竹枝詞的旅遊作家與作品

　　「竹枝詞」是文學中很方便吟詠山川景物、風土民俗的旅遊文學，在臺灣古典旅遊文學中顯得特別量多質佳，竹枝詞的作法與中國傳統詩詞又略有不同。探究臺灣竹枝詞時必須與中國大陸所創作的竹枝詞相互比較、分析，探本尋源，才能瞭解竹枝詞發展的脈絡與特色，乃係因竹枝詞的發展史淵源流長，歷唐、宋、元、明、清綿延不斷之故。以下就竹枝詞發軔及遞嬗，並蒐集文獻中有關竹枝詞在旅遊的作品，整理如下：[17]

壹、竹枝詞的發軔及遞嬗

　　雖然竹枝詞淵源流長，但說到竹枝詞，大多數的人難免都會聯想到劉禹錫，事實上，自唐代之後在文學史上創作竹枝詞的作者群，不論是贊成與否，他們常常都會視劉禹錫為創作典範，再去管構心中最理想的作品內容，因此，蘇軾才會指出劉竹枝「奔軼絕塵，不可追也」[18]，管世銘也認為「竹枝始劉夢得，後人仿之者，總無人能掩出其上也」[19]，以上二人都對劉禹錫的竹枝詞稱譽有加，不過竹枝詞不始於劉禹錫現在已成定論[20]。

　　唐代創作竹枝詞者，除了劉禹錫之外，尚不乏其人，《全唐詩》竹枝詞序對於竹枝詞的發軔則留下甚為寶貴的記錄，其〈序言〉為：

> 四方之歌，異音而同樂。歲正月，余來建平，里中兒聯歌竹枝，吹短笛擊鼓以赴節，歌者揚袂睢舞，以曲多為賢，聆其音，中黃鐘之羽，卒章激訐如吳聲，雖儉傷不可分，而含思宛轉，有淇澳之豔音。昔屈原居沅湘間，其民迎神，詞多鄙陋，乃為作九歌，到於今荊楚歌舞之。故余亦作竹枝九篇，俾善歌者颺之。附於末，後之聆巴歈，知變風之自焉。[21]

　　由這段記載可知劉禹錫竹枝詞的創作地點在「建平」，其竹枝詞的創作過程是詩、樂、舞合一，並且充滿歡樂之情，故有「四方之歌，異音而同樂」的說法，內容並且有聲情起伏，始為清音的黃鐘之羽，終如激訐的吳聲，詞有「儉傷」的平易風格，亦有「淇澳之豔音」。由這段敘述可見到竹枝詞的聲情、詞句變化頗多，因而後來各代的竹枝詞得以攝取各種不同的作品內涵，展現了許多不同的風格。最後，劉禹錫也指出模仿屈原改寫九歌的方法，而另外自行改作竹枝詞，正如同屈原作品風行荊楚，劉氏之竹枝詞亦「更加盛行」[22]。在清代臺灣竹枝詞裡也可見到改寫民間作品的手法，由梁啟超的〈臺灣竹枝詞〉中同樣可以見到這種創作風格，在梁氏竹枝詞的自註才會有某幾句「直用原文」的註語。藉此也可見

到文人改寫民間作品由來已久，而且綿延流長。

唐代除了可見到劉氏的竹枝詞，在《樂府詩集》卷八十一，尚可見到顧況、白居易、李涉、孫光憲等人的作品。在作品內容上，劉序包括了各種風格，在描寫男女的淇澳豔音有「聞郎江上唱歌聲」，「道是無情（一作晴）還有情（一作晴）」，「花紅易衰似郎意，水流無限似儂愁」，「情、晴」的雙關用法，這在孫光憲的「藕花落盡見蓮心」也可見到，像「蓮、憐」雙關的手法在六朝的民歌中已非常普遍[23]，同時在後來很多的竹枝詞也用了這種創作手法，在寫地方風土、草木之餘，唐代文人創作或改寫的竹枝詞「哀傷之調」甚多，如劉禹錫的「巴人夜唱竹枝後，腸斷曉猿聲漸稀」、「箇裡愁人腸自斷，由來不是此聲悲」，白居易的「唱到竹枝聲咽處，寒猿晴鳥一時啼」、「江畔誰人唱竹枝，前聲斷咽後聲遲」，李涉的「孤舟一夜東歸客，泣向春風憶建溪」，上面這些竹枝詞寫出這麼多哀傷之調，似乎要令人以為這是竹枝詞的文類特色，所以何宇度的《談資》記宋人的竹枝觀念仍是「竹枝悽惋悲怨。蘇長公（即蘇軾）云：有楚人哀弔屈、賈之遺聲焉」[24]。唐人竹枝詞除了描述風土，同時又常藉由景物襯出作者的心境，這種風格有異於清代臺灣竹枝詞甚多，清代臺灣作者對異地他鄉的意識不同於唐人甚大，在汪灝《赤嵌集》序亦有明確的比較說明[25]，在此先行點出，以下數章將續作解釋。

不過，唐宋竹枝詞的風格也並非全然是哀怨之調，在唐代也同時存在其他類型的竹枝詞。馬青就竹枝詞的歌唱方式作了聯歌、酬和、清唱三種分類，這些竹枝詞包括聲情極大的「聯歌」，也有男女之間的「酬和」，以及徒歌的「清唱」等方式[26]，其活動之間固有慷慨激昂的聲情，同樣存在著愉悅氣氛的竹枝詞；因此，所謂「風格迥異的竹枝其實早已存在」的說法，並非虛語[27]。另外，任半塘對竹枝詞創作及演唱地點的分類有「一般野唱例」、「月夜野唱例」、「女妓精唱例」、「文人及假托高僧唱竹例」等方式[28]，從作者的創作、傳播者的演奏、消費者的聽眾等不同角度來看的竹枝詞的藝術活動，其喜怒哀樂之情亦皆可見到。只是，今日所存留的唐宋竹枝詞在內容上屬哀調性質者較多，同

時，吾人亦必須瞭解內容上激昂的哀怨之調，在不同層次的聽眾中效果也不一樣，所以劉禹錫才會有「南人上來歌一曲，北人莫上動鄉情」，白居易有「蠻兒巴女齊聲唱，愁殺江樓病使君」，唐宋竹枝詞更有「北人墮淚南人笑」[29]，以上數人的詩句，十分鮮明地道出由於「南北」地域的差異而造成不同的聽情效果，而劉禹錫〈踏歌行〉的「日暮江南聞竹枝，南人行樂北人悲」，更可以明確見到一樣詩歌二樣情的現象。

自唐代之後的竹枝詞幾乎都是七言四句[30]，並自覺受文人竹枝詞創作的影響，固然敦煌雲謠集「竹枝子」在文類淵源上自有其價值存在，但由於敦煌作品在近代才陸續被發現，隨著長年在石室寶庫中，對後來竹枝詞文類的發展，則難以見出其影響性。任半塘認為竹枝詞與「竹枝子」並無直接關係，他主張竹枝詞是聲詩的一種，而敦煌〈竹枝子〉則是詞的一體，不可混為一談，葉嘉瑩所持的觀點與此看法亦相近[31]，他們都認為唐代竹枝詞是「聲詩」的一種，認為早期詩、詞之間若再加入「聲詩」次文類，將可釐清彼此之間的糾葛。不過由於立足點的不同，因而對唐代竹枝詞也有不同意見，同時對早期竹枝詞在詩、詞的地位上持不同看法亦大有人在，這些說法大都認為早期文學作者對詩詞的觀念本來並不嚴格劃分，才會在文類辨體上造成糾葛[32]。這二組不同的見解，最大的關鍵在於文類分類上，前者在「詞」體中另立「聲詩」一體，以明詩詞畛域之不同，後者則不嚴格區別詩詞之異，以重韻文文類新變之關係。知道彼此立足點不一，對他們提出不同的結論也就可以理解了。強調詞體特殊性的葉嘉瑩及任半塘都認為，詩詞「音樂」的差異性是構成彼此差異的重要因素，二者都認為「詞」的起源，原來只不過是隋唐以來配合新興之音而填寫的一種歌詞，從這個特性來看「詞」與「詩」（或聲詩），二者只是橫面的兄弟關係，而非縱面的父子關係，因而主張竹枝詞只是「聲詩」的一種，而與全盛期的「詞」自有分別。

貳、臺灣竹枝詞的旅遊文獻

　　清朝康熙、雍正年間，以詩名於世者，有季麒光、高拱乾、陳元圖、施世綸、齊體物、郁永河、陳璸、孫元衡等人。詩作發展至晚清為竹枝詞，總其成的局面，日據、民國以後嫌弱矣，形成臺灣古典旅遊文學的一大特色。清代竹枝詞可參考翁聖峰《清代臺灣竹枝詞之研究》，整理如**表6-2**。

表6-2　清代竹枝詞旅遊文獻一覽表

年代	作者	籍貫	作品名稱	數量	出處	備註
康熙	郁永河	浙江仁和	〈臺灣竹枝詞〉、〈吐番竹枝詞〉	36	《裨海記遊》13-4《臺灣詩錄》143《臺灣竹枝詞選集》1《臺灣詩乘》23	康熙36（1697）年2至10月因採硫礦至臺。
乾隆	李如員	廣東陸安	〈臺城竹枝詞〉	4	《臺灣詩乘》88《臺灣詩錄拾遺》19《臺灣竹枝詞選集》38	乾隆初年來臺，肄業海東書院，著《遊臺雜錄》。
乾隆	孫霖	未詳流寓	〈赤崁竹枝詞〉	10	《續修臺灣府志》《臺灣詩錄》500《臺灣竹枝詞選集》84《臺灣詩乘》83	乾隆25（1760）年或稍後渡臺，連續由作品判斷是負文名的遊幕之士。
乾隆	卓肇昌	鳳山	〈東港竹枝詞〉、〈三畏軒竹枝詞〉	26	《重修鳳山縣志》《臺灣詩錄》352《臺灣詩乘》102	乾隆15年舉人，官揀選知縣不赴，28（1763）年分修鳳山縣志主講書院。
乾隆	薛約	江蘇江陰	〈臺城竹枝詞〉	20	《續修臺灣縣志》《臺灣詩錄》617	乾隆52年完成此作。二十年後，《續修臺灣縣志》預校讎，因檢原稿，附入末卷。
嘉慶	謝金鑾	福建侯官	〈臺城竹枝詞〉	31	《續修臺灣縣志》《臺灣詩錄》574	嘉慶9年任嘉義教諭，12（1807）年與鄭兼才合纂《臺灣縣志》，著有《噶瑪蘭紀略》及《二勿齋文集》。
道光	施瓊芳	臺南	〈盂蘭盆會竹枝詞〉	4	《石蘭山館遺稿》《臺南文化》8卷1期	道光17年舉人，25（1845）年進士，後補江蘇知縣，未就職，回籍任海東書院山長，引掖後進。

（續）表6-2　清代竹枝詞旅遊文獻一覽表

年代	作者	籍貫	作品名稱	數量	出處	備註
道光	彭廷選	淡水竹塹	〈盂藍竹枝詞〉	10	臺灣科甲藝文集《臺北文物》6卷4期 《臺灣詩錄》714 《臺灣詩錄拾遺》55 《臺灣竹枝選集》270 《臺灣詩乘》141 《臺海詩珠》102	道光29（1849）年拔貢任教諭，五品銜，注傍榕小築詩文稿，多滑稽之作。
道光	施鈺	晉江鳳山	〈秋莊竹枝詞〉	4	《臺灣別錄》卷2 《臺灣文獻》28卷2期 《臺灣詩乘》105、155	依詩乘為晉江人，寄籍淡水；但祖父施世榜卻標為鳳山人。或是連橫未知兩人關係而致籍貫不同；或施鈺後回泉州所致道光年間增貢生。
道光	劉家謀	福建侯官	〈臺海竹枝詞〉	10	《觀海集》	道光29年任臺灣府訓導，咸豐2（1882）年作海音詩，未幾勞卒。
咸豐	黃敬	淡水關渡	〈秋社竹枝詞〉及〈基隆竹枝詞〉	4	《觀潮齋詩集手鈔本》 《臺灣詩錄》794 《臺灣詩錄拾遺》69 《臺灣詩乘》153	咸豐4（1854）年歲貢。時學界重文人之詩，反之重詩人之詩，時謂五大宿儒。
咸豐	陳肇興	彰化	〈赤崁竹枝詞〉	15	《陶村詩稿》51	咸豐8（1858）年舉人，同治元年，戴潮春之役助官軍平之。
咸豐	查元鼎	浙江海寧	〈澎湖竹枝詞〉	8	《臺灣詩錄》836	咸豐年間遊幕臺灣，遂家新竹。
咸豐	張書坤	淡水	〈竹枝詞〉	2	《臺灣詩錄拾遺》84	咸豐年間人，工書法，候選訓導，同治10（1871）年淡水廳志採訪。為陳維英高足。
同治	傅于天	彰化	〈葫蘆墩竹枝詞〉	3	臺灣科甲藝文集《臺北文物》7卷2期 《臺灣詩錄》1096	同治生員，著《肖岩草堂詩鈔》，僅二十多首，肄業於吳子光處。
光緒	林樹海	福建同安	〈臺陽竹枝詞〉	3	《歷代竹枝詞賞析》273	為同治、光緒年間人，著有《嘯雲山人文鈔》等書。
光緒	謝苹香	不詳流寓	〈鳳山竹枝詞〉	5	《鳳山縣采訪冊》 《臺灣詩錄》1117	清生員，以下五人臺灣詩錄雖列入光緒朝，但並無明確證據，故別列一欄。
光緒	王鏡秋	不詳流寓	〈鳳山竹枝詞〉	6	《鳳山縣采訪冊》 《臺灣詩錄》1119	清生員。

（續）表6-2　清代竹枝詞旅遊文獻一覽表

年代	作者	籍貫	作品名稱	數量	出處	備註
光緒	吳世浚	鳳山	〈鳳山竹枝詞〉	2	《鳳山縣采訪冊》《臺灣詩錄》1119	清生員。
光緒	周揚理	鳳山	〈鳳山竹枝詞〉	2	《鳳山縣采訪冊》	清生員。
光緒	林靜觀	鳳山	〈鳳山竹枝詞〉	2	《鳳山縣采訪冊》《臺灣詩錄》1145	清生員。
光緒	盧德嘉	鳳山	〈鳳山竹枝詞〉	7	《鳳山縣采訪冊》《臺灣詩錄》1102	光緒間生員。
光緒	鄭鵬雲	新竹	〈新竹竹枝詞〉	4	《新竹縣志初稿》《臺灣詩錄》1098	光緒間臺北府學生員，編《新竹縣志初稿》，師風有義錄。
光緒	康作銘	廣東南澳	〈游恆春竹枝詞〉	12	《恆春縣志》《臺灣詩錄》1105《臺灣竹枝詞選集》109	光緒年間在恆春任教。
光緒	胡徵	廣西桂林	〈恆春竹枝詞〉	8	《恆春縣志》《臺灣詩錄》1107《臺灣竹枝詞選集》107	光緒年間人。
光緒	陳朝龍	新砂	〈竹塹竹枝詞〉	22	《新竹縣志初稿》《臺灣詩錄》1033	光緒年間貢生；邑令聘修縣志兼明志書院講席。
光緒	史齡	江西	〈臺南竹枝詞〉	5	《臺灣詩乘》209《臺灣詩錄拾遺》110《臺灣竹枝詞選集》95	於光緒年間遊幕臺灣。
光緒	吳德功	彰化	〈臺灣竹枝詞〉、〈番社竹枝詞〉	17	《臺灣詩錄拾遺》117《瑞桃齋詩稿》下卷	歲貢生，於光緒間輯彰化采訪冊。
光緒	黃逢	湖南湘陰	〈臺灣竹枝詞〉	75	《臺灣生熟番紀事》《臺灣詩錄》954《臺灣竹枝詞選集》11	光緒8（1882）年曾奉宜蘭推收城捐事。
光緒	許南英	臺南	〈窺園留草〉	10		光緒博士弟子員；甲午抗爭無效後；宦粵東，終客死蘇門達臘。本篇於光緒12（1886）年作；詞中寫各大節日之民俗、信仰。
光緒	周莘仲	福建侯官	〈臺灣竹枝詞〉	13	《臺灣詩乘》213、221	同治1年舉人。光緒11年間至臺任彰化縣教諭，光緒14（1888）年8月因施九段案離臺。

（續）表6-2　清代竹枝詞旅遊文獻一覽表

年代	作者	籍貫	作品名稱	數量	出處	備註
光緒	丘逢甲	苗栗	〈臺灣竹枝詞〉	40	《三六九小報》、《古香拾遺柏莊小草集外集》、《臺灣詩錄拾遺》111《臺灣竹枝詞選集》4《臺灣詩乘》221《清詩記事：光緒朝卷》13374	光緒15年進士，乙未年組民主國事敗後，返祖籍（廣東）。
光緒	施士浩	臺南安平	〈臺江新竹枝詞〉	32	《後蘇龕合集》《臺灣竹枝詞選》88	光緒3年進士；為窺留園草作序；光緒初主海東講院。
光緒	李振唐	江西南城	〈臺灣竹枝詞〉	4	《臺灣詩錄》986《臺灣竹枝詞選集》9	光緒12（1886）年遊臺，著《宜秋館詩詞》。
光緒	蔡振豐	新竹	〈苑裡年節竹枝詞〉	12	《苑裡志》《臺灣詩錄》1225	光緒17（1891）年進新竹縣學第一名，官浙江巡檢。
光緒	屠繼善	浙江會稽	〈恆春竹枝詞〉	10	《恆春縣志》《臺灣詩錄》1108《臺灣竹枝詞選集》112	貢生；光緒19（1893）年，應聘主修恆春縣志。
光緒	徐莘田	廣東澳門	〈基隆竹枝詞〉	32	《臺灣詩錄》1154	光緒24年（1894）來基隆。
光緒	連雅堂	臺南	〈臺南竹枝詞〉	19	《劍花室詩集》121	《臺灣通史》、《雅堂文集》、《劍花室詩集》、《臺灣語典》等多種文史著作，並編《臺灣詩薈》。
光緒（日據時期）	林朝松	臺中霧峰	〈臺中竹枝詞〉	6	《無悶草堂詩存》114《臺中詩乘》130	光緒14（1888）年入邑庠，嗣補，27年回臺定居，28年任臺中櫟社社長。
光緒（日據時期）	詹捷發	不詳	〈採茶竹枝詞〉、〈採茶戲竹枝詞〉、〈製樟栳竹枝詞〉	10	《樹杞林志》	光緒年間人，有詩無註，以客觀之筆寫採茶、製樟之事，可作為臺灣開發史之參考。
宣統（日據時期）	呂蘊白	豐原	〈竹枝詞〉	1	《櫟社沿革志略》（《蓉村詩草》）	宣統2年，臺中櫟社成員。
宣統（日據時期）	梁啟超	廣東新會	〈臺灣竹枝詞〉	10	《臺灣詩錄》1319《清朝紀事：光緒朝》卷13454	宣統3年遊臺（1911），在臺成詩八十九首，詞十二首。

資料來源：參考翁聖峰（1996）。《清代臺灣竹枝詞之研究》，臺北：文津出版社，頁50-64。

如再依據年代來分，又可統計比較如下**表6-3**：

表6-3　清代竹枝詞各朝作者與數量統計表

年代	作者與數量	小計	備註
康熙23 （1684-1721）	郁永河（36）	36	
乾隆（1736-1795）	李如員（4）、孫霖（10）、卓肇昌（26）、薛約（20）	60	雍正朝查無作品。
嘉慶（1796-1820）	謝金鑾（31）	31	
道光（1821-1850）	施瓊芳（4）、彭廷選（10）、施鈺（4）、劉家謀（10）	28	
咸豐（1851-1861）	黃敬（4）、陳肇興（15）、查元鼎（8）、張書坤（2）	29	
同治（1862-1874）	傅于天（3）	3	
光緒（1875-1908）	林樹海（3）、謝苹香（5）、王鏡秋（6）、吳世浚（2）、周揚理（2）、林靜觀（2）、盧德嘉（7）、鄭鵬雲（4）、康作銘（12）、胡徵（8）、陳朝龍（22）、史齡（5）、吳德功（17）、黃逢（75）、許南英（10）、周莘仲（13）、丘逢甲（40）、施士浩（32）、李振唐（4）、蔡振豐（12）、屠繼善（10）、徐莘田（32）、連雅堂（19）、林朝松（6）、詹捷發（10）	358	光緒21（1895）年，中日馬關條約割讓臺灣，進入日據時期。
宣統（1909-1911）	呂蘊白（1）、梁啟超（10）	11	
共計42人，556首。			

資料來源：整理自**表6-2**。

從**表6-3**得知，有清一代一共有四十二位詩家，五百五十六首作品，其中光緒朝三十三年中就有三百五十八首，作品最多，似與臺灣開發及受到國際列強重視有關，特別是進入日據時期以後，像丘逢甲、連雅堂等詩作中常充滿愛鄉愛土情懷。日據以後，日本政府殖民統治，漢文化被禁，特別是皇民化運動之後，傳統詩詞作品銳減，像梁啟超等又與一般宦遊之士不同，還是屬於自內地應林獻堂之邀，短暫旅臺感懷之作，漢文學包括竹枝詞之習傳已全面轉入民間發展，且數量已少。

綜觀清代竹枝詞，或敘山川地理，或述風土民俗，都堪供後人探究老臺灣神秘面紗下的純真面貌。誠如明胡應麟在《詩藪·外篇》卷三說：

甚矣，詩之盛於唐也，其體則三、四、五言，六、七雜言，樂府歌行，近體絕句，靡弗備矣。其格則高卑遠近，濃淡淺深，巨細精粗，巧拙強弱，靡弗具矣。其調則飄逸渾雄，沉深博大，綺麗悠閒，新奇猥瑣，靡弗屆矣。其人則帝王將相，朝士布衣，童子婦人，緇流羽客，靡弗預矣。

以此可見，詩在唐代的興盛情形。[33]其興盛原因有帝王之倡導、科舉之影響、詩之社會基礎擴大及詩歌本身之發展等四項，清代詩作環境雖無如唐代，然而清代文學在中國文學史上之意義，為各種舊文學體裁之復興與總結束。詩之發展到清代臺灣，也如人之生命一樣，呈現迴光返照的現象，尤其西風東漸，國際化的趨勢，使得白話文學運動興起，需要講究格律聲韻的詩詞漸漸式微，詩到有清一代氣勢趨弱，中國文化與文學隨著漢人移民到臺灣，使得詩詞也本土化了，於是「竹枝詞」就應運而生，特別是竹枝詞可以入境隨俗，將當地鄉音或土話也都能填詩作詞。因此為方便所及，就很容易被用來做旅遊詩，所以竹枝詞也就應運而生了。

參、竹枝詞的作家與作品

以下就明清時期臺灣比較有名的旅遊文學家的詩作，以及部分竹枝詞作家與作品介紹如下：

一、季麒光

季麒光，字昭聖，號蓉洲，江蘇無錫人，康熙十五（1676）年進士。二十三（1684）年任初設諸羅縣知縣，性好文事，與沈光文等結社吟詠，對振興文教不遺餘力，著有《臺灣志稿》、《臺灣雜記》、《蓉洲文稿》等。有關旅遊的詩作兩首：

1.〈題天妃宮〉：

補天五色漫稱祥，誰向岐陽祝瓣香？

幾見平成逾大海，自知感應遠重洋。
遐方俎豆尊靈遠，聖代絲綸禮數莊；
是處歌恩欣此日，風聲潮影共趨蹌。

2.〈視事諸羅〉：

西風輕拂使臣車，諭蜀相如舊有書；
細譯番音誠異域，喜看野俗尚皇初。
自來窮海無飛雁，從此荒村有市魚；
漫向空天長倚望，黃雲晚日接扶餘。

二、陳元圖

陳元圖，號易佩。會稽人，在東吟社中，詩文聲望頗高。時人甚重之。有〈輓寧靖王〉詩一首：

匿跡文身學楚狂，飄零故國望斜陽；
東平百世思風度，北地千秋有耿光。
遺恨難消銀海怒，幽魂悽切玉蟾涼；
荒墳草綠眠狐兔，寒雨清明枉斷腸。

三、施世綸

施世綸，字文賢，號潯江。施琅之次子，官至兵部侍郎。康熙二十二（明永曆三十七，1683）年，隨父征臺。著有《潯江詩草》、《南堂集》等。有〈克澎湖〉旅遊詩作一首：

獨承恩遇出征東，仰藉天威遠建功。
帶甲橫波摧窟宅，懸兵渡海列艨艟。
煙消烽火千帆月，浪捲旌旗萬里風。
生奪湖山三十六，將軍仍是舊英雄。

四、齊體物

齊體物，正黃旗人，康熙十五（1676）年進士。三十（1691）年任臺灣海防同知。旅遊詩作豐富，列舉七首如下：

1.〈赤嵌城〉：

特立巍巍控太清，煙霞都自腳根生；
羞為白髮蠻官長，親上紅毛赤崁城。
日月過天疑見礙，魚龍駭影盡潛驚；
何堪望斷他鄉目，滄海茫茫故國情。

2.〈澎湖嶼〉：

海外遙聞一島孤，好風經宿到澎湖；
蟶含玉舌名西子，蚌吸冰輪養綠珠。
蕩漾金波浮玳瑁，連環鐵網出珊瑚；
登臨試問滄桑客，猶有田橫義士無？

3.〈禱雨〉：

雖慚撫字拙，憂國願年豐，苦魃方思雨，瞻雲忽見虹；
幾家堪食玉？此日更無風，齊沐桑林下，惟祈格上穹。

4.〈喜雨〉：

隱隱西郊外，屯雲漸徹天；欲為民望歲，正喜雨歸田。
樂且從人後，憂宜自我先；試看阡陌上，禾黍已芃然。

5.〈沙鯤漁火〉：

渺渺煙波外，漁燈出遠沙；如何天海畔，亦自有人家？
落影常駭鱷，當門不聚鴉；望中疏更密，知是屋參差。

6.〈海會寺〉：

冷月橫斜弔子規，當年黃幄爾徒為；
梁塵尚逐梵音起，幡影猶疑舞袖垂。
風雨有時聞響屧，草花何用長胭脂；
是空是色渾閒事，只合登臨不合悲。

7.〈臺灣雜詠〉：

疑是羲皇上古民，野花長見四時春，
兒孫滿眼無年歲，頭白方知屬老人！
春盤綠玉薦西瓜，未臘先看柳長芽，
地盡日南天氣早，梅花才放見荷花。
紀叟中山浪得名，何如蠻酒撥醅清？
寧知一醉牢騷解，幾費香腮釀得成？
藥溪流水碧差差，不擬天寒出浴遲，
卒歲無衣雙赤膊，負喧巖下曝孫兒。
釀蜜波羅摘露香，傾來椰酒白於漿，
相逢岐路無他贈，手捧檳榔勸客嘗。
生年十五鬢鬖鬖，招得兒夫意所甘，
豈但俗情偏愛女，草中都不長宜男。
燕婉相期奏口琴，宮商諧處結同心，
雖然不辨求凰曲，也有泠泠太古音。
露濃滋得麥苗肥，草長還憂豆葉稀。
心憶兒夫桑柘下，日斜相望荷鋤歸。
傀儡番居傀儡深，豈知堯舜在當今！
含哺鼓腹松篁下，盛治無由格野心。
巢樓穴處傍巖阿。薜荔為衣帶女蘿。
要向眾中誇俠長，只論誰最殺人多！

五、高拱乾

生平事略如第五章所述，除〈臺灣八景〉、〈東寧十詠〉另節專題探討外，有〈草堂漫興〉一首，錄下供參：

> 天外今知樂事偏，茅齋灑掃駐三年。
> 連林蘭本飄金粟，出屋蕉叢吐赤蓮；
> 棋局旁觀無我相，醉鄉漸入有仙緣。
> 蠻煙瘴雨何滋味？八尺風漪得穩眠。

六、郁永河

郁永河，字滄浪，浙江仁和諸生，久客閩中，遍遊八閩。康熙三十六（1697）年春，奉派赴臺採硫礦於臺灣之雞籠淡水。臺灣初隸版圖，在八閩東南，隔海千餘里；滄浪欣然與其役，途經各番社，備嘗艱苦，始竟其事。因紀《裨海紀遊》，計分鄭氏逸事、番境補遺、海上紀略、宇內形勢等四大部分，備述山川形勢、物產土風、番民情狀，歷歷如繪。滄浪以斑白之年，不避險惡，且言：「游不險不奇，趣不惡不快，其果好游耶？抑欲擴聞見而張膽識耶？」著有《裨海紀遊》、《番境補遺》、《海上紀略》等書。茲舉數首較為膾炙人口的旅遊詩作供參：

1.〈渡黑水溝〉：

> 浩蕩孤帆入杳冥，碧空無際漾浮萍；
> 風翻駭浪千山白，水接遙天一線青。
> 回首中原飛野馬，揚舲萬里指晨星，
> 扶搖乍徙非難事，莫訝莊生語不經！

2.〈北投探訪出硫穴〉：

> 造化鍾奇構，崇岡涌沸泉；怒雷翻地軸，毒霧撼崖顛。
> 碧澗松長槁，丹山草欲燃。蓬瀛遙在望，煮豆迓神仙。

五月行人少，西陲有火山；孰知泉沸處，遂使履行難。
落粉銷危石，流黃漬篆斑；轟聲傳十里，不是響潺湲。

3.〈臺灣竹枝詞〉八首：

鐵板沙連到七鯤，鯤身激浪海天昏。
任教巨舶難輕犯，天險生成鹿耳門。
雪浪排空小艇橫，紅毛城勢獨崢嶸。
渡頭更上牛車坐，日暮還過赤嵌城。
編竹為垣取次增，衙齋清暇冷如冰。
風聲摵醒三更夢，帳底斜穿遠浦燈。
耳畔時聞軋軋聲，牛車乘月夜中行。
夢回幾度疑吹角，更有床頭蟋蟀鳴。
蔗田萬頃碧萋萋，一望籠蔥路欲迷。
細載都來糖廍裡，只留蔗葉飼群犀。
青蔥大葉似枇杷，臃腫枝頭著白花。
看到花心黃欲滴，家家一樹倚籬笆。
肩披鬌髮耳垂璫，粉面紅唇似女郎。
媽祖宮前鑼鼓鬧，侏離唱出下南腔。
臺灣西向俯汪洋，東望層巒千里長。
一片平沙皆沃土，誰為長慮教耕桑？

4.〈土番竹枝詞〉：

生來曾不識衣衫，裸體年年耐歲寒，
瀆鼻也知難免俗，烏青三尺是圍闌。
文身舊俗是雕青，背上盤旋鳥翼形。
一變又為文豹鞹，蛇神牛鬼共猙獰。
胸背斕斑直到腰，爭誇錯錦勝鮫綃。
冰肌玉腕都文遍，只有雙蛾不解描。

番兒大耳是奇觀，少小都將兩耳鑽，
截竹塞輪輪漸大，如錢如碗復如盤。
丫髻三叉似幼童，髮根偏愛繫紅絨，
出門又插文禽尾，陌上飄颭各鬥風。
覆額齊眉繞亂莎，不分男女似頭陀，
晚來女伴臨溪浴，一隊鸊鷉蕩綠波。
鑢貝雕螺各盡功，陸離斑駁碧兼紅。
番兒項下重重繞，客至疑過繡嶺宮。
銅箍鐵鐲儼刑人，鬥怪爭奇事事新。
多少丹青摹變相，畫圖那得似生成。
老翁似女女如男，男女無分總一般，
口角有髭皆拔盡，鬚眉都作婦人顏。
腰下人人插短刀，朝朝摩厲可吹毛。
殺人屠狗般般用，纔罷樵薪又索綯。
耕田鑿井自艱辛，緩急何曾叩比鄰。
搆屋斲輪還結網，百工俱備一人身。
輕身趫捷似猿猱，編竹為箍束細腰。
等得吹簫尋鳳侶，從今割斷伴妖嬈。
男兒待字早離孃，有子成童任遠颺。
不重生男重生女，家園原不與兒郎。
女兒纔到破瓜時，阿母忙為搆屋居。
吹得鼻簫能合調，任教自擇可人兒。
只須嬌女得歡心，那見堂開孔雀屏。
既得歡心纔挽手，更加鑿齒締姻盟。
亂髮鬖鬖不作緺。常將兩手自搔爬。
飛蓬畢世無膏沐，一樣綢繆是室家。
誰道番姬巧解釀，自將生米嚼成漿。
竹筒為甕床頭掛，客至開筒勸客嘗。

夫攜弓矢婦鋤耰，無褐無衣不解愁。
番屬一圍聊蔽體，雨來還有鹿皮兜。
竹弓楛矢赴鹿場，射得鹿來交社商。
家家婦子門前盼，飽惟餘瀝是頭腸。
莽葛元來是小舠，刳將獨木似浮瓢。
月明海澨歌如沸，知是番兒夜弄潮。
種秫秋來剪入場，舉家為計一年糧。
餘皆釀酒呼群輩，共罄平原十日觴。
梨園敝服盡蒙茸，男女無分只尚紅。
或曳朱襦或半臂，土官氣象已從容。
土番舌上掉都盧，對酒歡呼打剌酥。
聞說金亡避元難，颶風吹到始謀居。
深山負險聚遊魂，一種名為傀儡番。
博得頭顱當戶列，髑髏多處是豪門。

七、陳璸

陳璸，字文煥，號眉川，廣東海康人，康熙三十三（1694）年進士。四十一（1702）年調臺灣知縣。後任湖南、福建巡撫。五十六（1717）年奉命巡察臺灣海防。次年卒於任內，居官以清廉著稱。嘗謂：「貪不在多，一二非公錢，便為千百萬」。所作詩文，多散見於府縣舊志中，尤善旅遊詩作，錄三首供參：

1. 〈文昌閣落成〉：

雕甍畫棟鳳騫騰，遙盼神霄最上層。
臺斗經天由北轉，彩雲捧日自東升。
參差煙戶環璇閣，繡錯山河引玉繩。
今夕奎光何四映，海陬文運卜方興。

2.〈手植文公祠梅〉：

賞遍花叢愛老梅，賢祠左右手親栽。
寫真舊有廣平賦，入妙詩稱和靖才。
風送清香迷瀚海，月移孤影出澄臺。
應知雨露深無限，獨求初春傲雪開。

3.〈登紅毛樓〉：

量移海外乍逢秋，憑眺依稀古戍樓[34]。
烽火驚心成往事，清笳入耳散邊愁；
盈盈帶水孤帆杳，漠漠晴空白日悠。
更喜澄清雄鎮畔，飛雲欻忽渡江頭。

八、孫元衡

孫元衡，字湘南，安徽桐城人。康熙三十三（1694）年進士。
四十二（1703）年任臺灣海防同知。後兼攝諸羅篆（兼理諸羅縣政）。
至四十七（1708）年離任。慈惠愛民，喜吟詠。頗多傑作，著有《赤崁
集》。旅遊詩作很多，摘錄十二首如下：

1.〈抵臺灣〉：

八幅征帆落遠空，蒼龍銜燭晚波紅，
洲前竹樹疑歸後，天外雲山似夢中；
鹿耳盪纓分左路，鯤身沙線利南風。[35]
書名紙尾知無補，著得詩筒與釣筒。
浪言矢志在澄清，博得天涯汗漫行。
山勢北盤烏鬼渡，潮聲南吼赤崁城；
眼明象外三千界，腸轉人間十二更。
我與蘇髯同不恨，茲遊奇絕冠平生。

2.〈諸羅縣即事〉：

龜佛山前八掌舒，雕題絕國展皇輿。
木城新建煩酋長，官廨粗營似客居。
北向彝巢環瘴海，西偏估舶就牛車。
嗟余慣睹殊方俗，鉛槧隨身可自如。

3.〈大武郡登高〉：

過海重行五百里，到山更上一層臺，
地留歸客還非客，秋在中原不用哀。
霜葉似花何處有？瘴雲潑墨幾時開？
固應未落詩人手，判卻鴻荒待後來。

4.〈遊樣子林〉：

杪秋似初夏，和風正輕靡。從遊四五人，出郭二三里。
細路入幽篁，平沙渡寒沚。橫木行行直，崇岡面面起。
故葉凌冬青，新枝垂暮紫。茅店闃無人，遠望洵足美。
門前百尺陰，蔭此一溪水。

5.〈羞草〉：

草木多情似有之，葉憎人觸避人嗤。
也知指佞曾無補，試問含羞卻為誰？
寸筳孤立勢亭亭，直似棕櫚有覆青。
留得世間真面目，羞人豈獨勝娉婷。

6.〈詠荔枝〉：

頗怪繁星謫軟塵，筠籠將出故鮮新，
味含仙意空南國，姿近天然是美人；

丹闕潛胎珠玓瓅，脂膚滿綻玉精神。
一時喚起狂奴興，萬事灰心渡海身。

7.〈贈海客〉：

頭白不須憐，安居已是仙。閉門遲過鳥，孤嶼得遙天；
潮視盈虧月，風隨順逆船。此中堪翫世，知有太平年。

8.〈旱〉：

閩人虛畏甲申雨，海客真愁己卯風。
千里霞光當日暮，一痕虹影在天東。
堯憂不離耕桑事，禹貢難忘戰伐功。
綆短汲深增百慮，那因妻子念途窮。

9.〈安平鎮〉：

浮空巨鎮海雲齊，七點鯤身踞水犀。
潮趁去來分順逆；風乘朝暮便東西。
空城一任生禾黍，老將應知厭鼓鼙，
戰舸如山烏在幕，千檣影靜夕陽低。

10.〈端午〉：

五日當庭斫綠瓜，蒲觴聊與酌流霞，
香羅細葛思難到，白海青潮景未斜；
秔稻垂榴同艾葉，扶桑照眼勝榴花。
心知南國音書少，醉聽回帆鼓一撾。

11.〈居赤崁一載矣，計日有感〉：

心跡經年兩自嗤，一官寒瘦一編詩，
躊躇生理流光速，展轉歸期去日遲；

瘴氣潛聞花放後，潮聲盈聽月明時，
杜康功用真微妙，天地蜉蝣總不知！

12.〈冬日題舊社何秀才書堂〉：

便是佳山水，書堂得自然。庭無新種樹，池有不枯泉；
几硯惟粗具，茶瓜罕俗筵。小窗橫竹榻，深穩足安眠。

註釋

[1]　杜紅、趙志磊（2005）。《旅遊文學》。北京：北京工業大學出版社，頁
3-4。

[2]　同上註，〈編寫說明〉。按該書係將旅遊文學分類為楹聯、山水詩、風光
詞、遊記散文、戲曲及民俗風情等，列為教學內容。

[3]　同註[1]，頁49。

[4]　臺灣省文獻委員會編（1994）。王忠孝《惠安王忠孝公全集》。南投：臺灣
省文獻委員會，頁1。

[5]　國家文學館。「全臺詩智慧型資料庫」，http://cls.admin.yzu.edu.tw/TWP/a/
a02.htm，民國95年7月14日上網。

[6]　同上註。按杜甫〈春望〉內容為：國破山河在，城春草木深；感時花濺淚，
恨別鳥驚心。烽火連三月，家書抵萬金；白頭搔更短，渾欲不勝簪。

[7]　同註[5]。按丁宗洛註紅毛城：「即赤嵌樓，荷蘭所築也。《臺灣府志》云：
『雕欄凌空，鄭氏以貯火藥軍器。』」此詩又載賴子清《臺灣詩醇》、《臺
灣詩海》、《臺灣詩珠》，以及彭國棟《廣臺灣詩乘》。又按：「悠」，彭
國棟《廣臺灣詩乘》作「愁」，誤。

[8]　同註[5]。按此詩收於六十七《使署閒情》，又載范咸《重修臺灣府志・藝
文》、余文儀《續修臺灣府志・藝文》、薛志亮《續修臺灣縣志・藝文》、
彭國棟《廣臺灣詩乘》、陳漢光《臺灣詩錄》。

[9]　同註[5]，民國95年7月20日上網。

[10] 同註[9]。統計自國立臺灣文學館，按**表6-1**僅列一百十位，而此處加總起來五
個階段共有一百八十五位作家，即係因多書作家橫跨或重疊兩或三個年號或
階段，這也是本節一開始不以分五個階段探討，而以整理歸納成作家與作品
一覽表處理的理由。

[11] 臺灣省文獻委員會編（1997）。《重修臺灣省通志・藝文志》（文學篇）。
卷十。南投：臺灣省文獻委員會，頁3-5。

[12] 參見林文龍（2012/7/2）。〈王克捷與王必昌的歷史糾纏〉，臺灣省文獻委員
會電子報，https://www.th.gov.tw/epaper/site/page/99/1362。

[13] 同上註，頁12-13。

[14] 同上註，頁14-15。

[15] 同上註，頁9。

[16] 同上註，頁9-10。

[17] 參考自臺灣文學研究工作室。〈清代臺灣竹枝詞的淵源〉，http://ws.twl.ncku.edu.tw/hak-chia/a/ang-seng-hong/sek-su/sek-su.htm。

[18] 南宋魏慶之《詩人玉屑》卷十五。

[19] 郭紹虞（1983）。〈讀寫山房唐詩序例〉，《清詩話續編》。臺北：木鐸出版社。

[20] (1)「竹枝詞的創作不以劉禹錫為首」的看法，可以由白居易之竹枝詞早於劉氏之作找到佐證，可參考《劉禹錫集箋證》，瞿蛻園對劉氏詩文（本集三十卷、外集十卷）作了全面的校、注、箋證，此書由上海古籍出版社於1989年出版。(2)任半塘以為馮贄《雲仙雜記》云：「張旭醉後唱竹枝曲，反復必至九回乃止」，旭以草書聞於開元，是竹枝之調，至遲在開元以前，已無疑義，即早了皇甫松一百年，故任半塘對所謂的「竹枝詞起於晉」的說法，持保留態度，此看法可參考任半塘〈竹枝考〉，收於林孔翼輯（1986）的《成都竹枝詞》卷首（四川人民出版社出版）。

[21] 《全唐詩》卷三百六十五。

[22] 見胡震亨《唐音癸籤》卷十三。

[23] 見胡紅波（1977）。〈論歌謠之「雙關」義〉，《成大學報》。第十二卷，人文篇。另肖瑞峰（1989）。〈論劉禹錫的民歌體樂府詩〉，《杭州大學學報》。第十九卷第一期。認為除了「以蓮為憐」外，尚有「以碑為悲」、「以籬為離」等雙關用法。

[24] 《談資》該書原本筆者未能見到，轉引自樓西濱註（1971）。〈西湖竹枝詞〉條，《鐵崖樂府注》（鐵崖詩集三種）卷十。新北市：文海出版社。

[25] 汪瀬《赤嵌集》序收錄於臺灣銀行經濟研究室編（1958）。薛志亮主修《續修臺灣縣志》（藝文篇）。

[26] 馬氏（1932/1934）。〈竹枝詞研究〉，《津逮季刊》。第二、三期。

[27] 陳建中（1988）。〈劉禹錫竹枝詞寫作地點考辨〉，《上海師範大學學報》。哲社版，第三期。

[28] 同註[20]。

[29] 黃庭堅，字魯直，號山谷道人，任淵等注（1979）的《山谷詩內集注》卷十二收有此詩（學海出版社出版），但是據莊嚴出版社（1990）出版的《蘇軾詩集》卷五十的考證，除《山谷別集》收錄此詩之外，此詩亦曾被收入蘇軾《別集》，又見於秦少游《別集》。另據《全唐五代詞》及相互參照表引張璋編（1986）的《古今詞統》（文史哲出版社出版），知此首竹枝詞又有

李白與蘇軾並見的說法。以上的說法作者歸屬雖有不同，但這些紛爭的人物都生於唐宋時代，故此竹枝詞可視為唐宋作品，當無疑議。

[30] 目前除了敦煌〈竹枝子〉非七言四句外，清代臺灣竹枝詞裡史齡的〈臺南竹枝詞〉五首是五言四句，《清詩紀事》（光宣朝卷）無名氏的〈南海竹枝詞〉十八首均是七言八句，這兩組竹枝詞在形式上可稱得上是少見的例外之作。

[31] 葉氏的說法見國文天地雜誌社（1987）。〈論詞之起源〉，《唐宋詞名家選論集》。臺北：萬卷樓圖書。

[32] 與任氏、葉氏看法不一的諸人，王運熙以為「竹枝詞」的和聲必淵於隋「女兒子」無疑，見〈論六朝清商曲中之和送聲〉，《文學研究叢編》，臺北：木鐸出版社，未註明出版時間，王國維亦認為唐人詩詞尚未分界，故「竹枝」本係七言絕句（《唐五代詞》校記引），胡適及近人海明亦持此說法，前者見〈詞的起源〉，《詞學論薈》。臺北：五南圖書，1989年。後者見《唐宋詞的風格學》第二章，臺北：木鐸出版社，1987年。另外，王力認為除了「詞」是廣義的「詩」外，「曲」也不例外，在「被諸管弦」方面，詞淵源自樂府，從格律方面看，詞淵源於近體詩，見《中國詩律研究》第三十六節，文津出版社，1987年。

[33] 葉慶炳（1994）。《中國文學史》。臺北：學生書局，頁315。

[34] 樓為荷蘭所築，鄭氏以之貯火藥。按所指應即熱蘭遮城。

[35] 按臺南七鯤身尾有沙灘，如有南風可停泊渡船。

第七章

臺灣古典旅遊文學
發展特色

　　大體而言，除了清末或日據時期受西風影響，開始有白話文的現代旅遊文學作品之外，大部分日據之前還是屬於古典文學階段的旅遊文學作品。包括明清兩個朝代文人在短時間改朝換代前後，對臺灣的景觀描述與旅遊心境；清初官修《臺灣府志》對臺灣山川形勢的記述態度；「臺灣八景」的定名與八景的變遷；以及從臺灣早期的開發歷史，來探討臺灣旅遊文學中的「生態旅遊」問題，俱為臺灣古典旅遊文學發展的特色，茲逐次說明如下：

第一節　清初文人改朝前後旅臺心境

　　東寧，即指今日的臺灣，明永曆十八（1664）年，延平郡王嗣王鄭經，改東都為東寧。以旅遊「東寧」為詩者，計有明末遺臣徐孚遠的〈東寧詠〉、清康熙分巡臺廈兵備道高拱乾的〈東寧十詠〉，以及在日據時期蘇菱槎[1]的〈東寧百詠〉。現以清高拱乾的〈東寧十詠〉與明徐孚遠的〈東寧詠〉為題，做特色賞析，藉以比較明清文人旅遊相同的臺灣景色風光，產生的兩樣不同心境。

壹、高拱乾〈東寧十詠〉旅遊心境

　　先從高拱乾的〈東寧十詠〉十首，賞析其旅遊心境：

一、〈東寧十詠〉之一

天險[2]悠悠[3]海上山[4]，東南半壁倚臺灣。
敬宣帝澤[5]安群島，愧乏邊才控百蠻[6]。
瘴霧[7]掃開新氣宇[8]，風沙吹改舊容顏。
敢辭遠跡煙波[9]外，博望[10]曾經萬里還。

意思是海上的山脈，是遙遠無窮盡的天然險要的地方，中國的東南半壁河山，都仰賴著臺灣的護衛。微臣恭敬地宣揚皇帝的德澤，來此安定群島。我因為缺乏綏靖邊疆的才能，卻來統治所有的原住民而自覺羞慚；掃開了瘴癘之氣，使氣象為之一新。我昔日的容顏，已被此地的風沙吹拂而改變了許多。那裡敢推辭來到煙波外的遠方？遙想那漢武帝時的博望侯張騫，他曾經建立功業於萬里之外，並且最後也榮歸故里。

「愧乏邊才控百蠻」是自謙之詞，「控百蠻」對「安群島」，百蠻指臺灣各族的原住民。在晚近原住民運動興起之前，官方的文獻對原住民多有歧視，尤其在清代，或稱為「蠻」，或稱為「番」，民國以後，為表示尊重，先改稱「山地同胞」，近則稱為「原住民」。「控」字多少顯示出了作者的中原優越感。「瘴霧掃開新氣宇」，則有歌頌滿清開發臺灣之功。張騫出使西域，有功於漢，此詩以張騫自比，並以西域暗喻臺灣，顯見高拱乾極願意在臺灣建立功業。

由此詩可看出清初宦遊臺灣的詩人，多是站在滿清或中原政權的立場來看待明鄭與臺灣。首聯可看出作者認為臺灣這一天險可為東南半壁所倚賴，對臺灣的戰略價值有所認識。第二聯寫出了臺灣的地理特色（群島）與居民的特色（百蠻）。第三聯與第四聯是描寫山區開墾的艱辛，說到自己虔誠和恭敬的態度，以及自己的不辭辛勞。末聯以張騫自勉。此詩就事遣懷、感印於心，不僅反映清初部分文人對臺灣的心態，也反映了當時在臺灣種種的艱苦。

詩中第二、三聯係對偶句。韻腳是山、灣、蠻、顏、遠五字。押上平聲十五刪。

二、〈東寧十詠〉之二

曉來吹角[11]徹蒼茫[12]，鹿耳門邊幾戰場。
流毒[13]猶傳日本國，偏安[14]空比夜郎[15]王。
樓船[16]將帥懸金印[17]，郡縣官僚闢草堂[19]。
使者[20]莫嫌風土[21]惡，番兒到處繞車旁。

　　意思是天亮之後，軍中的號角聲被吹得直到杳無邊際的地方，在鹿耳門附近，幾乎都是戰場！還有從日本國留下朝廷的心腹大患鄭成功，鄭氏北伐失敗後，退到臺灣，偏安在此。可笑他卻妄自尊大，空自比作夜郎國王。作者身上懸掛著皇帝賜的黃金官印，乘樓船來臺灣就任新官，與樓船上的將帥及郡縣的官員們，在此開闢了茅廬。奉命來此的人，可別嫌棄不好的風俗習慣和地理環境，此地的原住民親切地在車子旁邊到處圍繞歡迎著。

　　這首詩不僅自勉，並且勉人要盡心盡力。除了抒情感懷外，對於臺灣的歷史也較多指涉。首聯即指出鹿耳門的歷史事蹟。第一句更以清晨的號角聲穿透蒼茫的景象，來烘托鹿耳門的歷史性。「流毒猶傳日本國」指的是：鄭成功生於日本，後來卻成為滿清的心腹大患。作者高拱乾因為是站在滿清的立場，所以稱鄭成功為流毒。「偏安空比夜郎王」，「夜郎王」是活用「夜郎自大」的典故，喻人妄自尊大。此處以夜郎比作明鄭，是藐視鄭成功之意。作者在此句下自註：「臺地先為倭奴所踞，旋歸荷蘭後歸鄭氏。」與往後文人對鄭成功的謳歌形成強烈的對比。

　　「郡縣官僚闢草堂」，草堂原指文人隱居之所，此句闢草堂既為郡縣官僚，可見非隱居之人，故草堂指在草萊中開闢出來的住所。第三聯既寫新任大官的勝利者姿態，也寫其生活的艱辛。末聯以「番兒到處繞車旁」的人情溫暖，來慰藉風土之惡。寫出了原住民的天真活潑，甚至有許多令人難忘的一面。

　　詩中第二、三聯係對偶句，對仗靈活工整，驅遣圓熟。韻腳是茫、場、王、堂、旁五字。押下平聲七陽。

三、〈東寧十詠〉之三

　　州縣功名[22]寧[23]復論，承家世受國深恩。
　　拂鬚自昔輕參政，強項[24]從來動至尊[25]。
　　客去留詩魚挂壁，吏閒無牘[26]雀羅門[27]；
　　韶光[28]拋擲真堪惜，野杏春深落滿村[29]。

　　意思是僅只是達到州縣地方首長的功名，又有甚麼可值一提的？我承襲了家業，又受到國家隆厚的恩典。從昔日到現在，年華老大，都不看重功名；皇上也為我的剛直而動容。客人離去時留下詩句，也將魚掛在牆壁上。官員閒暇時沒公文可辦，門前冷清，甚至可以張開網子以捕鳥雀呢！就這樣虛擲了許多美好的光陰，真是讓人覺得可惜！在臺灣這春深的時節，野外的杏花，飄落得整村子都是！描寫臺灣園林生活，頗能顯現詩情畫意。

　　詩中第二、三聯對偶，韻腳是論、恩、尊、門、村五字。

四、〈東寧十詠〉之四

　　春臺廣廈[30]銜虛署，校藝監軍[31]職濫分；
　　無力椎牛[32]頻饗士[33]，有時倒屣[34]細論文。
　　平生拙處勞難補，異域愁來酒易醺[35]。
　　筋力[36]未衰官興淺，函關[37]西隔萬重雲。

　　意思是在春天的臺灣，廣大的房舍與虛空的官署顯得太大、太浪費，校藝與監軍的職權又浮濫分配，沒固定正確的制度；有些官員們沒力氣椎擊牛隻，卻反而頻頻以酒食犒賞軍人。至於我呢？求才若渴，有時候甚至倒穿鞋子，高興得迫不及待地迎接來訪的賢人，認真地與之探討學問。我生平的缺點，恐怕是勤勞努力也難以改善的。身在異地他鄉，當鄉愁來時，酒入愁腸，反而更易進入醉鄉。我的筋力體力還沒衰退，但為官的興致已很淡了！與故國西邊的函谷關相比，其間有萬重之遙的雲霧遮擋著呢！

　　作者批評當時在臺灣制度上的不健全，豪華寬闊空蕩的官署徒有其名而已！也談到行政上的無力感，和名實上的不符合。許多人連殺牛的能力也沒有，卻屢次地犒勞軍士們！至於我自己則是禮賢下士，努力潛心於學問的精進，期許勤能補拙；不過，也時而以喝酒澆解異鄉愁。如今體力尚佳，但為官的熱情卻已淡，倒是常牽掛故國的河山呢！可見作者對羈旅心境的刻畫，除百感交集，也有許多的不平之鳴。

該詩第二、三聯對偶，對仗工整。韻腳是分、文、醺、雲四字。押上平聲十二文。

五、〈東寧十詠〉之五

有懷須學藺相如[38]，每遇廉頗[39]獨讓車。
晚圃晴霞秋習射，半窗苦竹[40]午臨書。
群公望隔三山[41]杳，聖主明周萬里餘。
素志[42]漫言[43]伸未得，忘機[44]直欲混樵漁[45]。

意思是有胸襟就應該學習藺相如的寬懷大度，每次乘車在路上遇到廉頗，都是藺相如先對廉頗禮讓。秋季的晴天，在有晚霞的田圃旁，我勤習射擊之術。中午靠在有苦竹遮掩了一半的窗台邊讀書。遙望朝廷之中的群公，其間相隔了無數的山河。聖明的皇上在方圓萬里之外。我也有平生的志向，但可別說我是有志難伸。我沒有心機，與世無爭，不存防人害人之意，只想與那樵夫漁父為伍，以度餘生。

作者欽羨藺相如的胸懷抱負，因此與同僚之間相處，都折節禮讓。把握光陰，勤勞習射、讀書，不斷地充實自己。高拱乾在公餘之暇，仍具有許多的閒情逸趣，可見不是一位俗吏。有時也免不了會思念萬里群山之外的皇上和同僚們。壯志未酬，如今只想忘卻名利之機心，與山中波上的樵人或舟子為伍就好了！

詩中的第二、三聯對偶，對仗工整。韻腳是如、車、書、餘、漁五字。押上平聲六魚。

六、〈東寧十詠〉之六

三秋[46]聞見總蕭騷[47]，日夜飛濤不斷號。
舊集閭閻[48]皆斥鹵[49]，新開原野半蓬蒿[50]；
空山那得珠崖[51]貝，伏莽[52]休懸渤海[53]刀！
應識乘軺[54]難塞責[55]，願紓[56]南顧聖躬勞。

　　意思是整個秋天所聽到和看到的總是一片蕭颯的感覺，飛濺的波濤日夜不停地呼號著。民間昔日聚集的房舍，如今都成了一片鹹鹵之地。才剛開闢的原野，現在有一半是長滿了蓬草和蒿草。在空曠的山中，哪能可得珠崖所產的珍珠寶貝呢？潛藏的盜匪，你們可別懸掛渤海的利刃啊！大家應當瞭解官員是難以負全責的！我但願能紓解皇上牽掛南方疆土的辛勞。

　　高拱乾覺得，有好長的日子都是蕭條肅殺，風聲不斷，飛濤奔騰之聲不斷。昔日人們所住的地方今已面目全非，不適宜居住了！即使新開闢的草原也已是荒草一片。這樣貧瘠的地方當不會生產珍珠玉貝。希望各地的盜匪，不要為禍鄉里。應當瞭解被派駐到此地的官員，也是力不從心的，不過仍情願分擔皇上牽繫南方國土的辛勞。作者描寫景物的奇詭荒涼，對臺灣的天然氣候和地理環境的不適居住，知道本是自然的變化，他期待地方安寧和盜匪絕跡，可見他對臺灣的用心。

　　詩中的第二、三聯對偶，對仗工整。韻腳是騷、號、蒿、刀、勞五字，押下平聲四豪。

七、〈東寧十詠〉之七

　　尺檄[57]如傳空谷[58]聲，阻風經月少人行；
　　關山已歷三千里，檣櫓[59]猶遲十一更。
　　地煖臘殘無雪到，憂深鬢[60]裡任霜橫。
　　眼穿何處天邊鴈，京雒[61]難忘故舊情。

　　意思是接到朝廷移來的軍中的官方文書，我喜出望外，它好像是從深谷中傳來的天籟。長時間的與外界隔絕，很少有人來往此地。故國河山相隔已超過三千里之遠，經由船隻船槳走水路來往，還比水洋十一更更遙遠些。此地溫暖，臘月已將盡，但還是沒有白雪降下來。我因為憂慮過度，鬢角裡任由人世間的風霜交錯與縱橫。望眼欲穿，不知何處能飛來遠方的鴻雁？我難以忘懷在京雒的故舊之情。

在地處偏遠，當時交通極不方便的臺灣，作者喜出望外地接到朝廷頒下的公文書，心中頗覺溫暖。臺灣氣溫適中，即使嚴冬也沒下雪，可是自己年華老大，飽經風霜；憂國憂民，身心交疲。對故國望眼欲穿，魂牽夢縈。對朝廷官員也牽繫舊情。此詩透露出作者極強烈的思歸之情，明顯地可見當時這一類型遊宦詩人的矛盾及無奈之感。

詩中的第二、三聯對偶，對仗工整。韻腳是聲、行、更、橫、情五字，押下平聲八庚。

八、〈東寧十詠〉之八

竹弧[62]射鹿萬岡巔，罟網張魚百丈淵；
幅[63]布無裙供社[64]餉，隻雞讓食抵商錢。
文身[65]纔起瘡痍[66]色，赤手[67]誰將垢敝[68]湔[69]？
為語綰[70]符銜命[71]吏，遠人新附倍堪憐。

意思是在無數岡嶺的山頂上，原住民用竹子製成的弓箭來射擊鹿兒，在百丈的深淵旁，張開小網子來捕魚。穿著以幅布纏腿至腳的服裝，但是卻沒有穿裙子；將節省下來的費用，拿來供應部落同胞的食物。將一隻雞讓給他人食用，以抵買賣的價錢。紋身的原住民，才稍改善些他們的民生疾苦現象，可是誰能夠赤手空拳地，將那積習已深的污垢弊端洗滌乾淨呢？我要向掌管負責這項官職和奉命而來此任官的官員們，提出建言，這些遠方的老百姓，是加倍地令人覺得可憐呀！

此詩明確地可見詩人人飢己飢、人溺己溺，悲天憫人的情懷。本地原住民在山巔打獵，在深淵捕魚，先天環境的種種限制，造成生活上的貧乏及不便。物質缺乏，生存不易。情況雖稍有改善，但積習卻急待有為之士洗刷。此地的地方父母官，在為政的時候，請務必多對當地百姓予以憐憫。作者記敘臺灣的風物，意象鮮活，技巧多變。更透露出悲天憫人、憂國憂民的偉大情懷。

此詩的第二、三聯對偶。韻腳是巔、淵、錢、湔、憐五字，押下平聲一先韻。

九、〈東寧十詠〉之九

> 索居[72]寂寂[73]近瓜期[74]，報道清班[75]擬暫移。
> 高適[76]豈堪常侍後，班超[77]惟有玉關[78]思。
> 封侯夫婿何須悔[79]，學步[80]兒曹[81]大更癡。
> 自笑浮名[82]終日累，海濱漫守使君[83]碑。

　　意思是我寂寞無聲地散處一方。現在消息傳來，已是將近滿期換班的時候了！唐朝的高適，怎受得了總是落居人後？漢朝的班超，在西域只有頻頻思念玉門關。已封侯的夫婿，何須後悔當初？想那學走路的兒輩們，現在大些了，也更癡傻些了！我暗笑自己終日為虛名所拖累，如今還一直在海濱長守著使君碑！

　　這首詩透露出作者的矛盾情懷。想當初為了功名利祿，安邦定國，揚名異域等遠大的目標理想，不懼孤寂，不辭辛勞，在海外的臺灣堅守職責，希望能建立功勳，讓後人立碑。不過任期屆滿，輪調換職也是定制。在這將返之際，不可諱言地坦言有故國之思，也牽掛故鄉的妻子和漸漸成長的孩子們。回顧以往，此生多是為了虛名而拖累的呀！

　　本詩第二、三聯對偶，韻腳是期、移、思、癡、碑五字。押上平聲四支韻。

十、〈東寧十詠〉之十

> 誰言習俗亂絲同？攬[84]轡[85]澄清[86]乏寸功！
> 拊[87]輯[88]尚慚屏翰寄，更番何日戍樓空？
> 擬攜片石安歸棹，聊訂新編當採風（臺郡無志，余甫編輯）。
> 此去中原詢異事，仙桃長對佛桑紅。

　　整首大意，是誰說如一團亂絲的習俗其實是相同的？我總攬著馬韁繩，來擔任此職以廓清世亂，但卻沒有一丁點兒的功勞！仍舊羞慚所施行的安撫之策乏善可陳，將地方上的安寧，寄託在屏藩上，卻不知哪一天輪

流換調的制度才能廢除？好使守邊軍士所築的望遠之樓得以空出來！我想攜帶此地的一片石頭來平穩返鄉的船隻。暫且編輯新的郡志，當作摘取此地風俗民情特色的紀錄。從此之後，去到中國內地，若被詢問到海外有甚麼奇特之事？我將回答道：「仙桃與紅色的佛桑終年長開著。」

這首詩透露出作者的矛盾情懷。想當初為了功名利祿，安邦定國，揚名異域等遠大的目標理想，不懼孤寂，不辭辛勞，在海外的臺灣堅守職責，希望能建立功勳，讓後人立碑。不過任期屆滿，輪調換職也是定制。在這將返之際，不可諱言地坦言有故國之思，也牽掛故鄉的妻子和漸漸成長的孩子們。回顧以往，此生多是為了虛名而拖累的呀！

作者認為他在臺灣為政的努力乏善可陳。雖知如何安撫照顧當地居民，怎奈風俗民情不同，地方上總是不安寧，仍需寄託在鎮守屏藩的官兵身上。如今即將返回中國內地，希望一帆風順，平安歸家。此後應當要把在臺灣的所見所聞和所經歷的事務，都陸續記載下來，以作為采風錄。從此詩可見高拱乾仁民愛物的胸襟，其中也帶有若干心靈開拓，達觀知命的人生哲理。

本詩第二、三聯對偶，對仗工整。韻腳是同、功、空、風、紅五字，押上平聲一東韻。

貳、徐孚遠〈東寧詠〉旅遊心境賞析

在清高宗乾隆時高拱乾作〈東寧十詠〉之前，明朝末年思宗時的徐孚遠，就已先有〈東寧詠〉詩，茲引述如下：

> 自從漂泊臻茲島，歷數飛蓬十八年。
> 函谷誰占藏史氣？漢家空嘆子卿賢！
> 土民衣服真如古，荒嶼星河又一天。
> 荷鋤帶笠安愚分，草木餘生任所便。

意思是我自從飄泊到這座島上後，算來顛沛流離未能返家已有十八

年之久了！在歷史上守邊防的人，誰最有功勞？如今空留下對漢朝賢哲蘇武的追思景仰！此地人們的衣著服裝像古代的人一樣，在這荒島上又過了一天。背著鋤頭、戴著笠帽，安於眼前的處境，認命地像把餘生當作草木一般的隨處可生長。

陳漢光編的《臺灣詩錄》對徐孚遠的生平有如下的介紹[89]：

> 孚遠，字闇公，晚號復齋；江蘇華亭人。明崇禎十五（1642）年舉於鄉，與夏允彝、陳子龍結幾社，文章名於世。唐王稱帝，任天興司理，後遷兵部給事中。閩潰，依鄭氏。永曆十五（1661）年隨延平王東渡驅荷，旋以王薨。尋覲永曆帝，失道入安南，輾轉至粵。遺著甚富。

《重修臺灣省通志・藝文志・文學篇》[90]卷十第四章第一節「明鄭時代之詩」載：

> 孚遠，崇禎十五年舉人，文章名於世，為幾社六子之一。南都既破，乃慨然起而周旋於義旅間，魯監國授左僉都御史。泊舟山破，又從監國浮海入廈門。延平禮遇之，且向闇公問詩。不久，入覲永曆帝，失道安南。不得達而還，同延平入臺。延平亡，乃復入中土，完髮以終。

龔顯宗《臺灣文學研究》載：

> 東寧即臺灣。孚遠以明末遺老之身從事反清運動，屢仆屢起，愈挫愈堅，流離多年後，在臺灣獲得喘息的機會，過著安貧樂道的生活。」在〈春望〉詩後，說：「此為孤臣思國之作。九垓已失，弓箭難回，春光不再，而猶望之盼之，其寂寥失意可想而知。」

陳昭瑛《臺灣詩選注》收了徐孚遠的〈桃花〉詩，對其生平說：

> 徐孚遠（1599-1665），字闇公，晚號復齋，江蘇華亭人，崇禎十五（1642）年舉人。少與陳子龍結為幾社，對抗魏忠賢。明亡，在松

江舉兵抗清，失敗。以道德文章名於時，後以左僉都御史從魯王至廈門，延平客之。初，延平在南京國學，嘗欲學師於闇公，以是尤加禮敬。其間曾與張煌言、盧若騰、沈佺期、曹從龍、陳士京重結幾社，號稱「海外幾社六子」。

又說道：

連橫在《臺灣詩乘》稱許其詩：「闇公之詩，大都眷懷故國，獨抱忠貞，雖在流離顛沛之時，仍寓溫柔敦厚之意；人格之高，詩品之正，足立典型，固非藻繪之士所能媲也。余讀《釣璜堂集》，既錄其詩，復采其關繫鄭氏軍事者而載之，亦可以為詩史也。」

可見他的詩除寫移民心情，也反映鄭氏軍事，寓居廈門與移居臺灣這段日子，也提供不少描寫海居生活的題材，連橫對其整體詩風的品評十分貼切。

參、兩篇內容及作家心境的比較

閱讀高拱乾的詩，可以知道當時在清乾隆年間的一些臺灣風物，他常描寫刻畫漢人住民之間的文化差異與溝通，對所有的臺灣同胞加倍地同情和照顧。可見那時來施化的官員們，有相當的困難處。他憂國憂民，有使命感。雖然不辭辛勞，極力辛苦墾山林，但卻仍有無力感。自然他也有反映社會時事，抒發感懷的時候。他直言當臺時，有安邦定國、揚名異域，堅守職責、建立功勳等遠大的理想。可是當年華老去，飽經風霜，身心交疲，行政教化的績效不如他的理想時，[91]情不自禁地流露出故國之思和羈旅心境的矛盾，〈東寧十詠〉就有這些情懷。吾人讀古人的作品，可以假設自己是處在那個時代背景下，盡量用同情心、同理心去體會，對高拱乾，應該予以正面的評價。

至於因宦遊「東寧」而連想到的明末徐孚遠，他的生平和作品則有待臺灣古典文學的專家學者給予更多的研究。但大略比較言之，從

兩首詩作及宦遊臺灣的心境可以發現，兩位作者有「四同」與「四不同」之處。

四個相同之處是：

1. 都是大陸內地涖臺宦遊的官員。
2. 都是飽讀詩書的漢人文官。
3. 同樣耿耿效忠各自皇朝，奉派到臺灣孤島服務。
4. 在臺灣見聞之風土民情，其地點與內容略同。

兩位所寫詠東寧詩的內容與心境卻大異其趣，其四不同之處是：

1. 雖生年相若，但侍宦朝代不同，徐為明朝末年；高則為清朝初年。
2. 立場及意識形態與身分不同，徐為反清復明，獨抱忠貞；高則為勝利新貴，忠於大清。
3. 旅遊臺灣的心境不同，徐為孤臣孽子，眷懷故國；高則為戴功衣錦，榮歸有期。
4. 規模不同，徐文簡潔勾勒，卻見心情複雜；高文則為詳細交代，但可感受到其未來人生充滿一片光明。

第二節　《臺灣府志》的福爾摩沙山川形勢

地方志是非常好的旅遊文獻，不但文句優美，紀錄考證詳實，而且可以作為呈現老臺灣相貌的原始史料，已如前述。除了前述廣泛介紹一般地方志書，並整理出可供旅遊文學參考的地方志書一覽表之外，此處特再列舉高拱乾《臺灣府志》對福爾摩沙古早山川形勢到底是如何形容，藉以加深旅遊文獻的利用價值。

壹、高拱乾與《臺灣府志》

　　如果地方志書作為文學作品稍顯牽強的話，那麼地方志書紀錄的文字，絕對是旅遊解說導覽上等的資料或是文獻來源，殆無疑義。今人常誇臺灣為「福爾摩沙」（Illa Formosa），美麗之島，但這是十六世紀西方航海家的讚美，這些讚美的航海家們到底是漂泊海中遠觀？或者近看？甚或有登陸旅遊，今人已甚難查考。然而造成美麗之島的主要原因必然是山川形勢景觀特別翁鬱翠綠所引起的，因此本文就很好奇地想從古老檔案或文獻中的完整紀錄，來探索重現並傳真神遊古早老臺灣為何被西方航海家讚歎為福爾摩沙美麗之島的緣由了。而所謂傳真（Fax），當然就是藉著今日文明科技原理，想像透過電子科技，鑽研解讀，將原有文獻內容，原味原貌地由甲地傳至乙地，完整呈現。

　　清初臺灣府志就是唯一能將這個具有完整紀錄，又距離十六世紀喊出福爾摩沙口號不遠，甚至原始山川形勢還沒受到人類嚴重破壞之際，傳真給今天我們來感覺的歷史文獻。雖然方志稱不上是旅遊文學，但起碼紀錄的人也是要經過旅遊的過程，到現場勘查紀錄，才能有這些供後世文人墨客舞文弄詩的旅遊文學材料。因此追根究底，本文就是想藉著十七世紀清領臺初期代表官修且較完整紀錄的高拱乾於康熙三十一（1692）年所撰的《臺灣府志》加已爬梳整理，尤其是對山川形勢紀錄的內容，透過時光隧道加以原味傳真，試圖建構或儘量傳真古早老臺灣福爾摩沙美麗之島的山川形勢。

　　作者高拱乾，字九臨，清康熙三十一年，由泉州知府陞補分巡臺下兵備道。三十四（1695）年俸滿，陞任浙江按察使，餘詳前述生平。清代臺灣自康熙二十三（1684）年設府，初未有府志，僅有諸羅知縣季麒光所纂《臺灣郡志稿》、知府蔣毓英所存《草稿》，以及臺灣貢生王喜所輯《臺灣志稿》等編。三十三（1694）年，拱乾搜捕資料，從事修輯此志；翌年纂成，三十五（1696）年付刊[92]。

　　全書分封域、規制、秩官、武備、賦役、典秩、風土、人物、外志

及藝文等十志，志各一卷，共三冊三百零二頁。本書原刻在臺灣已無全本存在，今本係依民國四十五年三月，杭縣方氏「慎思堂」據日本內閣文庫藏本影印排印[93]，通稱《高志》。

貳、高拱乾《臺灣府志》筆下的古早臺灣形勝

有關山川形勝的紀錄是列在高拱乾《臺灣府志》的〈封域志〉中，雖屬刻板志書，但仍頗富文字優美的筆調，例如敘述臺灣府的形勝時說[94]：

> 臺灣府襟海枕山、山外皆海。東北則層巒疊嶂，西南則巨浸汪洋。北之雞籠城與福省對峙；南而沙馬磯頭，則小琉球相近焉。

清初設臺灣府，下轄臺灣、鳳山及諸羅等三縣，對於各縣之形勢也有美麗文藻的紀錄，如敘述臺灣縣時說：

> 臺灣縣，木岡山聳峙雲霄，赤嵌城危臨海渚；日暮烟霞，極蜃樓海市之鉅觀，外有澎湖三十六嶼，星羅碁步；內有鹿耳門，海天波濤，紆迴曲折，險要固塞之地，莫或最焉。

讀了之後，讓我們一方面可以感受當時府治所在地赤嵌城的形勢險要，另一方面更可以由聳峙雲霄形容「山」；日暮烟霞，蜃樓海市形容「海」，已經可以先聲奪人的瞭解福爾摩沙之所以迷人的原因了。此外在鳳山縣也有類似不錯的迷人敘述，舉例如下[95]：

> 鳳山縣，旗鼓天生，龜蛇地設；鳳鳴高岡，鯤蟠巨海。最特出者傀儡山干霄插漢，東渡指南。又有淡水流清，蓮池吐艷；郎嬌波濤，貫耳如雷。所謂奇觀勝概，約略如此。

文中所提「旗」、「鼓」、「龜」、「蛇」、「鳳」及「傀儡」均為山名，「鯤」為嶼名，均依地形地貌類似器物或動物而稱呼，沿襲至

今，諒指旗山、鼓山、鳳山是也，惟傀儡以其干霄插漢的氣勢，或係指今之玉山、阿里山或大武山，仍待考證。鯤為大魚，係指安平外海諸沙洲，航海經臺灣海峽遠眺，有如大魚浮游於海上故名。其中旗、鼓二山依高拱乾於該志註說係位於當時鳳山縣縣治之南；龜、蛇二山分別位在縣治南北。因此鳳鳴高岡、鯤蟠巨海，可以想像氣勢非常宏偉。淡水是指南部的下淡水溪，蓮池在當時文廟南方；郎嬌指瑯璚，即今之恆春。淡水流清，表示水土保持很好，森林未被濫墾；郎嬌波濤是指今之巴士海峽海域，波濤洶湧，因此親臨海岸邊觀賞時，必定貫耳如雷，能有這種紀錄文字，可以想見確實是親身經歷且遊覽過的見聞紀錄了。

臺灣府以北至基隆為清初諸羅縣轄，如航經臺灣海峽眺望臺灣，讚嘆臺灣之美時，此一景觀當亦屬航海家們印象深刻的地段，拱乾同樣也有神來之筆的紀錄[96]：

> 諸羅縣，雞籠山在其北，龜佛山在其南；斗六門流匯大海，半線港直接奧區。其龍嵷之回環者，不可紀極；而其浩瀚之奔流者，無不朝宗。

諸羅即今之嘉義，龜佛山詳細地點不易考證，或係指阿里山或玉山之方位，半線指今彰化，半線港應係今鹿港；好一個以「龍嵷之回環者，不可紀極」來形容山勢之翁鬱翠綠，層巒疊嶂，好像一條神龍見首不見尾的回環在臺灣島的中央山脈上；而「浩瀚之奔流者，無不朝宗」，更像讓我們見到當年山勢雖陡峭以至溪水奔騰萬流歸宗的朝著臺灣海峽湍急奔馳，古時臺灣青山綠水，豐沛水資源的澎湃景象，一一浮現，使我們不禁慨歎美麗的觀光資源已被為了贏得舉世傲人的臺灣經濟奇蹟所揮霍光了，如今童山濯濯，早已無拱乾筆下的形勝了。

參、《臺灣府志》筆下的古早臺灣山川

山川與形勝都是景觀，原是密不可分，吾人若從事觀光資源景觀

規劃，顯少切割，必須整體考量。但高拱乾的《臺灣府志》硬是將「山川」與「形勝」分而敘述。或許作者認為山川之起伏變化是「因」，整體形勝景觀是「果」，也因此得以讓今人神遊或構圖出當年福爾摩沙的美麗圖畫來。

高拱乾又將當時的臺灣山川，分為「山」「水道」兩部分紀錄，山則附澎湖嶼，水道則附澎湖澳與海道。水道有溪，有港，而無河、無江，顯然受水流量之規模而有分別。茲就高拱乾傳真的山川，描述如下：

一、臺灣府山

高拱乾認為臺灣府的山是：

> 自福省之五虎門蜿蜒渡海；東至大洋中二山，曰關同、曰白畎者，是臺灣諸山腦龍處也。隱伏波濤、穿海渡洋，至臺之雞籠山始結一腦；扶輿磅礡，或山谷、或平地，繚繞二千餘里，諸山屹峙，不可紀極。

有趣的是，或許受到臺灣甫歸清朝版圖的大國思想影響所致，竟然連臺灣的山脈也說成是起源於福建省的五虎門，如龍之飄潛，越臺灣海峽到今之基隆，而開始延伸成臺灣的各個山脈。可見拱乾敘述山川景觀仍不忘宣揚清康熙皇帝，表示清廷聲威遠播，此乃為官之道乎？

腦者，首也；龍者具有二意，一隱喻康熙皇帝，另一則形容臺灣中央山脈猶如由福建延伸而來的龍蟠。腦龍即為龍頭，在臺灣海峽中隱伏波濤，穿海渡洋，至雞籠山才又結成一腦，此一腦龍顯係由中國福建分支而來，成為臺灣群山之龍頭，對臺灣初設府治隸屬於福建省，其理甚明。

府志對山的紀錄以今日高度開發的臺灣，也有頗多近乎聳聽，甚或有炫耀意味的目的之紀錄，令人懷疑古早老臺灣就像置身國畫中的人間仙境般虛無飄渺，例如形容府治東北約百三十餘里的山為：

> 巍峨特聳，其頂每罩雲霧，必至天氣晴朗之時方見山形，遠望其峰，上與天齊。臺灣之山，唯此山最高大，是為郡山之祖焉。

　　由此可以聯想到為何孫悟空被封為「齊天大聖」，或許就是受到「上與天齊」那種騰雲駕霧於巍峨群山之峰頂的比擬，好不威風。若拱乾有實際現地旅遊，而測得此山為臺灣最高大的山，為群山之祖，那麼以今日臺灣觀光地理資訊，很容易猜測是在指玉山。

　　在形容府治東南約三十餘里的山則說：

> 山上有大石聳秀，形如冠帽，中有大湖石洞；其山能鳴，鳴則非吉祥之兆。層巒聳翠，上出重霄，為臺灣縣治。

　　都是一幅幅美麗的人間仙境。高拱乾認為當時臺灣應有仙人住居深山，因為他在敘述鳳山治西南，離府治五百三十餘里的大岡山南至沙馬磯頭山時說：

> 其山西盡大海，高峻之極。山頂常帶雲霧，俗傳此山有仙人衣紅、衣黑，降遊於上；今有生成石磴、石碁盤在。凡呂宋往來洋船，皆以此山為指南。

　　如果高拱乾認為有仙人，那應屬臆測，以所述方位鳳山治西南，即離今鳳山西南綿延五百三十餘里，當係指今屏東霧台、高樹至墾丁的山區。而衣紅、衣黑，或係為當地原住民，因為魯凱、布農等族原住民的衣服不正是或紅、或黑嗎？而所謂石磴、石碁盤在溪谷河床受到沖刷割蝕，日積月累，大自然地理、地質景觀應隨處可見，只是經過拱乾將之與仙人緊附一起，更憑添幾分仙境氣息。尤其敘畢臺灣府山時又加註腳說：

> 至若深山中，轍跡罕到，其間人形獸面，烏啄鳥嘴、鹿豕猴獐，涵淹卵育；魑魅魍魎、山妖水怪，亦時出沒焉，則又別一世界也。

　　真可以說是「雲身不知處，處處是仙境」，好不令人神往。

二、臺灣縣山

　　臺灣府治下轄臺灣縣（含澎湖嶼）、鳳山縣、諸羅縣等三縣，而臺

灣縣中最高大的山叫做木岡山，高拱乾在形容該山之高大時說：

> 自大目降營盤至崇德里，相距百餘里，其山崔嵬巉險，人跡所不
> 到，且日戴雲霧，非天清氣朗之時不見山形。

雖是志書，但高拱乾擺脫刻板的纂寫志書筆法，將木岡山的山勢分
布，神氣活現的形容為：

> 龍嵸之勢，矗列無隙，是為府治屏障。自崇德里而西轉，曰大岡
> 山，小岡山；逶迤而至七鯤身，皆鳳山縣治界山，而實為府治外崖
> 也。又縣治西至於海，曰鹿耳門[97]，曰北線尾；南轉與安平鎮七鯤
> 身會，是又府治水口羅禽也。

由於澎湖嶼當時屬於臺灣縣轄，故澎湖嶼的形勢亦在臺灣縣山中
敘述。高拱乾形容「澎湖一島，山嶼錯出，泛泛若水中之鳧。」然後一
口氣列舉大山、香爐、鴈淨、沙墩、龜壁、錠鉤、雞腎、員背、鳥嶼、
白沙、屈爪、吉貝、目嶼、姑婆、鐵砧、土地公、金山、空殼、西嶼、
丁字門、鎮海、大倉、四角、雞籠、桶盤、虎井、花嶼、草嶼、大貓、
小貓、南嶼、頭巾、八罩、狗沙、將軍、岑圭、船帆、後堀、味銀、鐘
子、西吉、東吉、鋤頭增、東嶼平、西嶼平等島嶼之名稱之後說：

> 總澎之嶼而計之，實四十有五；而相傳為三十六嶼者何？蓋間或無
> 天塹之險，或渺然滄海一粟，故名雖存而不掛人之齒頰，特舉其大
> 概言之耳。若夫志山者務存其實，雖小而不可以或遺，良以人略我
> 詳，不敢附會俗人言也。

高拱乾對所指「或無天塹之險」的島嶼，加註指狗沙、岑圭、味
銀及鋤頭增等島嶼；所指「或渺然滄海一粟」的島嶼，則係指船帆、草
嶼、後堀、姑婆等小島。可見島嶼在拱乾志書中，將之列入山的部分敘
述，或許當年福爾摩沙之所以為美麗之島，也受到船隻經過而羅列期
間，星羅棋布的這些綠色小島，錯列在海天一線的那種美景所影響吧！

三、鳳山縣山

鳳山，即今之高雄縣市轄區，拱乾志書對鳳山縣山如此介紹：

> 鳳山之山，自臺灣縣治崇德里東南諸峰蜿蜒而來。岡巒重疊，勢皆南向。至阿猴林[98]以北諸峰，崔然若拱、若峙、若盤、若踞，是為觀音山、為七星山、為大滾水山、為小滾水山、為尖山，隱伏二十餘里，經南赤山，為鳳彈諸山。至盡處，嵬然高大者，為鳳山，建縣治焉。

鳳山與今名相同，與拱乾所稱鳳彈諸山不同。前者拱乾說：

> 在鳳彈山西，踞其巔視之，其形如鳳；旁有兩山如翅，又有一崙戴磽石如鳳冠，另有一崙向海至沉仔口如鼻，後有疊隅形如卵，故名鳳山。

而後者鳳彈諸山，諒係指附近丘陵小山，因拱乾說：

> 在赤山西南有十數小山，或高三、四丈者，或七、八丈者不等，俱土山圓淨，在鳳山之後，形如卵，故俗呼為鳳卵。

至於鳳山縣治東北為大岡山、半屏山，其中半屏山，今亦同名。顯見其山形雖歷三百餘年仍未變，拱乾將當時百姓對此山的看法，註解說：

> 在小岡山西南，山面頗平，遙望之如屏一般，故名。堪輿家傳為房屋、墳墓有向此山者，主凶敗。

此外，鳳山縣治的西邊，其山勢分布有：

> 轉而西，為溷底山；並峙者，為打鼓山。從打鼓山蟬聯而下，勢若長蛇，為蛇山。打鼓山之後，越一小港，有土阜，曰旗後山。又逶迤而西南，有鯤身者七，皆鳳山之拱衛也。

這些山名都很有趣，此處值得一提的是「打鼓山」及「鯤身者

七」。前者拱乾註釋說：「在漯底山西南，俗呼為打狗山，其山踞海岸上，有大潭石洞，為安平鎮七鯤之宗，其形如鼓，故名」。所以高雄古稱打狗，如據此推測，打狗前稱或係打鼓。而後者拱乾亦註釋說：「自打鼓山蜿蜒而亙西南，共結七堆土阜，有蛛絲馬跡之象，如鯤魚鼓浪然。自一鯤身遞至七鯤身，相距有十里許，並無硬石，俱皆沙土生成，然任風濤飄蕩，不能崩陷。上多荊棘雜木，望之有蒼翠之色。外係西南大海，內係臺灣內港，宛在水中央，採補之人居之。」

　　而鳳山縣治的東邊、南邊及西邊，其山勢分布為：

> 治之東，其山之最聳者，曰傀儡山、曰卑南覓山。轉而南，複折而西南，疊巒複岫，莫非山也。更轉而西出於海，為郎嬌山、為沙馬磯頭山，而山始盡；皆鳳山之佐輔也。西南洋海中突出一峰，層巒高峻，林木蓊鬱，則小琉球山也。

　　以上所敘之山，大部分即今之高雄縣南部及屏東縣全部到恆春及小琉球外島，至於傀儡山、卑南覓山，到底是指何處，仍有待考證，特別是沙馬磯頭山，或係當時平埔族原住民的土音。

四、諸羅縣山

　　諸羅為今嘉義之古名，清領初期，凡臺灣縣以北均屬諸羅縣，蓋因開發較早，未及臺灣中北部也。由於人煙罕至，拱乾撰志，亦只得以「諸羅之山，自木岡山折而西向，峰巒不可紀極」加以概括。但對大概分布情形，也如下敘述：

> 其峙於東北者，曰畬米基山、曰大龜佛山、曰阿里山、曰肚武膋脊山、曰打利山、曰鹿仔埔山、曰覆鼎山，此拱輔邑右者也。其聳於東南者，曰馬鞍山、曰大武壟山。西面赤山，又西北而小龜佛山，皆拱輔邑左者也。至若文鋒直插，上與天齊，則有山朝山、有買豬末山、有黑沙晃山，是又東北之秀出而遠擁者也。磅礡而下，則有斗六門諸山；北面貓霧山、小龜崙山、南日山、合歡山。又北而雞

籠鼻頭山、奇獨龜崙山、干豆門山、八里分山、查內山、眩眩山以及小鳳山,莫非邑之朔方外障也。自雞籠鼻、龜崙之外,為大海。海有小嶼,曰雞籠嶼、曰桶盤嶼、曰旗干石、曰石門嶼、曰雞心嶼,則又臺灣之腦龍隱見處焉。

高拱乾一口氣把幾近臺灣版圖三分之二的山勢分布做了交待,顯然粗糙些,尤其以今日臺灣的面貌,絕對是不成地理比例,原因當然係受到臺灣府治所轄開發程度,侷限臺灣南部的影響。但荷據時期,淡水、基隆一帶事實上已有西班牙人占領,故地理形勢介紹顯然略顯模糊。

五、臺灣溪流

高拱乾在府志中對溪流較無形容,僅列舉溪名而已。在列舉各縣水道溪流之前,僅有概括性的敘述:

> 臺郡四面巨浸,臺、鳳、諸三邑眾水攸歸。郡治在木岡山之陽,夾以兩溪:北為新港,與諸羅界;南納鳳山之岡山溪;西入於臺灣內港,與鳳山界;而臺灣縣治在中焉。

其餘僅按各縣列水道溪名,並無形容溪流態樣,故不予列舉。惟不影響本文的重現福爾摩沙面目的期待,蓋因航海家在海上遠眺,係因看到山巒起伏翠綠蓊鬱而讚美,並未能因穿透山巒觀看溪流而歡呼臺灣為福爾摩沙,更何況臺灣山陡水短,不若大陸各地隨處所見的潺潺流水,假如當年航海家係搭飛機而見到乾枯河床,甚或現在濫墾濫伐,不知又有何心境與感受?恐怕福爾摩沙的美譽就不屬於臺灣了吧!

肆、臺灣志書也可以當文學作品來欣賞

臺灣志書在清領臺之後以高拱乾為官修之首,堪稱為臺灣志書的拓荒者。其後還有蔣毓英的《臺灣府志》簡稱蔣志;周元文的《重修臺灣府志》,簡稱周志;劉良璧的《重修福建臺灣府志》,簡稱劉志;余文儀

《續修臺灣府志》，簡稱余志，以及范咸的《重修臺灣府志》，簡稱范志，這些志書都陸續對臺灣之所以被稱為福爾摩沙的山川形勝，有所敷衍推荐，只是這些撰寫志書的人，在當時應該不太明白臺灣早已被外國航海家譽稱為福爾摩沙美麗之島吧！但透過他們率直的筆觸，直覺的見聞，已經可以讓後人領受到為何臺灣是福爾摩沙，尤其讓長年居住在臺灣的人們，心情一定非常亢奮而驕傲。

　　事實上，本節僅係就一人一志一時的臺灣山川形勢，透過時光隧道的傳真，讓大家去感受臺灣的古典美。如果能夠將前面幾本志書聯合起來，對某一山川景色做不同出版時空的比較，當亦是很不錯的欣賞方法。甚至隨著臺灣的開發歷史與建置發展，吾人亦可以更深入到諸如《澎湖縣志》、《彰化縣志》、《噶瑪蘭廳志》、《淡水廳志》、《鳳山縣志》、《苗栗縣志》、《諸羅縣志》、《恆春縣志》等地方志書加以比較，就會更細膩品嘗出臺灣之美的風采韻味了。

　　如此一來，志書的功能就不再只是供查考的史料或文獻而已，其實也可以把他當文學作品來欣賞了。而且明清時期隨著臺灣開發由南而北，以及行政區域的逐漸建置，各地方志書亦紛紛出版，這對認識臺灣古早山川勝景大有神益，只可惜篇幅所限，也力有未逮之憾，故僅列舉高拱乾的《臺灣府志》。惟為方便有心進一步研究者之參考，特將蒐錄在《臺灣文獻叢刊》之所有臺灣各地方志書，分別依：通志、府志、縣志、廳志、采訪冊、一般志書、輿圖及補闕等列如下**表7-1**：

表7-1　《臺灣文獻叢刊》方志類書名及作者一覽表

臺灣文獻叢刊編號	書名	作（編）者	冊數
68	清一統志臺灣府		1
84	福建通志臺灣府		6
130	臺灣通志		4
65	臺灣府志	高拱乾	3
66	重修臺灣府志	周元文	3
74	重修福建通志臺灣府	劉良璧	4

（續）表7-1　《臺灣文獻叢刊》方志類書名及作者一覽表

臺灣文獻叢刊編號	書名	作（編）者	冊數
105	重修臺灣府志	范咸	5
121	續修臺灣府志	余文儀	6
75	恆春縣志	屠繼善	2
103	臺灣縣志	陳文達	2
113	重修臺灣縣志	王必昌	4
140	續修臺灣縣志	謝金鑾	4
124	鳳山縣志	陳文達	2
146	重修鳳山縣志	王瑛曾	3
141	諸羅縣志	周鍾瑄	2
156	彰化縣志	周璽	3
159	苗栗縣志	沈茂蔭	2
160	噶瑪蘭廳志	陳淑均	4
164	澎湖廳志	林豪	3
172	淡水廳志	陳培桂	3
37	雲林縣采訪冊	倪贊元	2
55	臺灣采訪冊	諸家	2
58	嘉義管內采訪冊		1
73	鳳山縣采訪冊	盧德嘉	3
81	臺東州采訪冊	胡傳	1
145	新竹縣采訪冊	陳朝龍	2
48	苑里志	蔡振豐	1
63	樹杞林志	諸家	1
80	金門志	林焜熿	3
95	廈門志	周凱	5
61	新竹縣志初稿	諸家	2
101	新竹縣制度考		1
92	噶瑪蘭志略	柯培元	1
181	臺灣府輿圖纂要		
185	臺灣地輿全圖		
195	福建通志列傳選	陳衍	3
233	泉州府志選錄		
232	漳州府志選錄		

（續）表7-1 《臺灣文獻叢刊》方志類書名及作者一覽表

臺灣文獻叢刊編號	書名	作（編）者	冊數
104	澎湖臺灣紀略	諸家	1
109	澎湖紀略	胡建偉	2
115	澎湖續編	蔣鏞	1
52	安平縣雜紀		1
120	臺灣通紀	陳衍	2
243	清史稿臺灣資料集輯		6
18	臺灣志略	李元春	1
	臺灣府志	蔣毓英	

資料來源：蒐集整理自臺灣文獻叢刊。

第三節　臺灣宦遊詩見聞內容探索

　　明清時期大陸內地渡臺的官員，以及因政府所聘來臺的文人，常因職務的需要，以及個人的興趣，而遊歷臺灣府（包括澎湖）所管轄的各地，並將其親身的見聞與感受，透過他們所習用的傳統漢語舊詩的形式，而加以直接的記述，這就是所謂的「宦遊詩」。這種的旅遊詩，都是當時社會實在景象的寫照，可說是最為珍貴的史料。

　　由於記述的人，身分大都為當官的讀書人，頗具文才，所寫的內容亦極為廣雜，牽涉的事物又甚為繁多，若想作全面性的探析，誠難能詳盡。所以只能「以詩證事」加以探析當時宦遊者遊歷臺灣見聞的心得與心情。

壹、驚訝臺灣為蓬萊勝域

　　以姚瑩〈臺灣行〉為例，其詩為：

　　生平常怪方士言，蓬壺方丈瀛海間。

　　謂是大言誑人主，世豈真有三神山？

幾年作宦來臺灣，東過滄海窮煙瀾。
扶桑枝紅掛朝日，珊瑚樹綠充庭藩。
澎湖時時出琪樹，高者盈尺聲璆然。
四時花蕊開未歇，夏梅春桂冬桃蓮。
長年暄暖無霜雪，老死不著棉裘氈。
山中之人木末處，下者亦在蒼崖巔。
食無煙火況炊爨，男女赤足垂雙環。
頒律不到周夏正，豈有隸首窮其年？
洪濛以來到唐宋，不與中國人通船。
漢初尚未開閩粵，此乃荒島盤雲煙。
或者昔人偶泛海，飄風一至疑神仙。
愚民自誤誤世主，妄思人可壽萬千！
豈知世果有此境，但無藥草能朱顏。
若令皇武在今世，不待晚歲憬然翻。
我為此歌傳世俗，沉迷聊破千年關！

這是一首正面以「臺灣」為詩題，而寫此地風土實情的作品。作者姚瑩，安徽桐城人，是清代中葉桐城派古文名家姚鼐的姪孫，為姚鼐弟子，曾於嘉慶二十四（1819）年任臺灣知縣，兼攝海防同知。道光元（1820）年，調任噶瑪蘭廳通判。道光十八（1838）年，任臺灣兵備道。前後任宦臺灣約八年。這首詩是姚氏職事時，為講求「山川形勢，民情利弊」[99]而巡視本島各地後所寫的真實感想。在此詩裡，特別值得我們注意的就是：

1. 思想上，他視臺灣為過去中國文化傳說中的「神仙島」，所謂：「豈知世果有此境」、「飄風一至疑神仙」、「蓬壺方丈瀛海間」。

2. 實質上，臺灣的特殊氣候與花木景物，大異於大陸內地，而自成勝境，所謂：「四時花蕊開未歇，夏梅春桂冬桃蓮。長年暄暖無霜雪，老死不著棉裘氈」，真是令人嚮往不已。所以他才會很有感觸

的寫出：「若令皇武在今世，不待晚歲慄然翻」的內心話語。

　　當然，這種異域的自然景象，對於這些來自於大陸內地官員是很具有吸引力的，所以有不少的人，在其詩中對此景象都曾有所提及，例如：吳廷華[100]的〈社寮雜詩〉云：「天為癡頑偏愛護，一年無日不開花」。朱仕玠[101]的〈瀛涯漁唱〉云：「草木隆冬競茁芽，紅黃開遍四時花」、「隆冬單袷汗仍流」。孫元衡[102]的〈秋日雜詩〉（三首之二）云：「四時無正候，百物有奇功」。黃叔璥[103]的〈過斗六門〉詩云：「冬仲何殊春候暖」。齊體物[104]的〈臺灣雜詠〉詩云：「野花長見四時春」、「春盤綠玉薦西瓜，未臘先看柳長芽。地盡日南天氣早，梅花纔放見荷花」。錢琦[105]的〈臺灣竹枝詞〉云：

　　四時如夏雨成秋，秋卉春花一徑收。
　　老去不知霜雪冷，三冬月地露華流。

　　夏之芳[106]的〈臺灣雜詠〉云：「深冬犯曉只春衣」。楊二酉[107]的〈重陽過海東書院〉云：「春臺九月著羅衣」。張湄[108]的〈氣候〉詩云：

　　少寒多燠不霜天，木葉長青花久妍；
　　真個四時皆似夏，荷花渡臘菊迎年。

　　六十七[109]的〈北行雜詠〉云：「節逾大雪曾無雪，日暖風恬景物佳」。范咸[110]的〈再疊台江雜詠〉云：「雪霜冰霰了無緣」、「佳葩異卉繡如堆」，又〈三疊台江雜詠〉云：

　　四時花並一時開，冬日池荷清淺洄；
　　儘放顛狂偏愛菊，不隨寒暖卻輸梅。

　　李如員[111]的〈臺城竹枝詞〉云：「海東氣候本先行，桐花未謝蓮花放」。林松[112]的〈答客問臺灣之游〉詩云：「燠多寒少處，天氣覺長晴」。王凱泰[113]的〈臺灣雜詠〉（續詠）詩云：「東瀛人盡說炎鄉，寒

暖誰知候靡常」。何澂[114]的〈臺陽雜詠〉詩云：「都道四時皆是夏，有時六月亦飛霜」、「溫和卻好養花天，迎歲荷新菊度年」。李振唐[115]的〈臺灣竹枝詞〉云：「冬殘草尚綠成圍」、「四時景物總芳菲」。馬清樞[116]的〈臺陽雜興〉詩云：「花信難憑廿四風」、「四季林花不斷春」。胡傳[117]的〈和王蔀畇孝廉臺灣秋興八首〉（之七）詩云：「山澤常聞草木香」。陳衍[118]的〈曉行至大稻埕〉詩云：「炎島異氣候，草木長蔥籠」。陳朝龍[119]的〈竹塹竹枝詞〉云：

> 氣候生成別有天，荷花度臘菊迎年。
> 非時偏得嘗時物，合署長春國是仙。

在這裡，我們發現一個共同事實，那就是以上這些作者都是奉派到臺灣的宦遊官吏，雖不是觀光客，但是因為大都是經過科舉體制洗禮的讀書人，頗具文學才華，以旅遊方式遊宦臺灣，留下了數量頗多的旅遊文學。格外引起我們注目的是陳朝龍在其詩中認為臺灣應該是個長春的「仙國」，所謂：「合署長春國是仙」，比我們現在稱臺灣為「寶島」來得更為美好而動人。這種以「臺灣」為中國傳說裡的「仙國」的看法，還見之於黃逢昶[120]的〈臺灣竹枝詞〉云：

> 海天鰲柱峙中流，千里臺疆水上浮。
> 雪浪雲濤環四面，我來疑即是瀛洲。

從黃氏此詩的收筆，所謂「我來疑即是瀛洲」，實透露出在其心目中，已把「臺灣」視似為「仙島」。因為在西漢史官司馬遷的《史記·秦始皇本紀》說：「海中有三神山，名曰：蓬萊、方丈、瀛洲，仙人居之」；東漢學者王充《論衡·談天》篇中亦謂：「九州之外，更有瀛海」。黃氏詩裡正用此中涵義，以顯示他對「臺灣」的美好印象。現在我們都常喜用「美麗島」來稱呼「臺灣」，實在不如叫它為「長春仙國」，也許更能顯示出本島的特殊自然美感。

貳、發現臺灣的土腴稼豐

茲舉錢琦〈臺灣竹枝詞〉為例,說明臺灣土腴稼豐:

平原千頃盡良田,短畦斜開水貫連;
早稻才收晚稻熟,橫洋偷載到漳泉。

這是錢氏在乾隆年間任巡臺御史時,視察臺灣各地後,所寫的一組有關當時本島實情的風土詩,共計有二十首,此是其中的第五首,全詩收入於其《澄碧齋詩鈔》卷八之中。錢氏的這組詩,除了闡述當年臺灣真實的風土、農業、人文等景象外,尤其值得我們重視的,就是他為使讀者能瞭解其詩中的真意所在,在其詩中時有自我「夾註」。這一些「夾註」,對於我們認識往昔的臺灣有很大的助益。例如在此詩中,錢氏的夾註是這樣的:

臺灣土肥,田歲兩熟或三熟,產米甚多。例禁不得出口,而土人漁利偷載,不可數計,然漳、泉兩府實利賴之。

從這幾句話中,我們可以獲知以下的四項事:

1.臺灣島的土地肥沃,適宜農耕。
2.稻米每年可收成二次,或是三次。
3.清朝政府規定,禁止臺灣稻米出口。
4.土人利用臺灣稻米的豐盛,私下偷運到大陸漳州與泉州出售以謀取
　利益,因而漳泉二府也藉此獲得了實利。

據此得知,在清代政府官員的認知中,臺灣可以說是個「土腴稼豐」的好地方,不但農稼能夠自足,更有餘力轉運周濟於大陸各地。這種認知亦見之於以下諸詩作,例如:

1.鄭開極[121]的〈平南行〉云:「聚米要形了目中。」
2.郁永河[122]的〈臺灣竹枝詞〉云:「一片平沙皆沃土,誰為長慮教

耕桑。」郁氏還註解說：「臺郡之西，俯臨大海，實與中國閩廣之間相對。」

3. 宋永清[123]的〈過羅山有設縣安營建興學校之舉書以紀事〉詩云：「田疇漸覺稻粱肥。」

4. 阮蔡文[124]的〈竹塹〉詩云：「百鋤不及一犁深，那得盈寧畜妻子。」

5. 藍鼎元[125]的〈臺灣近詠十首呈巡使黃玉圃先生〉詩云：「此地田土饒，山木利斧斤。」（之八）、「臺地一年耕，可餘七年食。」（之五）。

6. 鄭霄[126]的〈番俗〉詩云：「灌溉無煩土脈饒，才經播種不耘苗。登場一歲支三歲，誰上屯田十二條。」

7. 范咸的〈題褚太守觀稼圖〉詩云：「北港地肥沃，種植恆不時。四月刈新穀，六月開新畬。十月收大冬……」，又〈再疊台江雜詠〉詩云：「土田不糞便滋榮」、「四時皆穫半年耕」、「食有餘糧到處盈」。

8. 德齡[127]的〈送范九池侍御巡視臺灣〉詩云：「土田肥沃墾最宜」。

9. 褚祿[128]的〈諸羅道中即事〉詩云：「圳水春生灌溉足，露華秋重土膏融。」

10. 劉良璧[129]的〈沙轆行〉詩云：「馬牛遍原野，黍稷盈倉箱。」

11. 夏瑚[130]的〈秩滿留別臺陽〉詩云：「高陂低岸遍腴田。」

12. 湯世昌[131]的〈巡臺紀事五十韻〉云：「土沃闢良田。」

13. 盧觀源[132]的〈臺陽山川風物迥異中土因就遊覽所及志之以詩〉云：「平原土壤美而肥，海港交橫草菲菲……歲豐足抵三年耕。」

14. 周芬斗[133]的〈留題諸羅十一番社〉詩云：「百里裹糧漫遠佃。」

15. 朱仕玠的〈瀛涯漁唱〉詩云：「漫稱膏壤事耕深，再熟田疇力不任。唯有東西二港地，小春時節出秧針。」

16. 吳性誠[134]的〈留別諸耆老〉詩云:「瀛洲雞犬好桑田。」

17. 孫爾準[135]的〈臺陽雜詩〉云:「稻熟三春早,蟬鳴二月中。」

18. 謝金鑾[136]的〈臺灣竹枝詞〉云:「不事耘鋤亂插田,條條溪澗自成川。水雲六月魚鱗雨,斗米何曾值百錢。」

從以上的這些詩句,足以明證臺灣產物農稼的富饒,難怪蔣毓英《臺灣府志》[137]卷之四〈物產〉裡說:

> 臺灣土水盤紆,川源清遠。層巒峙乎東北,梓材備棟樑舟楫之需。滄海繞乎西南,海錯擅魚鹽、蜃蛤之利。走獸飛禽之類,咸若群分。名花異果之種,繽紛錯出。以漁以佃,固可還有以易無。滿籌滿車,亦足耕三而餘一。雖云僻壤,寧讓中區。

康熙朝應諸羅縣令周鍾(貴州貴筑人)聘來臺編纂《諸羅縣志》的陳夢林(福建漳浦人),在其〈鹿耳門即事〉詩中說當時的臺灣是:「地袤南北二千里,人樂耕漁四十年。」可見清初此地人民生活的豐裕。

事實上,在明鄭時的詩人葉茂林,於其〈送人之臺灣〉詩中便已指出:「(臺灣)物力耕漁裕。」同時詩人徐孚遠的〈送雪嵩安置臺灣〉詩亦云:「土人佃漁安卉服(用絺葛做的衣服)。」甚至於本島詩人潘振甲[138],在其〈乙丙歌〉中也很自豪的說:「臺陽自古稱天府,千里膏腴無棄土。」怪不得,石福作[139]的〈議開水沙連番界雜作〉詩裡會說:「臺安內地樂,臺動天下疑。」據此可知臺灣的美好及其重要性。

參、觀察臺灣的漢風民俗

錢琦的〈臺灣竹枝詞〉二十首,可觀察宦遊官員為治理臺灣所深入民間瞭解的漢人民俗:

> 一身拖沓龍搖尾,兩足槃跚鳳點頭。
> 不論傭夫與販豎,綺羅各耍鬥風流。(第八首)

除夕先除一歲凶，門前壓煞火雲紅。

眼看猛虎低頭去，不用為文更逞窮。（第二十首）

這是錢氏於巡臺御史任內，視察臺灣各地的實況後，所寫有關當時本島漢人習俗與風情的詩組二十首中的二首。作者在各詩後常有自註，俾使讀者能瞭解其詩中的原意。如第一首，原註是這樣：

衣服不裹，褲露衣外，名曰龍搖尾。襪不繫帶，脫落足面，名曰鳳點頭。雖菜傭（平庸卑微的人）與隸（卑賤的奴僕），悉以此為華美飾觀。相習成風，牢不可破。

可見，此詩是批判當時漢人衣著的浮誇與奢侈，如此浮蕩的生活習氣，實不可取，應加以破除。而第二首的原註是：

除夕以紅紙為虎，口內實以鴨血，於門外燃之，名曰壓煞。

所謂「壓煞」指的是本島漢人的特殊民間宗教行為。儘管本島漢人的歲時風俗，大皆有如蔣毓英的《臺灣府志‧歲時》所說：「皆係內地人民，流寓到臺，則與內地相彷彿」，但依然有些習俗行為與大陸內地略異，像上述「除夕壓煞」的風俗就不見於史書《臺灣府志‧風俗》記述，所以錢氏才會特別加以記述。許多任職於臺灣的清代官員，為深入瞭解民情而探察本島各地後，常會以詩寫下他們的親自見聞與感想，有時甚至附上自註，這種遊歷所記的詩篇存量頗多，提供後人對於解知往昔臺灣社會的真實面，有極其珍貴的史料，就如同上引的二首詩作。

關於當時本島漢俗民情方面，其餘比較重要的詩作則有：郁永河的〈臺灣竹枝詞〉十二首。王禮[140]的〈臺灣吟〉六首。藍鼎元的〈臺灣近詠十首呈巡使黃玉圃先生〉。鄭大樞的〈風物吟〉十二首。夏之芳的〈臺灣雜詠〉百首。張湄的〈七夕〉、〈中秋〉。六十七的〈臺俗七月十五日為盂蘭會至夜分放水燈為紀以詩〉。范咸的〈焚虎〉二首、〈竊花〉二首、〈臺江雜詠〉十二首、〈再疊臺江雜詠〉十二首、〈三疊臺江雜詠〉十二首。朱仕玠的〈瀛涯漁唱〉百首。孫霖[141]的〈赤嵌竹枝

詞〉十首。章甫的〈次廣文吳友山臺陽懷古雜詠元韻〉六首。陳廷憲[142]
的〈澎湖雜詠〉二十首。謝金鑾的〈臺灣竹枝詞〉三十一首。薛約[143]的
〈臺灣竹枝詞〉二十首。周長庚[144]的〈臺灣竹枝詞〉十三首。周凱[145]的
〈澎湖雜詠〉二十首。李若琳[146]的〈羅漢腳〉。施龍文[147]的〈臺陽臘除
雜詠〉十首。陳學聖[148]的〈車鼓〉、〈搶孤〉、〈牽手〉。許廷崙[149]的
〈羅漢腳〉、〈鯤鯓王〉、〈保生帝〉。李華[150]的〈草地人〉、〈烏煙
鬼〉。彭廷選[151]的〈盂蘭竹枝詞〉十首。吳德功[152]的〈臺灣竹枝詞〉
十一首。劉家謀[153]的〈海音詩〉百首。王凱泰[154]的〈臺灣雜詠〉三十二
首、〈續詠〉十二首。何澂的〈臺陽雜詠〉二十四首。馬清樞的〈臺陽雜
興〉三十首。黃逢昶[155]的〈臺灣竹枝詞〉七十五首。李振唐[156]的〈臺灣
竹枝詞〉四首。傅于天[157]的〈葫蘆墩竹枝詞〉三首。郭鵬雲[158]的〈新竹
竹枝詞〉四首。康作銘[159]的〈游恆春竹枝詞〉十二首。胡徵[160]的〈恆春
竹枝詞〉八首。屠繼善[161]的〈恆春竹枝詞〉十首。謝香萃[162]的〈鳳山竹
枝詞〉五首。王鏡秋的〈鳳山竹枝詞〉六首。吳士俊的〈鳳山竹枝詞〉
二首。陳朝龍的〈竹塹竹枝詞〉二十二首。徐莘田[163]的〈基隆竹枝詞〉
三十二首。史齡的〈臺南竹枝詞〉六首。余惰[164]的〈臺灣雜詠〉三首。
丘逢甲[165]的〈臺灣竹枝詞〉四十首。

　　從以上眾多的詩作中，我們隨處可以找到不同政治時期各種漢人的
習俗與民情，這些詩作都可作為臺灣史書的豐富佐證與補足。姚瑩〈與湯
海秋書〉上曾說，當時臺灣的人民的實情，是如此：

> 臺民生財之道，一曰樹藝，二曰貿遷。及其敝也：一耗於奢淫，二
> 耗於詞訟，三耗於械鬥，四耗於亂逆，五耗於盜賊。

　　像臺人的奢淫，最早在康熙朝的謝道承（閩縣人）所寫〈南臺竹枝
詞〉十首之三裡，便出現有：「兒郎三五鬥豪華，貂毛重裘暗自誇」的
詩句。劉家謀的〈海音詩〉注上說：「尋常筵席，每費三四金。鬥靡誇
多，至十餘金不止。」皆足明證。可知，這種的侈風隨時代演進反而有增
長的趨勢，誠如何澂〈臺陽雜詠〉的詩云：「堪笑浮囂陋習仍」，至今猶

使人憂心！至於宗教迷信的事，何澂也在〈臺陽雜詠〉上說：「閩人信鬼
世無儔，臺郡巫風亦效尤」更可參證。

肆、感受臺灣的異族風物

郁永河在康熙三十五（1696）年冬，旅臺近九個月的旅歷後所寫的
詩作豐富，內容上都是反映當時他所看到的本島原住民生活實情。對於漢
人而言，這些原住民屬於異族，也是他生平首次遇到的另類族群，所以對
他們的生活及習俗倍覺興趣，因而寫下了二十四首七絕來記述他的見聞與
感想，並命名為：〈土番竹枝詞〉。特舉其中四首，藉窺臺灣當時的異族
風物：

腰下人人插短刀，朝朝摩厲可吹毛。
殺人屠狗般般用，纏罷樵薪又索綯。（第十首）
只須嬌女得歡心，那見堂開孔雀屏。
既得歡心纏挽手，更加鑿齒締姻盟。（第十五首）
竹弓楛矢赴鹿場，射得鹿來交社商。
家家婦子門前盼，飽惟餘瀝是頭腸。（第十九首）
深山負險聚遊魂，一種名為傀儡番。
博得頭顱當戶列，髑髏多處是豪門。（第二十四首）

「土番」二字在此的原義為：生活於臺灣本土的異族，只是一種
傳統習慣上的通稱。上引的這四首，特別值得我們注意的是他詩中的自
註。第十首註云：

人各一刀，頃刻不離，斫伐割剝，事事用之。

這種隨身佩刀作為生活上必備的用具，實大異於漢人，尤其是詩中
提到「殺人」的話，更點明了當時原住民的特殊行為。第十九首註云：

番人射得麇鹿以付社商收掌充賦。惟頭腸無用，得與妻孥共飽。

可知清朝統治臺灣後，土地便屬歸清政府所有，於是開始用稅制來
剝削原住民，而原住民則被指定以鹿皮來充抵賦稅，繳給清朝所專設的社
商，結果他們辛苦獵取的野鹿，自家只能取食漢人所視之為無用的頭腸而
已，真是可悲！從「赴鹿場」三字，可推知本島當年野鹿必定甚繁，所以
才會被指定以鹿皮來充繳賦稅。第二十四首註云：

> 深山野番，種類實繁，舉傀儡番以概其餘。

可見島上的原住民在郁氏詩中的分類，推知應可分為：「深山
野番」（通稱「生番」）與「淺山土番」（通稱「熟番」，今稱平埔
族）。其詩中所述「土番」，是指當時的「熟番」而言，所以才會在其
詩組的最後一首指出有專喜獵人頭的另一類，即所謂：「一種名為傀儡
番」者，並清楚說出「深山野番，種類實繁」，他還說：「舉傀儡番，以
概其餘」，闡明是以「傀儡番」（居於傀儡山中的生番）一語來含蓋所有
這一類的深山野番。

　　　第十五首無註，不過從其詩中解知，「挽手」（後稱「牽手」）
用以指被娶的一方（男方，漢人則指女方），原來是原住民（平埔族，熟
番）的一種婚姻習俗，以後漢人則轉用而成為生活上的通用語詞，這是一
種族群文化融合所產生的良好現象。

還有原住民結婚時「鑿齒」以為姻盟永締的風俗，以及女性本人婚
姻自主，「只須嬌女得歡心」便可挽手成婚，不須經雙方父母同意與繁瑣
禮儀的程序，更是大異於漢人的風俗。透過郁氏的詩作，可以讓我們深入
認識早期本島原住民生活的各種原貌，是很有價值的遊歷觀感史料，應予
以特加重視。

這種反映臺灣原住民風情與風物的遊歷詩篇，最早應推明鄭時期
沈光文所寫的〈番婦〉、〈番柑〉、〈椰子〉、〈公孫橘〉、〈釋迦
果〉等詩。此後，寫此方面的詩作很豐盛，較為重要的還有：齊體物
的〈番俗〉十首。高拱乾的〈東寧十詠〉（之八）。孫元衡的〈裸人叢
笑篇〉。宋永清的〈番社〉、〈渡淡水溪〉。周鍾瑄的〈番戲〉五首。

阮蔡文的〈大甲婦〉、〈後壠〉、〈竹塹〉、〈淡水〉。李丕煜[166]的〈傀儡番〉。黃叔璥的〈詠半線〉、〈詠水沙連社〉、〈沙轆漫記〉六首、〈武洛社〉、〈番社雜詠〉二十四首。黃吳祚[167]的〈詠上淡水社〉二首、〈詠水沙連圖〉二首。黃學明[168]的〈臺灣吟〉五首。李欽文[169]的〈番社〉。陳兆蕃[170]的〈臺灣雜詠〉二首。劉良璧的〈沙轆行〉。夏之芳的〈臺灣雜詠〉。吳廷華的〈社寮雜詩〉二十首。楊二酉的〈南巡記事〉四首。張湄的〈番俗〉六首。六十七的〈北行雜詠〉九首。范咸的〈茄藤社觀番戲〉二絕句、〈臺江雜詠〉十二首、〈北行雜詠〉十二首。周芬斗[171]的〈留題諸羅十一番社〉。湯世昌的〈巡臺紀事五十韻〉。林紹裕[172]的〈巡社課番童〉。覺路四明[173]的〈春日按部北路即事〉六首。盧觀源的〈臺陽山川風物迥異中土因就遊覽所及志之以詩〉。朱仕玠的〈瀛涯漁唱〉百首。譚垣[174]的〈巡社紀事〉。鄭霄的〈番俗〉五首。孫霖的〈赤嵌竹枝詞〉十首。黃清泰[175]的〈觀岸里社番踏歌〉。楊廷理[176]的〈羅東道中〉。黃纘的〈蘭中番俗〉。黃對揚[177]的〈巡課新港番童〉。吳性誠[178]的〈入山歌〉。吳玉麟[179]的〈傀儡石硯歌〉。薛約的〈臺灣竹枝詞〉二十首。胡承珙[180]的〈檳榔筍〉、〈西螺柑〉、〈斗六門至堡連郡〉、〈淡水道中〉。孫爾準的〈臺陽雜詠〉、〈埔里社〉八首。柯培元[181]的〈生番歌〉、〈熟番歌〉。石福作[182]的〈議開水沙連番界雜作〉。董正官[183]的〈番社〉、〈生番〉。陳學聖的〈水沙連〉、〈番社〉。陳肇興的〈土牛〉。馬清樞的〈臺陽雜興〉三十首。蔡相的〈加紋蓆〉。黃逢昶的〈生番歌〉、〈熟番歌〉、〈臺灣竹枝詞〉。李鴻儀[184]的〈詠臺北內山番社雜詩〉二十首。

　　從以上這些眾多的詩作及其自註之中，我們不但能夠探知清代本島原住民的生活實情，更可以瞭解他們的文化根源與變遷。透過這些詩作的深度認識，自能加強我們對於原住民的關懷與尊重，增進族群共存的良性融合，當然也有助於旅遊效果。

第四節　臺灣八景定名問題探索

壹、臺灣風光與八景

　　八景詩為清代旅遊詩作特色，首見於高拱乾《臺灣府志》〈藝文志〉，收有高拱乾、齊體物、王璋、王善宗、林慶旺五家的〈臺灣八景〉。後來也有很多人沿用這個詩題創作，但從文獻來看，高拱乾應為「臺灣八景」詩的創始人，他遊臺期間的詩作有〈臺灣八景〉、〈臺灣賦〉、〈東寧十詠〉、〈澄臺記〉及其他數十首。由於他選出了八個臺灣的風景點，這件事的意義非常重大，特別是對後來想到臺灣旅遊的人，很有誘因。

　　此外，他也是第一位將每一景都寫成詩的人。因此高詩八首，為最早之臺灣八景詩，其「臺灣八景」的標題及其內容為：

　　1.安平晚渡：

　　　日腳紅彝壘，煙中喚渡聲，一鉤新月淺，幾幅淡帆輕；
　　　岸闊天遲暝，風微浪不生，漁樵爭去路，總是畫圖情。

　　2.沙鯤漁火：

　　　海岸沙如雪，漁燈夜若星。依稀明月浦，隱躍白蘋汀；
　　　鮫室寒猶織，龍宮照欲醒，得魚烹醉後，何處曉峰青？

　　3.鹿耳春潮：

　　　海門雄鹿耳，春色共潮來。二月青郊外，千盤白雪堆；
　　　線看沙欲斷，射擬弩齊開，獨喜西歸舶，爭隨落處回。

　　4.雞籠積雪：

北去二千里，寒峰天外橫，長年紺雪在，半夜碧雞鳴；
翠共峨眉積，炎消瘴海清，丹爐和石煉，漫擬玉梯行。

5.東溟曉日：

海上看朝日，山間尚曉鐘。天開無際色，人在最高峰；
紫閣催粧鏡，咸池駭浴龍。風流靈運句，灼灼照芙蓉。

6.西嶼落霞：

孤嶼澎湖近，晴霞返照時，秋高移絳樹，海晏捲朱旗。
孫楚城頭賦，劉郎江上詩，淋漓五色筆，直欲補天虧。

7.澄臺觀海：

有懷同海闊，無事得臺高，瓜憶安期棗，山驅太白鰲；
鴻濛歸紫貝，腥穢滌紅毛。濟涉平生意，何辭舟楫勞。

8.斐亭聽濤：

島居多異籟，大半是濤鳴。試向竹亭聽，全非松閣聲；
人傳滄海嘯，客訝不周傾，消夏清談倦，如驅百萬兵。

高拱乾的〈臺灣八景〉詩，採五言律詩的形式，是後世八景詩的先驅，故被廣為傳誦。連橫的《臺灣詩乘》說：

臺灣八景之詩，作者甚多，而少佳構。余讀舊志，有臺廈道高拱乾之作，推為最古。

自從高拱乾的〈臺灣八景〉詩問世之後，不但文人競相作八景詩，而在臺灣的各地方，也多選定了那地方獨特的八景，例如：臺灣縣、鳳山縣、諸羅縣、彰化縣，苗栗縣、恆春縣、雲林縣、新竹縣和淡水縣。此外，還有鼓山、龜山、澎湖、蘭陽、嘉義、苑裡、卓蘭、阿里山、臺陽、陽基、澎湖廳、淡水、竹塹、雞籠、北郭園、聚芳園等地，都各有其

八景。特別是淡水，更設定了「外淡水八景」和「內淡水八景」兩類。

由這許多一組一組的八景詩的誕生，可見八景的擇定與八景詩的創作，在清代的官吏和文人間是相當受歡迎的一樁雅事，但其理由為何？依據何種標準選定八景？實在都值得玩味。

貳、記遊文學為何常用「八」取景

為何旅遊作家常取八景來記錄見聞呢？八景之說到底始於何時？何人所創？關於這個問題何沛雄教授曾對柳宗元的《永州八記》作深入的研究。[185]柳宗元在永州所作的山水遊記共有九篇，即〈遊黃溪記〉、〈始得西山宴遊記〉、〈鈷鉧潭記〉、〈鈷鉧潭西小丘記〉、〈至小丘西小石潭記〉、〈袁家渴記〉、〈石渠記〉、〈石澗記〉、〈小石城山記〉。依本集原序，後八篇一般稱為「永州八記」。《世綵堂本河東先生集》卷二十九注云：「自游黃溪至小石城山，為記凡九，皆記永州山水之勝。年月或記或不記，皆次第而作耳。」宋文安禮《柳先生年譜》，敘述柳宗元在永州所寫的山水遊記，也是上述九篇。但世人僅稱「永州八記」，而無「永州九記」之名；然則既有九篇，而特稱「八記」，其中蘊義，或有待我們去探索！

然而「永州八記」一名，不知始於何時。清常安評〈鈷鉧潭記〉說：「西山八記，脈絡相連，若斷若續。合讀之，更見其妙。」「八記」一名，或肇於此，但仍未有「永州八記」的名稱。清孫梅說：「天地間山水林麓，奇偉秀麗之致，賴文人之筆以陶寫之。」諸如陸雲的〈答車茂安書〉、鮑照的〈登大雷岸與妹書〉等篇雖托興涉筆，亦成絕構，均是長於會景造語，不假雕琢者也。至酈善長始以淹雅之才，發攄文筆，勒為《水經注》四十卷，訂以志乘，緯以掌故，刻畫標致，奇幽詭勝，搜剔無遺。後來作者，罕復能繼，惟柳子厚的《永州八記》，筆力高絕，萬古雲霄一羽毛，非諸家所敢望爾。「永州八記」一名，是否根源於此，實不能確說；若謂由之而傳聞後世，則又更難逆料了。

細閱柳宗元在永州所寫的九篇遊記，依其內容及撰作年月，何沛雄教授認為可以分為三組：

1. 作於元和四年：〈始得西山宴遊記〉、〈鈷鉧潭記〉、〈鈷鉧潭西小丘記〉、〈至小丘西小石潭記〉。
2. 作於元和七年：〈袁家渴記〉、〈石渠記〉，〈石澗記〉，〈小石城山記〉。
3. 作於元和八年：〈遊黃溪記〉。

第一組的四篇，緊密相連。柳宗元在文中自記：「得西山後八日，又得鈷鉧潭；從鈷鉧西行二十五步，當湍而浚者為魚梁，梁上有小丘；從小丘西行百二十步，見小石潭。」第二組的四篇，也是一脈相連：先記袁家渴，次寫袁家渴西的石渠，繼述石渠西北的石澗，最後描寫回到西山東北所見的小石城山。第三組的〈遊黃溪記〉是獨立的一篇與其他各遊記不相屬，何教授認為值得注意的有下列三點：

1. 第一、二組的八篇文章，所紀遊的地方，皆在零陵縣十里附近，而第三組〈遊黃溪記〉所寫的則是在零陵縣七十里之外。
2. 第一組所記的地方，在零陵縣之西；第二組所記的在縣之南。而其間有朝陽巖，可通西山和袁家渴，遊旅可通。第三組所記的地方是黃溪，在縣之東，與西山相背向，又無路與袁家渴相通。
3. 九篇遊記之中，〈始得西山宴遊記〉與〈遊黃溪記〉，篇幅較長，且詳記年、月、日，為完整的篇章。〈始得西山宴遊記〉，是柳宗元在永州所寫的第一篇山水遊記，而〈遊黃溪記〉則是最後的一篇，其他七篇，文辭簡短，而與〈始得西山宴遊記〉有特別聯繫，故清沈德潛評〈始得西山宴遊記〉說：「此篇領起後諸小記。」清李剛已更說：「此記〈始得西山宴遊記〉與〈鈷鉧潭〉以下七篇文字，首尾呼應，脈絡貫輸，合之可為一文」。

何沛雄教授根據上文推斷：柳宗元在永州所寫的山水遊記，共有九

篇，不可因「永州八記」名而誤為八篇。雖然柳宗元一共撰文九篇，但〈遊黃溪記〉實為獨立的一篇；〈始得西山宴遊記〉與其他七篇，從描寫的地方和文章結構來看，都有密切的聯繫，分之可成八篇，合之可成一文，總稱「永州八記」，允稱恰當。

歷代學者，沒有不稱許柳宗元的山水遊記，或更推之為「千古絕調」、「文家絕境」。揚韓抑柳的桐城派領袖方苞，訾議柳宗元的文章最多，但對他的山水遊記，不能稍加微詞，反而說：「柳子厚惟記山水，刻雕眾形，能移人情。」又說：「永、柳諸山，乃荒陬中一邱一壑，子厚謫居幽尋，以送日月，故曲盡其形容。」

柳宗元的山水遊記，以《永州八記》最為膾炙人口，是中國旅遊文學值得我們研讀的作品，當然也是臺灣旅遊文學足資借鏡的材料。

參、臺灣只有八景可觀賞嗎？

翻開臺灣旅遊文學作品，也許是受到柳子厚《永州八記》的影響，不論是詩作或散文，特別是律詩，大都以八景為名，只不過是欣賞的標的景觀因人而異，有八景對象選取不同者；有同一景色對象但所感受不同者。然而唯一稱奇的是不超過八景，不禁令人感到懷疑：難道臺灣只有八景可供這些文人雅士觀賞嗎？

除了前述高拱乾之外，例如王善宗的〈臺灣八景〉，其所取的八個景點及其詩的內容是：

1.安平晚渡：

滄海安平水不波，扁舟處處起漁歌。
西山日落行人少，帆影依然晚渡多。

2.沙鯤漁火：

長沙一帶積如山，碧海分流水自潺。

數點殘星歸遠浦，清光永夜照人間。

3.鹿耳春潮：

鹿耳門中碧海流，潺湲滾滾幾時休？
波瀾不斷春光好，潮信聲聞應鳥啾。

4.雞籠積雪：

雞籠一派海汪洋，寒氣相侵曠野涼。
冬至絮飄深谷裡，玉龍戰退耐風霜。

5.東溟曉日：

滄溟不測水濛濛，曉出扶桑幌海東。
一望無涯紅日近，龍光射目碧天空。

6.西嶼落霞：

夕照西山尚未昏，落霞倒影碧天痕。
風飄草木殘紅映，月色依稀上晚村。

7.澄臺觀海：

巍峨臺榭築邊城，碧海波流水有聲。
濟濟登臨供嘯傲，滄浪喜見一澄清。

8.斐亭聽濤：

華亭藻梲接詞場，碧水長流遍海疆。
滾滾波濤聲不息，斐然有緒煥文章。

這是王善宗[186]於康熙二十九（1690）年任臺灣水師協左營守備時，所寫下他心目中臺灣八個勝景的詩作，並訂其名為「臺灣八景」，也是在臺灣文獻上所看到繼高拱乾之後，最早的此類詩篇。就文學的立場而

言，這八首詩的內容雖然寫得很平實，在文學寫作藝術上也不夠生動。不過，就史學的角度來看，這組詩卻很有價值，因為它說明了當時任職於臺灣的官員，已主動注意到臺灣自然景物的美感，並從其中尋找出自認為特別具有觀賞重點的景象而加以歸類與記述，共分為八景，又各標訂其景名而賦之以詩，可引導人們從這些別具特色的「觀賞點」中去遊覽，從而感受到臺灣自然景物的悅人情懷，藉此亦可引起人們對於臺灣景物的更加注目與嚮往。

臺灣八景詩的出現，說明了臺灣的自然景物，已由外在的景象進入了詩人的人文境域，是件可喜而值得重視的事。同時期寫有此種同類「臺灣八景」題目的詩者尚有：齊體物[187]、王璋、林慶旺，以後寫同此八景者亦有婁廣[188]的〈臺灣八詠〉（五絕），不過在題目上他卻略有變更，把「八景」一詞改為「八詠」，但勝景的原定名依舊。依此「臺灣八詠」為題者，還有張宏[189]、張琮[190]。

肆、其他以「八」取景的地方名勝

一、彰化八景

在這裡特別值得一提的，就是秦士望[191]的〈彰化八景〉七律八首，其八景的名稱為：

焰峰朝霞、鹿港夕照、眉潭秋月、虎溪春濤、
海豐漁火、肚山樵歌、鎮亭晴雲、線社煙雨。

這可說是把臺灣全域的觀賞點縮小移轉到以清代彰化縣地區為主題，並提出該地最具有觀賞特色的重點，而各予以定名來突顯出當地自然景象的美感。這種觀賞點的移轉，顯示出秦氏對於地方景象的重視，是一種值得讚賞的人文舉動。

道光朝彰化生員陳玉衡，亦寫有清代彰化縣地區的八景七律詩八

首，自定其八景名為：

> 豐亭坐月、定寨望洋、虎巖聽竹、龍井觀泉、
> 清水春光、碧山曙色、珠潭浮嶼、鹿港飛帆。

二、鳳邑八景

王賓[192]也同樣以清代鳳山縣當地為主題，寫有〈鳳邑八景〉五律八首，其八景則定名為：

> 鳳岫春雨、泮水荷香、瑯嶠潮聲、岡山樹色、
> 翠屏夕照、丹渡晴帆、淡溪秋月、球嶼曉霞。

雖然八景的取景標準與定名都是屬於個人主觀意識的選用，然而這種的選景與賦詩，卻能呈現出地區性的景象特色，更能引發人們的觀賞注意力與旅遊誘因，是有其非凡的人文與旅遊意義。

三、鼓山八詠

這種以當地為主軸觀賞景物的詩作，尚有卓肇昌[193]的〈鼓山八詠〉五言排律八首，其八詠定名為：

> 秀峰插漢、石佛凌波、雞嶼夜帆、斜灣樵唱、
> 元興寺鐘、石塔垂綸、旗濱漁火、龍井甘泉。

四、龜山八景

卓肇昌又寫有〈龜山八景〉五言排律八首，其八景則名為：

> 山嵐曙色、層巖晚照、雨中春樹、疏林月霽、
> 晴巒觀海、古寺薰風、登峰野望、寒夜啼猿。

跟上述有所不同的，就是他在每一題景下都附有自我的簡註，藉此可增強讀者對此景物的認識，例如：「石佛凌波」題下註：「石佛嶼在

鼓山西，屹峙海中如石佛」；「斜灣樵唱」註：「斜仔灣，曲徑紆迴。
石嵐松陰，樵人憩息，景絕幽折」；「龍井甘泉」註：「龍目井在山
麓，天然石井，石竅甘泉長流，大旱不涸，禱雨極靈。」他還在其〈龜
山八景〉總題下，附有小序說明寫此八景的原因及景物的特色，讀後頗
能啟人遊思：

> 龜山當鳳城中，石秀山青，猿啼鳥語，花月芳辰，景物堪娛，誠邑
> 中勝概也。予教書院，傍山之麓，尋幽挹勝，相賞特深。爰就所
> 見，發為題詞，或毋至山靈笑人寂寂耶！

五、臺陽八景

比較特殊的是立柱[194]所寫的〈臺陽八景〉律詩一首，他是把八景分
別列述為八句，每句述一景，不另標定景名，其詩如下：

> 鹿耳連帆蕩碧空，鯤身集網水瀜瀜。
> 鯽潭霽月風清麗，雁塞煙霏氣鬱蔥。
> 赤嵌高凌夕照紫，金雞遙映曉霞紅。
> 香洋春耨觀成後，旗尾秋蒐入望雄。

八個景物都集中在於清代管轄今臺南地區一帶的「臺灣縣」行政
區內。由於沒有另外標定景名為詩題，所以給人的印象便不夠深刻。隨
後，錢琦所寫的〈臺陽八景〉詩七律八首，便把立氏所述的八景各加以分
別定名，而為：

> 鹿耳連帆、鯤身集網、赤嵌夕照、金雞曉霞、
> 鯽潭霽月、雁門煙雨、香洋春耨、旗尾秋蒐。

如此便能增強人們對於景物特色的觀賞興味。同時期，謝家聲[195]亦
依此八景名為題，寫有五律八首。

六、澎湖八景

至於澎湖地區，最早則有胡建偉[196]寫〈十三澳詩〉七律詩組。分列澎湖十三澳的名稱，並各賦七律一首。十三澳的名稱為：

水垵澳、媽宮澳、鼎灣澳，林投澳、奎璧澳、嵵里澳、赤嵌澳、
鎮海澳、通梁澳、瓦硐澳、西嶼澳、吉貝澳、網垵澳。

該詩純就各澳的形勢及生活特色加以描述，重點不在於景物的覽賞。到了嘉慶年間，才有呂成家[197]，特意寫有〈澎湖八景〉七律九首，其八景的定名則為：

龍門鼓浪、虎井澄淵、香爐起霧、奎璧聯輝、
太武樵歌、案山漁火、天臺遠眺、西嶼落霞。

在此八景的詩作前，他還寫有一首總述八景的詩云：

天臺勝景足凝眸，奎璧聯輝接斗牛。
霧起香爐迷古渡，霞飛西嶼燦芳洲。
龍門浪湧蛟宮幻，虎井淵澄蜃室浮。
夜靜案山漁火近，更聞太武白雲謳。

七、蘭陽八景

東部地區，一直到了嘉慶五（1800）年，福建龍溪人蕭竹應吳沙聘入蘭陽，踏覽全勢，才標定出八景，可惜傳世者僅存三景：「石峽觀潮」、「龍潭印月」、「龜嶼秋高」各七絕一首。道光五（1825）年，烏竹芳（山東博平人）任噶瑪蘭通判時，他更注意到當地景物特色，並寫出〈蘭陽八景詩〉七絕八首，又附序文。其命八景的名稱為：

龜山朝日、嶐嶺夕煙、西峰爽氣、北關海潮、
沙喃秋水、石港春帆、蘇澳蜃市、湯圍溫泉。

在其序文中,他說:

噶瑪蘭,一新闢之區者。榛莽荒穢,草木蒙茸,每為人跡所罕到。前之人來守斯土者,斬其荒而除其穢,落其實而取其材。由是奇者以露,美者以顯;而山海之靈異,景物之秀發,未嘗不甲乎中州。特以僻在荒陬,海天遙隔,文人騷士每裹足而不前,實貽林澗之愧。雖然,莫為之前,雖美弗彰。莫為之後,雖盛弗傳。予以乙酉夏承乏斯土,見夫民番熙穰,山川挺秀。北顧隆嶺,雲煙縹緲。南顧沙喃,水石雄奇。其東則海波萬里,龜山挺峙。其西則峰巒蒼翠,儼如畫屏。竊疑天地之鍾靈,山川之毓秀,未必不在於是也。故特標其名而志其勝,列為八景,附以七絕。庶名山佳水,不至蕪沒而不彰。後之人流連景物,延訪山川,亦可一覽而得其概云。

在這裡,他很清楚的說明了其寫八景詩的原委與用意,特別是這樣的幾句話:「特標其名而志其勝……庶名山佳水,不至蕪沒而不彰。後之人流連景物,延訪山川,亦可一覽而得其概。」等於說出了本島各地寫八景詩者的共同心聲。

所以,八景詩的出現,對於地區性景物的開發是很有幫助的,當然也值得政府在開發觀光資源時,應該結合歷史文化背景,去滿足人們懷舊的心理。

八、淡水八景

北部地區,林逢原[198]曾寫有〈淡水八景〉七律八首。其八景標名為:

戍臺夕陽、坌嶺吐霧、關渡分潮、劍潭夜光、
峰崎灘音、蘆洲泛月、淡江吼濤、屯山積雪。

九、苑裡八景

中部地區,則有蔡振豐[199]所寫的〈苑裡八景〉詩七律八首,其八景

名為：

> 沙墩觀漁、高寮望海、虎嶼聽濤、苑港停舟、
> 蓬溪晚渡、火燄夕照、滴水流甘、田寮早穫。

十、雲林八景

在中部雲林有陳世烈[200]寫〈雲林八景詩〉七律八首，八景即為：

> 龍門湧月、鳳麓飛煙、獅巖春曙、鹿社秋光、
> 虎溪躍渡、象渚垂虹、珠潭映月、玉嶂流霞。

十一、恆春八景

南部地區，則有鍾天佑[201]寫的〈恆春八景〉七律八首。其八景名為：

> 猴洞仙居、三台雲嶂、龍潭秋影、鵝鑾燈火、
> 龜山印纍、馬鞍春光、羅佛仙莊、海口文峰。

十二、新竹八景

有些八景詩，雖然在題目上並沒有出現「八景」一詞，但在實質上卻列有八個景物的名稱，就理論上言，應該歸類於「八景」詩的範疇，例如：梁元[202]便寫有新竹縣樹杞林地區的八景詩篇，其八景為：

> 滴水鳴琴、獅嶺曉煙、鹿山夕照、三坑潮湧、
> 石壁連雲、雞峰春色、鳳髻朝陽、鯉潭垂釣。

陳朝龍曾寫有新竹縣地區的八景七律及七絕各八首，其景名分別為：

> 指峰凌霄、隙溪吐墨、香山觀海、合水信潮、
> 鳳崎晚霞、北郭煙雨、靈泉試茗、潛園探梅。

伍、臺灣八景命名、布局及其在旅遊文學的價值

　　從上述的這些「八景詩」，我們可以感受到，對於臺灣自然景物的人文意識，已由外來遊宦的內地官員逐漸啟發了本島文人對於本地自然景物的人文關懷，而有本島文人的各地「八景」詩的出現。清代臺灣八景有關臺灣旅遊文獻，列如**表7-2**：

表7-2　清代臺灣八景一覽表

	選定者	選定年代	八景資料出處	八景細目			
臺灣八景		康熙31年以後	康熙35年高拱乾《臺灣府志》	安平晚渡	沙鯤漁火	鹿耳春潮	雞籠積雪
				東溟曉日	西嶼落霞	澄臺觀海	裴亭聽濤
諸羅縣六景	周鍾瑄陳夢林		康熙56年周鍾瑄、陳夢林《諸羅縣志》	玉山雲淨	檨圃風清	北香秋荷	水沙浮嶼
				雞籠積雪	龍目甘泉		
鳳山縣六景			康熙56連李丕煜、陳文達《鳳山縣志》	鳳岫春雨	泮水荷香	岡山樹色	瑯嶠潮聲
				安平晚渡	鯤身曉霞		
臺灣縣六景			康熙59年王禮、陳文達《臺灣縣志》	木岡挺秀	蓮湖飄香	赤崁觀海	鹿耳聽潮
				龍潭夜月	金雞曉霞		
彰化縣八景		雍正12年之前	乾隆7年劉良璧等《重修福建臺灣府志》	焰峰朝霞	鹿港夕照	鎮亭晴雲	線社煙雨
				虎溪春濤	海豐漁火	眉潭秋月	肚山樵歌
臺灣八景			乾隆7年劉良璧等《重修福建臺灣府志》	鹿耳春潮	雞籠積雪	東溟曉日	西嶼落霞
				澄臺觀海	裴亭聽濤	五層秀塔	四合仙梁
臺灣縣八景			乾隆7年劉良璧等《重修福建臺灣府志》	木岡挺秀	蓮湖飄香	鹿耳聽潮	龍潭夜月
				赤崁觀海	金雞曉霞	安平晚渡	沙鯤漁火
鳳山縣八景			乾隆7年劉良璧等《重修福建臺灣府志》	鳳岫春雨	瑯嶠潮聲	泮水荷香	岡山樹色
				翠屏夕照	丹渡晴帆	淡溪秋月	球嶼燒霞
諸羅縣八景			乾隆7年劉良璧等《重修福建臺灣府志》	玉山雲淨	水沙浮嶼	檨圃風清	梅坑月霽
				北香秋荷	龍目井泉	月嶺曉翠	牛溪晚嵐
臺灣縣八景			乾隆12年六十七、范咸《重修臺灣府志》	木岡挺秀	蓮湖飄香	北線洄瀾	赤崁遠眺
				龍潭夜月	金雞曉霞	井亭夜市	郡圃榕梁

（續）表7-2　清代臺灣八景一覽表

	選定者	選定年代	八景資料出處	八景細目			
臺灣縣八景			乾隆17年魯鼎梅、王必昌《重修臺灣縣志》	鹿耳連帆	鯤身集網	赤崁夕照	金雞曉霞
				鯽潭霽月	雁門煙雨	香洋春耨	旗尾秋蒐
諸羅縣八景	衛克堉	乾隆27年	乾隆39年余文儀、黃佾《續修臺灣府志》	玉山雲淨	蘭井泉甘	橫圍風清	梅坑月霽
				北香秋荷	南浦春草	月嶺曉翠	牛溪晚嵐
鼓山八景			乾隆29年王瑛增《重修鳳山縣志》	秀峰插漢	石佛凌波	雞嶼夜帆	斜灣樵唱
				元興寺鐘	石塔垂綸	旗濱漁火	龍井甘泉
龜山八景			乾隆39年王瑛增《重修鳳山縣志》	山嵐曙色	層巖晚照	雨中春樹	疏林月霽
				晴巒觀海	古寺薰風	登峰野望	寒夜啼猿
淡水廳四景	陶紹景	乾隆29年	乾隆39年余文儀、黃佾《續修臺灣府志》	坌嶺吐霧	戍臺夕陽	淡江吼濤	關渡分潮
聚芳園八景	翟灝	乾隆57年以後	民67年林文龍《南投縣志稿》林文龍〈臺灣詩錄拾遺〉	東山曉翠	蜂衙春暖	榕夏午風	琅玕煙雨
				迴廊靜月	秋圃賞菊	西園晚射	北苑書聲
陽基八景	蕭竹	嘉慶5年	咸豐2年陳淑軍、李祺生《噶瑪蘭廳志》	蘭城拱翠	石峽觀潮	平湖漁笛	曲嶺湯泉
				龍潭印月	秋嶼秋高	沙堤雪浪	濁水涵清
蘭陽八景	烏竹芳	道光5年	咸豐2年陳淑軍、李祺生《噶瑪蘭廳志》	龜山朝日	龍嶺係煙	西峰爽氣	北觀海潮
				沙喃秋水	石港春帆	蘇澳蜃市	湯圍溫泉
蘭陽八景	柯培元	道光15年	柯培元、李祺生《噶瑪蘭志略》	玉峰積雪	石洞噓風	龜山朝日	鳳岫歸雲
				蘇澳連檣	石港觀潮	清溪秋月	溫泉浴雨
澎湖廳八景			道光12年蔣鏞、蔡廷蘭《澎湖續編》	龍門鼓浪	虎井澄淵	香爐起霧	奎壁聯輝
				案山漁火	太武樵歌	西嶼落霞	南天夕照
彰化縣八景			道光16年李廷璧、周璽《彰化縣誌》	豐亭坐月	定寨望洋	虎巖聽竹	龍井觀泉
				碧山曙色	清水春光	珠潭浮嶼	鹿港飛帆
北郭園八景	鄭用錫	咸豐2至8年間	同治10年陳培桂、楊浚《淡水廳志》	小樓聽雨	曉亭春望	連池泛舟	石橋垂釣
				小山叢竹	曲鑑看花	深院讀書	陌田觀稼
全淡八景	楊浚	同治10年	同治10年陳培桂、楊浚《淡水廳志》	指峰凌霄	香山觀海	雞嶼晴雪	鳳崎晚霞
				滬口飛輪	隙溪吐墨	劍潭幻影	關渡劃流
塹南八景			同治10年楊浚《淡水廳志》	鳳崎遠眺	金門晚渡	北線聽濤	船港漁燈
				衢嶺曉煙	香山夕照	隙溪墨水	五指連雲
淡北內八景			同治10年楊浚《淡水廳志》	淡江吼濤	坌嶺吐霧	劍潭夜光	關渡分潮
				蘆洲泛月	峰崎灘音	屯山積雪	戍臺夕陽

（續）表7-2 清代臺灣八景一覽表

	選定者	選定年代	八景資料出處	八景細目			
淡北外八景			同治10年楊浚《淡水廳志》	羅漢朝佛	半月沈江	龍目甘泉	馬鍊番房
				蜂溪石壁	海岸石門	石屏錦鱗	燭臺雙峙
雞籠八景			同治10年楊浚《淡水廳志》	鱟嶼凝煙	社寮曉日	海門澄清	杙峰聳翠
				奎山聚雨	毬嶺匝雲	峰頂觀瀑	仙洞聽潮
苗栗縣八景			光緒19年沈茂陰《苗栗縣志》	玉山霧雪	三臺疊翠	馬陵小海	吞霄漁艇
				銀錠綺霞	磺窟響泉	蛤市晚嵐	雙峰凌霄
恆春縣八景			光緒20年屠繼善《恆春縣志》	猴洞仙居	三臺雲嶂	龍潭秋影	鵝鑾燈火
				龜山印累	馬鞍春光	羅佛仙莊	海口文峰
雲林縣八景			光緒20年倪贊元《雲林縣采訪冊》	龍門湧月	鳳麓飛煙	獅巖春曙	鹿社秋光
				虎溪躍渡	象渚垂虹	珠潭映月	玉嶂流霞
新竹縣八景			光緒21年陳朝龍、鄭鵬雲《新竹縣采訪冊》	北郭煙雨	潛園探梅	指峰凌霄	鳳崎晚霞
				香山觀海	合水信潮	靈泉試茗	隙溪吐墨
澎湖廳十二景			光緒20年林豪《澎湖廳志》	龍門鼓浪	虎井澄淵	香爐起霧	奎壁連輝
				案山漁火	太武樵歌	西嶼落霞	南天夕照
				晴湖泛月	燈塔流輝	風櫃飛濤	大城觀日
澎湖廳新增四景	鮑復康		光緒20年林豪《澎湖廳志》	篝火宵漁	負箕晨牧	短鑱劚草	伐鼓敺魚
鳳山縣八景		光緒20年	光緒20年《鳳山縣采訪冊》	鳳嶼春雨	岡山樹色	翠屏夕照	丹渡晴帆
				泮水荷香	龍巖冽泉	淡溪秋月	球嶼燒霞

資料來源：取材自中正大學中研所劉麗卿作，轉引自江寶釵《臺灣古典詩面面觀》，頁126-129。

依據**表7-2**，若我們以時間為參照座標，對照清代臺灣行政設置沿革可以看出，隨著清朝的統治範圍擴大，八景的擇定大致是從臺南府城往北發展，隨著行政區的設置而北而東。大致上可以反應出八景的擇定與八景詩的創作，在清代傳統文人與官吏間是一種文人賞景旅遊的雅事。

關於八景的命名似乎存在著某種不成文的公式，陳佳妏將八景的設定大約分為如下四大類[203]：

1.第一類為標示出自然空間本身的特殊造型或特殊景象，如關渡分潮

（淡水廳）、坌嶺吐霧（淡北內）、水沙浮嶼（諸羅）、湯圍溫泉
（蘭陽）等。

2.第二類為凸顯自然空間在時間的流轉中所展現出來的和諧性，又可
分為昏旦之間景色的變化，如西嶼落霞（臺灣）、龜山朝日（蘭
陽）、疏林月霽（龜山）、戌臺夕陽（淡水廳）等；或是四時氣象
與地方景致的搭配，如鳳岫春雨（鳳山）、馬鞍春光（恆春）、淡
溪秋月（鳳山）等。

3.第三類則是將自然空間與人文活動相配合，如濱海處往往與漁民的
活動相和，鯤身集網（臺灣縣）、太武樵歌（澎湖）、平湖漁笛
（陽基）、蘇澳連檣（蘭陽）、滬口飛輪（全淡）等等都是經常出
現的意象。

4.第四類則是純粹為人文地景，此類比較少，如馬鍊番房（淡北）、
羅佛仙莊（恆春）。

以上的分類有助於對臺灣各地八景的認識，其實就詩作而言，不
管是寫臺灣全域性或局部地區性，事實上這些作品頗能把臺灣的自然景
觀，透過文學的詩篇彰顯出臺灣的名山勝水，導引人們得以流連景物，一
覽勝處，觸發後人深愛臺灣斯土的情懷。至於說，何以只定八景？沒有四
景、六景、十景，甚或三、五、七、九等奇數的景點嗎？明清時期臺灣旅
遊文學中為何喜愛以八景定名？是否跟八卦的傳統思想有關，或受到柳子
厚《永州八記》影響？當然應該更不可能受到香港民俗文化影響，迷信
「八」音作「發」，在當年積極開發臺灣的歲月，雖不無穿鑿附會的遐
想，但可以肯定香港臺灣，兩地民情、語言殊異，自是不可能的事。但何
以只定八景？以文獻不足，洵難考知，故再也不敢繼續擅作臆論了。

第五節　臺灣早期開發的生態旅遊文學

　　「觀光地理」是目前大學觀光系很重要的課程，不論是國內外，其內容不外是主要研究人文與自然觀光地理兩大部分。而自然生態是現代科學名詞，是自然觀光地理的研究主軸，它是以關懷生物與環保為理念基礎所開展出來的一種科技思潮。然而為了深入闡釋這種自然生態的理念與現象，引起世人重視與關懷，就必須要透過精確的描述，才能呈顯給世人瞭解，以引導世人對於自然環境的深切關懷。而精確的描述則必須先透過旅遊的方式，加上要有文學表達的能力，才足以完成，這種旅遊方式在觀光旅遊的分類方法上，就稱為「生態旅遊」（Ecotourism）。

　　「自然生態」雖是現代科學名詞，但卻是與地球共存共榮的事實。過去雖沒有生態之旅的文學作品，但是卻有自然生態的觀念，蘊含在旅遊文學作品中，值得加以深入探討與解析，俾使世人能夠透過這些作品去感受，並進而瞭解大自然環境的變易，更激發起人類保育自然，愛護地球，珍惜生態的觀念，以促使地球的減少破壞，究竟我們只有一個「地球」而已。

　　在傳統的臺灣古典文學中，許多先民本無此一新時代「自然生態」的科學觀念，但在他們實際的生活中，卻目睹了各種自然生態現象的變化，並用文學的形式加以記述，便成為過去幾百年來臺灣自然生態的珍貴實錄。

　　認識過去，是發展未來的基石，本節目的是希望以古鑑今，讓生活於今天的本島人民，透過文學的記述與省思，去探索過去臺灣的自然生態現象，加深我們的歷史記憶，並作為今後環境維護與生態保育，或自然生態研究的參考。

壹、臺灣的四季景觀

臺灣素來就被稱之為美麗之島，特別是在清朝統治時期，一些內地渡海來臺灣就任的宦遊官員，看到臺灣景物風光明媚時，很驚喜地把此地看成是他們夢想中的人間仙島，像吳性誠[204]便在其〈留別諸耆老〉詩中說：

瀛洲雞犬好桑田，俗美敦龐自昔年。

更於〈澎湖九日登高〉六首中說：

曾聞海外有仙山，無那蓬萊是此間。

光緒朝來臺從政的黃逢昶，也在其〈臺灣竹枝詞〉裡寫臺灣是：

海天鰲柱峙中流，千里臺疆水上浮。
雪浪雲濤環四面，我來疑即是瀛洲。

依據西漢偉大歷史學家司馬遷的《史記‧秦始皇本紀》說：

海中有三神山，名曰蓬萊、方丈、瀛洲，仙人居之。

可見，「蓬萊」與「瀛洲」，都是神仙傳說中所居住的島嶼，而這些從大陸來臺灣當官的人，在其詩中，就是將臺灣視為其心目中的「蓬萊」或「瀛洲」。主要的原因，或因此地花草美麗又芬芳，誠如光緒朝宦遊臺灣的詩人李振唐[205]在其〈臺灣竹枝詞四首〉之中，對於此地美好大自然景象的描繪：

冬殘草尚綠成圍（之一）、四時景物總芳菲，夾岸人家隱翠微（之二）、斑鳩聲裡叫春晴，綠水如環抱畫城（之三）。

朱仕玠[206]在其《澄碧齋詩鈔》中所寫的〈瀛涯漁唱〉八十一首七絕詩系列中，對於臺灣自然景物的印象有六：

一、菊名獻歲蕊含黃，點綴籬間異樣香；微雨淡雲風景好，早春猶
　　認是重陽。

二、新鵑幾日轉高枝，碧蔓糾纏遶架垂；細雨斜風寒食過，四英含
　　蕊正離離。

三、香撲一簾鷹爪花。

四、草木隆冬競茁芽，紅黃開遍四時花。

五、無那撩人七里香，海東千畝饒甘蔗，何啻人間千戶封。

六、翠蓋團團小葉青，萬花攢簇弄芳馨。

　　詩中到處充滿著驚羨讚賞，真想不到他這一輩子會有這種機緣，能
夠親眼看到這些美景，也就是吳性誠所說的：「雞犬好桑田」，早期的臺
灣確實是有這些得天獨厚的條件。

　　姚瑩[207]便寫過一首〈臺灣行〉的詩，一方面批判秦始皇與漢武帝追
求長生不死虛幻仙境的荒誕，另一方面卻稱頌臺灣算得上是人間仙島，全
詩為：

生平常怪方士言，蓬壺方丈瀛海間。
謂是大言誑人主，世豈真有三神山？
幾年作宦來臺灣，東過滄海窮烟瀾。
扶桑枝紅挂朝日，珊瑚樹綠充庭藩。
澎湖時時出琪樹，高者盈尺聲璆然。
四時花蕊開未歇，夏梅春桂冬桃蓮。
長年喧暖無霜雪，老死不著棉裝氈。
山中之人木末處，下者亦在蒼崖巔。
食無煙火況炊爨，男女赤足垂雙環。
頒律不到周夏正，豈有隸首窮其年？
洪濛以來到唐宋，不與中國人通船。
漢初尚未開閩粵，此乃荒島盤雲烟。
或者昔人偶泛海，飄風一至疑神仙。

愚民自誤誤世主，妄思人可壽萬千。

豈知世果有此境，但無藥草能朱顏。

若令皇武在今世，不待晚歲憬然翻。

我為此歌傳世俗，沉迷聊破千年關。

從此詩中所謂：「世豈真有三神山……豈知世果有此境」的話語，姚氏真的是把臺灣視之為心目中的「仙境」。當然，仙境必須要大自然的景觀令人心怡，正同此處所說的：「四時花蕊開未歇，夏梅春桂冬桃蓮」。

對於臺灣過去大自然景象的美好，我們現今的人已經無法瞭解與感受，因為有太多的樹木與土地已遭受了人為破壞，大自然的美好景觀也被摧殘。然而，我們卻可以從留下的旅遊文獻裡去認識往昔自然景象的臺灣之美。在傳統漢語舊詩中，都是寫詩的人所親眼目睹的真實反映，可說是第一手史料，更是歷史最佳見證，現在就讓我們來欣賞他們是怎樣描述書寫下來的：

草色遙聯春樹綠，湖光倒映遠峰青（明鄭沈光文〈郊遊分得青字〉）。

滿路芙蓉發，秋光已覺深（明鄭沈光文〈發新港途中即事〉）。

野花長見四時春（康熙齊體物〈臺灣雜詠〉十首之一）。

蔗田萬頃碧萋萋，一望蘢蔥路欲迷（康熙郁永河〈臺灣竹枝詞〉十二首之五）。

樹起猿猴延澗躍，風翻烏雀借林投（康熙宋永清〈夜渡灣裡溪〉）。

叢菊春開殊可意，荷花臘艷更銷魂（康熙婁廣〈臺灣偶作〉二首之二）。

高阜野花紅灼灼，平疇春水綠閒閒（康熙陳聖彪〈岡山〉）。

白雲滿地蒼苔濕、蕭疏竹樹叫山雞（康熙卓夢采〈阿里港聞行〉）。

微綠動時翻蝶舞，靜林幽處住鴉啼（同上，〈秋步龜山〉）。

雲暗丹巖迷翠黛，風翻綠葉帶輕煙（同上，〈鳳岫春雨〉）。

綠葉醉風驚鳥夢，澄波墜粉漾魚忙（同上，〈泮水荷香〉）

牆陰蕉葉依然綠，塹畔桃花自在紅（清康熙黃叔璥〈壬寅仲冬過斗六門

作〉）。

林木正蓊鬱，嵐光映晚晴（同上，〈詠半線〉）。

土乘水上作浮田，竹木交加草蔓延（同上，〈詠水沙連社〉三首之二）。

薜蘿隨綠水，楊柳拂蒼苔（康熙張大璋〈初秋雨後登小西天絕頂遠眺〉）。

沿溪花覆地，遠逕竹成垣（康熙王之科〈法華寺〉）。

長林樹欲曛、遠近蟬聲亂（康熙蔣仕登〈竹溪寺晚眺〉）。

到處中和饒好景，誰家紅紫不成蹊（康熙黃廷光〈花朝遊彌陀寺〉）。

到處青林間綠野、複嶺重岡疊翠濤（雍正夏之芳〈臺灣雜詠〉）。

黃開映日林頭橫，綠長迎風水面蘋（雍正黃佺〈東寧春興〉六首之四）。

溪痕澗壑青蕪地、遙臨萬樹鬱蔥連（乾隆陳輝〈登石屏山〉）。

青蕪喧海燕，碧岸叫村雞（同上，〈二贊行溪〉）。

鷺宿依斜岸，鳧啼近小洲（同上，〈五里林〉）。

草綠疑無路、隔樹見鶯喧（同上，〈半路竹〉）。

縱目郊原茂對中（乾隆褚祿〈諸羅道中即事〉）。

南北千里餘，竹木青轇轕（乾隆朝朱仕玠〈臺灣府〉）。

風物台陽別有天、高陂低岸遍腴田（乾隆夏瑚〈秩滿留別台陽〉四律之一）。

幾團綠樹迷村外，十里青畦到馬前（嘉慶黃對揚〈巡課新港番童〉）。

溪南溪北草痕肥，山後山前布穀飛（嘉慶全卜年〈蘭陽即事〉）。

護田水綠溪流曲，繞屋陰濃竹樹連（道光林占梅〈新莊道中〉三首之一）。

天外落霞齊遠鶩，竹間微雨亂流螢（同上，之二）。

清溪浪碧垂楊合，遠岸沙平野竹多（同上，之三）。

風狂浪打樹千行（光緒陳朝龍〈香山觀海〉）。

從以上這些景物描繪的詩句中，我們可以感受古早臺灣的大自然景物，還沒有遭受太多的人為破壞，所以到處皆可看見綠樹淨川的景象，誠如陳朝龍〈隙溪吐墨〉：「十分黛色染清漪」，還有四時不謝的繁花，遍地迷徑的綠草，隨地聆賞的鳥鳴，任風翻飛的蝶舞，澄波游漾的魚群，叢林遠近的蟬聲，野外竹間的流螢，岡嶺重翠的山景，無懼浪打的防風林，在在都使人覺得臺灣的風物，真是人間仙島，莫怪楊二酉[208]，在其〈新園道中〉詩裡會說：「不知身異域，疑對武陵仙」，把臺灣視為是陶淵明〈桃花源記〉寓言中的仙境「武陵」。

臺灣這樣的仙境景物，到了今天高度開發的結果，雖然締造了舉世聞名的臺灣奇蹟，但純樸的仙境到底還剩下多少？實在是值得我們去知「古」鑑「今」，好好反省！

貳、臺灣的天災景觀

臺灣山高水短，因此土石流在臺灣是最令人觸目驚心的自然生態破壞現象，尤其每一次大雨過後，常出現嚴重的山石泥土流失，雨水、山洪、泥土、石塊等混雜夾帶在一起，隨著洪水的移動而流移到平地，這種現象稱之為土石流。

這一種現象，只要一出現便立刻引起全民的關切。很多人總以為這種土石流的土地流失現象，乃是現在本島森林受了人為圖利的不良破壞，而產生的惡質後果。事實上，這只是其中一個理由而已。

還有另一個理由，那就是臺灣本島的地形、土質、水勢等相互結合產生的一種自然生態異常現象，並不是全臺灣各地皆有。不只是我們現在看到有這種「土石流」的現象，在清代時期我們也發現過有此種情況的出現，只是文獻上的記述不多，所以較不為人所注意。例如在同治元年（1862年），林豪[209]便曾寫有〈過大甲溪〉二首的詩，並附有序言曰：

溪中十餘里，多石。山水驟至，觸石噴浪尤險。

其詩亦云：

眾流爭赴海，亂石遠隨人（之一）、
沙飛千澗雪，潮湧一江風（之二）。

從林豪的這些詩文中，我們很清楚的看到，在當年的大甲溪已出現有土石流的情況，正如此處所謂的：「山水驟至，觸石噴浪」，以及「亂石遠隨人」、「沙飛千澗雪」的現象。光緒朝的鹿仔港名詩人洪繻的〈過大甲溪日暮口號〉詩裡，亦有記述：

風雨春秋發洪潦，一溪萬竅生怒號。
招招舟子指行路，路在溪中亂石處。

較早的黃清泰[210]，也寫過〈大甲溪〉一首，詩云：

赴海水性急，截流山勢橫。忽然穿峽出，終古作雷聲。
翻石沙俱下，危船鬼欲爭。誰能任巨濟，用此愧平生。

這首詩生動的描繪大甲溪水流湍急，夾帶沙石，截流橫出的反常現象。其水勢的猛烈有如穿峽而出，而聲勢雷轟。在如此的水急、石翻、沙滾的溪流泛濫，一切的行船立刻陷入困境，隨時都會使人亡命！誠所謂：「赴海水性急，截流山勢橫」、「翻石沙俱下，危船鬼欲爭」，這些詩句把大甲溪當時土石流的驚險情景寫得恐怖萬狀！

陳夢林[211]所寫的〈丁酉正月初五夜羅山署中大風，次早風歇飲酒紀之以詩〉一詩中，也寫有：「山溪狂似海波潮」的句子，陳述了風雨過後山溪急流的驚人現象。由於臺灣本島的自然景象是屬於山陡溪短，所以山上的雨水暴發下時，便很容易如此處所說的「山溪狂似海波潮」的水流奔急的現象。陳氏的此詩句，可說是描述得很有臨場感。

最早發現的阮蔡文[212]便在其詩作中寫有土石流的異常現象，例如他

的〈大甲溪〉全詩：

> 崩山萬壑爭流瀜，溪石團團馬蹄縶。
> 大者如鼓小如拳，溪面誰填遞疏密？
> 水挾沙流石動移，大石小石盪摩澀。
> 海風橫刮入溪寒，故縱溪流作髻鬏。
> 水方沒脛已難行，水至攔腰命呼吸。
> 夏秋之間勢益狂，瀰漫五里無舟楫。
> 往來溺此不知誰，征魂夜夜溪旁泣。
> 山崩巖壑深復深，此中定有蛟龍蟄！

非常具體的描繪夏秋風雨狂勢來襲時，大甲溪所出現的土石流異常現象，山崩、石流、水漲、石擊、溪填、舟沒、人溺等現象，一一皆如實顯露。特別是開頭的幾句寫得極為動人心魄，所謂：「崩山萬壑爭流瀜，溪石團團馬蹄縶。大者如鼓小如拳，溪面誰填遞疏密？水挾沙流石動移，大石小石盪摩澀。」好像就是目前電視上常報導臺灣土石流景象的翻版，猶如親臨現場目睹的感受！

這種土石流現象，除了臺灣有些地區的土軟、山陡、溪短、水盛、流急等自然屬性的匯合而成外，或許是跟人為的過度開墾有關。當年先民自內地冒險渡海來臺，為了生計便入山拓荒，砍伐樹林以資生蓄，漸漸的就會造成水土流失的情況，這種人為的水土流失景象，並不是臺灣所特有。只要是開墾超過自然的負荷量，所謂「超限利用」，便會發生此種現象並難以挽救。在乾隆及嘉慶年間，陝西秦嶺一帶，也出現過這種水土流失，以及土石流的自然反撲景象，據文獻上所記：

> 乾隆以前，南山多深林密嶂，溪水清澈，山下居民多資其利。自開墾日眾，盡成田疇。水潦一至，泥沙雜流，下游渠堰易致淤塞。[213]

乾嘉以還，深山邃谷，開鑿靡遺。每逢暴雨，水挾砂石而下。漂沒人畜田廬，平地儼成澤國。為了增加個人收益，短視的人們，往往短視近

利，採用最為便捷的取材方式，就是直接開山伐林以造田疇。雖然可得一時的財富收穫，但卻嚴重破壞了自然的生態平衡，產生出不少的遺害。這種遺害就是造成日後水土流失的土石流反自然常態的現象。在清代大陸內地縣志亦有記述：

> 山地之凝結者，以草樹蒙密，宿根蟠繞，則土堅石固。比年來，開墾過多，山漸為童。一經霖雨，浮石沖動，劃然下流，沙石交淤，澗溪填溢，水無所歸，旁齧平田。土人竭力堤防，工未竣而水又至。熟田半沒於河洲，膏腴之壤，竟為石田。[214]

> 山既開挖，草根皆為鋤鬆，遇雨浮土入田，田被沙壓，甚至沙泥石塊漸沖漸多，澗溪淤塞。水無來源，田多苦旱，小河既經淤塞，勢將沙石沖入河流，堆積成灘，處處淺阻。舊有陂塘，或被沖壞；沿河田畝，或坍或壓。至四、五年後，土既挖鬆，山又陡峻，夏秋驟雨，沖洗水痕條條，只存石骨。[215]

可見開山造田，在短時間內雖可獲利，就長時間而言卻是為害甚多。因為這是大自然的共同原則，誰破壞了生態平衡，誰就要付出慘痛的代價，承受難以預測的自然反撲惡果。

清代梅曾亮在其〈記棚民事〉一文中便說：

> 未開之山，土堅石固，草樹茂密，腐葉積數年可二、三寸。每天雨，從樹至葉，從葉至土石，歷石罅滴瀝成泉。其下水也緩，又水下而土石不隨其下。水緩，故低田受之不為災，而半月不雨，高田猶受其浸溉。今以斤斧童其山，而以鋤犁疏其土，一雨未畢，沙石隨下，奔流注壑澗中，皆填淤不可貯水，畢至窪田中乃止。及窪田竭而山田之水無繼者。

此文對於當時安徽棚民開墾山林所產生的生態變異現象，有很深入的實地觀察與比較分析。開發農耕雖可增加一時的收益，卻犧牲了樹木的永續發展，破壞自然生態的平衡，使得土地的蓄水能力減弱，導致日後的災

害不斷，要不是天旱時缺水可用，便是暴發山洪時的土地嚴重流失。最後甚至於會因過度開發，而造成鳥獸的絕跡，清代湖北《鄖陽志》上就說：

> 昔時，林木盛，而禽獸多，農隙時。居民獵取鮮肥。臂鷹博兔，故人強毅。近則山盡墾闢，無怵巨藏，獵者亦罕[216]。

我們常說人親土親，的確「土」與「人」的關係乃是「相互依存」極為密切。在旅遊文獻中，便常有提及土地的重要性，即所謂：「地者，成萬物也」、「地者，載養萬物」、「地者，人之所妊也」、「人非土不立」、「土失其性而為災也」、「有人此有土，有土此有財」等，都是在強調重視水土資源保育，合理利用土地，育養土地的重要性。

水土保育離不開森林的生態平衡，一旦森林的生態平衡被破壞了，整個自然界的調節功能也就因而減弱，甚至於停滯，土地便會因此失去其原有涵育生物的功能，於是許多的自然災害就會隨之而來，即如上述所謂「止失其性而為災也」的話也就應驗了！二千年前《管子·禁藏》就說：「食之所生，土與水也」、「地道不宜，則飢饉」、「地者，政之本也」等話。《漢書·食貨志》亦說：「理民之道，地著為本」，可見水土保育是一項很重要的國家政策，值得當政者，好好為之。

清康熙臺灣海防同知孫元衡〈過漁塭〉詩中所云：「嘉木十餘里，陰森接蔚藍。」還有鳳山知縣宋永清〈打鼓山〉詩說：「翠樹千層枝隱鳳。」以及〈過岡山〉：「萬木蒼蒼一望間，四野遙團翠色迴。」等描述大自然蓊鬱翠綠的佳景，都足以印證為何早期西方航海家航經臺灣海峽，遙望臺灣島時都會不約而同地驚呼臺灣為「福爾摩沙」美麗之島的理由了。但是如今我們都再也無法目賭，只能追隨先民文人的文學作品，憑著想像到夢中追尋。

參、臺灣先民的生存與生態景觀

靠山吃山，靠水吃水，本來就是人類原始的謀生方式，但為了生存

也就會多少影響自然生態的環境，包括海洋、河川、森林跟土地。尤其臺灣四周環海，大小溪流池潭不少，人們為了食物的取用，打漁便成為一種求生的舉動。根據文獻記載，有的人既不是在水中釣魚，亦非撒網，而是以藥毒魚，這不但嚴重的破壞了河川池潭的生態平衡，並污染水質。彭吉堂[217]便曾寫有〈鯉潭垂釣〉一詩，嚴厲批判這種惡質行為的取魚現象，詩云：

> 一網打盡既不宜，絕流而漁更慘之。
> 還有一端加倍慘，截把江河毒藥施。
> 毒魚絕流都禁革，惟有一網禁不得。
> 我今寄語打網人，莫向江頭作魚賊。
> 禁人盡取取不禁，但須取之有仁心。
> 聖人創有一取法，取惟合義乃臨深。

可見取魚是不宜採用一網打盡的愚法，總得留些魚苗，因為這樣滅種的打漁方式，會造成以後無魚可食的惡果。在古代的文獻中，對於這種保護生態環境的言論，時有所見，值得我們重視。

又如若沒有良好執行保育水土，就會如同《呂氏春秋‧義賞》篇說：「竭澤而漁，豈不獲得？而明年無魚。焚藪而田，豈不獲得？而明年無獸。」的反常現象發生，導致大自然的生態失衡，生物鏈環的脫節，最後變成大自然資源的枯竭，豈不悲哉！《荀子‧天論》：「強本而節用，則天不能貧」的警語，實在值得我們深思力行。要增加保育土地林木的強本工作，減少過度浪費大自然資源的節用行為，資源才能獲得永續經營。

在眾多的保育魚類的措施上，先民的智者所能想到的只是如何防止一網打盡與竭澤取魚這二種劣行而已。誰也想不到，後代的人還有一招更為惡質的取魚方式，那就是毒魚，彭吉堂〈鯉潭垂釣〉一詩所云：「還有一端加倍慘，截把江河毒藥施。」然後再加以大批取用死魚，這樣的做法，不但嚴重破壞水域自然生態，更嚴重污染水質，甚至還使食魚者受到

毒害，這種的惡質濫行，惡無倫比。我們都瞭解水對於人類及萬物的牽連性極為重要，水質較好的地區，人的生命便相對的會較為長壽。《管子‧地員》篇說：「其水白而甘，其民壽」。不只如此，水還跟人的文化、氣質、行為等有密切相關，所謂：

> 水者，何也？萬物之本原也，諸生之宗室也。美、惡、賢、不肖、愚、俊之所產也。（《管子‧水地》）

水清，則民心易。民心易，則行無邪。則人必定是義行善為，氣質高尚的人，這樣的文化，當然是屬於優質文化。所以毒魚的劣行，不單只是屬於個人事件的不良行為，而是反映出社會人心的急利趨惡，是值得注意的社會文化警標。

大自然的土地、草木、空氣、水源等，都是所有生物的依靠，更是人類得以生存的依據。所以，維護大自然的生態景觀，是人類自身的責任，也是人類自我生存的保障。自然生態環境，決定生物的存亡。從清代所遺留下來的傳統漢語舊詩中，我們可以看到從前臺灣美好的自然景象，也讓我們瞭解到有些地區土質容易產生土石流，以及人心變壞的毒魚行為。

善借古人長處，彌補今人短缺，才能使得人類的拓展更為美好。瞭解古人遊記文學作品及其精神，用意就在於此，所謂：「凡謀物之成也，必由廣大、眾多、長久信也」（《呂氏春秋‧論大》）。在處置的態度上，則必須要：「慎易以避難，敬細以遠大」（《韓非子‧喻老》），防微杜漸，使得一切的災害，皆能斷絕於未萌之前。唯有如此，臺灣才能擁有真正永續的未來。

註釋

[1] 蘇菱槎，名鏡潭，日據時期福建晉江人，曾署理晉江縣令，後任全閩日報社長。民國間來臺，與連雅堂等周旋文壇，頗多佳構，〈東寧百詠〉即是他的傑作。

[2] 「天險」，《易》〈坎卦〉：「天險，不可升也。」指天然險要之處。《文選》晉潘安仁（岳）〈西征賦〉：「躡函谷之重阻，看天險之衿帶。」

[3] 「悠悠」，遙遠、無窮盡的樣子。《詩》〈唐風·鴇羽〉：「悠悠蒼天，曷其有極？」《楚辭》宋玉〈九辯〉：「去白日之昭昭兮，襲長夜之悠悠。」唐人崔顥〈黃鶴樓〉詩：「黃鶴一去不復返，白雲千載空悠悠。」

[4] 「海上山」，指臺灣。臺灣多山，島中有中央山脈高聳，如同海上的仙山一般。

[5] 「敬宣帝澤」，指上任臺灣官職；古人稱出仕外地為敬宣帝澤。

[6] 「百蠻」，《詩》〈大雅·韓奕〉：「以先神授命，因時百蠻。」王畿以外有蠻服：泛指地區以內的各族為百蠻；也轉指與華夏對稱的諸少數民族：如《文選》漢班固〈東都賦〉：「內撫諸夏，外綏百蠻。」本詩指臺灣各族的原住民。

[7] 「瘴霧」，濕熱蒸發致人疾病的霧氣。唐韓愈《昌黎集》〈杏花〉詩：「浮花浪蕊鎮長有，才開還落瘴霧中。」當時的臺灣，因多未開墾，瘴癘之氣容易使人生病。

[8] 「氣宇」，猶言氣概。南朝梁陶弘景《陶隱居集》〈尋山誌〉：「於是散髮解帶，盤旋巖上，心容曠朗，氣宇調暢。」

[9] 「煙波」，指霧靄蒼茫的水面。如：唐崔顥〈登黃鶴樓〉詩：「日暮鄉關何處是？煙波江上使人愁。」唐柳永《樂章集》〈雨霖鈴〉：「念去去千里煙波，暮靄沉沉楚天闊。」

[10] 「博望」，指被漢武帝封為博望侯的張騫。見《史記》及《漢書》本傳。

[11] 「角」，古樂器名，出於中國西北地區遊牧民族。《晉書·樂志》下：「胡角者，本以應胡笳之聲，後漸用之橫吹，即胡樂也。」後世「角」多用作軍號之意。

[12] 「蒼茫」，曠遠無邊貌。晉潘安仁（岳）〈哀永逝文〉：「望山兮寥廓，臨水兮浩汗，視天日兮蒼茫，面邑里兮蕭散。」唐李白詩〈關山月〉：「明月出天山，蒼茫雲海間。」

[13] 「流毒」，留傳的毒害。《偽古文尚書·泰誓》中：「有夏桀弗克若天，流

毒下國。」漢王充《論衡・言毒》：「則知邊者陽氣所為，流毒所加也。」

[14] 「偏安」，舊史於王朝據地一方，不能統治全國的謂之偏安。如：蜀漢、東晉、南宋等。《三國志》蜀〈諸葛亮傳注〉引《漢晉春秋》：「先帝慮漢賊不兩立，王業不偏安，故託臣以討賊也。」

[15] 「夜郎」，古代的國名及郡縣名。在此指漢朝時中國西南地區的古國名。約在今貴州西北、雲南東北及四川南部地區。見《史記》、《漢書》、《後漢書》之〈西南夷傳〉。

[16] 「樓船」，有疊層的大船，多用作戰船的意思。《史記・平準書》：「是時越欲與漢用船戰逐，乃大修昆明池，列觀環之，治樓船，高十餘丈，旗幟加其上，甚壯。」唐劉禹錫《劉夢得集》〈西塞山懷古詩〉：「王濬樓船下益州，金陵王氣黯然收。」

[17] 「金印」，金屬所鑄製的官印。金印紫綬，為秦漢的丞相所用，晉則光祿大夫亦用之。

[18] 「官僚」，即「官寮」，指同署辦公的官吏。《左傳》文公七年：「同官為寮，吾嘗同寮，敢不盡心乎？」也泛指官吏。《國語・魯語》下：「今吾子之教官僚曰『陷而後恭』，道將何為？」《三國志・吳步騭傳》：「至於今日，官寮多闕，雖有大臣，復不信任。」

[19] 「草堂」，舊世文人避世隱居，多名其所居為草堂。南齊周顒隱居於鍾山時，仿蜀草堂寺於鍾山之麓築室，名為草堂。見《文選》南齊孔德璋〈北山移文〉。後如唐杜甫的浣花草堂、白居易的廬山草堂皆是。

[20] 「使者」，受命出使的人。《戰國策・趙策》：「使使者致萬家之邑一於智伯。」

[21] 「風土」，風俗習慣和地理環境。《國語・周語》上：「是日也，瞽帥、音官以（省）風土。」晉韋昭注：「風土，以音律省風土，風氣和則土氣養也。」《後漢書・西域傳》：「班超遣掾甘英窮臨西海而還，皆前世所不至，山經所未詳，莫不備其風土，傳其珍怪焉。」

[22] 「州縣功名」，清代知州，也稱州牧，官階甚低，與知縣並稱牧令，為一種基層官吏稱謂。在明清時縣置知縣，作者謙稱其官階低下，職權不大，功名乏善可陳之意。

[23] 「寧」，指豈、難道。

[24] 「強項」，性格剛強而不肯低首下人。項，頸後部。《後漢書・楊震傳》附〈楊奇〉：「（靈）帝嘗從容問奇曰：『朕何如桓帝？』對曰：『陛下之於桓帝，亦猶虞舜比德唐堯。』帝不悅曰：『卿強項，真楊震子孫！』」楊奇是楊震的曾孫。

[25] 「至尊」，《史記‧秦始皇紀論》引賈誼〈過秦論〉：「履至尊而制六合，執捶拊以鞭笞天下。」指最尊貴的地位，後來多作帝王的尊稱。《漢書‧禮樂志》：「舞人無樂者，將至至尊之前不敢以樂也。」唐李白《李太白詩》〈贈宣城趙太守悅〉：「赤縣揚雷聲，強項聞至尊。」

[26] 「牘」，本指書版、木簡。《漢書‧昌邑哀王髆傳》附〈劉賀〉：「故王年二十六七，簪筆持牘趨謁。」〈急就篇〉：「簡札檢署槧牘家。」〈注〉：「牘，木簡也，既可以書，又執之以進見於尊者，形若今之木笏，但不挫其角耳。」自紙張通行後，泛稱文書為文牘、稱書信為尺牘。在此詩中作公文解。

[27] 「雀羅門」，即門可羅雀。因門庭冷落，來客絕少，故能張羅捕雀。《史記‧汲鄭列傳》太史公曰：「始翟公為廷尉，賓客闐門；及廢，門外可設雀羅。」《梁書‧到漵傳》：「（到漵）性又不好交游……及臥疾家園，門可羅雀。」

[28] 「韶光」，猶韶景，謂美好時光；也指春光。《廣弘明集》南朝梁簡文帝〈與慧琰法師書〉：「五翳消空，韶光表節。」《初學記》唐太宗〈春日玄武門宴群臣〉詩：「韶光開令序，淑氣動芳年。」

[29] 「野杏春深落滿村」，隱含「杏花春雨江南」之意。唐杜牧〈清明〉詩：「借問酒家何處有？牧童遙指杏花村。」元虞集升任翰林直學士時，作〈風入松〉詞一首，自道厭倦仕宦生活，思返江南故鄉。詞云：「為報先生歸也，杏花春雨江南。」當時機坊以此詞織於羅帕上，留傳甚廣。元張翥《蛻巖詞》〈摸魚兒〉：「但留意江南杏花春雨，和淚在羅帕」即指此。

[30] 「廣廈」，指大屋。《韓詩外傳》：「天子居廣廈之下，帷帳之內，旃茵之上。」唐杜甫〈茅屋為秋風所破歌〉：「安得廣廈千萬間，大庇天下寒士俱歡顏，風雨不動安如山。」本詩作者批評官署的屋舍太大、太浪費。

[31] 「監軍」，官名。《史記‧司馬穰苴傳》記齊景公使穰苴為將領兵，以莊賈監軍，為「監軍」一名之始。漢武帝置監軍使者。東漢魏晉皆有，省稱監軍，也稱監軍事；又有軍師、軍司，皆為監軍之職。隋末或以御史監軍事，唐玄宗始以宦官為監軍，明以御史為監軍，清不設。可參閱《文獻通考‧職官‧監軍》。

[32] 「椎牛」，殺牛。《史記‧馮唐傳》：「五日一椎牛，饗賓客軍吏舍人。」

[33] 「饗士」，大宴賓客。《詩‧小雅‧彤弓》：「鐘鼓既設，一朝饗之。」〈箋〉：「大飲賓曰饗。」又作賜賞、犒賞解。《左傳》僖公十二年：「王以上卿之禮饗管仲。」《史記‧項羽本紀》：「旦日饗士卒，為擊破沛公軍。」此處「饗士」作犒賞軍士解。

[34] 「倒屣」，古人家居，脫鞋席地而坐。客人來，因急於出迎，竟把鞋子倒

穿。《三國誌・魏王傳》：「（蔡邕）聞粲在門，倒屣迎之。」後用倒屣形
容熱情迎客。北周庾信《庾子山集》〈園庭〉詩：「倒屣迎懸榻，停琴聽解
嘲。」唐王維《王右丞集・輞川別業》詩：「披衣倒屣且相見，相歡語笑衡
門前。」

[35] 「醺」，醉的意思。唐杜甫《杜工部草堂詩箋・撥悶》：「聞道雲安麴米
春，才傾一盞即醺人。」

[36] 「筋力」，肉之力。

[37] 「函關」，即函谷關，又稱秦關：在今中國河南靈寶縣南，是秦的東關。東
自崤山，西至潼津，深險如函，通名函谷。

[38] 「藺相如」，戰國趙人。秦昭襄王欲以十五城易趙之和氏璧，相如自請懷璧
往。既獻璧，秦王無償城意，相如以計取還璧，終得完璧歸趙。澠池之會，
相如挫敗秦王欲辱趙王之計，以功為上卿，位在廉頗之上。頗自以為功高，
欲於眾前辱之，相如以國家為重，再三退避。頗聞之，肉袒負荊請罪，與相
如成刎頸之交。《史記》有傳。刎頸之交即刎頸交，指友誼深摯，可以同生
死共患難的朋友。《史記・廉頗藺相如傳》：「卒相與驩，為刎頸之交。」
又〈張耳陳餘傳〉：「餘年少，父事張耳，兩人相與為刎頸交。」

[39] 「廉頗」，戰國趙將。趙惠文王時，頗率師破齊，取晉陽，拜為上卿。與
藺相如結為刎頸之交。長平之役，堅壁固守三年，使秦疲而無功。後趙中
秦反間計，以趙括代廉頗，秦遂大敗趙軍，於長平坑趙卒四十五萬。趙孝成
王十五年，頗又領兵大破燕軍於鄗，封信平君，任相國。悼襄王時，獲罪奔
魏。後趙數困於秦兵，預復用頗，頗亦思趙，又為人讒沮，未果。由魏至
楚，為將無功，病死壽春。《史記》有傳。

[40] 「苦竹」，竹的一種，桿矮小，節比他竹長。四月中生筍，味苦不中食。唐
李白《李太白詩》〈勞勞亭〉：「苦竹寒聲動秋月，獨宿空簾歸夢長。」即
指此竹。可參閱晉戴凱之《竹譜》、元李衎《竹譜詳錄》〈竹品〉。詩人用
苦竹有意內言外之意，實乃孤獨苦悶，魂縈故國，有思歸之意。

[41] 「三山」，古代神話中的三神山。舊題晉王嘉《拾遺記》〈高辛〉：「三
壺，則海中三山也：一曰方壺，則方丈也；二曰蓬壺，則蓬萊也；三曰瀛
壺，則瀛洲也。」

[42] 「素志」，向來之志願。

[43] 「漫言」，猶漫語，泛言，大體而言之意也。

[44] 「忘機」，忘卻計較或巧詐之心，指自甘恬淡與世無爭。唐李白《李太白
詩》〈下終南山過斛斯山人宿置酒〉：「我醉君復樂，陶然共忘機。」

[45] 「樵漁」，樵，指打柴的人。宋王安石《王臨川集》〈謝公墩〉詩：「問樵

樵不知，問牧牧不言。」漁，指漁夫。

[46] 「三秋」，三指多，三秋如言整個秋天。

[47] 「蕭騷」，有二意。象聲詞。唐鄭谷《鄭守愚文集》〈燈〉詩：「蕭騷寒竹南窗靜，一局閒棋為爾留。」指風動竹聲。李中《碧雲集》〈送圖上人歸廬山〉詩：「蕭騷紅樹當門老，斑駁蒼苔鎖徑閒。」指樹木聲。《文苑英華》唐羅隱〈經耒陽杜工部墓〉詩：「紫菊馨香覆楚醪，奠君江畔雨蕭騷。」指雨聲。本詩指不斷翻騰的飛濤聲。

[48] 「閭閻」，泛指民間。《史記‧蘇秦傳》太史公曰：「夫蘇秦起閭閻，連六國從親，此其智有過人者。」《漢書‧異姓諸侯王表》：「適戍彊於五伯，閭閻偪於戎狄。」（注）：「閭，里門也。閻，里中門也。陳勝吳廣本起閭左之戍，故總言閭閻。」

[49] 「斥鹵」，鹽鹹地。《呂氏春秋‧樂成》：「決漳水，灌鄴旁，終古斥鹵，生之稻粱。」《史記‧夏本記》：「海岱維青州，厥田斥鹵。」

[50] 「蓬蒿」，蓬草與蒿草，《禮記‧月令‧孟春之月》：「藜莠蓬蒿並興。」《國語‧吳語》：「譬如農夫作耦，以刈殺四方之蓬蒿。」

[51] 「珠崖」，郡名，漢置，即今廣東海口市。以位於大海中崖岸之邊，出真珠，故曰珠崖。西漢元帝初元三年廢。三國吳赤烏五年復置珠崖郡，治所在徐聞縣，晉平吳省入合浦郡。隋大業六年又置，治所在舍城縣，唐武德初年改為崖州。可參閱《晉書‧地理志‧交州》。

[52] 「伏莽」，《易》〈同人〉：「九三，伏戎於莽。」莽，叢木。伏莽指軍隊埋伏於草莽之中，後也指潛藏的盜匪。《舊唐書‧高祖紀論》：「繇是攬金有恥，伏莽知非。」

[53] 「渤海」，中國內海。在遼東半島和山東半島之間，以渤海海峽與黃海相通。也作「勃海」。《史記‧高祖本紀》六年：「夫齊……北有勃海之利。」〈索隱〉：「勃，旁跌也。旁跌出者，橫在濟北。」

[54] 「軺」，音堯，使車。《文選》〈與陳伯之書〉：「佩紫懷黃，贊帷幄之謀：乘軺建節，奉疆場之任。」後世沿用軺為使車。「軺車」為一馬駕之輕便車。《史記‧季布傳》：「朱家迺乘軺車之洛陽，見汝陰侯滕公。」司馬貞索隱：「謂輕車，一馬車也。」《晉書‧輿服志》：「古之時軍車也，一馬曰軺車，二馬曰軺傳。」漢世貴輜，而賤軺車，魏晉恰相反。

[55] 「塞責」，盡責。《史記‧項羽本紀》：「趙高素諛日久，今事急，亦恐二世誅之，故欲以法誅將軍（章邯）以塞責。」《漢書‧公孫弘傳》：「恐先狗馬填溝壑，終無以報德塞責。」塞責謂盡其責任。《韓詩外傳》：「前猶與母處，是以戰而北也，辱吾身，今母歿矣！請塞責。」

[56]「紓」，音書，解除。《左傳》魯襄公二十九年傳曰：「禍未歇也，必三年而後能紓。」（注：「紓，解也。」）

[57]「尺檄」，檄音席，為古代官方文書，用木簡，長尺二寸，多作徵召、曉諭、申討等用，故名尺檄。若有急事，則插上羽毛，稱為羽檄。後泛稱這類官文書為檄。《史記・張耳陳餘列傳》：「誠聽臣之計，可不攻而降城，不戰而略地，傳檄而千里定。」《漢書・申屠嘉傳》：「嘉為檄召（鄧）通詣丞相府。」《文選》有漢司馬相如〈喻巴蜀檄〉、三國魏鍾會〈檄蜀文〉等皆是。

[58]「空谷」，猶言深谷。《詩經・小雅・白駒》：「皎皎白駒，在彼空谷。」《文選・西都賦注》引《韓詩》作「穹谷」。《水經注・河水注》：「邃岸天高，空谷幽深：澗道之峽，車不方軌，號曰天險。」船帆柱，即桅杆。《文選》晉郭景純（璞）〈江賦〉：「舳艫相屬，萬里連檣。」也借指船隻。《宋書・謝靈運傳》：「靈檣千艘，雷輜萬乘。」

[59]「檣」，音強。「艪」，音魯，划船的工具，長大而縱者曰艪。用在船隻旁撥水。

[60]「鬢」，鬢角，靠近耳邊的頭髮。《國語・晉》：「美鬢長大則賢。」（注）：「鬢，髮穎也。」唐白居易《長慶集》〈賣炭翁〉詩：「滿面塵灰煙火色，兩鬢蒼蒼十指黑。」宋范成大《石湖集》〈次韻嚴子文旅中見贈〉詩：「海浦寸心空共月，京華雙鬢各凋年。」

[61]「京雒」，雒，後作洛，京雒即京洛，即洛陽。因東周及東漢曾建都於此，故稱京洛。《文選》漢班孟堅（固）〈東都賦〉：「子徒習秦阿房之造天，而不知京洛之有制。」「雒」，為地名，乃洛陽之古名。《周禮・天官序官》：「辨方正位」漢鄭玄（注）：「太保朝至於雒。」漢光武建都洛陽，自以漢為火德忌水，改洛陽為雒陽。三國魏自以為土德，水得土而活，土得水而柔，去隹加水，仍作「洛」字。

[62]「弧」，木弓。《周易・繫辭傳》：「弦木為弧，剡木為矢。」

[63]「幅」，音逼。以幅帛斜纏於脛，自足至膝，似今之綁腿。古稱行滕。《左傳》桓公二年：「帶、裳、幅、舄。」唐李賀《歌詩編》〈黃家洞〉：「綵布纏踌幅半斜，溪頭簇隊映葛花。」言原住民以幅帛斜纏於小腿及腳之民族的穿著特色。

[64]「社」，古代地方基層行政單位，相當於今之「里」。《左傳》昭公二十五年：「自莒疆以西，請致千社。」（注：「二十五家為社。」〈疏〉：「禮有里社，……以二十五家為里，故知二十五家為社也。」又：方六里為社。本詩指清朝時的原住民所住的社區單位。）

[65] 「文身」，古代民俗。在身體上刺畫有色的圖案或花紋。《禮記‧王制》：「東方曰夷，被髮文身，有不火食者矣。」疏：「越俗斷髮文身，以辟蛟龍之害，故刻其肌，以丹青涅之。」現代的說法是：「在身上刺青。」

[66] 「瘡」，外傷，通「創」。《後漢書‧耿恭傳》：「傳語匈奴曰：『漢家箭神，其中瘡者必有異。』因發彊弩射之，虜中矢者，視創皆沸，遂大驚。」「瘡痍」，創傷，比喻人民疾苦。《漢書‧季布傳》：「今瘡痍未瘳，（樊）噲又面諛，欲搖動天下。」《史記》作「創痍」。唐杜甫《杜工部草堂詩箋》：「故老仰面啼，瘡痍向誰訴？」

[67] 「赤手」，即徒手、空手。宋蘇軾《分類東坡詩》〈送范純粹守慶州〉：「當年老使君，赤手降於菟。」

[68] 「垢敝」，敝，原指破衣；泛指弊端、疲敗。垢敝，指污穢不乾淨的積習及不正常的現象。

[69] 「湔」，有二音。一音間，一音建。洗滌、洗刷。

[70] 「綰」，音晚，專管、專控、控制。《史記‧張儀列傳》：「奉陽君專權擅勢，蔽欺先王，獨擅綰事。」

[71] 「銜命」，受命、奉命之意。《禮記‧檀弓》：「銜君命而使。」《漢書‧孫寶傳》：「臣幸得銜命奉使，職在刺舉，不敢避貴幸之勢，以塞視聽之明。」

[72] 「索居」，散處，獨居。《禮記‧檀弓》：「吾離群而索居，亦已久矣。」漢鄭玄〈注〉：「索，猶散也。」晉陶潛《陶淵明集》〈和劉柴桑〉詩：「直為親舊故，未忍言索居。」

[73] 「寂寂」，形容清靜無聲，冷落寂寞。《文選》晉左太沖（思）〈詠史〉詩之四：「寂寂揚子宅，門無卿相輿。」《南史‧王弘傳》附王融：「及為中書郎，嘗撫案歎曰：『為爾寂寂，鄧禹笑人！』」

[74] 「瓜期」，謂任滿更代之期，猶「瓜代」。宋陳造〈志喜賦〉：「揆歸塗之此由，矧瓜期之匪遙。」（見《歷代賦匯》外集〈人事〉。

[75] 「清班」，清貴的官班；多指文學侍從一類的大臣。唐白居易《長慶集》〈重贈李大夫〉詩：「早接清班登玉陛，同承別詔直金鑾。」宋范仲淹《范文正公集》〈乞小郡表〉：「以臣學士之職，改一庶官，或且在當郡，或於隨郢均汝之間，守一小州，雖貪冒微祿，詎逃識者之譏，而遜避清班，少緩有司之責。」按高拱乾在「報道清班擬暫移」句後曾加註「近閱邸抄，開列司道補京卿者十人；余忝廁名其中」，顯見歸心似箭。

[76] 「高適」（約公元702至765年間），唐渤海縣人，字達夫。玄宗時舉有道科，赴長安應試中第。客河西，在節度使哥舒翰府掌書記。安祿山反，入長安，適奔赴行在，累官至諫議大夫。蜀亂，出為蜀、彭二州刺史。其邊塞詩

昂揚奮發，與岑參齊名，並稱高岑，有《高常侍集》十卷，新、舊《唐書》皆有傳。

[77] 「班超」（公元33至103年間），漢伏風平陵人，字仲升，為史學家班彪少子，班固之弟。父卒，家貧，為官府抄書以養其母。曾投筆歎曰：「大丈夫無它志略，當效傅介子張騫立功異域，以取封侯，安能久事筆硯間乎？」明帝永平16年，率三十六人出使西域，使西域五十餘城國獲得安寧。超在西域31年，官至西域都護，封定遠侯。其妹班昭以其年老，為之上書乞歸。回洛陽，拜射聲校尉。同年病卒，《後漢書》有傳。

[78] 「玉關」，即玉門關。北周庾信《庾子山集》〈竹杖賦〉：「親友離絕，妻孥流轉，玉關寄書，章臺留釧。」玉門關在今甘肅敦煌西北，陽關在其西南，古為通西域要道。出玉門關者為北道，出陽關者為南道。後漢班超在西域31年求歸上疏稱：「臣不敢望到酒泉郡，但願生入玉門關。」（參見《後漢書》）《國秀集》唐王之渙〈涼州詞〉詩之一：「羌笛何須怨楊柳？春光（風）不度玉門關。」即此關。

[79] 「封侯夫婿何須悔」，《全唐詩》王昌齡〈閨怨〉詩：「閨中少婦不知愁，春日凝妝上翠樓；忽見陌頭楊柳色，悔教夫婿覓封侯。」「封侯夫婿何須悔」活用此詩，說已封侯的夫婿及其婦，何須後悔當初覓封侯的種種努力及付出的代價？

[80] 「學步」，即「學步邯鄲」之省語。《莊子・秋水》：「且子獨不聞夫壽陵餘子之學行於邯鄲與？未得國能，又失其故行矣，直匍匐而歸耳。」《漢書・敘傳》：「昔有學步於邯鄲者，曾未得其彷彿，又復失其故步，遂匍匐而歸耳。」後來譏人只知模仿，不善於學而無成就為學步邯鄲。

[81] 「兒曹」，孩子們。《史記・外戚世家》：「是非兒曹愚人所知也。」《後漢書・耿弇傳》：「光武笑曰：『小兒曹乃有大意哉！』」

[82] 「浮名」，猶虛名。《文選》南朝宋謝靈運〈初去郡〉詩：「伊余秉微尚，拙訥謝浮名。」唐張銑〈注〉：「浮，過也。」唐李白《李太白詩・留別西河劉少府》：「東山春酒綠，歸隱謝浮名。」

[83] 「使君」，漢以後對州郡長官的尊稱。《三國志・蜀書・先主傳》：「是時曹公從容謂先主（劉備）曰：『今天下英雄，唯使君與操耳！』」當時，劉備為豫州牧。

[84] 「攬」，總持、把持。《文選》戰國楚宋玉〈登徒子好色賦〉：「遵大路兮攬子袪，贈以芳華辭甚妙。」《樂府詩集》卷七十六、楊方〈合歡詩〉之四：「踟躕向壁歎，攬筆作此文。」《後漢書・光武帝紀》卷下中元二年：「故能明慎政體，總攬權綱，量時度力。」

[85] 「轡」，馬韁。《詩經・秦風・駟驖》：「駟驖孔阜，六轡在手。」《禮記・曲禮》：「執策分轡」。

[86] 「澄清」，使混濁變為清明。《後漢書・范滂傳》：「乃以滂為清詔使，案察之，滂登車攬轡，慨然有澄清天下之志。」《世說新語・德行》：「陳仲舉（蕃）言為士則，行為世範，登車攬轡，有澄清天下之志。」

[87] 「拊」，撫育、撫慰。《詩經・小雅・蓼莪》：「拊我畜我。」《左傳》宣公十二年：「王巡三軍，拊而勉之。」

[88] 「輯」，和協、親睦。《詩經・大雅・板》：「辭之輯矣，民之洽矣。」《國語・魯語》：「契為司徒而民輯。」

[89] 陳漢光編（1971）。《臺灣詩錄》。南投：臺灣省文獻委員會，上冊，頁109。

[90] 臺灣省文獻委員會編（1997）。《重修臺灣省通志・藝文志》（文學篇）。南投：臺灣省文獻委員會，初版，第四章第一節。

[91] 其實詩中是客氣的，只是自己謙稱沒做到盡善盡責，但不是真的沒績效。

[92] 臺灣省文獻委員會編（1993）。高拱乾《臺灣府志》。南投：臺灣省文獻委員會，頁1-6、目錄。

[93] 同上註。

[94] 同註[92]，頁7。按雞籠指今基隆：沙馬如依今小琉球之方位，應係指屏東東港；諸番指外國；檣櫓指船舶；四省指江、浙、閩、粵。

[95] 同註[92]，頁12

[96] 同註[92]，頁7。

[97] 同註[92]。高拱乾另註鹿耳門為：「在臺灣港口，形如鹿耳，分別兩旁；中有港門，鎮鎖水口。凡來灣之舟，皆從此入，泊舟港內。其港門甚隘，又有沙線，行舟者皆以木植標誌之。」

[98] 同註[92]。按阿猴即今之屏東，拱乾志書另註：「阿猴林在觀音山南，此山谿谷絕險，必攀藤附葛、鑿道架橋，方得至焉。」可見當時屏東轄境仍屬蠻荒，與今日富庶繁榮，不可同日而語。

[99] 姚瑩《東槎紀略》〈自序〉云：「所至於山川形勢，民情利弊，無不悉心講求。」

[100] 吳廷華，雍正3年任福建海防同知，浙江錢塘人。

[101] 朱仕玠，乾隆2年任鳳山縣教諭，福建建寧人。

[102] 孫元衡，康熙42年任臺灣海防同知，安徽桐城人。

[103] 黃叔璥，康熙61年任巡臺御史，順天大興人。

[104] 齊體物，康熙15年任臺灣海防同知，滿洲人。

[105] 錢琦，乾隆16年任巡臺御史，浙江仁和人。

[106] 夏之芳，雍正6年任巡臺御史，江蘇高郵人。

[107] 楊二酉，乾隆6年任巡臺御史，山西太原人。

[108] 張湄，乾隆6年任巡臺御史，浙江錢塘人。

[109] 六十七，乾隆9年任巡臺御史，滿洲人。

[110] 范咸，雍正10年任巡臺御史，浙江仁和人。

[111] 李如員，乾隆初入臺教學，廣東陸安人。

[112] 林松，嘉慶年間遊幕臺灣，山東福山人。

[113] 王凱泰，同光年間任福建巡撫，江蘇應寶人。

[114] 何澂，光緒年間遊幕臺灣，浙江山陰人。

[115] 李振唐，光緒12年入劉銘傳幕，江西南城人。

[116] 馬清樞，光緒元年入王凱泰幕，福建侯宮人。

[117] 胡傳，光緒10年代理臺東直地州知州，安徽績溪人，胡適之父。

[118] 陳衍，光緒年間遊，福建侯官人。按「大稻埕」為今日臺北市最為繁華的延平北路一帶；又「延平南、北路」係為紀念鄭成功所命路名。

[119] 陳朝龍，光緒年間入臺教學並修新竹縣志，廣東新砂人。按「竹塹」，即今日新竹縣、市。

[120] 黃逢昶，光緒年間遊幕臺灣，湖南湘陰人。

[121] 鄭開極，康熙年間遊臺，福建福州人。

[122] 郁永河，康熙年間入臺採硫礦，浙江仁和人。註解內容見郁氏《裨海紀遊》，卷上。

[123] 宋永清，康熙43年任鳳山知縣，山東萊陽人。

[124] 阮蔡文，康熙54年任北路參將，福建漳浦人。

[125] 藍鼎元，康熙60年入臺遊幕，福建漳浦人。

[126] 鄭霄，嘉慶年間入臺遊幕，福建連江人。

[127] 德齡，雍正朝工部右侍郎，滿洲人。

[128] 褚祿，乾隆10年任臺灣知府，江蘇青浦人。

[129] 劉良璧，乾隆2年任臺灣知府，湖南衡陽人。

[130] 夏瑚，乾隆23年任臺灣知縣，浙江仁和人。

[131] 湯世昌，乾隆24年任巡臺御史，浙江仁和人。

[132] 盧觀源，乾隆26年任諸羅教諭，福建永安人。

[133] 周芬斗，乾隆14年任諸羅知縣，安徽桐城人。

[134] 吳性誠，嘉慶21年任彰化知縣，湖北黃安人。

[135] 孫爾準，道光3年任福建巡撫，江蘇金匱人。

[136] 謝金鑾，嘉慶9年任嘉義教諭，福建侯官人。

[137] 蔣毓英修的《臺灣府志》於康熙27年稿成，係臺灣首部志書。

[138] 潘振甲，乾隆51年臺灣縣舉人。

[139] 石福作，道光年間遊臺教學，福建安溪人。

[140] 王禮，直隸宛平人，康熙58年任臺灣海防同知。

[141] 孫霖，乾隆朝入臺遊幕，生平未詳。

[142] 陳廷憲，嘉慶8年任澎湖通判，生平未詳。

[143] 薛約，江蘇江陰人，嘉慶年間渡臺遊幕。

[144] 周長庚，福建侯官人，同治朝任彰化教諭。

[145] 周凱，浙江富陽人，道光13年任分巡臺灣兵備道。

[146] 李若琳，貴州開州人，道光17年任噶瑪蘭通判。

[147] 施龍文，安平縣人，道光25年進士。

[148] 陳學聖，清道光朝彰化縣人。「車鼓」、「搶孤」都是民間節慶習俗；「牽手」指另一半的配偶。

[149] 許廷崙，臺灣府治人，道光年間諸生。臺灣民間常指單身漢為「羅漢腳」。

[150] 李華，臺灣府治人，道光年間諸生。

[151] 彭廷選，竹塹人，道光29年拔貢。

[152] 吳德功，彰化人，同治貢生。

[153] 劉家謀，福建侯官人，道光29年任臺灣府訓導。

[154] 王凱泰，江蘇寶應人，同光年間任福建巡撫。

[155] 黃逢昶，湖南湘陰人，光緒8年奉委至宜蘭收城捐。

[156] 李振唐，江西南城人，光緒12年入劉銘傳幕。

[157] 傅于天，彰化縣人，同光年間生員。按「葫蘆墩」應指今日臺中縣豐原一帶。

[158] 郭鵬雲，新竹縣人，光緒朝臺府學生員。

[159] 康作銘，廣東南澳人，光緒間任恆春教諭。

[160] 胡徵，廣西桂林人，光緒年間渡臺遊幕。

[161] 屠繼善，浙江會稽人，光緒朝任恆春縣志纂修。

[162] 謝香萃、王鏡秋、吳士俊三人均為鳳山縣人，光緒朝生員。

[163] 徐莘田，廣東澳門人，光緒24年遊幕臺灣。

[164] 余愭，光緒18年來臺，入余石泉幕。

[165] 丘逢甲，苗栗銅鑼灣人，光緒15年進士，抗日志士。

[166] 李丕煜，直隸灤州人，康熙56年任鳳山知縣。

[167] 黃吳祚，福建惠安人，康熙年間入臺遊幕。

[168] 黃學明，廣東淳德人，康熙年間入臺遊幕。

[169] 李欽文，臺灣縣人，康熙60年歲貢。

[170] 陳兆蕃，福建晉江人，康熙年間入臺遊幕。

[171] 周芬斗，安徽桐城人，乾隆14年任諸羅知縣。

[172] 林紹裕，福建永福人，乾隆25年於鳳山任縣教諭。

[173] 覺路四明，滿洲人，乾隆26任臺灣道兼提督學政。

[174] 譚垣，江西龍南人，乾隆29年任鳳山知縣。

[175] 黃清泰，鳳山人，嘉慶年間任北路右營守備。

[176] 楊廷理，廣西馬平人，嘉慶15年以臺灣郡守辦噶瑪蘭設治事。

[177] 黃對揚，福建龍溪人，嘉慶8年任臺灣縣學訓導。

[178] 吳性誠，湖北黃安人，嘉慶21年任彰化知府。

[179] 吳玉麟，福建侯宮人，嘉慶2年任鳳山教諭。

[180] 胡承珙，安徽涇縣人，道光元年任分巡臺灣兵備道。

[181] 柯培元，山東歷城人，道光15年任噶瑪蘭通判。

[182] 石福作，福建安溪人，道光年間入臺遊幕。

[183] 董正官，雲南太和人，道光29年任噶瑪蘭通判。

[184] 李鴻儀，江蘇常州人，光緒年間任福建候補道渡臺。

[185] 何沛雄編著（1990）。《永州八記導讀》。香港：中華書局，初版，頁3-6。

[186] 王善宗，山東諸城人，康熙18（1679）年武進士。康熙29（1690）年來臺任臺灣水師協左營守備。

[187] 齊體物，康熙31（1692）年任分巡臺廈兵備道。

[188] 婁廣，京衛人，康熙44（1705）年任分巡臺廈道標守備。

[189] 張宏，江蘇上海人，康熙47（1708）年任臺灣知縣。

[190] 張琮，雲南河陽人，康熙48（1709）年任臺灣縣丞。

[191] 秦士望，安徽宿州人，雍正12（1734）年，任彰化知縣。

[192] 王賓，鳳山縣人，乾隆3（1738）年舉人。

[193] 卓肇昌，鳳山縣人，乾隆15（1750）年舉人。

[194] 立柱，滿洲人，乾隆16（1751）年任巡臺御史。

[195] 謝家聲，福建歸化人，乾隆17年任臺灣府學教授。

[196] 胡建偉，廣東三水人，乾隆31（1766）年任澎湖通判。

[197] 呂成家，字建侯，澎湖東衛社人

[198] 林逢原，字瑞香，咸豐年間鳳山縣學增生。

[199] 蔡振豐，字啟運，新竹人，光緒17（1891）年任浙江巡檢。

[200] 陳世烈，廣東人，光緒14（1888）年任雲林知縣。

[201] 鍾天佑，廣東嘉應州人，光緒年間來臺。

[202] 梁元，生平未詳，光緒朝人。

[203] 陳佳妏（2000/07）。〈滾滾波濤聲不息，斐然有緒煥文章——論清代臺灣八景詩中的自然景觀書寫〉。臺灣：生態文化研討會。

[204] 吳性誠，嘉慶年間任鳳山縣丞，湖北黃安人。

[205] 按李振唐為臺灣首任巡撫劉銘傳的幕客。

[206] 朱仕玠，乾隆朝任鳳山縣教諭。

[207] 姚瑩，嘉慶年間曾歷任臺灣知縣、南路海防同知、噶瑪蘭通判、按察使銜分巡臺灣兵備道。

[208] 楊二酉，乾隆4（1739）年巡臺御史。

[209] 林豪，字嘉卓，一字卓人，號次逋。曾修《淡水廳志》、《澎湖廳志》。

[210] 黃清泰，字淡川，一字承伯，鳳山人，嘉慶11年任竹塹守備，署艋舺都司，遷鎮標中營游擊署艋舺營參將。

[211] 陳夢林，字少林，福建漳浦人，康熙55（1714）年應聘來臺修《諸羅縣志》。

[212] 阮蔡文，字子章，福建漳浦人，康熙54（1715）年，任臺灣北路參將。

[213] 清高廷法等修陝西《咸寧縣志》，嘉慶24年刊本。

[214] 楊廷烈《房縣志》卷四賦役，同治4年刊本。

[215] 《漢南續修郡志》卷二十。

[216] 《鄖陽志》卷一，吳保義等修。

[217] 彭吉堂，光緒朝的新竹縣詩人。

第八章

結論

綜觀臺灣古典旅遊文學，典籍斑斑可考，然力有未逮者乃散佚文獻猶未尋考者必多，只好仰仗愛好臺灣旅遊文學先進共同努力。茲歸納出臺灣古典旅遊文學與文獻的特色與價值、展望與建議、建構與用途，作為總結。

第一節　特色與價值

壹、發展旅遊文學提昇旅遊品質

本書《臺灣古典旅遊文學與文獻》，主要是因好奇於為何十六世紀葡萄牙人航海時發現臺灣，便驚呼「Ilha formosa! 福爾摩沙」美麗之島，迷人的風光。臺灣自從航海時代以來，因為葡萄牙、西班牙、荷蘭，甚至之後鄭成功，以及後來移民來臺的漢人努力經營下，自然會累積很多文人雅士旅遊臺灣留下美麗回憶的旅遊佳作，當然不應該隨著列強文化的強勢侵略而被淹沒、消失，因此亟需吾人儘速去發掘、蒐集、整理與欣賞。又盱衡目前臺灣文學研究態勢，或因文獻蒐羅較易，大都以日據時期或戰後的篇幅較多，以臺灣整體開發歷史而言，未免偏頗而焦點狹隘，領域有限。為能研究出凌駕現有中國文學的各項研究成果，勢必開創如「臺灣旅遊文學」的新領域，否則老是停留在當代背景的文學題材，未能逆流溯古，終非長久之計。

余光中在〈論民初的遊記〉一文中曾經開宗明義指陳說：「山水遊記的成就，清人不如明人，民國初年的作家更不如清。在觀光成為『事業』的現代，照理遊記應該眼界一寬，佳作更多才對，實際卻不然。」至於其原因，余光中接著說明是因為「在工業時代生活的節奏也快了，忙人怎能領略閒情山水呢？」因為「現代人的文筆不如古人」，又因為「再美的風景，再熱鬧的街市，都可以交給照相機去紀錄，不必像古人那樣要寫進文章，畫進圖畫裡去，所以今人就更懶得寫什麼遊記了。」[1]

　　固然余光中語重心長道出旅遊文學發展的隱憂，但是「今人就更懶得寫什麼遊記了」的說法似與目前臺灣文學界的現象不符，因為自從九〇年代以來，臺灣經濟力的提升、全球化的願景、對異國文化的想像與緊張沉重的生活壓力，使國內外旅遊，爆炸性地成為臺灣全民的「必要生活」內容，一種持續進行的生活方式。報紙副刊提供旅行寫作的空間，聯合副刊製作「旅遊小品」與「旅途中的古典音樂」專輯；時報人間副刊接連不斷的「綠色旅行」、「旅行寫作」、「風景明信片」、「我的旅行筆記」與「世界的盡頭」等專輯，持續三屆（1997-1999）的「華航旅行文學獎」，以及一九九八年長榮航空舉辦一屆的「環宇旅行文學獎」，三年之中，投稿作品達四千餘件[2]。除了平面的出版品以外，具有「及時性」、「非線性」與「讀者互動性」等形式特質的電子網路，也創造了無線大量的寫作空間，與琳瑯滿目的旅遊書籍結合，共同形成了臺灣當代巨大超強的符號體系，旅遊文學儼然成為臺灣當代發展最快速的文類。

　　以此觀之，余光中「今人就更懶得寫什麼遊記了」的說法有待商榷。倒是「山水遊記的成就，清人不如明人，民國初年的作家更不如清」的說法發人深省。資深文化記者沈怡頗有同感宣稱：「國內的所謂旅行創作，比起二十年前鍾梅音女士的《海天遊蹤》，不見突出，多數見絀，好的旅行文學還未出現。」[3]雖然是一個以「臺灣」為同樣背景，但是這種後人比前人每況愈下的旅遊文學，促使吾人不得不更需要加緊腳步，探討臺灣古典旅遊文學，以及從文獻中捕捉優秀的旅遊作品，加以欣賞、學習。

貳、臺灣旅遊文學要與臺灣開發史同步發展

　　從臺灣古典旅遊文獻之記遊內容與景物、風土，其榮枯與臺灣開發歷史成正比，明末鄭氏驅荷，經營臺灣，雖有荷西經營，但仍顯蠻荒蒼鑾之景；迨清末割臺之際，臺灣文獻所記遊之風景已繁榮甚多，惟實際情形，仍須進一步從文獻中比較。故研究臺灣旅遊文學可以補臺灣開發歷

史、民俗、文化與地理之不足，洵屬相得益彰也。

如果以臺灣地名觀之，歷史文獻上有稱「島夷」、稱「岱員」、稱「瀛洲」、稱「東鯷」、稱「夷州」、稱「琉球」、稱「東番」，或稱「大員」，甚至稱讚這美麗之島為「福爾摩沙」（Formosa）或「寶島」。但無論名稱如何，總有一個共通的事實，那就是臺灣自古以來，尤其是清代以前的古籍文獻，對臺灣來說永遠是被一層神秘面紗包裹住，總是無法有系統地被介紹給世人瞭解，而隨著臺灣開發歷史的腳步和旅遊文獻的記載，臺灣甚至臺灣島內各地的神秘面紗，也順勢被逐漸揭開。

參、明末清初少有本地人旅遊作品

從旅遊作品的作者背景分析結果，可以發現在踵繼沈光文、郁永河之後，記遊臺灣作品大多屬宦遊官吏以及僚屬之作，當時居住臺灣的本土文人鳳毛麟角，究其原因，在鄭氏以一儒生焚衣投軍而起，間有徐孚遠、王忠孝、沈佺期、盧若騰等忠貞遺老相隨，但文教仍不發達。清初，大陸來臺宦遊官吏不瞭解教育的重要性，故先民在草萊初闢時期，為衣食奔走，仍勞累墾耕，文盲或受教育者仍不普及，因此旅遊文獻呈現的大都是遊宦之士，少有當時汲營於生計的本地人。清朝中葉之後，臺灣舉行科舉、設立孔廟，文風漸盛，因此當時的本地人旅遊之作始逐漸豐盛。

所謂本地人，可以隨著時代變遷，賦予不同的意義，不必隨著當前狹隘的意識形態起舞。因為臺灣與香港、澳門一樣，是一個移民社會，四百多年的臺灣開發歷史，前後有荷蘭人、西班牙人、日本人及漢人；就是漢人也有閩、客之分，甚至也有戰後隨國民政府新到的中國人，或不斷因為到臺灣投資的外國商人，以及今天的為數眾多的外勞。這些不同族群的移民，因為對臺灣做出不同努力的奉獻，因而造就了臺灣多元豐富的文化與繁榮。然而時下卻泛以「臺灣人」強為本地人，來與所謂外省人、外國人分離，忽略了他們只是早到的漢人，漠視了後到的漢人或外國人也都是同為臺灣一地打拼奉獻的事實。這是為了探究何謂本地人旅遊作品需

要，不得不藉此強調要有時空因素作前提的所謂本地人[4]。

肆、清代宦遊作品只見描述，少帶感情

　　清代來臺宦遊人士所撰述之臺灣記遊文學，從嚴格角度觀之，只是見聞描述，因筆鋒少帶鄉土感情，「三年官二年滿」，任滿急忙返回大陸家鄉的心情，比比皆是。例如：胡傳〈和王藹昀孝廉臺灣秋興八首〉之七，臺灣原來是個「海邦足擅魚鹽利」；林樹梅〈題瑯嶠圖〉「此鄉饒沃土，卻為番民雜，常貽戰鬥紛」；藍鼎元〈臺灣近詠十首呈巡使黃玉圃先生〉之十「臺安一方樂，臺動天下疑」；彭夏琴〈詠臺灣〉四首之一「人民半與魚龍雜，郡縣全依島嶼偏」，可以感覺只見描述，少帶感情。

　　又此類旅遊文學展現作者詩、詞文采者較多，故大多傾向單一事件或景物的描述，間以日記體裁，將見聞錄之，而融入臺灣鄉土感情於遊記中者。清代所遺留下來的臺灣宦遊文學，不同領域的研究學者，可依據其學理的角度，來作不同的學術詮釋。所有的此類的學術詮釋，都可增進我們對於臺灣的瞭解。旅遊文學如此，地理、歷史、政治、社會亦復如此，都可激發我們關切斯土的情懷。

伍、明末與日據初期旅遊文學較富民族情感

　　清光緒年間與日據初期較重要的旅遊著作，如吳德功《觀光日記》、池志徵《全臺遊記》、邱文鸞、劉範徵、謝鳴珂等《臺灣旅行記》、蔣師轍《臺游日記》等，多屬日據臺灣前後之旅遊作品，充滿民族愛國情感頗多。例如光緒二十一（1895）年，清、日簽訂馬關條約，臺人力爭，並組義軍抵抗。淪日之後，臺民抗日屢仆屢起，歷四、五載使得稍安。《觀光日記》作者吳德功親自參與抗日之「揚文會」活動，即是記載活動情形與心情之紀錄[5]，因已進入日據時期，不屬於本研究範圍，只可以列入後續研究之參考。

　　如果以民族情感融入旅遊文學作品，明末清初的作品並不遜於日據初期。除鄭成功父子反清復明為其職志之外，諸如沈光文、楊英、沈有容、徐孚遠等，作品率皆富含民族情感，尤其徐孚遠撰〈東寧詠〉，大都屬忠貞愛國之詩。孚遠字闇公，晚號復齋，江蘇華亭人，崇禎舉人，文章氣節，彪炳一時。延平入臺啟疆，孚遠亦攜家眷於新港，殆延平卒，完髮以死。可見在改朝換代的旅遊文學，也可以借景抒懷，將忠貞愛國的民族情感表露在作品中。

陸、清代旅遊者喜撰竹枝詞或雜詠

　　自古能文之士率皆工詩詞，尤其有科舉制度以來，未曾廢棄詩文，故清代宦遊人士不論是邊疆大吏或幕府僚屬均諳吟詠，見臺灣風土民情有異於內地，不免以詩記其所見所聞，詩之體裁，不論古體、律詩、絕句均有之，而對臺灣旅遊觀察較為廣泛與深入者，則非以較為自由活潑之竹枝詞型態難抒其意。例如郁永河《裨海紀遊》見到原住民就以〈土番竹枝詞〉詠之曰[6]：

> 生來曾不識衣衫，裸體年年耐歲寒；
> 犢鼻也知難免俗，烏青三尺是圍闌。
> 文身舊俗是雕青，背上盤旋鳥翼形；
> 一變又為文豹鞹，蛇神牛鬼共猙獰。

　　竹枝詞在每首之中，起承轉合，自有章法，堪稱輕薄短小之詩作，僅二十八字即可單獨成為完整的作品，亦可動輒百首亦不覺繁雜。竹枝詞或冠以地名，或冠以所歌詠之事務名稱的竹枝詞，有時亦以「雜詠」稱之，是研究臺灣旅遊文學不可偏廢的文獻。

柒、臺灣古典旅遊文學是臺灣文史地理基礎

　　臺灣古典旅遊文學是臺灣文學的重要一環；而從臺灣開發歷史觀

之，臺灣古典旅遊文學又是臺灣旅遊文學的重要片段。如果此一假設能夠成立，那麼在今天，臺灣各地紛紛提倡鄉土文學，推廣觀光旅遊，推銷發揚固有傳統文化、歷史、民俗、地理之際，旅遊文學的研究，更顯得重要。但追根究本，仍有賴旅遊文獻的蒐集，所謂：「工欲善其事，必先利其器」，文獻之豐枯，必然影響研究之結果。子曰：[7]

> 夏禮，吾能言之，杞不足徵也；殷禮，吾能言之，宋不足徵也。文獻不足故也，足則吾能徵之矣。

本書雖廣搜與臺灣旅遊有關的文獻，但仍未包括外國人旅遊臺灣的文獻，旨在拋磚引玉，企圖建構有利研究臺灣旅遊文學的基礎，殷盼有志一同，形成風氣，期使臺灣文獻與文學研究領域更寬，觸角更廣，則臺灣文獻幸甚！臺灣文學幸甚！臺灣旅遊文學，尤其幸甚！

捌、建構臺灣古典旅遊文學成為臺灣發展的基礎

從中國文學「三分」與「四化」的研究方法來看，本書只是就有限的古典文學，從觀光的角度加以敷衍，是否妥適，仍待先進指教。如屬可行，則有清以還，甚至日據時期、民國以來有關臺灣的豐富典籍文獻，可以歷史的時間序列為「經」；以地理的觀光見聞為「緯」，貫穿「古典」、「現代」與「當代」文學，似值得有志一同，加以繼續投入心力，整理研究。

臺灣文學長期受到臺灣開發歷史背景的影響，這中間包括荷蘭、西班牙、日本，甚至滿清的入侵，在一頁頁不斷的反抗與順服歷史的故事中，寫成了一部臺灣歷史。文學反應人性，臺灣文學（包括古典文學）也自然地充滿了豐富的悲、歡、離、合的精彩情節，我們從古典旅遊文學作品中，當可感受到這份濃濃的氣息，因此臺灣文學研究者應該不可輕忽臺灣古典旅遊文學的探究！

玖、探索臺灣古典旅遊文學有助於培養愛鄉愛土情操

　　臺灣古典旅遊文學受到歷史因素的顯著影響，以致都屬「古典文學」，質言之，其實就是中國文學研究領域或觸角的延伸。吾人今日透過古典文學的整理與研究，可以清楚地瞭解臺灣這個地方的地理、歷史、風俗、習慣與文化，有助於學校或社會人士鄉土教學與研究。

　　這種研究模式，當然也可應用在香港、澳門等類似臺灣長期受到外國殖民統治的地方人民，讓讀者從旅遊文學的字裡行間，隨著作者的心情起伏而起舞，去啟發並培養愛鄉愛土的觀念。

第二節　展望與建議

壹、加緊蒐集臺灣古典旅遊文獻

　　臺灣古典旅遊文獻至為浩瀚，本書雖仗作者過去在文獻機構工作之便，得以較易蒐集臺灣文史機構出版之臺灣文獻，但仍覺遺漏很多，更何況民間文史工作室或出版品，遺珠更多；兼以臺灣歷經荷蘭、西班牙、日本等國家長期殖民統治，或以政治思想考量、或以戰火遷徙保存不易，因此有關明清時期散佚在荷蘭、印尼、日本及大陸各地有關臺灣文獻史料，可供旅遊文學研究者必多，均造成古典旅遊文學無法有信心完整交代，致遺漏探討的原因之一。

貳、滄海桑田以致旅遊文學不易體驗

　　旅遊貴在體驗，尤其欣賞了優美的旅遊作品之後，更會令人急於追尋作家步伐，體驗作家寫作心情，這應該是非常自然的好奇心理，也是眾多旅遊動機之一。

　　然而，不管是本地的、流寓的，亦或是遊宦的旅遊作家；也不論是那一個時期在臺灣任何地方的見聞，就以同是「臺灣八景」為例來說，或形之於詩、詞、散文的旅遊作品而言，吾人洵已難如欣賞當代或網路旅遊作品，按圖索驥，親身體驗，去追尋古人遊蹤，感受古人遊情，體驗古人遊興。若再從務實的觀點言之，我們現在欣賞古典旅遊作品，相信除了優美文學章句之外，一定有如墜五里霧中，總會有不知所云之感。

　　因此，只緣身在此山中，但卻受到臺灣迅速開發，滄海桑田，明清臺灣旅遊文學作品所描述的目的地，相信縱令同一地點，也會因不同時空，讓同一作者難以再現同樣作品矣！為了彌補今人難會古人意，作者在負責一門「臺灣文史觀光」課程的學期報告中，就要求學生以臺灣先賢生平事跡或歷史事件為主題，廣蒐資料，除了建構周詳解說導覽材料之外，也希望學生抱著追尋先賢足跡與瞭解古人的心情，按照先賢在臺足跡及某一事件的原委過程，規劃設計出適合兩天一夜的遊程，並規定要找時間親身體驗，評估修正。或許這個開發出來的新遊程不是時下最熱門時髦的旅遊路線，但卻是可以滿足喜歡思古、懷舊的遊客，從事一趟深度、知性之旅，甚至感受臺灣在滄海桑田之後，對古人旅遊作品敘述情節，有了另一種不同方式的體驗，並產生對自己故鄉一份濃濃的認同情感。

參、探索範圍因臺灣史地意識而易滋困擾

　　雖然本書主題為著重在明清時期的臺灣古典旅遊文學，目的是企圖從蒐集文獻，到作者與作品的欣賞能有系統的探索，也採取「文獻分析法」及「歷史研究法」，從浩瀚的中國古籍與臺灣文獻中，針對先民文人墨客們旅遊或流寓臺灣見聞心得，不論其體裁為散文、詩、詞或賦，甚至竹枝詞，率皆以「臺灣歷史」的時間序列與文化為「經」；以「臺灣地理」的廣度與內容為「緯」，也就是凡旅遊觀光臺灣為寫作題材內容者，或足資提供認識臺灣風土民情、地理山川，如地方志書、文集等之文獻，均加以蒐羅、整理、歸納、分析，包括從元代以前中國古籍，敘及有

關臺灣名稱或印象之文獻著手考證，試圖建構臺灣文學界較少著墨的臺灣古典旅遊文學與文獻及其發展。但是，本書對於臺灣地理的界定，明清時期的臺灣本島，以及澎湖列島，並不包括目前政府統治管轄範圍所稱的「臺灣地區」及其他金門、馬祖外島。

在歷史的定位上本書雖以明清兩代為主，但為使脈絡一貫，對於清代以前，包括經、史、子、集，甚至地方志書等古籍文獻有關臺灣的記載，雖無法證明其為實地旅臺之見聞，但仍加以探討，期使臺灣古早的景觀意象能延續並銜接至有明一代漢人陸續移民經營臺灣，確有文人雅士記遊文字記載為止，不至於因執著明清兩代，而忽略以前古籍的陳述，致有懸崖落差的感覺。

兼以臺灣於清祚未滿，即於光緒二十一（1895）年割讓給日本，文學的發展進入不中不西，不舊不新的所謂「皇民化」殖民地文學，雖然在此一殖民時期，漢文化仍被民間私下流傳維護，亦有不乏寓遊記文學，於抒發感懷受異族統治之苦，悲憫人生之佳作，但為符合目前學界臺灣文學發展史的分期[8]，並反應臺灣的歷史事實，因此不得已只得止於光緒二十年甲午戰爭臺灣淪為日據時期為斷限。

此外，因遷就臺灣歷史事實而稱「清代」，但因受限於明朝治理臺灣，或漢文化影響臺灣較短，自明永曆十四（1661）年四月三十日鄭成功率軍登臺驅逐荷蘭人開始，至明永曆三十七（清康熙二十二）年七月三十一日鄭克塽降清為止，明祚亦只不過短短二十二年而已，比起清朝自康熙二十二（1683）年，至光緒二十一年，長達二百十二年，懸殊之比，當然較少旅遊文學及文獻流傳下來，故明朝旅遊文學篇幅無法與清朝匹敵，形成清朝以前篇幅少，而清朝篇幅多的現象。

第三節　建構與用途

本書自構思以來經常擔心不被學界認同而裹足，因為它既是「文

學」，也是「文獻」；既是「臺灣學」，也是「旅遊文學」；既有「歷史」，又有「地理」，我只不過是執著地從中切割了屬於「臺灣旅遊」與「古典文學」的一個區塊來探討。而不論它是歸屬於「文學」、「文獻」，或是「臺灣學」與「旅遊文學」，甚或是臺灣的「歷史」與「地理」，其實是尚在起步，仍待好好建構。

　　然而不期然地組成了一個廣泛學科之間科際整合的新領域，除了研究結果容或顯得粗糙有待接受考驗之外，但卻發現如果繼續研究，努力不懈鑽研下去，不但不會走火入魔，而且更會對自己教學有所增益，甚至從中可以延伸更多的發展方向。初步歸納起來，這個「臺灣古典旅遊文學與文獻」的新領域、新課題約有下列值得大家再思考與建構：

壹、明清時期的文獻可以作為古典文學欣賞的材料

　　中國文學，特別是古典文學的發展，幾乎在清末西方文化入侵之後，在民初五四新文學運動之後，已經像是強弩之末，而本書搜集的明清時期臺灣旅遊文獻，卻都是當時科舉制度終結之前的文人，以優美的文筆，將旅遊臺灣的見聞與心情，用詩、詞、散文等不同體裁創造出來的作品，不但可以悠遊古早老臺灣的山川，而且「境由心轉」，讀者可以隨著作者當年寫作的心情與境遇而轉而變，洵實值得細細品味欣賞，借以享受古人對話的樂趣，豐富匱乏的人生，充實單調的休閒生活。

貳、臺灣旅遊文獻可以作為研究臺灣開發史地的佐證

　　不管是臺灣歷史、地理，或是古早臺灣地名的考證與研究，雖然已有很可觀的成果，但是從明清時期古典旅遊文學作品與文獻中，還是可以不斷發現一些古老的，對現代人來說也可以是新鮮的地名、山名，以及獨特的人文及地理現象，雖然一時無法完整列舉，然而卻是值得有心人繼續做考證詮釋的研究題材。專精投入之後，相信必然會有一番新的發現，當

然也可以作為目前臺灣開發歷史、地理，甚至研究臺灣社會、族群、政治、經濟與文化發展史的佐證。

參、可作為規劃有創意的新遊程來滿足人們懷古思舊之情

自從政府實施週休二日，以及開放出國與兩岸觀光以來，可以說是已經進入到一個全民休閒的時代，當大家走遍了世界各國；外國人到臺灣一再享受「了無新意」的遊程之際，新遊程的開發是政府與旅遊業者亟待努力的課題。臺灣旅遊文獻或文學所揭示作家們作品的景點與旅程，例如可以嘗試規劃推銷高拱乾「臺灣八景之旅」、郁永河「采硫之旅」……，應該都是富有創意、很新鮮的知性與感性之旅，來滿足人們懷古思舊的情懷，提振旅遊市場的景氣。

特別是近年來受到新冠肺炎病毒（COVID-19）擴散，邊境封鎖，大家苦於不能出國旅遊，可以趁勢藉著臺灣古典旅遊文獻的指引，讓最舊、最古老的詩、詞古典旅遊文學，發想規劃出最新、最有創意的「國民旅遊」行程，未嘗不是大哉之用也。

肆、可作為觀光導遊人員從事深度知性解說導覽的教材

政府為了加強觀光導遊人員遴選的公平性，提升解說導覽服務的素質，從二〇〇五年起將原由交通部觀光局負責，改由考選部依據專門職業技術人員考試辦法公開招考，考試及格後並施以語言和臺灣民俗文化、文物、節慶、古蹟等臺灣文史教材，以及法規課程的訓練。這種政策的改絃，固然改善不少導遊人員素質，有助於政府「觀光客倍增計畫」的推動，用心值得鼓勵，但是對於觀光客追求深度、知性的旅遊體驗，以及滿足現代人們懷舊、思古情懷，或許仍有稍嫌不足。本書的主題正可彌補此一缺失，將來觀光局如果有心，就可以採用同樣的文獻素材，分別依據導遊人員需求常識去延伸發展，撰成適合觀光導遊人員研讀之教材，那麼導遊人員解說內容的深度與廣度，自然而然很快就會普受肯定。

註釋

[1] 胡錦媛（2005）。〈臺灣當代旅行文學〉，《臺灣旅遊文學學術研討會論文集》。臺中：國立臺中技術學院，頁247。

[2] 吳惠珍（2005）。〈國境在遠方──論華航、長榮旅遊文學獎〉，《臺灣旅遊文學學術研討會論文集》。臺中：國立臺中技術學院，頁235。

[3] 同註[1]，頁247。

[4] 關於類似本地人的名詞，從文學角度上來說尚有本土或鄉土文學，然現已大異其趣，不屬於本研究探討領域。但如果追究真正的臺灣最早本地人，應該就是指消失的平埔族和現在包括泰雅、布農、賽夏、阿美、達悟、鄒、邵、排灣、魯凱、卑南、太魯閣、噶瑪蘭等原住民。

[5] 按「揚文會」係明治33（光緒26／1900）年春舉行，吳德功即為應召參加該會之一員。吳君於是年3月8日自彰化啟程，13日抵臺北，15日上午開會，其餘諸日則宴會、參觀、遊覽，26日離臺北，31日返抵彰化。該日記即是記錄此二十四日間之活動。

[6] 郁永河《裨海紀遊》。

[7] 參見《論語・八佾》。

[8] 同註[4]，頁1-20。按該書僅於第二節屬於「傳統文學的播種和移植」，極少明清時期篇幅，明顯地忽略對發生在臺灣明清傳統舊文學的事實。

附 錄

一、觀光文學藝術作品獎勵辦法

（交通部91年6月14日交路發字第91B00028號令修正發布）

第一條　本辦法依發展觀光條例第五十二條第一項規定訂定之。

第二條　本辦法之獎勵，以確能提高觀光地區、風景特定區或自然人文生態景觀區之聲譽，並能發揮文學藝術創作水準，吸引觀光旅客前往旅遊，對促進觀光事業之發展有重大貢獻之作品為對象。

第三條　觀光文學藝術作品獎每年由交通部觀光局配合經費編列情形，就下列作品種類及項目擇項舉辦之，必要時得委託文藝社團舉辦，並於觀光節頒發。

　　　　一、文學類

　　　　　　（一）小說。

　　　　　　（二）散文。

　　　　　　（三）報導文學。

　　　　　　（四）詩歌。

　　　　二、藝術類

　　　　　　（一）音樂：器樂曲（獨奏或合奏）聲樂曲（獨唱或合唱）。

　　　　　　（二）影劇：舞臺劇、廣播劇及影視。

　　　　　　（三）美術：繪畫、雕塑及攝影。

　　　　　　（四）民族藝術。

　　　　為應觀光宣傳之需，交通部觀光局得就前項所列項目外具有宣傳價值者擇辦之。

第四條　獎勵名額每項以錄取一名為原則，並得視作品水準擇優酌取佳作若干名，每名各頒贈獎金及獎狀。獎金數額由交通部觀光局視舉辦之項目及經費編列情形分別訂定之。

　　　　前項各獎勵名額，經評定無人選作品時，該獎勵名額從缺。入選作品如係共同創作者，獎狀各一，獎金平均分配。

第五條　申請獎勵者，由下列人員推薦之：

一、中央及直轄市、縣（市）觀光、文教機關主管。

二、政府立案之各級學校校長、文學院院長、藝術學院院長及文學、藝術、觀光有關系（科）主任或研究所所長。

三、政府立案之文學、藝術、觀光團體、國軍文宣單位及新聞傳播事業單位之負責人。

第六條　參加者應依附表之格式填具申請書，並簽章保證作品係作者本人之創作。

第七條　為審查觀光文學藝術作品，得設評審委員會。

評審委員會置主任委員一人，副主任委員一人，委員七人至二十三人，主任委員由交通部指派，副主任委員由教育部指派，委員由主任委員聘任之。

第八條　觀光文學藝術作品獎之評審標準由評審委員議定之。

評審委員出席評審會議，審查觀光文學藝術作品得支領審查費。

第九條　交通部觀光局公告舉辦觀光文學藝術作品獎，得製定申請須知，規定當次獎勵作品之種類及項目、申請期間、作品規格、數量及本辦法所規定之重要事項。

第十條　參加之作品以最近三年內完成之創作，尚未獲其他獎金、獎章或獎狀獎勵者為限。無法移動之作品得由評審委員赴實地評審之。

第十一條　參加之作品經發現有不符前條之規定或侵害他人著作權者，取消獲獎資格，其已受頒之獎金及獎狀，並應繳回。

第十二條　依本辦法獲獎之作品，交通部觀光局可作為觀光宣傳推廣之用，其餘作品於評審結束後，作者應於一個月內至原收件單位領回，逾期不負保管責任。

第十三條　獎勵作品所需之經費由交通部觀光局編列預算支應之。

第十四條　本辦法自發布日施行。

二、陳第〈東番記〉原文影版

第一頁

東番記　陳第

東番夷人不知所自始居彭湖外洋海島中起
魍港加老灣歷大員堯港打狗嶼小淡水雙溪
口加哩林沙巴里大幫坑皆其居也斷續凡千
餘里種類甚蕃別為社社或千人或五六百無
酋長子女多者眾雄之聽其號令性好勇喜鬭
無事晝夜習走足蹋皮厚數分履荊刺如平地
速不後犇馬能終日不息縱之度可數百里無
社有隙則興兵期而後戰疾力相殺傷且日郎

第二頁

解忿往來如初不相讐所斬首剔肉存骨懸之
門其門懸骷髏多者稱壯士壯士地暖冬夏不
衣婦女結草裙微蔽下體而已無揖讓拜跪禮
無曆日文字計月圓為一月十月為一年久則
恖之故率不紀歲無水田治畬種禾山花開則
拔其穗粒米比中華稍長且甘香秌苦草雜米
釀間有佳者豪飲能一斗時燕會則置大罍團
坐各酌以竹筒不設肴樂起跳舞口亦烏烏若

第三頁

歌曲男子翦髮留數寸披垂女子則否男子穿
耳女子斷齒以為飾也（女年十五六斷去唇兩傍二齒）地多
竹大數拱長十丈伐竹搆屋茨以茅廣長數雄
族又共屋一區稍大日公廨少壯未娶者曹居
之議事必於公廨調發易也娶則已受夜造其
家不呼門彈口琴挑之口琴薄鐵所製齧而鼓
之錚錚有聲女聞納宿未明徑去不見女父母
自是宵來晨去必以星累歲月不改迨產子女

第四頁

婦始往婿家迎婿如親迎婿始見女父母遂家
其家養女父母終身其本父母不得子也故生
女喜倍男為女可繼嗣男不足著故也妻喪
復娶夫喪不復嫁號為鬼殘終莫之醮家有死
者擊鼓哭置尸于地環煏以烈火乾露置屋內
不棺屋壞重建坎屋基下立而埋之不封不樹
覆其上屋不建尸不埋然竹楹茅茨多可十餘
稔故終歸之土不祭當其耕時不言不殺男婦
雜作山野黙黙如也道路以目少蒿草立殣尸

過不問答，即華人悔之不怒。禾熟復初，謂不如
是則天不祐神不福，將凶歉不穫有年也。女子
健作，女常勞，男常逸。盜賊之禁嚴，有則戮於社，
故夜門不閉，禾積場無敢竊。器有牀，無几案，席
地坐。穀有大小豆、有胡麻、又有薏仁，食之已瘴
癘；無麥。蔬有葱、有薑、有番薯、有蹲鴟，無他菜。菓
有椰、有毛柿、有佛手柑、有甘蔗。畜有貓、有狗、有
豕、有雞，無馬驢牛羊鵝鴨。獸有虎、有熊、有豹、有
鹿。鳥有雉、有鴉、有鳩、有雀。山最宜鹿，麂麂俟俟，

第五頁

千百為群。人精用鏢，鏢竹棅鐵鏃，長五尺有咫，
銛甚。出入攜自隨，試鹿鹿斃，試虎虎斃，居常禁
不許私捕鹿。冬，鹿群出，則約百十人即之，窮追
既及，合圍衷之。鏢發命中，獲若丘陵，社社無不
飽鹿。取其餘肉離而臘之，鹿舌、鹿鞭、鹿陽、鹿
筋亦臘，鹿皮角委積充棟。鹿子善擾，馴之與人
相狎。習篤嗜鹿，剖其腸中新咽草將糞未糞者，
名百草膏，旨食之不饜。華人見輒嘔。食豕不食
雞，畜雞任自生長，惟拔其尾飾旗。射雉亦只食

第六頁

其尾，見華人食雞雉輒嘔，夫孰知正味乎，又惡
在口之同嗜也。居島中，不能舟，酷畏海，捕魚則
于溪澗，故老死不與他夷相往來。永樂初，鄭內
監航海諭諸夷，東番獨遠竄不聽約，於是家貽
一銅鈴使頸之，蓋狗之也，至今猶傳為寶。始皆
聚居濱海，嘉靖末，遭倭焚掠，迺避居山後，倭鳥銃
長技，東番獨鏢，故弗格，居山後，始通中國，今
則日盛，漳泉之惠民充龍烈嶼諸澳往往譯其
語與貿易，以瑪瑙磁器布鹽銅簪環之類易其

第七頁

鹿脯皮角，間遺之，故衣喜藏之，或見華人一著
旋復脫去，得布亦藏之，不冠不履，裸以出入自
以為易簡云。
野史氏曰：異哉東番！從烈嶼諸澳乘北風航海
一晝夜至彭湖，又一晝夜至加老灣，近矣。迺有
不日不月，不官不長，裸體結繩之民，不亦異乎。
且其在海而不漁，雜居而不嬲，男女易位，居瘞
共處，窮年捕鹿，鹿亦不竭，合其諸島庶幾中國
一縣，相生相養，至今曆日書契無而不闕，抑何

第八頁

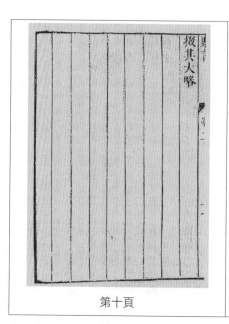

| 第十頁 | 第九頁 |

資料來源：沈有容著、金雲銘編撰（1994）。《閩海贈言・陳第年譜》。南投：
　　　　臺灣省文獻委員會，共1131字。

三、沈光文畫像及〈懷鄉〉墨寶

資料來源：龔顯宗編（1996）。《沈光文全集及其研究資料彙編》。臺南：臺南
　　　　市立文化中心。按沈光文墨寶〈懷鄉〉為五言絕句，全詩內容為：
　　　　「萬里程何遠，縈迴思不窮；安平江上水，洶湧海潮通。」下款為：
　　　　「永曆庚戌冬沈斯菴」。

四、沈光文〈東吟社序〉

　　昔孟嘉落帽龍山，因作解嘲；文詞超卓，四座歎服。恨今世不見此文，蘇長公戲為補之，嘲答並臻絕妙。若夫金谷一序，人亦惜其不傳；至明時，楊升菴云：「得宋人舊石刻，有金谷序在焉。實為蘭亭之所祖。」錄以示人，刊於集內。雖莫辨真贋，而文亦典雅古茂；乃知古人當勝會雅集，必著之詞章，以垂不朽。誌其地，記其人，錄其詩文，載其年月，不使埋沒當時，失傳後世。王右軍之茂林修竹，石季倫之流水長堤；良有以也！而春夜宴桃李園序，尤盛稱於千古！

　　閩之海外有臺灣，即名山藏中輿地圖之東港也。自開闢來，不通中國。初為顏思齊問津，繼為荷蘭人竊據。歲在辛丑，鄭延平視同田島，志效扶餘；傳嗣及孫，歸於聖代，入版圖而輸賦稅。向所云八閩者，今九閩矣。名公奉命來蒞止者多，內地高賢亦渡海來觀異境。

　　余自壬寅，將應李部臺之召，舟至圍頭洋，遇颶風飄流至斯。海山阻隔，慮長為異域之人，今二十有四年矣。雖流覽怡情，咏歌寄意。而同志乏儔，才人罕遇，徒寂處於荒野窮鄉之中，混跡於雕題黑齒之社。何期癸甲之年，頓通聲氣。至止者人盡蕭騷，落紙者文皆佳妙；使余四十餘年拂抑未舒之氣，鬱結欲發之胸，勃勃焉不能自己。爰訂同心，聯為詩社。人喜多而不嫌少長，月有會而不辭風雨，分題拈韻，擇勝尋幽。金陵趙蒼直乃欲地以人傳，名之曰「福臺閒詠」，合省郡而為言也。

　　初會，余以此間東山為首題；蓋臺灣之山，在東極高峻，不特人跡罕到，且從古至今絕無有題咏之者。今願與諸社翁共創始之。次，陳雲卿即以賦得春夜宴桃李園命題，余嘗惜李青蓮當年僅留序，而眾詩不傳，雖不若金谷園並序失之，似獨幸蘭亭序與詩，迄今傳誦也。

　　鴻溪季蓉洲任諸羅令，公餘亦取社題，相率倡和，扶掖後進，乃更名曰「東吟社」。曩謝太傅山以東重，茲社寧不以東著乎？會中並無絲竹，亦省儀文，飲不卜夜。詩成次晨，各抒性靈，不拘體格，今已閱第四會矣，人俱如數，詩亦無缺。雖已遍傳展閱，尚當彙付殺青，使傳聞

之。隔江薦紳先生，亦必羨此蠻方得此詩社，幾幾乎漸振風雅矣！

夫龍山解嘲可補，金谷失序又傳，茲社友當前，詩篇盈篋，使無一序以記之，大為不韻。華蒼崖以余馬齒長，強屬操觚；因不揣才竭，乃僭擬焉。頹然白髮混入於名賢英畏中，而且妄為舉筆，亦多不知量已。爰列社中諸公姓名籍貫，而不紀其官號庚甲云：

季蓉洲名麟光	無錫	華蒼崖名袞	無錫
韓震西名又琦	宛陵	陳易佩名元圖	會稽
趙蒼直名龍旋	金陵	林貞一名起元	金陵
陳克瑄名鴻獻	福州	屠仲美名士彥	上虞
鄭紫山名廷桂	無錫	何明卿名士鳳	福州
韋念南名渡	武林	陳雲卿名雄略	泉州
翁輔生名德昌	福州	沈斯菴名光文	寧波

康熙二十四年乙丑歲梅月，甬上流寓臺灣野老沈光文斯菴氏題，時年七十有四。

五、臺灣銀行經濟研究室《臺灣文獻叢刊》彙整表

編號	書名	作（編）者	冊數	頁數	原刊年	出版年
1	臺灣割據志	川口長孺	1	87	據日本秘閣抄本。	1957
2	東瀛識略	丁紹儀	1	114	道光27年渡臺，約同治10年後付梓。	1957
3	小琉球漫誌	朱仕玠	1	102	乾隆28年渡臺後所記。	1957
4	臺海使槎錄	黃叔璥	1	177	康熙61年渡臺所記。	1957
5	臺灣鄭氏紀事	川口長孺	1	78	記鄭氏四世89年之事。序跋俱作於1828年，日本文政戊子年、清道光8年，可知此書之殺青付梓當在此時。	1958
6	臺游日記	蔣師轍	1	139	光緒18年旅臺6月所記。	1957
7	東槎紀略	姚瑩	1	126	道光9年。	1957
8	東瀛紀事	林豪	1	69	同治元年至臺灣所記。	1957
9	蠡測彙鈔	鄧傳安	1	64	道光2年抵臺後，在臺10年所記。	1958

編號	書名	作（編）者	冊數	頁數	原刊年	出版年
10	赤嵌集	孫元衡	1	83	康熙44至47年在臺任臺灣同知。	1958
11	閩海紀要	夏琳	1	78	或為作者之見聞，記事時間為隆武元年至永曆37年。	1958
12	東征集	藍鼎元	1	107	康熙61年。	1958
13	靖海紀事	施琅	1	101	本書所輯為施琅在康熙2至35年所上諸疏，今本據伊能嘉矩蒐集之抄本排印。	1958
14	平臺紀略	藍鼎元	1	72	雍正元年。	1958
15	臺灣鄭氏始末	沈雲	1	87	道光16年作者得江日昇《臺灣紀事本末》加以潤色而成。	1958
16	平臺紀事本末		1	74	記乾隆年間林爽文之亂及清軍平亂經過。據賴永祥先生所藏抄本排印。	1958
17	治臺必告錄	丁曰健	4	598	同治6年。	1959
18	臺灣志略	李元春	1	88	此書原為「青照樓叢書」之一種。	1958
19	海東札記	朱景英	1	63	乾隆37年海防同知任內所作。	1958
20	臺陽筆記	翟灝	1	39	作者於乾隆58年至嘉慶10年，任職臺灣13年期間所撰。	1958
21	巡臺退思錄	劉璈	3	286	臺灣道臺任內的文稿。文件所載年月，始於光緒7年9月，迄於光緒10年8月，共3年。	1958
22	海紀輯要	夏琳	1	78	據中研院史語所抄本以鄭氏三氏紀事為主。	1958
23	閩海紀略		1	66	據中研院史語所抄本。記事期間從弘光元年至永曆28年。	1958
24	海上見聞錄	阮旻錫	1	63	民國之初，上海商務印書館始假錄金山錢氏所藏抄本，付之印刷。文義則據民國2年12月再版之痛始加以標點、分行，並略校其誤重印。另，《靖海志》以此書為藍本。	1958
25	賜姓始末	黃宗羲	1	98	採自宣統2年薛鳳昌《梨洲遺著彙刊》。	1958
26	海國聞見錄	陳倫炯	1	81	作於雍正8年。	1958
27	劉壯肅公奏議	劉銘傳	3	449	光緒10至17年劉銘傳所遺奏議，凡24卷。由其中所編。	1958
28	臺灣雜詠合刻	諸家	1	78	《海音詩》成於咸豐2年。《臺灣雜詠合刻》刊印於光緒7年。	1958

編號	書名	作（編）者	冊數	頁數	原刊年	出版年
29	福建臺灣奏摺	沈葆楨	1	93	此書為《沈文肅公政書》之卷五，政書據吳門節署排印本，應刊於光緒6（1880）年。	1959
30	臺陽見聞錄	唐贊袞	2	200	光緒17年。	1958
31	臺案彙錄甲集		3	160	由《臺案紀事本末》與《明清史料》戊編內容編輯而成。	1959
32	從征實錄	楊英	1	194	書中所載為永曆3迄16年之事，原為抄本，民國20年中研院史語所將其書影印。	1958
33	靖海紀略	曹履泰	1	85	作者同安任官五年（止於崇禎3年9月）論海寇及曉諭約束之文所編。	1959
34	臺陽詩話	王松	1	92	割臺前後時人詩，王松自序以「乙巳」為署，似應光緒31（1905）年。	1959
35	靖海志	彭孫貽	1	131	前三卷為《海鹽彭孫貽羿仁氏著》，後一卷為《上海李延是辰山補編》。康熙年間所編。	1959
36	臺灣紀事	吳子光	1	117	道光渡臺，選自所著文集《一肚皮集》。	1959
37	雲林縣采訪冊	倪贊元	2	210	光緒20年。	1959
38	同治甲戌日兵侵臺始末		2	297	據《籌辦夷務始末》選輯而成。	1959
39	甲戌公牘鈔存	王元穉	1	161	由1874年牡丹社事件有關公牘錄存副本編輯成書。	1959
40	臺海思慟錄	思痛子	1	65	光緒22（1896）年。	1959
41	北郭園詩鈔	鄭用錫	1	92	《北郭園全集》之刊行係同治9年。	1959
42	海南雜著	蔡廷蘭	1	62	道光16（1836）年自越南返福建後所記。	1959
43	馬關議和中之伊李問答		1	87	光緒21年李鴻章與伊藤博文問答。	1959
44	裨海紀遊	郁永河	1	72	康熙36年春自廈門渡臺，「至十月初，乃歸」所記。	1959
45	臺灣輿圖	夏獻綸	1	82	1874年牡丹社事件後，為周巡南北內山，故作此圖。	1959
46	臺灣番事物產與商務		1	121	據書中內容，可斷定本書是清同治7、8年（1868-1869）美國駐廈門領事官李讓禮（C. W. Le Gendre亦譯李善得、李仙得）所寫。	1960

編號	書名	作（編）者	冊數	頁數	原刊年	出版年
47	戴施兩案紀略	吳德功	1	116	該書對戴潮春、施九緞乙未抗日等事均有記載。故書應成於乙未之後。	1959
48	苑里志	蔡振豐	1	119	光緒23年。	1959
49	東溟奏稿	姚瑩	1	180	姚瑩道光18年任臺灣道期間，與達洪阿所撰。	1959
50	滄海遺民賸稿	王松	1	70	含兩詩集：《如此江山樓詩存》刪訂於割臺翌年，《四香樓少作附存》作於光緒18年以前。	1959
51	臺灣生熟番紀事	黃逢昶	1	55	清光緒初，宦遊臺北，光緒8年至宜蘭催收臺北城捐，本書之作當在此前後。	1960
52	安平縣雜記		1	106	光緒13年始設安平縣，又此書敘及日治之事，成書應在光緒13年日治之間。	1959
53	臺戰演義		1	52	記光緒21年臺民抵拒日軍之事。	1959
54	臺灣教育碑記		1	92	清道光9至10年間，陳國瑛等17人採集。	1959
55	臺灣采訪冊	諸家	2	202	清道光9至10年間陳國瑛等17人採集。	1959
56	閩海贈言	沈有容	1	128	萬曆至天啟年間，在閩15年，閩省縉紳所贈言。	1959
57	割臺三記	諸家	1	79	《割臺記》為光緒21年割臺抗日之事、《臺灣八日記》為光緒21年5月5日澳底登陸至12日臺北兵變之事、《讓臺記》記馬關簽約至北白川宮卒於臺灣之一百三十餘日之事。	1959
58	嘉義管內采訪冊		1	68	內文所載有明治31年之事。	1959
59	瀛海偕亡記	洪棄生	1	102	敘割臺抗日之事。	1959
60	臺灣外記	江日昇	3	448	作者自序以康熙43年為署。	1960
61	新竹縣志初稿	諸家	2	259	1897年作者採集《新竹縣志》殘稿資料重加編輯。	1963
62	楊勇愨公奏議	楊岳斌	1	69	光緒11年正月渡臺前後。	1959
63	樹杞林志	諸家	1	136	明治31年。	1960
64	臺灣詩乘	連橫	2	262	民國10年。	1960
65	臺灣府志	高拱乾	3	302	康熙34年纂成，此年付梓。	1960
66	重修臺灣府志	周元文	3	421	康熙51年周元文修而輯之，以《高志》為本，增補康熙35至49年之事，又按〈職官志〉所載亦有康熙51年後之事，其間是當在康熙57年之後。	1960

編號	書名	作（編）者	冊數	頁數	原刊年	出版年
67	鄭成功傳	諸家	1	156	康熙45年。	1960
68	清一統志臺灣府		1	80	輯錄《嘉慶重修一統志》、《臺灣府》部分，一統志始於嘉慶16（1811）年成於道光22（1842）年。	1960
69	鄭氏關係文書		1	83	市村讚次郎於光緒27年在北京紫禁城內閣東大庫檢出有關臺灣鄭氏之文書。	1960
70	嶺雲海日樓詩鈔	丘逢甲	3	412	丘逢甲初輯於民國2年，後至25年復加釐訂。	1960
71	臺灣日記與稟啟	胡傳	2	281	光緒18年2月抵臺至21年離臺，3年又5月期間所作。	1960
72	無悶草堂詩存	林朝崧	1	182	民國21年付梓。	1960
73	鳳山縣采訪冊	盧德嘉	3	522	光緒20年12月。	1960
74	重修福建臺灣府志	劉良璧	4	603	乾隆6年5月。	1961
75	恆春縣志	屠繼善	2	311	光緒18年倡修「通志」後所編。	1960
76	南天痕	凌雪	3	461	謝國禎指抄襲《南疆逸史》（第132種），成書當在《南疆逸史》之後。	1960
77	天妃顯聖錄		1	85	舊錄輯於明代、刊於明代；清代又行增補，附錄《天上聖母源流因果》，為日本大正6（1917）年臺北保安堂石印本。	1960
78	清代臺灣職官印錄		1	163	文獻叢刊所輯。	1960
79	臺灣私法債權編		2	249	本書係以舊慣調查會1910年修正刊行之「第一部調查第三回報告書臺灣私法第三卷附錄參考書上卷」第四編之第四、五兩章為主，再加上1909年刊行之「第三回報告書臺灣私法附錄參考書第三編下卷」之第八章而成。	1960
80	金門志	林焜熿	3	425	光緒8年付梓。	1960
81	臺東州采訪冊	胡傳	1	86	光緒22年3月1日脫稿。	1960
82	內自訟齋文選	周凱	1	70	選自《內自訟齋文集》關於臺灣部分。	1960
83	中復堂選集	姚瑩	2	262	姚瑩自訂詩文雜著凡10種，計90卷，曾於道光30年刻於金陵。燬於咸豐3年之兵。後全集由其子濬昌在清同治6重刊。	1960
84	福建通志臺灣府		6	1050	據道光9年孫爾準等修、陳壽祺纂，同治10年刊行的《福建通志》所輯。	1960

編號	書名	作（編）者	冊數	頁數	原刊年	出版年
85	南明野史	三餘氏	2	275	乾隆4年，民國18年王鍾麒「釐而訂之」，名曰《南明野史》，翌年商務印書館印行。	1960
86	所知錄	錢澄之	1	66	紀南明閩、粵兩行朝所聞所見事（兩粵行朝止於永曆4年11月駐蹕南寧）。	1960
87	斯未信齋文編	徐宗幹	1	181	道光27年為臺灣道。集錄「文集」中關於臺灣部分的101篇而成。	1960
88	左文襄公奏牘	左宗棠	1	142	選自《左文襄公全集》，全集於清光緒16年開雕。	1960
89	臺灣遊記	諸家	1	96	《全臺遊記》為池志徵在光緒17年至20年來臺遊幕所作。《觀光日記》為吳德功於明治33年參加揚文會經驗。《鯤瀛日記》為施景琛民國元年2月在臺所記。《臺灣遊記》為張尊旭民國5年來臺參加「勸業博覽會」所記。	1960
90	番社采風圖考	六十七	1	103	《番社采風圖》為1745或1746年完成，1820年的徐澍《臺灣番社圖》和1875年的張斯桂《清人臺灣風俗圖冊》。其餘四種：傳黃叔璥《臺灣番社圖》推測在1700年左右，陳必琛《東寧陳氏番俗圖》在1770年代，北京故宮《臺灣內山番地風俗圖》在1780年代，北京歷博《臺灣風俗圖》在1840年代。	1961
91	臺灣私法商事編		2	332	本書係抄錄「臨時臺灣舊慣調查會第三回報告書：臺灣私法附錄參考書第三卷第四編第一、二、三及六、七、八、九章」彙編而成。	1961
92	噶瑪蘭志略	柯培元	1	216	清道光15年。	1961
93	斯未信齋雜錄	徐宗幹	1	120	徐宗幹記道光年間在臺時事。	1960
94	劍花室詩集	連橫	1	152	《大陸詩草》為遊中國時之作，凡126首，曾於民國10年出版。《寧南詩草》自序作於「民國15年西湖寄寓。《劍花室外集》之一為乙未割臺以後至辛亥遊大陸之前青年期之作。《劍花室外集》之二為癸酉至乙亥晚年之詩。	1960
95	廈門志	周凱	5	690	成於道光12年，道光19年刊行。	1961
96	東南紀事	邵廷采	1	158	康熙36、37年。光緒時由邵武徐幹刊行。	1961

編號	書名	作（編）者	冊數	頁數	原刊年	出版年
97	張文襄公選集	張之洞	2	280	全集於民國26年刊行。	1961
98	平閩紀要	楊捷	3	396	集康熙17至19年平閩前後諸文而成。	1961
99	海東逸史	翁洲老民	1	130	記南明魯監國事。有光緒10年孫德祖之序。	1961
100	哀臺灣箋釋		1	80	係中央研究院歷史語言研究所所藏鈔本。附錄《普天忠憤集》據光緒24年（1898）經濟書莊石印小本。	1961
101	新竹縣制度考		1	125	據「明治28年」字文，此書應成於日本治臺後未久。	1961
102	欽定平定臺灣紀略		6	1046	乾隆53年。	1961
103	臺灣縣志	陳文達	2	277	康熙59年。	1961
104	澎湖臺灣紀略	諸家	1	65	《澎湖臺灣紀略》為康熙22年之作，《臺灣紀略》作者林謙光為康熙26年調臺灣府學，《澎湖志略》為雍正、乾隆初期時，由周于仁與胡格撰寫。	1961
105	重修臺灣府志	范咸	5	810	以高拱乾的《臺灣府志》為基礎，其問世時期，當在康熙57年以後。	1961
106	明季三朝野史	顧炎武	1	70	明清之際顧炎武之作，至清末文網漸弛始問世，本書據光緒34（1908）年上海石印本排印。	1961
107	臺風雜記	佐倉孫三	1	62	為作者在日治初期總督府民政局任職3年記事。	1961
108	彰化節孝冊	吳德功	1	86	作者於自序中，時間以大正8年為署。	1961
109	澎湖紀略	胡建偉	2	287	胡建偉於乾隆31年授澎湖通判，在任4年所記。	1961
110	臺灣海防檔		2	203	係就《中國近代史資料選輯》、《海防檔》選輯而成。	1961
111	思文大紀		1	157	所記為南明隆武朝之事。	1961
112	明季遺聞	鄒漪	1	122	本書記永明4年之前南明史事。自序以順治14年為署。	1961
113	重修臺灣縣志	王必昌	4	568	乾隆16年10月。	1961
114	續補明紀編年	王汝南	1	143	順治17年。	1961
115	澎湖續編	蔣鏞	1	159	道光12年。	1961
116	陳清端公文選	陳璸	1	54	乾隆30年據其遺稿彙編而成。	1961

編號	書名	作（編）者	冊數	頁數	原刊年	出版年
117	臺灣私法人事編		5	851	綜合明治43（1910）年臨時臺灣舊慣調查會刊行之「第一部調查第三回報告書臺灣私法第二卷附錄參考書上卷」暨明治44（1911）年刊行之「臺灣私法第二卷附錄參考書下卷」而成。	1961
118	魯春秋	查繼佐	1	110	查繼佐兵敗歸里入粵後所做（順治末年）。	1961
119	諸蕃志	趙汝适	1	106	為《函海》中的第二部分，並收有汪大淵撰《島夷志略》，此書為光緒18年順德龍氏知服齋刊。以及張燮《東西洋考》中的雞籠淡水、日本、紅毛番三條。	1961
120	臺灣通紀	陳衍	2	259	民國11年修《福建通志》關於臺灣部分。	1961
121	續修臺灣府志	余文儀	6	990	乾隆25年抵臺後，承襲《范志》所修。	1962
122	使署閒情	六十七	1	140	乾隆9年後，在臺任官3年期間，蒐集他人與自身作品。	1961
123	徐闇公先生年譜	諸家	1	103	民國14年。	1961
124	鳳山縣志	陳文達	2	166	康熙59年刊行。	1961
125	欽定福建省外海戰船則例		2	364	據中研院史語所「欽定福建省外海戰船則例」。	1961
126	清朝柔遠記選錄	王之春	1	82	原名為《國朝柔遠記》，原書起自清順治元年至同治13年止，共18卷。自序中以光緒6年為署。	1961
127	鹿樵紀聞	梅村野史	1	145	記南明福王至桂王之事。	1961
128	臺灣通史	連橫	6	1063	初刊於民國9、10年間。	1962
129	臺海見聞錄	董天工	1	68	乾隆11至15年臺灣見聞，刊於乾隆18年。	1961
130	臺灣通志		4	922	光緒21年初略有成稿，後由日人購得存於總督府圖書館。	1960
131	李文忠公選集	李鴻章	5	806	依吳汝綸輯《李文忠公全集》選錄臺灣部分。	1961
132	南疆繹史	諸家	6	868	前30卷為康熙44年舉人溫睿臨所撰，後18卷為李瑤所撰。全書之完成，據李瑤的自序乃以道光10年為署。	1962
133	續明紀事本末	倪在田	4	604	光緒29年印行，書應成於同、光年間。	1962

編號	書名	作（編）者	冊數	頁數	原刊年	出版年
134	小腆紀年	徐鼒	5	992	成於咸豐末年。	1962
135	海外慟哭記	黃宗羲	2	223	黃宗羲的遺著，直至宣統2（1910）年始由薛鳳昌集印問世，定名曰《梨洲遺著彙刊》。民國4（1915）年續有所得，增補後訂為20冊。其中便包括《海外慟哭記》一卷。	1962
136	罪惟錄選輯	查繼佐	2	290	《罪惟錄》為查繼佐撰的《明史》。作者自序該書始於甲申年應為康熙43（1704）年成於壬子年，應為雍正10（1732）年。	1962
137	黃漳浦文選	黃道周	3	469	黃漳浦遺著以福州陳壽祺所編《黃漳浦集》最完備。茲據道光10年庚寅刊本所輯，錄其有關南都史事。	1962
138	小腆紀傳	徐鼒	6	1024	光緒13年付刊。	1963
139	臺灣府賦役冊		1	83	道光2年《福建賦役全書》臺灣部分。	1962
140	續修臺灣縣志	謝金鑾	4	640	稿成於嘉慶12年。	1962
141	諸羅縣志	周鍾瑄	2	300	康熙56年春。	1962
142	張蒼水詩文集	張煌言	2	337	後人所收藏、傳抄與綴輯之各本《張蒼水集》，每多出入。晚近由其族裔張壽鏞氏廣事搜羅勘比，重為編次，成有「四明張氏約園開雕」，本書即據此本採輯。	1962
143	六亭文選	鄭兼才	1	117	作者抵臺便遇蔡牽事。宜居集自序與愈瘖集自序皆以嘉慶24（1819）年為署。作者卒於道光2年。	1962
144	陶村詩稿	陳肇興	1	139	昭和11（民國25）年。	1962
145	新竹縣采訪冊	陳朝龍	2	297	光緒20年。	1962
146	重修鳳山縣志	王瑛曾	3	500	乾隆29年刊行。	1962
147	窺園留草	許南英	2	250	民國22年版本刊行。	1962
148	明季南略	計六奇	3	520	康熙10年。	1963
149	三藩紀事本末	楊陸榮	1	95	康熙56年。	1962
150	臺灣私法物權編		9	1712	本書係轉錄1910年臨時臺灣舊慣調查會刊行之「第一部調查第三回報告書臺灣私法附錄參考書第一卷上、中、下」而成。	1963
151	臺灣中部碑文集成		1	176	本書依據劉枝萬著《臺灣中部古碑文集成》（臺灣省文獻委員會編印《文獻專刊》第五卷第三、四期）一書重加整理、改編。	1962

編號	書名	作（編）者	冊數	頁數	原刊年	出版年
152	清代臺灣大租調查書		6	1116	係明治37（1904）年臨時臺灣土地調查局編印。該書內容包羅清臺灣各式大租契字及有關文件等資料。	1963
153	荷據叢談	林時對	1	165	書中所述，盡是明代掌故，作者序於康熙30（1691）年，本書據民國17年排印版整理出版。	1962
154	明季荷蘭人侵據澎湖殘檔		1	64	據中央研究院歷史語言研究所編印的《明清史料》乙編、戊編所載紅夷檔案及明熹宗實錄的紅夷資料編輯而成。	1962
155	清初海疆圖說		1	122	成書當在雍正初年臺灣府彰化設縣不久之後。	1962
156	彰化縣志	周璽	3	502	道光9、10年間。	1962
157	鄭氏史料初編		1	188	《明清史料》乙編、丁編、戊編共鄭氏資料五百餘件。本書為關於鄭芝龍之28件資料。	1962
158	清世祖實錄選輯		1	188	選自《大清世組章皇帝實錄》。	1963
159	苗栗縣志	沈茂蔭	2	256	成書當在光緒19、20年。	1962
160	噶瑪蘭廳志	陳淑均	4	446	道光12年撰成《蘭廳志稿》，道光20年增訂，又十餘年續成，咸豐2年刊行。	1963
161	臺灣語典	連橫	1	108	昭和8年。	1963
162	臺灣三字經	王石鵬	1	52	光緒26年。	1962
163	東山國語	查繼佐	1	188	刊於民國25年。	1963
164	澎湖廳志	林豪	3	521	光緒18年增補《澎湖廳志》而成。	1963
165	清聖祖實錄選輯		1	180	選自《大清聖祖仁皇帝實錄》。	1963
166	雅言	連橫	1	130	昭和8年，作者刊於《三六九小報》之連載。	1963
167	清世宗實錄選輯		1	52	選自《大清世宗憲皇帝實錄》。	1963
168	鄭氏史料續編		10	1271	選自《明清史料》甲編、丁編、戊編及己編中，順治年間應付鄭成功之官方檔案。	1963
169	南明史料		4	476	選自《明清史料》甲編、乙編、丁編、戊編及己編中，關於南明抗清資料。	1963
170	櫟社沿革志略	傅錫祺	1	179	記櫟社30年沿革社事，記事迄至昭和6（1931）年。	1963
171	淡水廳築城案卷		1	119	應成於道光23年之後。	1963
172	淡水廳志	陳培桂	3	484	同治9年成書，同治10年付梓。	1963

編號	書名	作（編）者	冊數	頁數	原刊年	出版年
173	臺案彙錄乙集		4	573	錄自《明清史料》戊、己兩編。	1963
174	清代官書記明臺灣鄭氏亡事		1	64	此書原名《平定海寇方略》，係出自中研院史語所的內閣檔案，民國19年排印，改稱《清代官書記明臺灣鄭氏亡事》。此書內容起自康熙18年命康親王會議征勦海寇機宜，至康熙23年臺灣設郡縣，封鄭克塽公爵為止。	1963
175	鄭氏史料三編		2	237	錄自《明清史料》丁、戊、己等三編。	1963
176	臺案彙錄丙集		2	343	錄自《明清史料》戊、己兩編。	1963
177	爝火錄	李天根	8	1264	輯於乾隆12、13年。	1963
178	臺案彙錄丁集		2	319	錄自《明清史料》戊、己兩編。概屬臺灣軍事行政事項。	1963
179	臺案彙錄戊集		3	392	錄自《明清史料》戊、己、庚三編。	1963
180	清職貢圖選		1	60	據1752年謝遂的《皇清職貢圖》所編。	1963
181	臺灣府輿圖纂要		3	361	纂輯時間當在同治年間。	1963
182	朱舜水文選	朱之瑜	1	113	應為康熙4年7、8月應聘至武江或迎至水戶以後所作，似無疑義。	1963
183	聖安本紀	顧炎武	2	222	記南明弘光朝史事。	1964
184	臺灣土地制度考查報告書		1	92	司法部編纂程家潁民國3年前來臺灣考查土地制度所提交之報告。	1963
185	臺灣地輿全圖		1	80	光緒年間所繪。	1963
186	清高宗實錄選輯		4	736	選自《大清高宗純皇帝實錄》。	1964
187	清仁宗實錄選輯		1	194	選自《大清仁宗睿皇帝實錄》。	1963
188	清宣宗實錄選輯		3	519	選自《大清宣宗成皇帝實錄》。	1964
189	清文宗實錄選輯		1	67	選自《大清文宗顯皇帝實錄》。	1964
190	清穆宗實錄選輯		1	171	選自《大清穆宗毅皇帝實錄》。	1963
191	臺案彙錄己集		3	409	選自《明清史料》丁、戊、己三編輯「史料旬刊」。	1964
192	法軍侵臺檔		4	568	據《中法越南交涉檔》選輯而成。	1964
193	清德宗實錄選輯		2	305	選自《大清德宗景皇帝實錄》。	1964
194	清先正事略選	李元度	2	376	選自《國朝先正事略》一書關於臺灣部分，該書成為同治5年作者赴滇剿辦「教匪」之前。	1964
195	福建通志列傳選	陳衍	3	408	由《福建通志》輯出列傳部分。	1964

編號	書名	作（編）者	冊數	頁數	原刊年	出版年
196	流求與雞籠山	諸家	1	108	本書由《隋書》、《太平御覽》、《諸蕃志》以及其他二十餘種著作中選錄關於《流求與雞籠山》之資料而成，並由曹永和先生蒐集補充。	1964
197	淡新鳳三縣簡明總括圖冊		1	151	合編光緒時期三縣土地清丈而成。	1964
198	清季外交史料選輯		3	376	著者於光緒供職軍機處時所錄，原名《光緒朝洋務始末記》，後其哲嗣希隱先生賡續成書，書名《清季外交史料》。	1964
199	福建省例		8	1222	同治12至13年間福建分類編刊之「省例」。	1964
200	臺案彙錄庚集		5	841	選自《明清史料》戊編。	1964
201	半崧集簡編	章甫	1	88	嘉慶21年。	1964
202	潛園琴餘草簡編	林占梅	1	170	選自《林鶴山遺稿》、《潛園琴餘草》8冊，輯為《潛園琴餘草簡編》。	1964
203	籌辦夷務始末選輯		3	422	《籌辦夷務始末》合輯而成。	1964
204	法軍侵臺檔補編		1	126	據故宮博物院清代軍機處檔案所輯有關中法戰爭臺灣文件而成。	1964
205	臺案彙錄辛集		2	311	選自《明清史料》戊編，主要以蔡牽事件為中心。	1964
206	戴案紀略	蔡青筠	1	62	作者增補《東瀛紀事》、《戴案紀略》而成，稿本成於大正12年（1923）。	1964
207	陳清端公年譜	丁宗洛	1	114	道光初年，丁宗洛引用《陳清端公文選》以及陳氏家藏諸書輯此年譜。	1964
208	雅堂文集	連橫	2	306	多從《臺灣詩薈》（大正13年2月發行，翌年11月停刊，共22期）中所輯錄之文章。	1964
209	野史無文	鄭達	2	221	康熙年間輯《野史無文》20卷。今存13卷。	1965
210	清光緒朝中日交涉史料選輯		3	439	據《清光緒朝中日交涉史料》輯成。	1965
211	臺灣旅行記	諸家	1	110	分由邱文鸞、劉範徵、謝鳴珂所撰，為民國4年12月福建省立甲種農業學校校長帶領學生渡臺旅行，由學生所記。	1965

編號	書名	作（編）者	冊數	頁數	原刊年	出版年
212	魂南記	易順鼎	1	89	記清光緒21年割臺之役作者兩次渡臺赴援之事。	1965
213	海濱大事記	諸家	1	103	所收文獻有六：(1)清閩侯林繩武（惺甫）著《海濱大事記》；(2)清邵陽魏源（默深）著《國初東南靖海記》；(3)清柳州楊廷理（雙梧）著《東瀛紀事》；(4)清陽和趙翼（耘松）著《平定臺灣述略》；(5)魏源著《嘉慶東南靖海記》；(6)《續修廬州府志》載〈援臺紀略〉。因係集刊，本書即以首文〈海濱大事記〉名之。	1965
214	清稗類鈔選錄	徐珂	1	132	據作者所撰之《清稗類鈔》所輯，據民國17年商務印書館排印本，錄其有關南明或臺灣者107則。	1965
215	後蘇龕合集	施士洁	3	441	據著者定稿之《後蘇龕文稿》、《後蘇龕詩鈔》、《後蘇龕詞草》三種為基礎編成。作者生於咸豐年間，道光25年進士，世居臺南，乙未之役，挈眷西渡。	1965
216	臺灣輿地彙鈔	諸家	1	142	本書所收文獻共16種，時間上有康熙年間作品，亦有晚至光緒時的記載。	1965
217	鮚埼亭集選輯	全祖望	2	300	作者生於康熙44年，所著《鮚埼亭集》有關南明文字頗多，錄此類文字凡一百三十餘篇而成。	1965
218	臺灣南部碑文集成		6	783	此書係黃典權歷年採訪之資料，兼參各縣市有關文獻機構之拓片、刊物，纂輯而成。	1966
219	廣陽雜記選	劉獻廷	1	81	為康熙年間劉獻廷所著，所記關於南明與鄭氏遺事，多得自口碑。蓋時當明鄭亡後不久，頗有人猶能記憶所及為之道出也。就中選錄九十餘則。	1965
220	碑傳選集	諸家	4	606	係自清道光年間錢儀吉彙纂的《碑傳集》選錄而成。	1966
221	清史講義選錄	汪榮寶	1	92	係汪榮寶於清末執教譯學館時所撰之教本。	1966
222	臺灣兵備手抄		1	66	為臺灣總兵隨時應用的一本手冊。為林宜華在同治11、12年間在臺灣鎮總兵官任內所用的手冊。	1966

編號	書名	作（編）者	冊數	頁數	原刊年	出版年
223	續碑傳選集	諸家	2	260	選輯自宣統時繆荃孫、民初閔爾昌相繼纂有《續碑傳集》與《碑傳集補》。	1966
224	臺灣詩薈雜文鈔	連橫	1	88	多從《臺灣詩薈》（大正13年2月發行，翌年11月停刊，共22期）中所輯錄。	1966
225	藏山閣集選輯	錢秉鐙	2	193	《藏山閣集》湮埋於世者達二百餘年，著者當年曾一再致意於刊行。但至光緒末年始刊行。	1966
226	清會典臺灣事例		2	217	具光緒朝《大清會典》所輯。	1966
227	臺案彙錄壬集		1	114	本書均與「撫番」事務有關，據《通臺奏遵案件冊》、《臺灣奏稿》、《臺灣中路開山撫番案稿》、《臺灣理蕃古文書》，另一件則錄自《明清史料戊編》。	1966
228	臺案彙錄癸集		1	141	彙集《明清史料》戊編乾隆、嘉慶、道光等關於臺灣事件部分輯成。	1966
229	清經世文編選錄	諸家	1	86	道光中葉賀長齡集輯《皇朝經世文編》以後，至光緒年間陸續有饒玉成「續編集」之輯、盛康與葛士濬兩「續編」之輯、陳忠倚「三編」之輯以及麥仲華「新編」之輯，先後六輯有關臺灣文獻。另取張伯行《正誼堂集》、劉鴻翱《綠野齋集鈔》、陳慶鏞《籀經堂類稿》、吳大廷《小酉腴山館文集》中關於臺灣的若干文件，分別作為「附錄」。	1966
230	清耆獻類徵選編	諸家	9	1612	李桓嘗於同治年間纂有《國朝耆獻類徵初編》一書，就其卷首《欽定宗室王公功績表傳》及正編中取錄關涉南明鄭氏與其後臺灣史事之文輯成。	1967
231	吳光祿使閩奏稿選錄	吳贊誠	1	69	由《吳光祿使閩奏稿彙存》中選錄，扉頁右上方與左下方分記「光緒丙戌刊」、「潛川吳氏家藏」等字樣。原書應於光緒12年匯成。	1966
232	漳州府志選錄		1	112	選自光緒4年《漳州府志》。	1967
233	泉州府志選錄		1	174	選自同治9年補刊《泉州府志》。	1967
234	行在陽秋		1	77	記南明永曆16年前之事。	1967
235	幸存錄	夏允彝	1	65	崇禎年間南都破，總兵吳志葵起兵吳淞，允彝入其軍，然文士不知兵，迄無成。松江破，乃作絕命詞《幸存錄》。	1967

編號	書名	作（編）者	冊數	頁數	原刊年	出版年
236	籌辦夷務始末選輯補編		1	60	為《道光咸豐兩朝籌辦夷務始末補遺選錄》、《英國檔選錄》、《美國檔選錄》選出，係自道光22年至咸豐11年有關臺灣史料。	1967
237	崇相集選錄	董應舉	1	143	明代萬曆與閩海、臺灣有關之史料。本書係據民國17年閩人林煥章重刊本選錄。	1967
238	東明聞見錄		1	89	記自「丁亥永曆元年春正月帝幸桂林」起，至「庚寅永曆四年十月清師入桂林督師閣部臨桂伯瞿式耜、總督楚師司馬張同敞不屈死之」止。	1967
239	閩事紀略	華廷獻	1	60	明季華廷獻撰有《閩游月記》二卷及《閩事紀略》一卷，今並刊為一書。兩種文獻俱記閩中隆武時事。	1967
240	青燐屑	應廷吉	1	65	記南都事；因字數不多，乃以《燕都日記》為附。《燕都日記》增補當在康熙10年之後。	1967
241	吳耿尚孔四王全傳		1	49	據「記載彙編」本。附《金壇獄案》（計六奇）、《戴重事錄》（章學誠）及《董心葵事記》，亦均為清人之作。	1967
242	江南聞見錄		1	73	書中另附四篇有關的文獻：一是江都王秀楚記《揚州十日記》；二是《嘉定屠城紀略》（未著撰人）；三是嘉定朱子素（九初）述《東塘日劄》；四是江陰沈濤（次山）撰《江上遺聞》。皆記明弘光時事。	1967
243	清史稿臺灣資料集輯		6	1014	《清史稿》關內本選輯。	1968
244	明亡述略	鎖綠山人	1	51	著述明亡之原委本末，實則述崇禎及福、康、桂王史事。	1968
245	島噫詩	盧若騰	1	77	作者為明崇禎舉人，原書封面為《明自許先生島噫集》，書內署《島噫詩》，並有「同安盧若騰閑之著，八世胞姪孫德資重錄」字樣；係舊抄本。書後加《留菴文選》若干篇。	1968
246	江陰城守紀	韓菼	1	62	記南明江陰守城事。作者於自序中以康熙54（1715年）為署。附錄有：南園嘯客輯《平吳事略》、《揚州城守紀略》、許重熙《江陰守城記》。	1968

編號	書名	作（編）者	冊數	頁數	原刊年	出版年
247	清季申報臺灣紀事輯錄		8	1125	同治11年起至光緒9年間，十餘年申報選輯而成。	1968
248	庭聞錄	劉健	1	68	吳三桂反清事後四十餘年，作者追錄所述。	1968
249	遇變紀略	聾道人徐應芬	1	45	錄自《荊駝逸史》，崇禎3月到5月甲申都城之變所記。	1968
250	崇禎朝野紀	李遜之	1	188	康熙10年。	1968
251	風倒梧桐記	何是非	1	71	永曆5、6年間。	1968
252	兩粵夢遊記	馬光	1	43	崇禎12（1639）年赴北闈、次年赴粵至永曆6年還家所見之事。另加《江變紀略》。	1968
253	述報法兵侵台紀事殘輯		3	467	據光緒10至11年《述報》選輯而成。	1968
254	研堂見聞雜記		1	67	記鄭成功北征之役，迄於康熙5年。	1968
255	滿洲秘檔選輯		1	81	民國7年據《滿州老檔》圈點、擇要摘錄成《滿州密檔》。	1968
256	清奏疏選彙	諸家	1	94	大部分采自署仁和琴川居士輯《皇清奏議》，餘則分據李光地《榕村全集》、徐炘《吟香書室奏疏》、黃爵滋《黃少司寇奏疏》（今刊本作《黃爵滋奏疏》）、張佩綸《澗于集》、宗室寶廷《竹坡侍郎奏議》、王仁堪《王蘇州遺書》、丁寶楨《丁文誠公遺集》及鄧承修《語冰閣奏議》等各專集選錄。	1968
257	玉堂薈記	楊士聰	1	97	崇禎15年春。	1968
258	江上孤忠錄	趙曦明	1	82	原題《江陰趙犧明集》，記南明江陰典史閻應等守城殉難之事。附以祝純嘏的《孤忠後錄》及朱子素的《嘉定縣乙酉紀事》、陳貞慧的《過江七事》與不著撰人的《金陵紀略》。	1968
259	東林與復社	諸家	1	126	書收有關東林與復社的文字三篇，即：(1)蔣平階的《東林始末》，述萬曆21年至崇禎16年之事；(2)吳偉業的《復社紀事》為崇禎年間附設始末；(3)陸世儀的《復社紀略》記至崇禎9年。	1968

編號	書名	作（編）者	冊數	頁數	原刊年	出版年
260	閩中紀略	許旭	1	58	記三藩事件之前閩中情形，書中頗多涉及鄭氏之事。書中以洪若皐（虞鄰）的《閩難記》以及《海寇記》以及不著撰人的《國變難臣鈔》為附錄。	1968
261	洪承疇章奏文冊彙輯		2	284	據民國24年北京大學史料室整理洪承疇檔案輯印。	1968
262	東華錄選輯	王先謙	2	322	乾隆30年蔣良騏任國史館纂修而輯有《東華錄》，及至光緒5年王先謙而有《東華續錄》。	1969
263	烈皇小識	文秉	2	225	崇禎17（1644）年國變後，隱居竹塢乃搜討思陵遺事，用編年體裁，輯成此書。所記崇禎一代史事，於當日諫臺奏疏採錄頗備。按《明季稗史彙編》收有此書，今據坊間影印本排印。	1969
264	甲申傳信錄	錢由只	1	151	記崇禎17年甲申前後之事。	1969
265	中日戰輯選錄	王炳耀	1	115	原書輯於光緒21年。	1969
266	弘光實錄鈔		1	110	記事始於崇禎17年迄於弘光元年。	1968
267	西南紀事	邵廷采	1	130	康熙28年。	1968
268	浙東紀略	徐芳烈	1	74	記明南都敗後，浙東人士復明的歷史；為時約1年，以魯王為中心，但不及舟山事。附錄有四：《寧海將軍固山貝子功績事錄》、《揚州變略》、《京口變略》、《淮城紀事》。	1968
269	蜀碧	彭遵泗	1	83	記事起明崇禎元年，至康熙2年。	1969
270	崇禎長編		1	93	此編所記自崇禎16年10月起、至17年3月19日止。據朱希祖《崇禎長編殘本跋》，考定此書為清初鄞縣萬言，字貞一所撰。	1969
271	客滇述	顧山貞	1	57	起自崇禎元年至永曆12年吳三桂進兵貴州之事。附錄《蜀記》，主要均記張獻忠在蜀事。	1969
272	崇禎記聞錄		1	123	本書據《痛史》本《啟禎記聞錄》略去卷一前半部天啟元年至7年部分，因改稱《崇禎記聞錄》。	1968

編號	書名	作（編）者	冊數	頁數	原刊年	出版年
273	東華續錄選輯	諸家	2	339	據王先謙纂乾隆、嘉慶、道光及同治四朝《東華續錄》並潘頤福纂咸豐朝《東華續錄》合選一書，名曰《東華續錄選輯》。	1968
274	清史列傳選		3	540	清史諸傳約計一千九百七十餘傳，本書所選，主要取諸《貳臣》、《逆臣》諸傳以及道光以下各傳檔。	1968
275	明季北略	計六奇	4	676	記事上自明神宗萬曆44（1616）年、下迄明思宗崇禎17（1644）年，凡30年。自序以康熙10（1671）年為署。	1969
276	劉銘傳撫臺前後檔案		2	271	起自光緒2（1876）年至於21（1895）年臺灣淪日前不久，歷時19年；其中以劉氏撫臺期間文件為多，而外此者亦達四分之一。經重加整理刊行，題為《劉銘傳撫臺前後檔案》。	1969
277	光緒朝東華續錄選輯	朱壽朋	2	237	為朱壽朋纂《東華續錄》（光緒朝）選輯。記事始於同治13（1874）年日兵侵略牡丹社事件，中經法、越一役法兵之侵臺，訖於光緒21（1895）年臺灣政權易手。	1969
278	清季臺灣洋務史料		1	98	選輯自《洋務運動文獻彙編》為其中光緒元年至20年之臺灣文件。	1969
279	甲乙日曆	祁彪佳	1	159	1937年浙江紹興縣修志會刊有明末山陰祁彪佳遺著《祁忠敏公日記》。本書取其南明史事有關之甲申、乙酉部分，故曰《甲乙日曆》。	1970
280	臺灣詩鈔	諸家	3	521	文叢所編，以能提供兼具史料價值的詩篇為準。	1970
281	通鑑輯覽明季編年		1	166	由乾隆年間所修之《御批歷代通鑑輯覽》選出。	1970
282	石匱書後集	張岱	3	366	為崇禎以後明代史事。	1970
283	重修臺灣各建築圖說	蔣元樞	1	80	作者臺灣知府蔣元樞，任期為乾隆40年4月迄43年6月，在任3年又2月；《重修臺郡各建築圖說》共79幅，為清乾隆年間臺灣知府蔣元樞進呈紙本彩繪。	1970
284	平定三逆方略		3	479	康熙21年廷臣奉敕撰。	1970

編號	書名	作（編）者	冊數	頁數	原刊年	出版年
285	李文襄公奏疏與文移	李之芳	3	524	其在康熙13至21年浙江總督任內奏疏。	1970
286	雪交亭正氣錄	高宇泰	2	209	作者立意為替晚明死難諸烈作傳。從作者自序以乙未觀察，本書似應撰於順治12年（明桂王永曆9年、1655）。	1970
287	使琉球錄三種	諸家	2	290	為輯錄明代《使琉球錄》三種，分別為：(1)陳侃、高澄撰《使琉球錄》，嘉靖間原刊本；(2)蕭崇業、謝杰撰《使琉球錄》，萬曆原刊本；(3)夏子陽、王士禎撰《使琉球錄》。	1970
288	道咸同光四朝奏議選輯	諸家	3	407	選自故宮藏《道咸同光四朝奏議》抄本。	1971
289	明經世文編選錄	諸家	2	270	選自《皇明經世文編》。	1971
290	臺灣對外關係史料		1	104	《中美關係史料》之「嘉慶、道光、咸豐朝」及「同治朝」兩種選輯而成。	1971
291	欽定勝朝殉節諸臣錄		2	305	乾隆41年廷臣奉敕撰。	1971
292	清代琉球紀錄集輯	諸家	2	282	收錄清代冊封琉球若干《使錄》及有關文獻共12種。	1971
293	琉球國志略	周煌	2	337	乾隆21年，周煌以編修充冊封琉球副使，同正使侍講全魁往封琉球中山王尚穆；自6月初2日由閩航海啟行，至次年2月16日返國。周氏則以《志體擬錄》，輯此《琉球國志略》一書進呈。	1971
294	崇禎實錄		2	324	起至崇禎元年，迄於17年3月。	1971
295	淡新檔案選錄行政編初集		4	594	清代淡水廳與光緒4年新竹縣之檔案。	1971
296	明實錄閩海關係史料		1	178	明世宗、穆宗、神宗、光宗、熹宗五朝「實錄」選輯閩海關係史料輯成。	1971
297	小西腴山館主人自著年譜	吳大廷	1	108	書中對作者於臺灣道任內之事記述甚詳，年譜記事時間始自道光4年迄至光緒3年。書末並取「文集」及「詩集」各有關詩文若干篇作為「附錄」。	1971
298	臺灣霧峰林氏族譜		2	386	原名《西河林氏族譜》，主要紀錄為臺灣霧峰林石派下，乃易名《臺灣霧峰林氏族譜》。纂修於昭和10（1935）年。翌年印行於臺中市。	1971

編號	書名	作（編）者	冊數	頁數	原刊年	出版年
299	清代琉球紀錄續輯	諸家	1	219	共收有關琉球文獻三種：(1)桂山義樹輯《琉球事略》；(2)潘相撰《琉球入學見聞錄》；(3)姚文棟譯《琉球小志並補遺》。	1972
300	雍正硃批奏摺選輯		2	262	為《雍正硃批諭旨》之選輯。	1972
301	偏安排日事蹟		2	281	南明弘光朝兩百餘七十餘日之記事。	1972
302	嶺海焚餘	金堡	1	91	為作者在南明隆武、永曆二朝之奏疏。	1972
303	陳第年譜	金雲銘	1	148	陳第之其七世從孫曾於道光28年重刊其集，並識以年譜，然簡而不明，且錯誤百出、前後顛倒，作者因此重撰年譜，作者於序中以民國34年7月7日為署。	1972
304	寄鶴齋選集	洪棄生	3	444	遺稿選輯這本《寄鶴齋選集》，書中除文選、詩選外，尚有專著二種：《中西戰紀》、《中東戰紀》。	1972
305	蘄黃四十八砦紀事	王葆心	1	118	自序作於光緒34年。	1972
306	中山傳信錄	徐葆光	2	278	康熙58年受命琉球副使，在琉球8月所見。康熙60年印行。	1972
307	明史選輯		4	571	選自清張廷玉等奉敕撰《明史》。《明史》原書凡332卷，本書所選，仍列紀、志、表、傳四門。	1972
308	臺灣海防並開山日記	羅大春	1	120	於1965、1966年香港大學馮平山圖書館中所發掘出來。羅氏來臺肇始於同治13年日兵入侵牡丹社之時，至光緒元年8月1日卸任所記。	1972
309	臺灣關係文獻集零	諸家	2	221	集合有關臺灣的零星文獻史料。	1972
310	臺灣府志	蔣毓英	1			1985
合計	310種 596冊，約3,947萬字					

資料來源：中央研究院計算中心《臺灣文獻叢刊》。http://www.sinica.edu.tw/ftms-bin/ftms3?tdbc。按表中「編號」及「出版年」均係指臺灣銀行經濟研究室出版《臺灣文獻叢刊》的編號及出版年。

參考文獻

一、書籍

1.《太平御覽》卷七百八十。

2.《北史‧南蠻傳》。

3.臺灣省文獻委員會編（1996）。丁紹儀《東瀛識略》。南投：臺灣省文獻委員會。

4.丸山學（昭和8年／1933年）。《文學研究法》。臺北：臺灣商務印書館。

5.臺灣省文獻委員會編（1996）。六十七《番社采風圖考》。南投：臺灣省文獻委員會。

6.方志遠、王健、朱湘輝（2005）。《旅遊文化探討》。北京：經濟管理出版社，第一版。

7.毛一波（1969）。《臺灣文化源流》。臺中：臺灣省政府新聞處。

8.王玉成（2005）。《旅遊文化概論》。北京：中國旅遊出版社，第一版。

9.王立堅（1997）。《由山水到宮體──南朝的唯美詩風》。臺北：臺灣商務印書館。

10.王宗法（1994）。《臺港文學觀察》。合肥：安徽教育出版社。

11.王松齡、楊立揚譯注（1993）。《柳宗元詩文》。臺北：錦繡。

12.庄志民（2005）。《旅遊經濟文化研究》。上海：立信會計出版社，第一版。

13.成紹剛譯註（2000）。《荷蘭人在福爾摩沙1624-1662》。臺北：聯經。

14.臺灣省文獻委員會編（1996）。朱景英《海東札記》。南投：臺灣省文獻委員會。

15.臺灣省文獻委員會編（1996）。佐倉孫三《臺風雜記》。南投：臺灣省文獻委員會。

16.何沛雄（2002年12月22日）。〈研究中國文學的「三分」與「四化」〉。臺中：國立中興大學專題演講。

17.何沛雄編著（1990）。《永州八記導讀》。香港：中華書局。

18.臺灣省文獻委員會編（1996）。吳子光《臺灣紀事》。南投：臺灣省文獻委員會。

19.臺灣省文獻委員會編（1996）。李元春《臺灣志略》。南投：臺灣省文獻委員

會。

20.李瑞騰（1994）。《文學的出路》。臺北：九歌。

21.杜紅、趙志磊（2005）。《旅遊文學》。北京：北京工業大學出版社。

22.臺灣省文獻委員會編（1993）。杜臻《澎湖臺灣紀略》。南投：臺灣省文獻委員會。

23.臺灣省文獻委員會編（1994）。沈有容《閩海贈言》。南投：臺灣省文獻委員會。

24.臺灣省文獻委員會編（1996）。周于仁、胡格《澎湖志略》。南投：臺灣省文獻委員會。

25.臺灣省文獻委員會編（1997）。周元文《重修臺灣府志》。南投：臺灣省文獻委員會。

26.周彥文（1993）。《中國文獻學》。臺北：五南圖書，初版。

27.周毅源（2005）。《旅遊文化》。浙江：浙江大學出版社，第一版。

28.明徐師曾《文體明辨》。

29.東海大學中文系（1999）。《臺灣古典文學與文獻》。臺北：文津。

30.東海大學中文系（2000）。《旅遊文學論文集》。臺北：文津。

31.東海大學中國文學系編（2002）。《臺灣自然生態文學論文集》。臺中：東海大學中國文學系。

32.林文龍編（1979）。《臺灣詩錄拾遺》。南投：臺灣省文獻委員會。

33.林瑞明（1996）。《臺灣文學的歷史考察》。臺北：允晨文化。

34.臺灣省文獻委員會編（1996）。林豪《東瀛紀事》。南投：臺灣省文獻委員會。

35.金玉田（1997）。《明清文學概論》。汕頭：汕頭大學出版社。

36.姚永樸（1974）。《文學研究法總目》。臺北：臺灣商務印書館。

37.臺灣省文獻委員會編（1997）。姚瑩《東槎紀略》。南投：臺灣省文獻委員會。

38.臺灣省文獻委員會編（1995）。施琅《靖海紀事》。南投：臺灣省文獻委員會。

39.洪敏麟（1985）。《臺灣地名之沿革》。臺中：臺灣省政府新聞處。

40.臺灣省文獻委員會編（1993）。胡建偉《澎湖紀略》。南投：臺灣省文獻委員會。

41.臺灣文獻叢刊第四十四種（1959）。郁永河《裨海紀遊》。臺北：臺灣銀行經濟研究室。

42.臺灣省文獻委員會編（1993）。倪贊元《雲林縣采訪冊》。南投：臺灣省文獻委員會。

43.臺灣省文獻委員會編（1996）。唐贊袞《臺陽見聞錄》。南投：臺灣省文獻委員會。

44.臺灣省文獻委員會編（1995）。夏琳《海紀輯要》。南投：臺灣省文獻委員會。

45.臺灣省文獻委員會編（1995）。夏琳《閩海紀要》。南投：臺灣省文獻委員會。

46.孫殿起、雷夢水輯，葉祖孚編（1984）。《臺灣風土雜詠》。北京：時事出版社。

47.徐善同撰述（1985）。《柳宗元永州遊記校評》。臺北：中國文化大學出版部。

48.臺灣省文獻委員會編（1995）。翁洲老民《海東逸史》。南投：臺灣省文獻委員會。

49.臺灣省文獻委員會編（1997）。高拱乾《臺灣府志》。南投：臺灣省文獻委員會。

50.張維安（2004）。《臺灣客家族群史》。臺北：行政院客家委員會。

51.曹永和等著（2003）。《臺灣歷史人物與事件》。臺北：國立空中大學。

52.臺灣省文獻委員會編（1995）。曹履泰《靖海紀略》。南投：臺灣省文獻委員會。

53.臺灣省文獻委員會編（1995）。許旭《閩中紀略》。南投：臺灣省文獻委員會。

54.許俊雅（1992）。〈陳第與東番記〉，《臺灣文學散論》。臺北：文津。

55.許俊雅（1992）。《臺灣文學散論》。臺北：文津。

56.臺灣省文獻委員會編（1993）。許南英《窺園留草》。南投：臺灣省文獻委員會。

57.連橫（1985）。《臺灣通史》。臺北：幼獅文化。

58.臺灣省文獻委員會編（1992）。連橫《臺灣詩薈》上、下冊。南投：臺灣省文獻委員會。

59.臺灣省文獻委員會編（1993）。陳文達《臺灣縣志》。南投：臺灣省文獻委員會。

60.陳主顯（2003）。《臺灣俗諺辭典》。臺北：前衛。

61.陳辰夫（1997）。《融合與創新──遊記文學應用於教學之探討》。臺北：文

鶴。

62.陳金田譯（1996）。《臺灣風俗誌》（片岡巖著）。臺北：眾文圖書。

63.臺灣省文獻委員會編（1993）。陳衍《臺灣通紀》。南投：臺灣省文獻委員會。

64.陳香編著（1983）。《臺灣竹枝詞選集》。臺北：臺灣商務印書館。

65.臺灣省文獻委員會編（1971）。陳漢光編《臺灣詩錄》上、中、下冊。南投：臺灣省文獻委員會，初版。

66.程大學（1986）。《臺灣開發史》。臺中：臺灣省政府新聞處。

67.黃秀政、張勝彥、吳文星（2002）。《臺灣史》。臺北：五南圖書。

68.臺灣省文獻委員會編（1996）。黃叔璥《臺灣使槎錄》。南投：臺灣省文獻委員會。

69.臺灣省文獻委員會編（1997）。黃逢昶《臺灣生熟番紀事》。南投：臺灣省文獻委員會。

70.楊正寬（2000）。《觀光政策、行政與法規之互動與調適》。臺北：揚智文化。

71.楊正寬（2003）。《觀光行政與法規》。臺北：揚智文化。

72.臺灣省文獻委員會編（1996）。楊廷理《東瀛記事》。南投：臺灣省文獻委員會。

73.楊彥杰（2000）。《荷蘭時代臺灣史》。臺北：聯經。

74.楊雲萍（1981）。《臺灣史上的人物》。臺北：成文。

75.楊碧川（1997）。《臺灣歷史辭典》。臺北：前衛。

76.葉石濤（1993）。《臺灣文學史綱》。高雄：文學界雜誌社。

77.葉慶炳（1994）。《中國文學史》。臺北：臺灣學生。

78.臺灣省文獻委員會編（1996）。董天工《臺海見聞錄》。南投：臺灣省文獻委員會。

79.臺灣省文獻委員會編（1996）。翟灝《臺陽筆記》。南投：臺灣省文獻委員會。

80.中華書局編輯部（1971）。《臺灣先賢集》。臺北：中華書局。

81.臺灣省文獻委員會（1952）。《臺灣省通志稿・學藝志文學篇》卷六。南投：臺灣省文獻委員會，第一冊。

82.臺灣省文獻委員會（1980）。《臺灣省通志稿・學藝志藝文篇》。南投：臺灣省文獻委員會。

83.臺灣省文獻委員會編（1994）。《臺灣史》。南投：臺灣省文獻委員會。

84. 臺灣省文獻委員會編（1997）。《重修臺灣省通志・藝文志文學篇》卷十。南投：臺灣省文獻委員會。

85. 臺灣銀行經濟研究室編（1958）。《臺灣雜詠合刻》（諸家著）。臺北：臺灣銀行發行。

86. 劉禹昌、熊禮匯譯注（1987）。《唐宋八大家文章精華》。湖北：荊楚書社發行。

87. 臺灣省文獻委員會編（1997）。劉家謀《觀海集》。南投：臺灣省文獻委員會。

88. 劉勰《文心雕龍・宗經》。

89. 劉德謙（1997）。《中國旅遊文學新論》。北京：中國旅遊出版社。

90. 臺灣省文獻委員會編（1997）。劉璈《巡臺退司錄》。南投：臺灣省文獻委員會。

91. 劉躍進（1999）。《古典文學文獻學叢稿》。北京：學苑出版社。

92. 潘國琪、吳萬剛、張巨才選注（1991）。《近代詠臺詩選》。湖南：湖南師範大學出版社。

93. 潘寶明（2005）。《中國旅遊文化》。北京：中國旅遊出版社，第一版。

94. 臺灣省文獻委員會編（1997）。蔣師轍《臺游日記》。南投：臺灣省文獻委員會。

95. 臺灣省文獻委員會編（1993）。蔣毓英《臺灣府志》。南投：臺灣省文獻委員會。

96. 臺灣省文獻委員會編（1985）。蔣毓英、高拱乾、范咸等修《臺灣府志》三種。北京：北京中華書局。

97. 鄭順德譯（1999）。《19世紀歐洲人在臺灣》（Chantal Zheng著）。臺北：南天書局。

98. 謝崇耀（2002）。《清代臺灣宦遊文學研究》。臺北：蘭臺。

99. 魏振樞（2005）。《旅遊文獻訊息檢索》。北京：化學工業出版社，第一版。

100. 臺灣省文獻委員會編（1997）。羅大春《臺灣海防並開山日記》。南投：臺灣省文獻委員會。

101. 龔顯宗編（1998）。《沈光文全集及其研究資料彙編》。臺南：臺南縣立文化中心。

二、學術研討會及期刊

1.中央研究院臺灣史研究所（2002）。《臺灣史研究》第九卷第二期。臺北：中央研究院。

2.中正大學歷史系（2005）。《南臺灣鄉土文化學術研討會論文集》。臺中：中正大學歷史系。

3.中興大學中國文學系（2001）。《第一屆通俗與雅正學術研討會論文集》。臺中：中興大學中國文學系。

4.中興大學中國文學系（2001）。《第二屆通俗與雅正學術研討會論文集》。臺中：中興大學中國文學系。

5.中興大學中國文學系（2001）。《第三屆通俗與雅正學術研討會論文集》。臺中：中興大學中國文學系。

6.中興大學文學院（2002）。《興大人文學報》第三十二期。臺中：中興大學文學院。

7.日本臺灣史研究會（2002年7月）。《現代臺灣研究》第二十三號。日本東京。

8.何沛雄（2000）。〈研究中國文學的「三分」與「四化」〉，《漢學研究國際會議論文集》。北京：北京大學出版社。

9.東海大學中文系（2000）。《旅遊文學學術研討會論文集》。臺中：東海大學中文系。

10.東海大學中國文學系編（1999）。《臺灣古典文學與文獻》（中華文化與文學學術研討系列第四次會議）。臺北：文津。

11.東海大學通識教育中心（2001）。《第三屆臺灣歷史與文化學術研討會論文集》。臺中：東海大學通識教育中心。

12.林松源主編（1997）。《首屆臺灣民間文學學術研討會論文集》。員林：臺灣磺溪文化學會。

13.珠海大學（2001）。《兩岸三地歷史學研究生論文發表會論文集》。香港：珠海大學。

14.真理大學臺灣文學系（2001）。《牛津淡水臺灣文學研究集刊論文集》第一至四期。臺北：真理大學臺灣文學系。

15.清華大學中國文學系（1998）。《臺灣民間文學學術研討會論文集》。新竹：清華大學中國文學系。

16.許雪姬、林玉茹（1999）。《五十年來臺灣方志成果評估與未來發展學術研討會論文集》。臺北：中央研究院臺灣史研究所。

17. 廈門大學臺灣研究院（2005）。《臺灣研究集刊》。廈門：廈門大學臺灣研究院，2004年第一至四期、2005年第一期。

18. 福建省科學技術協會（2006）。《庭園經濟與鄉村旅遊發展學術研討會》。

19. 臺中技術學院（2005）。《旅遊文學學術研討會論文集》。臺中：臺中技術學院。

20. 臺灣省文獻委員會（1999）。《海峽兩岸地方史志及地方博物館學術研討會論文集》。南投：臺灣省文獻委員會。

21. 臺灣省文獻委員會（2000）。《臺灣文獻史料整理研究學術研討會論文集》。南投：臺灣省文獻委員會。

22. 靜宜大學臺灣文學系（2005）。《自然書寫法學術研討會論文集》。臺中：靜宜大學臺灣文學系。

三、學術網路

1. 中央研究院計算中心。臺灣文獻叢刊，http://140.109.185.220/data.html。

2. 中央研究院臺灣史研究所。臺灣研究資料庫，http://140.109.185.220/trd.htm。

3. 行政院文化建設委員會地方文化館，http://www.taiwan123.com.tw/index.htm。

4. 國家文學館「全臺詩智慧型資料庫」，http://cls.admin.yzu.edu.tw/TWP/a/a02.htm。

5. 臺灣文學研究室，http://ws.twl.ncku.edu.tw/index.html。

6. 靜宜大學蓋夏圖書館數位資料庫，http://www.lib.pu.edu.tw/new/database/database002.html。

7. 安安免費教育網，https://ananedu.com/chinese/reading/37.html。

8. 愛詩網，https://ipoem.nmtl.gov.tw/。

9. 臺灣史料集成資料庫，http://lib2.tngs.tn.edu.tw/minchin/main.aspx?kind=d。

10. 臺灣文獻叢刊資料庫。中央研究院臺灣史研究所，http://tcss.ith.sinica.edu.tw/cgi-bin/gs32/gsweb.cgi/login?o=dwebmge&cache=1608031721533。

揚智叢刊

臺灣古典旅遊文學與文獻

作　　者／楊正寬
出 版 者／揚智文化事業股份有限公司
發 行 人／葉忠賢
總 編 輯／閻富萍
特約執輯／范湘渝
地　　址／新北市深坑區北深路三段 258 號 8 樓
電　　話／(02)8662-6826
傳　　真／(02)2664-7633
網　　址／http://www.ycrc.com.tw
 E-mail ／service@ycrc.com.tw
 I S B N ／978-986-298-385-0
初版一刷／2022 年 2 月
定　　價／新台幣 550 元

國家圖書館出版品預行編目（CIP）資料

臺灣古典旅遊文學與文獻 - Taiwan classic
tourism literature and documents／楊正寬著. --
初版. -- 新北市：揚智文化事業股份有限公司,
2022. 02
　面；　公分. -- (揚智叢刊)
ISBN　978-986-298-385-0 (平裝)

1.CST: 中國文學　2.CST: 臺灣文學　3.CST: 旅遊
文學　4.CST: 文獻學

820　　　　　　　　　　　　　　　　110017689